1ª edição - Setembro de 2022

Coordenação editorial
Ronaldo A. Sperdutti

Capa
Juliana Mollinari

Imagem Capa
Shutterstock

Projeto gráfico e diagramação
Juliana Mollinari

Preparação de Originais
Mônica d'Almeida

Revisão
Maria Clara Telles

Assistente editorial
Ana Maria Rael Gambarini

Impressão
Gráfica Loyola

Proibida a reprodução total ou parcial desta obra sem prévia autorização da editora.

© 2022 by Boa Nova Editora.

Av. Porto Ferreira, 1031 | Parque Iracema
CEP 15809-020 | Catanduva-SP
17 3531.4444

www.**lumeneditorial**.com.br
www.**boanova**.net

atendimento@lumeneditorial.com.br
boanova@boanova.net

Dados Internacionais de Catalogação na Publicação (CIP)
(Câmara Brasileira do Livro, SP, Brasil)

Aurélio, Marco (Espírito)
   Só Deus sabe / ditado pelo Espírito Marco
Aurélio, [psicografado por] Marcelo Cezar. --
1. ed. -- Catanduva, SP : Lúmen Editorial, 2022.

   ISBN 978-65-5792-055-8

   1. Espiritismo 2. Psicografia 3. Romance
espírita I. Cezar, Marcelo. II. Título.

22-125041

CDD-133.9

Índices para catálogo sistemático:

1. Romance espírita : Espiritismo   133.9

Aline Graziele Benitez - Bibliotecária - CRB-1/3129

Impresso no Brasil – Printed in Brazil
01-09-22-3.000

MARCELO CEZAR
ROMANCE PELO ESPÍRITO
MARCO AURÉLIO

SÓ DEUS SABE

LÚMEN
EDITORIAL

CAPÍTULO 1

Em 1966, o mundo passava por uma das mais profundas transformações sociais, políticas e culturais ocorridas no século 20. As pessoas assistiam extasiadas, outras tantas estarrecidas, aos avanços tecnológicos, à evolução da Guerra Fria, ao surgimento da cultura pop e às mudanças radicais no comportamento dos jovens.

A rebeldia juvenil tomava proporções cada vez maiores, com manifestações que atingiam vários outros segmentos da sociedade. Logo, o mundo inteiro se espelhava na juventude britânica, aderindo ao som dos Beatles e às ousadas minissaias criadas por Mary Quant.

Os Estados Unidos, ao mesmo tempo que investiam em tecnologia para enviar o homem à lua antes dos soviéticos, também enviavam seus jovens para a Guerra do Vietnã. No início desse ano, já eram contabilizados mais de cento e oitenta mil soldados em combate. Os americanos passavam também por graves problemas sociais. Os negros, depois de anos mantidos à margem da sociedade, lutavam pela igualdade de direitos, tendo Martin Luther King como líder desse movimento.

O Brasil também não escapou das transformações. O golpe militar, ocorrido havia quase dois anos, começava a mostrar as profundas feridas criadas na sociedade.

Considerado o país do futebol, nem mesmo a expectativa de se tornar tricampeão com a Copa do Mundo na Inglaterra era capaz de amenizar a dura vida de muitas das oitenta e quatro milhões de almas brasileiras sufocadas pela ditadura.

O Congresso fora fechado, direitos políticos foram cassados, os partidos políticos, extintos. A população começava a questionar o golpe. Afinal de contas, para que ele servira? Por quanto tempo duraria? Voltaríamos a ser um país democrático? Estas eram perguntas que circundavam as mentes de alguns setores da sociedade, descontentes com o rumo que a nação tomava.

O país começava a se transformar numa bomba prestes a explodir. Manifestações pela democracia pipocavam nas praças públicas quase semanalmente. Muitos estudantes, artistas, intelectuais e políticos clamavam pelo retorno dos civis ao poder.

Esse clima tenso e pesado diminuía um pouco com os recém-criados festivais de música popular, com a empolgação pelas novelas diárias e com a turma da Jovem Guarda.

Embora diante desse panorama tumultuado, nada era capaz de tirar Rogério de seu estado de euforia. Enquanto para muitos o ano fosse palco de lutas e manifestações, para ele seria um ano de conquistas e realizações. Acabara de terminar a faculdade e antegozava o prazer da tão esperada festa de formatura.

Os pensamentos fervilhavam-lhe a mente, com as imagens dele e Leonor, a namorada, chegando à colação de grau, sendo cumprimentados por amigos e familiares.

"Imagine só, eu entrando no baile de formatura com Leonor, a mulher mais linda que eu já conheci", pensava.

Ele estava coberto de razão. Leonor era uma moça encantadora, linda. Alta, esguia, pele bem clara, cabelos castanhos, olhos verdes, lábios carnudos. Fazia um belo par ao lado de Rogério, também muito atraente. Alto, forte, pele bronzeada, olhos azuis e cabelos pretos bem lisos, que o gel teimava em manter jogados para trás. Namoravam havia dois anos e formavam um casal adorável.

O maior sonho do jovem, de formar-se em Administração de Empresas, já estava concretizado. Faltavam dois sonhos a serem realizados ainda no decorrer desse novo ano: diversificar os negócios de seu pai e casar-se com Leonor.

Rogério sempre fora um rapaz aplicado. Mesmo fazendo parte de uma família economicamente estável, quis ser independente desde cedo, sentir-se útil, ter o próprio dinheiro. Trabalhava no escritório central do pai, responsável pelo controle de uma rede de papelarias, desde os quinze anos. O contato com o escritório desde cedo lhe dera estímulo para estudar Contabilidade e, posteriormente, Administração.

Seu irmão gêmeo, Ricardo, não se interessava muito pelos estudos. Nunca se adaptara à rígida disciplina imposta pelas escolas da época, tampouco se interessara em trabalhar, fosse no escritório ou em alguma loja da rede do pai.

Embora fosse firme e decidido quanto à profissão que desejava seguir, perdia-se no campo afetivo. Ricardo sentia muita dificuldade em se relacionar com as meninas, o que o tornava um rapaz tímido e inseguro. A toda e qualquer moça que se aproximava, ele se entregava de corpo e alma, fazendo todos os caprichos da amada. Desnecessário dizer que tempos depois a garota se enjoava dos excessos de agrados, e ele era abandonado. Frustrado em suas relações, extravasava seus sentimentos reprimidos através de monólogos, sempre diante de um espelho como testemunha e fiel espectador. Ricardo adorava representar.

Desde garoto era flagrado em frente à penteadeira de Ester, sua mãe, fazendo poses e gesticulando. A contragosto, André matricula o filho numa escola de teatro. Era uma preocupação diária que povoava a cabeça do pai:

— Puxa vida! O que vai ser do meu filho quando crescer, quando se tornar um homem? Eu sei que tenho dinheiro para que ele viva bem, mas ser ator? Isso não é carreira... — dizia sempre, orando para que o filho não seguisse essa profissão.

Ricardo não dava ouvidos a tais comentários. Compreendia que, desde a morte de sua mãe, naturalmente seu pai passara a se preocupar cada vez mais com ele e com seu irmão. Ele tentava, debalde, mostrar ao pai que não tinha perfil para ser seu sucessor frente as papelarias. Demonstrava, através de um temperamento divertido, que controle de dinheiro, organização e sentar-se atrás de uma mesa cheia de papéis não eram o seu forte.

— Pelo menos há alguém na família que vai fazer essa rede de papelarias prosperar. Acho ótimo que Rogério goste de ficar enfiado horas a fio dentro do escritório — dizia sempre ao pai.

Os irmãos se davam muito bem e eram fisicamente idênticos, salvo mínimos detalhes. Somente os pais, depois de anos de convívio, conseguiam distinguir quem era quem, embora fosse nítido um devotamento maior por parte da mãe a Rogério.

Ricardo incentivava Rogério nos estudos, que retribuía incentivando o irmão a dedicar-se ao teatro, cinema e, mais recentemente, à televisão.

Rogério ultimamente sentia uma felicidade indescritível. Estava realizando seus sonhos, portanto era natural estar feliz, muito embora, lá no fundo de seu peito, sentisse que algo muito maior estava por acontecer. Não conseguia decifrar, só sentia um bem-estar muito grande. Começara o ano sentindo-se leve como uma pluma. Logo ele, um rapaz que sempre fora muito dinâmico, dedicando-se aos estudos e às lojas do pai.

Numa dessas noites quentes de janeiro, ao deitar-se, Rogério sentiu-se muito cansado.

Após remexer-se de um lado para o outro, levantou-se da cama e abriu a janela. Procurou inspirar o ar puro da leve brisa que, sorrateira, invadia seu quarto. Sentiu um delicioso aroma de perfume, e em seguida todo o cansaço começou a desaparecer. Espreguiçou-se, bocejou e deitou-se novamente. Olhando para as estrelas através da janela de seu quarto, Rogério adormeceu.

Nesse momento, seu espírito separou-se de seu corpo físico. Ele acordou, sentindo-se mais leve e disposto. Ao olhar para os lados, viu sua mãe ao pé da cama.

— Mamãe! Quanto tempo! — exultou.

Ester, procurando conter as lágrimas que se misturavam, entre doces e amargas, afagou-lhe os cabelos com amor. Com voz doce e melodiosa, tornou:

— Querido, não reclame. Passamos o réveillon juntos, não se lembra?

O jovem, um tanto confuso, procurando fazer força para lembrar-se, retrucou:

— Vagamente... Por que papai e Ricardo nunca estão conosco? Por que só aparece para mim?

— Disse-lhe isso muitas vezes, meu amor. Ainda não está no tempo certo de saber. Em breve a vida espiritual lhe será descortinada. Estou aqui para dar-lhe todo o meu amor e apoio, além de torcer para que você aceite os fatos como são. Confie.

— Você me disse isso na outra vez. Confie... — ele coçou e meneou a cabeça, procurando entender o que a mãe lhe falava.

— Confie, meu amor. Agora preciso ir.

— Já?

— Já. Em breve teremos mais tempo. Aguarde... e confie.

Ester levantou-se e beijou a testa do filho. Em seguida, Rogério adormeceu e seu espírito permaneceu deitado um palmo acima de seu corpo.

Uma voz doce, porém firme, tirou Ester do pranto que teimava em dominá-la.

— Querida, agora deixe-o. Ele não pode perceber o seu desespero. Controle-se. Você encontra-se preparada para essa empreitada. O plano maior confiou-lhe essa missão. Não vá ceder. Estamos quase chegando ao fim. Você precisa manter sua vibração em sintonia com nossos amigos da luz.

Ester, limpando as grossas lágrimas que desciam pelo rosto, procurou recompor-se.

— Você está certo, Otávio. Desculpe. Quando chego perto de Rogério, meu coração começa a trepidar...

Ela ruborizou. Otávio considerou:

— Deixe-o trepidar. O coração, quando trepida por amor, está em sintonia com a luz, vibrando de acordo com a alma. Não se acanhe pelo que sente por Rogério. Lembre-se de que ele foi seu filho nessa última encarnação justamente para perceberem o verdadeiro amor que os une.

— A vida nunca erra. Somente sendo mãe eu pude aprender a reformular a paixão doentia que arrastamos por muitas vidas.

— Exatamente. O amor de mãe é incondicional, puro e verdadeiro. Por viver em sintonia com esse amor, você foi capaz de reavaliar seus verdadeiros sentimentos por Rogério. Só Deus sabe como manejar isso, Ester. Agora vamos. Não podemos mais ficar aqui. Passamos da hora.

— Está certo.

Ester passou delicadamente as mãos nos cabelos do filho. Virou-se para Otávio e lhe deu as mãos.

Logo, ambos volejaram e seus espíritos fundiram-se ao brilho magistral das estrelas, que davam um colorido prateado ao vasto universo.

CAPÍTULO 2

A ideia da compra de um carro para Rogério, como presente de formatura, fora de seu irmão. Ricardo procurava, sempre que possível, incentivar o pai. Costumava dizer:

— Pai, ele se matou de estudar. Ficava o dia inteiro trabalhando a seu lado e depois saía correndo para a faculdade. Eu sei que ele gosta muito de estudar e está se formando naquilo que gosta, que sempre sonhou. Bem que o senhor podia dar um carro para ele, não?

André, passando as mãos por entre os cabelos prateados, procurou argumentar:

— Eu estava juntando dinheiro para comprar um carro para cada um. Embora estejamos bem de vida, não tenho condições de comprar dois carros de uma só vez. Eu mal terminei de pagar o Simca.

— Sei disso. Não estou resmungando, porém levo uma vida mais sossegada. Não preciso e não dependo de carro. Um veículo não está nos meus sonhos, por enquanto.

— Você não se importaria, meu filho? Não ficaria zangado caso eu comprasse primeiro um carro para o seu irmão?

— Claro que não, pai. Ele merece. E, caso precise de carro, eu pego o dele, ou o do senhor, ou ando com o Douglas, nosso motorista.

— Filho, você vale ouro! — tornou o pai emocionado. — Pena que não abraçou uma profissão de futuro certo. Gostaria muito que você seguisse uma carreira sólida. Infelizmente nem tudo na vida é como queremos que seja. Mas você é um excelente rapaz. Adoro você.

— Eu também o adoro. Quanto à carreira, não se preocupe. Estou seguindo a minha intuição, a minha vontade. Sou-lhe profundamente grato por me pagar o curso de teatro. Saiba que não farei faculdade somente para agradá-lo.

— Estude Comunicação, então.

Dando um tapinha, levemente, nas costas do pai, Ricardo redarguiu:

— Pai, eu adoro o que faço. O senhor ficaria contente de ver seu filho trabalhando em algo de que não gostasse, que não preenchesse sua alma de alegria e contentamento?

— Você não acha que isso é conversa fiada? Como fica o amanhã? E quando eu não estiver mais aqui? Vai viver do quê, meu filho?

— Vou viver de rendas — concluiu o filho, com largo sorriso nos lábios. — Já temos um administrador na família, não preciso me preocupar. E tem outra coisa, pai.

— Fala, Ricardo, fala...

— Rogério está pensando em ficar noivo. Um carro para ele e Leonor será mais útil do que para mim, que estou sem ninguém, concorda?

André percebeu o tom de malícia com que o filho lhe dirigira a palavra. Passando as mãos pelas costas de Ricardo, respondeu bem-humorado:

— Está certo. Você sempre me dobra. Acha mesmo que seu irmão vai ficar noivo de Leonor? E se ela não quiser morar em São Paulo?

— Duvido. Leonor gosta muito da irmã.

— Aquela tal de Odete que anda sempre de mal com a vida?

— Não a conheço para tecer quaisquer comentários.

— Não falo por mal. Seu irmão que me disse. Ela vivia bem em Brasília com o marido. Vai ver ficou deprimida quando ele foi transferido para São Paulo.

— Pode ser. Em todo caso, tudo caminha a favor de Rogério. Ele é muito convincente. Se quiser, pode fazer Leonor mudar-se com ele até para o Amazonas. Ele tem muita lábia.

— Espero que seu irmão se acerte com Leonor. Sempre gostei muito dela, é excelente moça. Caso decidam morar no Rio, pelo menos eu e você vamos nos divertir com aquelas beldades na praia, certo?

Ricardo se divertia com o jeito do pai, mas sentia um leve aperto no peito quando tocava no nome de Leonor. Percebera desde o início o quanto invejava o irmão. Em sua mente havia inclusive aventado a possibilidade de se passar por Rogério para chegar mais perto, sentir o aroma suave que seu perfume exalava. Afastava-se sempre quando ela estava por perto. Não podia trair o irmão. Procurando disfarçar o que ia em seu peito, perguntou bem-humorado ao pai:

— Já pensou no carro?

— Cheguei a pensar num Simca igual ao nosso.

— Pensou em algum outro modelo?

— Talvez um Aero-Willys.

— É gozação? Pai, você está comprando um carro para o seu filho. Esses modelos são lindos, excelente mecânica, mas muito conservadores.

— E qual carro você acha que deveríamos comprar para seu irmão?

Passando os dedos pelo delicado furinho no queixo que o deixava ainda mais bonito, Ricardo considerou:

— Um Fusca. Um carro superbacana. É uma brasa, mora?

— Está certo. Mas pare de falar comigo usando essas palavras esquisitas. Você já é um homem, não um adolescente. Por acaso aderiu à Jovem Guarda?

— Não. Mas outro domingo, quando estava passando pela Consolação, foi impressionante ver a quantidade de jovens que faziam fila para entrar no teatro e assistir ao programa. Pelo menos agora a garotada tem o rock nacional. E lembre-se de que não há limite de idade para se apreciar qualquer gênero musical.

— Você está certo. Fale como quiser, ouça a música que quiser. Estou muito feliz. Você tirou o fardo que eu carregava nas costas. Estou aliviado por compreender-me. Assim que os negócios melhorarem, darei um carro para você.

— Não pense nisso agora. Já disse que me viro. Agora vamos até a loja. Estou louco para escolher a cor.

Saíram de casa felizes e radiantes, em busca do presente de Rogério.

Ricardo era um rapaz educado e inteligente, não seguia os ditames sociais. Por mais avassaladoras e desastrosas que fossem suas relações afetivas, ele era equilibrado. A única mulher que lhe despertara o interesse fora Leonor. Ele a vira primeiro, mas Rogério fora mais rápido. Quando tomara coragem para falar com a moça, ela já se encontrava nos braços do irmão. Resignara-se e procurara esquecer.

Rogério não se envolvia afetivamente com as mulheres. Desde adolescente namorava uma garota atrás da outra. Estava sempre atrás do prazer. Nunca acreditara numa relação estável, até o dia em que conhecera Leonor.

Nesse verão Rogério sentia-se leve, feliz, pressentia que algo muito bom estava por acontecer. Será que se casaria em breve? Chegara a pensar nessa possibilidade, afinal de contas, Leonor era excelente companheira. Gostava muito dela, mas não sabia ao certo se era amor. Será que logo assumiria a direção das lojas do pai? Indagava-se para tentar descobrir o porquê de sentir-se excitado e feliz, porém leve e despreocupado.

Radiante com o presente de formatura, Rogério subia e descia a rua Augusta, na capital paulista, com os amigos madrugada adentro. Sentia-se um adolescente. Agora que tinha as noites livres, frequentava lugares interessantes e na moda, como a badalada boate Cave.

Leonor, por sua vez, prestara vestibular para o curso de Psicologia no Rio e em São Paulo. Conseguira passar nas duas cidades. Estava feliz ao lado de Rogério. Por essa razão, optara por fazer o curso em São Paulo, para ficar mais perto dele e de sua irmã Odete.

Sentia-se triste por deixar Carmem, sua mãe, sozinha morando no Rio. Tentava a todo custo convencê-la a morar em São Paulo, mas Carmem não queria sair do Rio. Sempre dizia:

— Eu não sou uma inválida. Trabalho e sou dona da minha vida. Sou funcionária pública. Tenho emprego fixo e garantido. Graças a Deus, seu pai nos deixou esta bela casa. Não preciso de ninguém.

— Vai ficar aqui sozinha? A sua filha, o seu genro e os seus netos estão em São Paulo. Agora sou eu quem está se mudando para lá. Peça transferência na Prefeitura.

— Não é tão fácil assim, filha. Está tudo muito conturbado neste país. Eu prefiro ficar quieta no meu canto, levando a minha vida. Tenho minhas amigas, minhas novelas. Você vem passar os feriados comigo, o que acha?

— Você é osso duro de roer!

Percebendo a firmeza na decisão da mãe, Leonor deu novo rumo à conversa:

— Rogério está chegando amanhã. Vamos passar o fim de semana com a senhora e depois partimos para São Paulo. As aulas vão começar logo e a faculdade precisa de uma série de documentos. Há também o baile de formatura semana que vem. Quem sabe Rogério não a convença?

— Pode vir o Rogério, a sua irmã, ou o papa. Estou convicta do que quero. Sempre gostei de me virar. E vou continuar assim até morrer.

— Como eu e Odete podemos ser tão diferentes da senhora? Odete é tão insegura que às vezes chego a pensar que ela não seja sua filha.

— Engano seu. Sempre fui apegada a vocês duas, dependente de seu pai, e muito, mas muito insegura. Daí a vida tirou o seu pai de mim. Tive de me virar. Não tínhamos parentes ricos. Só ficamos com esta casa, mais nada. Batalhei muito. Valeu o esforço. Como poderia ficar apegada às minhas filhas se eu tinha que pensar numa maneira de sustentá-las? Hoje estamos bem. Trabalho, ganho o meu dinheiro. Não preciso me preocupar em pagar seus estudos, pois você ingressou numa universidade pública. O que mais posso querer?

— Um marido! Não seria ótimo a senhora se casar de novo?

— Não me faz falta nenhuma, tanto que nem penso nisso por ora. Estou viúva há tanto tempo que já me acostumei a viver sozinha.

— Quem sabe, não é? Um bom partido sempre é bem-vindo! E a senhora ainda não é de se jogar fora.

— Sei disso. Quem sabe, um dia apareça um que arrebate o meu coração?

Carmem possuía atitudes firmes e temperamento forte.

Casara-se com Otávio mal havia completado dezesseis anos, pouco depois de perder os pais num acidente de trem. Não tinha irmãos e perdera o contato com seus familiares, que moravam na região Centro-Oeste. Era uma linda garota. Olhos verdes penetrantes, tipo mignon, cabelos castanhos que contrastavam com sua tez morena. Logo no primeiro ano de casamento nascera Odete.

Dez anos depois, Carmem engravidara novamente. Durante a gestação, Otávio morrera de ataque cardíaco. Fora um grande baque. Por pouco ela não perdera Leonor.

Com duas filhas para sustentar e sem nunca ter trabalhado, matriculara-se às pressas num supletivo. A duras penas, formara-se e prestara concurso para trabalhar na Prefeitura. Desde então fizera tudo o que estava ao seu alcance para criar suas duas meninas.

Aos dezoito anos, Odete casara-se com Tadeu e logo engravidara. Assim, Carmem seguia sua vida junto a Leonor. Davam-se muito bem. Eram muito amigas.

Continuavam, mãe e filha, a conversar animadas, quando foram surpreendidas pelo som de uma buzina estridente. Como não a reconheceram, Carmem perguntou:

— Quem será a uma hora dessas?

— Deve ser o Rogério, mãe! Tenho certeza de que é ele.

— Ele não vinha só amanhã?

— Não sei, algo me diz que é ele. Vamos ver.

Foram até a porta de entrada. Ao abrir a porta, Leonor gritou, animada:

— Ele veio com o carro novo. Nossa, Rogério, que carro lindo!

— O carro pode ser lindo, mas o som da buzina é horroroso — retrucou Carmem, bem-humorada.

— Desculpem, meninas. Não esperava chegar a esta hora. É que está chovendo muito, senão chegaria muito mais cedo. Parece que o Rio vai sumir em meio a tanta água.

— Entre logo, meu filho — disse Carmem. — A chuva está muito forte.

Rogério entrou correndo pela varanda da casa. Abraçou e beijou Leonor. Após beijar Carmem, considerou:

— Estou morrendo de fome. Por acaso tem alguma coisa que restou do seu jantar?

— Claro que sim. Fiquem aí na sala conversando e namorando um pouquinho, enquanto eu vou esquentar sua comida. Volto num instante.

— Puxa, Leonor, sua mãe é maravilhosa. Pena que eu não tenha mais uma mãe — lamentou.

— Não fale assim, querido. Você ainda teve a sorte de conhecer e conviver um pouco com sua mãe. E eu que nem cheguei a conhecer meu pai?

— De certa forma não fez falta alguma. Sua mãe tem cumprido os dois papéis muito bem.

Carmem, ouvindo a conversa, deu meia-volta:

— Meu filho, esta é a única cobrança que sinto por parte de Leonor. Ela sempre reclamou por não ter tido um pai. Se a vida a privou de um, é porque havia motivos.

— A senhora fala assim porque nunca foi órfã de pai. Perdeu o seu quando tinha quinze anos, mas pelo menos conviveu um pouco com ele. Eu acredito em Deus, mas nunca aceitei o fato de não ter um pai. Nas minhas orações sempre peço isso.

— O quê? — perguntou Rogério, com expressão interrogativa no semblante.

— Peço para Deus me dar um pai. Sonho com um casamento para minha mãe. Minhas preces serão ouvidas, acredite.

— Não ligue para ela, Rogério — tornou Carmem, meneando negativamente a cabeça. — Se ela pensa que vou caçar um marido para satisfazer os seus caprichos, vai morrer órfã.

— Assim é que se fala, dona Carmem. Deixe que vou demovê-la dessa ideia.

— Tenho certeza disso, meu filho — respondeu Carmem, sorridente.

Dando o assunto por encerrado, a jovem senhora beijou a testa do casal e voltou para a cozinha.

Meia hora depois, o casal foi chamado para comer. Levantaram-se e foi com gosto que Rogério saboreou a refeição. Leonor, vendo o semblante do namorado contorcido de prazer, também não resistiu e fez seu prato. Ao terminarem, Carmem perguntou, ansiosa:

— Quando vão embora?

Rogério apressou-se em responder:

— Amanhã à noite, porquanto quero chegar o mais rápido possível em São Paulo. Leonor precisa dar entrada com os papéis na universidade. Odete vai querer grudar na irmã por um bom tempo. Por isso quero ir rápido para ficarmos a sós um pouco.

— Não fale assim de minha irmã. Grudar em mim? Ela não tem ninguém para conversar. Só a mim. Se o marido lhe desse mais atenção...

— Não diga isso, Leonor — redarguiu Carmem. — Sabemos que Tadeu tem feito tudo para manter o casamento. Sua irmã vestiu o papel de esposa. Tadeu não queria uma esposa, mas uma companheira.

— A senhora defende o seu genro, dona Carmem?

— Não é questão de defendê-lo. Sabe, meu filho, Odete sempre demonstrou ser dependente e insegura, desde garota. Quando meu marido morreu, ela entrou em paranoia. Achava que não iríamos conseguir sobreviver sem ele. Sempre foi muito medrosa. E não acho que ela estivesse pronta para se casar, embora percebesse em seus olhos o amor que sentia por Tadeu.

— Mãe! — gritou Leonor. — Como pode falar uma coisa dessas na frente de Rogério?

— Não me importo em falar a verdade, minha filha — e virando-se para Rogério: — Bem, meu filho, o casamento de Odete para mim sempre foi fadado ao fracasso, mesmo Tadeu sendo louco por ela. Odete não expressa o seu amor, não faz nada por si. Sempre precisou ter alguém que lhe desse o comando. Por isso é infeliz. E do jeito que as coisas andam, acho que Tadeu vai pedir o desquite.

Leonor empalideceu. Não imaginava que a relação de sua irmã com o marido estivesse tão ruim.

— É verdade, mãe? E aí? O canalha larga dela, deixa os filhos... e o que Odete vai fazer? Sempre foi uma mãe e esposa dedicada. Não tem profissão nenhuma. Parou de estudar para casar-se.

— Não sei, Leonor. Sua irmã fez uma escolha. Ninguém a obrigou a casar-se. Tadeu também não foi machista a ponto de não permitir que ela trabalhasse. Ela quis ser dona de casa e mãe, por livre e espontânea vontade. Caso ocorra o fim do casamento, ela terá de fazer o que eu sempre fiz desde que seu pai morreu: se virar.

— O seu caso é diferente, dona Carmem — disse Rogério. — O seu marido morreu, o marido de Odete está vivo.

— E o que importa estar morto ou vivo? De que adianta ter um casamento de aparências, em que não há trocas, só há dependência e falta de sintonia? Qual é o problema de se separarem? Tadeu não merece ter uma mulher apagada e infeliz a seu lado.

— Acha que eles não se amam, mãe?

— Tadeu sempre amou e sempre vai amar sua irmã. Odete é que não consegue perceber isso. Dedica-se demais a suas lamentações e se esquece do marido. Tudo tem um meio-termo. Ela abusa demais da paciência de Tadeu.

— Nossa! Agradeço a Deus por ser sua filha e amiga, mãe — e virando-se para Rogério: — Você já viu uma cena como esta, meu bem? Uma mãe que, em vez de defender a filha, defende o genro?

— Acho que sua mãe está certa. Eu mal conheço Odete e Tadeu. Tivemos pouco contato. Agora, ouvindo sua mãe falar, percebo que ela está coberta de razão. Sua irmã nem parece esposa do Tadeu, mas sim a mãe dele. Aliás, sua mãe está com a aparência muito melhor que a dela.

— Você acha, meu filho? Estou tão bem assim? Leonor, esse é o homem certo para você. Ele é muito sincero.

Riram muito. Continuaram a conversa durante horas a fio. Não se deram conta do horário.

Após tomarem um delicioso licor, Carmem pacientemente ajeitou o quarto que antes era de Odete para Rogério. Despediram-se e foram desfrutar o silêncio que a alta madrugada lhes ofertava.

Carmem demorou para conciliar o sono. Mal cochilou, começou o pesadelo. Gritos, pedidos de socorro, pânico e desespero. As cenas embaralhavam-se em sua mente. Imagens se sobrepunham. Nas cenas, a imagem de seu marido falando-lhe com firmeza, porém tranquilo:

— Estarei a seu lado. Não se preocupe.

Carmem sentiu ser tão real que acordou assustada, suando bastante.

— Meu Deus, o que será isso? Um sinal?! Que sonho mais confuso! Por que venho sonhando a mesma coisa há dias? Que esquisito...

Levantou-se, perdera o sono. Sentiu sede e foi para a cozinha. Bebeu um pouco de água e ficou sentada numa cadeira, apoiando os cotovelos na mesa.

— Uma semana sonhando a mesma coisa! O que Otávio quer me dizer com "estarei a seu lado"? Será que alguma coisa ruim vai acontecer comigo? Tenho só quarenta e quatro anos! Será que está chegando a minha hora? Será que vou partir?

Carmem sentiu uma grande dor no peito. Não era uma dor física, mas um aperto emocional, uma sensação de perda. Friccionou o peito, como a arrancar essa sensação.

Foi até a estante na sala e começou a vasculhar os livros, enfileirados e organizados. Curvou sua cabeça para ler os títulos, que se encontravam na vertical.

Falava para si mesma:

— Onde está aquele livro que Marta me emprestou?

Continuou procurando. Achou.

— Ah, é este livro aqui. Hum, *O poder do pensamento positivo*, de Norman Vincent Peale. Já ouvi bons comentários a respeito.

Pegou o livro, sentou-se em sua poltrona preferida, ao lado de um grande abajur. Com as lâmpadas voltadas para a cabeceira e o centro da poltrona, sentiu-se à vontade para iniciar a leitura.

Carmem não era religiosa. Não gostava de ser escrava de alguma doutrina ou religião que fosse. Era católica apenas pelas convenções sociais. Raramente ia à igreja. Quando seu marido falecera, não conseguira encontrar respostas do porquê de sua partida.

Após sentar-se na poltrona e antes de ler o livro, lembrou-se da época em que fora buscar conforto com um padre.

— Não sei o que fazer! Eu não tenho parentes, meu marido morreu. Tenho uma filha de dez anos e outra recém-nascida para criar. Por que Deus me tirou Otávio?

— Foi vontade Dele. Agora seu marido descansa no mundo dos justos.

— Descansa?! Otávio era um homem dinâmico, trabalhador, muito ativo. Era moço, não gostava do ócio. Acha que iria querer descansar? Ele sempre gostou de trabalhar. Se é assim, por que então Deus não mata os maridos vagabundos, bêbados e encrenqueiros, ou aqueles que batem nas esposas? Por que Deus tem que levar o bom marido, companheiro, atencioso, carinhoso como o meu...

— Porque o seu marido era bom. E Deus quer pessoas boas a seu lado.

— Desculpe-me, padre. Mas não somos todos filhos de Deus?

— Claro.

— E por que Ele não leva os filhos imprestáveis? Não seria melhor bani-los do mundo? Já que Ele é o Pai, que leve os filhos para o lado Dele e lhes dê uma lição.

— Você não está entendendo. Todos nós somos filhos de Deus, mas alguns preferem seguir outro caminho. Esses nunca mais serão chamados por Ele.

— Eu vim procurar conforto, e veja só o que encontrei: bagunça na minha cabeça. Da maneira como fala, me parece que Deus é parcial, levando somente aqueles que Lhe são caros. Não é justo. E deixar uma mulher sem marido também não é leal. Desculpe, mas estou com muita raiva, não entendo esse jogo de Deus. Até mais...

Carmem voltou ao presente. A conversa com o padre na época da morte de Otávio fora um ponto decisivo para não seguir mais nenhuma religião. Em seu íntimo, acreditava que a vida continuava depois da morte, mas não gostava de se meter nesses assuntos. Tinha medo, e o preconceito sobre o tema era muito forte.

Novamente seus pensamentos começaram a fervilhar.

Pensou em sua vizinha, que tinha como melhor amiga. Marta era uma mulher liberada para a época, passara alguns anos morando com parentes em Washington, nos Estados Unidos. Tempos atrás, participara de uma manifestação contra a guerra do Vietnã. Desiludira-se com o governo americano, mas encantara-se com alguns membros de um grupo pacifista dos quais tornara-se amiga íntima.

Esse grupo mostrou-lhe algumas obras sobre o poder do pensamento e outras obras ligadas à espiritualidade, pois naquela época começaram a pipocar grupos pacifistas nos Estados Unidos, principalmente em São Francisco.

Marta ficara encantada com a possibilidade de poder se expressar livremente no mundo, sem estar ligada a qualquer tipo de convenção. Mesmo beirando os trinta anos, sentia-se jovem. Não considerava idade fator limitante, pelo contrário. A liberdade de poder ser e de fazer o que o coração clamava, e não o que a sociedade mandava, alegrava sua alma.

Assim que retornara ao Brasil, procurara encontrar livros que retratassem de maneira livre as leis da vida.

Marta instalara-se em pequeno, porém gracioso, sobrado em frente à casa de Carmem, no bairro de Ipanema. Por ser diferente da maioria das mulheres de seu tempo, encontrara em Carmem uma grande amiga.

Carmem, também descontente com os ditames da sociedade, encantara-se com a maneira descontraída de Marta, suas histórias e seu modo novo e interessante de pensar.

A princípio, acatara com facilidade os ensinamentos relativos ao pensamento positivo. Quando o assunto chegava próximo às questões espirituais, ela vetava o assunto, com veemência.

— Não adianta, Marta. Não me venha com delongas. Pensamento positivo faz sentido, mas espiritualidade, não. Já chega o que passei sendo educada em colégio de freiras e sendo obrigada a frequentar a igreja aos domingos.

Com paciência e ternura na voz, Marta insistia:

— O que lhe ofereço são outras coisas. Nada ligado a dogmas ou igrejas. Pelo menos, você podia me ouvir. Veja, para se ligar em Deus, ou estar conectada aos espíritos de luz, não há necessidade de se converter em alguma religião. Basta aceitar e observar que essa realidade existe, que estamos cercados por espíritos.

— Por enquanto fico com este livro aqui que você está me emprestando. Só de você falar em espíritos, eu fico toda arrepiada. Já não chega sonhar com meu marido falecido? Não me sinto preparada para aceitar essa realidade agora.

— Está bem, você é quem manda. Muito embora algo me diga que você logo se interessará pelo assunto — disse Marta, olhando para um ponto indefinido da sala e com voz suave, porém firme.

— Por que me diz isso?! — rebateu Carmem, assustada.

— Disse o quê? Eu não disse nada de mais.

Carmem abriu os olhos, suspirou profundamente. Voltou a colocar atenção no livro e começou a folheá-lo. Leu alguns trechos. Foi se acalmando lentamente, mas o aperto em seu peito continuava forte.

Mais algumas páginas e, vencida pelo sono, adormeceu na poltrona.

CAPÍTULO 3

Assustada pelo barulho dos trovões e relâmpagos, Carmem acordou. Sonolenta, procurou o relógio. Oito da manhã. Falou em voz alta, ainda bocejando:

— Nossa, acabei dormindo na poltrona.

Levantou-se, sentiu o corpo dolorido pela posição em que dormira. Procurou se espreguiçar. Pegou o livro, que havia caído de seu colo, e o pôs na estante. Ouviu passos no corredor.

— Bom dia.

— Ainda é cedo, Rogério. Por que não volta para a cama?

— Bem que eu queria. Dormi bem, graças ao silêncio da noite. Mas há pouco acordei incomodado com o barulho das trovoadas.

— Estão fortes mesmo. Fique aqui na sala, vou fazer um bom café para nós. Depois acordaremos Leonor. Antes, vou tomar um banho. Tive poucas horas de sono e preciso me refazer. Com licença.

Carmem foi para o banheiro. Rogério ligou a televisão e recostou-se no sofá.

— Venha ver, dona Carmem. Olhe que calamidade! A emissora está mostrando tudo.

Carmem voltou para a sala.

— Meu Deus, Rogério! Que horror!

Realmente, o estado da Guanabara estava um caos. Centenas de barracos deslizaram pelos morros feito casas de papelão. Muitas ruas se transformaram em rios, tamanha a quantidade de água que não parava de cair. Milhares de desabrigados.

— A emissora está fazendo coleta de mantimentos e cobertores. Há muita gente desabrigada. A senhora tem alguma coisa para ofertar?

— Tenho sim. Há ainda algumas roupas do Otávio que estão no guarda-roupa. Acho que vou juntar tudo e poderemos enviar. Agora eu vou tomar um banho e fazer um bom café. Pegue o endereço aí na televisão. Depois do almoço poderemos levar algumas coisas.

— E eu passarei num mercado qualquer e comprarei alimentos de primeira necessidade.

Carmem voltou para o banheiro. Não lhe agradava ver aquelas cenas tão assustadoras e trágicas. Rogério continuou assistindo ao noticiário.

— Bom dia, meu bem! Já está acordado?

— Eu é que pergunto, Leonor. Você, tão dorminhoca, já está de pé?

— Não aguento mais ouvir tanta trovoada.

Esparramando-se no sofá e recostando a cabeça suavemente no peito de Rogério, Leonor perguntou, olhos fixos na televisão:

— O que é isso?

— É o estrago que as enchentes estão causando aqui no Rio.

— Puxa, eles estão fazendo campanha de arrecadação de mantimentos e roupas. Eu não podia sequer imaginar que a cidade estivesse sendo tão castigada pelas chuvas.

Carmem veio até a sala.

— Bom dia, minha filha. Também está assustada com as cenas das enchentes?

— Estou, mamãe.

— Eu estava com Rogério agora há pouco na sala e resolvi que vou ajudar, levando as roupas de seu pai que ainda tenho no guarda-roupa.

— Vou fazer uma compra de gêneros alimentícios de primeira necessidade — tornou Rogério.

— Ótimo. Também quero ajudar. Depois do café vou fazer uma limpeza no meu armário. Tenho um monte de roupas que não uso há muito tempo. A senhora também podia fazer o mesmo. Veja o que não usa há bastante tempo e doe também.

— Pronto! — rebateu animadamente Rogério. — Agora arrumamos serviço. Enquanto vocês ficam arrumando os armários e separando as roupas, eu vou ao mercado aqui perto fazer as compras, o que acham?

— Está chovendo muito, Rogério — disse Carmem. — Espere baixar um pouco a água.

— Qual é o problema, dona Carmem? O mercado fica aqui perto. Não se preocupe. Por favor, vamos tomar café? Estou morrendo de vontade de comer os seus bolinhos.

Desligaram a televisão e seguiram animados até a cozinha.

Após o café, Carmem e Leonor foram vasculhar os armários. Rogério saiu à compra de mantimentos para as vítimas da enchente.

— Mãe, sabe que tem muita roupa aqui que eu não vou usar mais? Já levei tanta roupa lá para a casa da Odete, e ainda tem um monte por aqui. Não sei por quê, mas estou com vontade de doar tudo.

— Vá com calma. Não adianta você agora querer vestir todos os desabrigados.

— Não é isso. Sinto que não preciso disso tudo. Além do mais, Odete prometeu-me comprar roupas novas. Disse que é presente de Tadeu.

— Está vendo? E você implica com seu cunhado. Ele é um amor de pessoa.

— Às vezes eu sinto que a senhora é muito dura com Odete. Algo lá no fundo me diz que fala a verdade. Não gosto de dar o braço a torcer, mas realmente Tadeu é um excelente marido.

— Marido, companheiro, amigo e amante — completou a mãe. — Odete me diz que ele é perfeito em tudo. Mas ela se perde naquela casa, implicando com as crianças, e também não se cuida mais.

— Concordo. Sabe, o que Rogério falou na cozinha é verdade. A senhora parece filha dela. Odete está um caco. Engordou tanto! E os cabelos, então? Aqueles cabelos cacheados, longos, viraram um monte de tufos desalinhados. Ela está acabada.

— Corre sério risco de perder o marido. A vida está sendo muito generosa com sua irmã, porquanto Tadeu continua lindíssimo, como sempre foi. E está apaixonado por ela, ainda. Mas saiba que o amor precisa de combustível. Um homem apaixonado precisa de uma mulher também apaixonada, que se cuide, que se trate, que tenha uma boa conversa, que seja companheira. Não vejo isso em Odete. Acho que ela vai perder o marido, caso não mude a postura.

— Não diga isso, mamãe! Pode deixar que, assim que eu me instalar em São Paulo, vou ajudá-la. Vou dar uns conselhos a ela. A senhora vai ver. Essa minha ida para São Paulo vai mudar as nossas vidas.

— Tenho certeza. Você tem a cabeça aberta, tem opinião. Odete se parece comigo na época em que me casei. Precisei levar uma bofetada para acordar.

— A senhora acha que a morte de pa... papai...

Leonor pigarreou. Emocionada, com os olhos marejados, tornou:

— Desculpe, mãe, ainda é difícil para mim. Nasci e cresci sem a presença dele.

Carmem passou delicadamente as mãos sob os olhos da filha, procurando secar suas lágrimas.

— Imagino que isso não tenha sido fácil para você — tornou, também emocionada a mãe, tentando penetrar no íntimo de sua filha para perscrutar-lhe a dor.

Ficaram quietas por alguns segundos. Não perceberam que foram envolvidas por deliciosa e suave brisa. Um bem-estar invadiu o quarto. Sentindo-se aliviada de súbito, Carmem continuou:

— Seu pai estava radiante com a gravidez, fez planos para você. Pelo menos ele a amou enquanto você estava aqui dentro — falava, fazendo sinal com a mão apontando para a barriga.

— Que intuição, a de papai! Quanto mais você fala, mais gostaria de conhecê-lo, ou de ter um. Por que você não se casa de novo, mãe?

— Ora, filha, continue separando as roupas. Que conversa!

Meneando negativamente a cabeça, Carmem considerou:

— Você arrumou um bom partido, talvez seja hora de largar essa fixação de ter um pai. Não me obrigue a fazer coisas das quais não gosto. Damo-nos bem porque nos respeitamos. Não quero que esse respeito entre nós seja quebrado por um capricho seu.

Leonor, envolvida ainda pela brisa suave que pairava no quarto, tornou, amável:

— Peço desculpas. Você sempre foi fantástica, mãe e pai ao mesmo tempo. Devo tudo o que sou a você, inclusive o ingresso na universidade. Sem o seu suporte, amor e carinho, tudo seria mais difícil.

Carmem nada falou. Apenas deixou que lágrimas de gratidão escorressem por seu rosto.

— Mãe, eu fico aqui reclamando a falta de um pai, enquanto você me deu tudo. Agora fico pensando, deve ter sido duro para você também.

— Foi — limpando as lágrimas e esboçando um leve sorriso, Carmem continuou: — Caso seu pai não morresse, eu não teria me tornado a mulher que sou hoje. Com a morte dele tive de despertar e me virar na vida, entende?

— Não poderia haver um jeito mais fácil de a senhora acordar? Precisava Deus matar papai?

— Não meta Deus nisso, Leonor. Eu tenho o meu jeito de enxergar as coisas. Se o seu pai continuasse vivo, eu continuaria sendo a pacata esposa de sempre. Não teria estímulo para mudar, nem consciência. Eu acho que a vida, como é sábia, tirou-o de perto para que eu voltasse a me valorizar, a descobrir a força que há em mim. E graças a Deus hoje eu sei que tenho muita força.

— Concordo. Você anda muito filosófica ultimamente. De onde vem tirando esses novos conceitos? Marta está enchendo a sua cabeça? Daqui a pouco a senhora vai usar minissaia e ser falada na rua.

Deram sonoras risadas. Carmem continuou:

— Eu sempre fui assim, desde que Otávio morreu. Você é que nunca percebeu.

— Pode ser, mamãe. Agora que me sinto madura, começo a perceber outras coisas, mas prometo-lhe que nunca serei como Odete.

Rindo muito, mãe e filha foram tirando do armário as roupas que não mais queriam usar.

Carmem estava um pouco intrigada com tudo isso. Leonor estava tirando todas as suas roupas e deixou o armário totalmente vazio. Até algumas peças que antes nem Carmem se atreveria a usar, tamanho o apego, estavam agora entrando na velha mala para serem doadas.

Carmem sentiu novamente o aperto no peito.

"Talvez seja a chuva, ou o noticiário", pensou.

Continuaram a ajeitar as roupas.

Duas horas da tarde. Nada de Rogério aparecer.

O telefone tocou. Mãe e filha correram desesperadas para atendê-lo. Leonor alcançou primeiro o aparelho:

— Alô!

— O que é, minha filha? — perguntou Carmem, aflita.

Leonor fazia gestos largos com a mão para que a mãe baixasse o tom de voz.

— Fale mais alto... não estou escutando direito. A ligação está com muito chiado!

Carmem, postada aflita ao lado da filha, apertava as mãos em desespero.

— Está bem — respondeu Leonor. — Vou aguardar... Ah, a ligação caiu.

— Quem era, minha filha?

— Rogério. Parece que atravessou uma rua toda alagada, entrou água no motor, ou algo parecido. Está saindo do mecânico. Disse que em meia hora estará aqui.

— Então vamos voltar a assistir à TV.

Carmem foi até o aparelho e o ligou. A emissora continuava com transmissão ao vivo, mostrando pontos da cidade do Rio completamente inundados. Logo depois ouviu-se o repórter dizer:

— Serão bloqueadas as vias que dão acesso às estradas, devido aos deslizamentos de terra. Por precaução, o aeroporto também será fechado.

— Leonor, acho que vocês vão ter de ficar alguns dias por aqui. Do jeito que andam as chuvas, você e Rogério não poderão partir.

— Isso não. Nem que tenhamos de ir de trem. Eu preciso entregar os papéis da universidade na segunda-feira. Tenho a prova do vestido de formatura com a modista. Não se esqueça de que o baile é sábado próximo.

— Sei, mas, e aí? É melhor perderem dois dias, não acham?

— Que coisa! Você nunca foi assim antes. O que está acontecendo? Por que tanto medo?

— Sabe, você tem razão. Nunca fui medrosa. Faz uma semana que venho sentindo essa dor no peito...

— Dor no peito? Por que não me falou? Vamos marcar uma consulta hoje mesmo.

— Não é isso. É uma dor esquisita. Eu sinto um aperto, uma tristeza muito grande. E tenho sonhado com seu pai.

— É mesmo? A última vez que a senhora sonhou com ele foi quando a tia Alzira morreu.

— Isso é o que me preocupa. Sempre que sonho com seu pai, tenho a certeza de que algo ruim vai acontecer. Talvez eu esteja ficando velha.

— Velha?! Mãe, você é engraçada. Mal virou os quarenta anos e se acha uma velha? Bonita desse jeito? Está melhor do que eu.

— Também não é assim, minha filha. Talvez seja algo com o casamento de Odete e Tadeu.

— Pode ser. A senhora pode estar preocupada com ela. Coisas de mãe.

Massageando levemente o peito, como a afastar a dor emocional que a incomodava, Carmem respondeu:

— Pode ser minha filha, pode ser.

Meia hora depois, Rogério chegou.

— Meninas, é impressionante! Acho que só o Cristo Redentor vai se safar dessa.

Carmem, ainda aflita, perguntou-lhe:

— Está tão feio assim, Rogério? O que a televisão está mostrando é verdadeiro?

— Sim.

— Então o melhor a fazer é ficar por aqui.

— Nada disso, mamãe. Vamos almoçar. Depois vamos levar as roupas e os mantimentos para a emissora. Logo em seguida partimos.

— Ah não, Leonor! Vocês não vão partir hoje.

— O que é isso, dona Carmem? A senhora nunca agiu assim.

— Acho que ela está impressionada com as cenas que a televisão mostrou, Rogério.

— Também acho, filha. Eu não sou assim. Vamos almoçar e mudar de assunto.

— Assim é que eu gosto de ver.

Desligaram a televisão e foram para a cozinha. Rogério e Leonor arrumavam a mesa para o almoço enquanto Carmem esquentava a comida.

Terminada a refeição, Rogério e Leonor foram pegar as roupas que levariam para a emissora, bem como os seus pertences.

— Filha, eles vão fechar o acesso às estradas. Não acha melhor partirem amanhã?

— De jeito algum. Leonor me disse que viu na televisão anunciarem o bloqueio às estradas logo mais à noite. E por quanto tempo ficarão bloqueadas? Eu já liguei para o meu pai e lá em São Paulo não chove tanto assim. Portanto, creio que assim que pegarmos a estrada, estaremos livres das águas.

— Concordo — disse Leonor. — Meia hora de estrada com chuva e depois acaba. Fique tranquila, mãe.

— Vou tentar.

Carmem procurou ficar tranquila, mas não conseguia. O aperto em seu peito voltou na mesma intensidade que antes. Torceu as mãos no avental e abraçou os dois:

— Vão com Deus, meus filhos, mas tomem cuidado. Você acha que o mecânico fez tudo direito, Rogério?

— Sim. Os freios ficaram molhados, mas o carro é novo, estou com ele há pouco mais de um mês.

— Não se preocupe, mãe. Assim que chegarmos, ligamos.

— Vou esperar.

— Escutem — disse Rogério.

— O quê? — perguntaram ambas.

— A chuva parou. Está vendo, dona Carmem? Não precisa ficar preocupada.

Entraram no carro e partiram. Carmem ficou acenando do portão de casa. Do outro lado da rua, uma voz familiar:

— Boa tarde.

— Marta, que bom vê-la! Pensei ontem em você.

— Em mim? O que a fez pensar em mim?

— Lembra-se de um livro que me emprestou há um bom tempo?

— Lembro. Então finalmente você tirou o preconceito e começou a leitura.

— Livros sobre pensamento positivo, que possam me ajudar a mudar algumas crenças velhas e erradas, sempre foram bem-vindos. Nunca tive preconceito em relação a esses livros.

— Eu a entendo. Não queira se forçar. Deixe que a vida a conduza. Saiba que ela usa uma série de recursos para a nossa melhora. Se você tiver de aprofundar os seus estudos no campo da espiritualidade, aguarde. A vida lhe dará o sinal, no tempo certo. É só confiar.

— Obrigada, Marta. Conversando com você me sinto melhor. Confesso que estava sentindo um aperto muito forte no peito. Mas já passou. Estou sentindo isso desde a semana passada.

— E quando dorme, sente alguma coisa?

— Não. Mas tenho sonhado com Otávio, e imagens embaralhadas vêm à minha mente.

Marta sentiu leve tontura. Procurando dissimular, redarguiu:

— Preciso ajeitar umas coisas em casa. Depois nos falamos.

— Está certo, minha amiga. Também preciso entrar. Tenho a cozinha para arrumar.

— Até logo, Carmem. E lembre-se: tudo está certo na vida. Só Deus sabe o que é melhor para nós.

— Por que está me dizendo isso?

— Por nada. Vá descansar, minha amiga. Boa tarde.

— Boa tarde.

Marta entrou em casa e sentiu um grande desconforto. Acostumada a preces e mentalizações, sentou-se no sofá. Fechou os olhos e em sua mente vieram os rostos de Leonor e Rogério. Sentiu arrepios pelo corpo. Procurou serenar e orar, desejando o melhor para ambos. Em seu íntimo sabia que algo estava prestes a acontecer. Suspirou aliviada e adormeceu.

Carmem entrou em casa. Reinava um silêncio absoluto. Ligou a televisão, foi virando o seletor de canais até encontrar o programa de auditório. Aumentou o volume, para ouvir da cozinha. Cantarolando as músicas do programa, foi lavar a louça do almoço.

Rogério e Leonor chegaram ao endereço que a emissora havia dado. Pararam perto de um enorme galpão. Dezenas de pessoas corriam num frenético vaivém, procurando organizar o que os moradores da cidade mandavam aos desabrigados. A cidade do Rio estava solidária com a tragédia das enchentes. Roupas e mantimentos não paravam de chegar. Entregaram o que traziam no carro e foram embora.

Por pouco, Rogério e Leonor não conseguiriam seguir viagem. Mal acessaram a estrada, os policiais começaram a bloqueá-la.

— Que sorte, hein, Leonor? Imagine nós dois presos no Rio por mais alguns dias?

— Nem me fale. Chegando hoje à noite na casa de Odete, tenho de agendar a prova do vestido. Vai ser uma semana tumultuada, você verá.

Após uma hora de estrada, a chuva voltou forte.

— Não acha melhor pararmos? Estou ficando com medo.

— Medo? Por quê? Por acaso está chovendo dentro do carro?

— Não, claro que não! Mas olhe, está ficando embaçado. Vamos parar naquele posto logo ali.

— Está bem, você venceu, por ora.

Rogério pegou o acostamento. Logo pararam no posto. Leonor, menos preocupada, considerou:

— Vamos aproveitar e comer algo. Não comi muito no almoço. Temos horas de viagem pela frente.

— Concordo. Vamos fazer um lanche.

Desceram e foram ao restaurante do posto. Aproveitaram e cada qual foi ao toalete.

Ao entrar no banheiro, Leonor deparou-se com uma moça aos prantos. Sensibilizada com a cena, aproximou-se e perguntou:

— O que houve? O que está acontecendo com você? Está machucada?

A moça continuava a chorar. Nada falava. Leonor continuou:

— Vamos, me diga. O que se passa?

A moça esfregou os olhos com a manga da blusa, como a afastar as lágrimas que teimavam em rolar pelo seu rosto. Leonor pegou um pedaço de papel higiênico para ela assoar o nariz. Feito isso, a moça lhe disse:

— Desculpe. Estou sem rumo. Perdi minha família num deslizamento de terra lá no Rio. Desesperada, pedi carona a um motorista de caminhão...

Novamente o pranto a impedia de falar. Leonor, com voz firme, disse:

— Calma. Pare de chorar. Não sei o que lhe aconteceu, mas chorar não vai ajudar agora. Continue, por favor.

— Abalada com a tragédia, eu não sabia o que fazer. Com a roupa do corpo subi na boleia. Chegando perto do posto, ele parou o caminhão no acostamento. Disse que precisávamos acertar o preço da viagem.

Desatou a chorar novamente.

Leonor entendeu a situação. Precisava saber se a garota tinha sido vítima de abuso sexual ou não, a fim de tomar providências. Perguntou:

— Não quero ser indiscreta, mas preciso que você continue a me contar o que ocorreu. Se ele abusou de você, vamos ter de procurar a polícia.

— Não! Ele não abusou de mim. Eu tenho dezesseis anos, mas sou esperta.

— Você tem só dezesseis anos? Parece que tem a minha idade.

— É porque sou alta como você — respondeu a garota.

— Bem, se ele não abusou, melhor assim.

— Eu sei me defender. Ele veio em cima de mim, e eu dei um chute no seu...

— Está bem, está bem — disse Leonor —, não precisamos entrar em detalhes. Então por que você está chorando?

— Porque eu não tenho para onde ir. Não tenho dinheiro, não tenho família, não tenho nada.

— Então vamos. Vá se lavar e passe bastante água no rosto que você volta comigo. Estou indo a São Paulo. Chegando lá, veremos o que fazer.

— Verdade?! Posso mesmo? Não vai me cobrar nada?

— E eu tenho cara de quem vai querer cobrar alguma coisa, menina?

Ambas começaram a rir.

Leonor ajudou a garota a se lavar e foram ao encontro de Rogério. Ele estava irritado com a demora:

— Pensei que você tinha se afogado. O lanche já está frio. Quer que eu peça para requentar?

SÓ DEUS SABE

— Não precisa, Rogério. Não fique bravo. Demorei-me porque estava com... com... desculpe, qual é o seu nome?

— Cleide.

— Bem, eu estava com Cleide, batendo um papo. Ela está precisando de carona e vai conosco para São Paulo.

— Conosco? Você é maluca, Leonor? O carro está cheio de bagagens no banco de trás. Esqueceu que você está se mudando? Só tem espaço para nós dois.

— Calma. Esqueci-me desse detalhe, mas qual é o problema? A Cleide aqui é magrinha. Apertamos um pouco e vamos.

— Vai ser muito desconfortável. Leonor, são horas de viagem. Não vamos conseguir, é loucura.

Cleide interveio na conversa:

— Desculpem-me, eu não quero amolar ninguém. Só quero uma carona, mais nada. Com licença.

Leonor tentou segurá-la:

— Não, Cleide, fique. Resolveremos a questão.

— Não se preocupem comigo. Eu me arranjo. Até logo.

Cleide, cabisbaixa e passos lentos, saiu do restaurante, voltando ao banheiro. Leonor virou-se para Rogério:

— Está vendo o que você fez?

— Como o que eu fiz? Ela se ajeita. Não tenho nada a ver com isso. Não gosto de dar carona a estranhos.

— Sabia que tentaram estuprá-la?

Rogério balançou a cabeça. Confuso, indagou:

— Como assim? Quem?

— O rapaz que lhe deu carona lá no Rio. Tentou agarrá-la à força. Ela perdeu a família na enchente e está sem rumo. Será que é muito para você fazer esse favor?

— Desculpe-me, não sabia que ela havia passado por situação tão desagradável. Vá lá, chame a garota. Nós a levaremos a São Paulo.

Leonor rodou os calcanhares e saiu alegre em direção ao banheiro do posto. Encontrou a garota chorando novamente. Com voz amável, disse-lhe:

— Não fique assim. Já resolvemos tudo. Vamos realmente levá-la. Vamos?

Cleide estancou o choro no mesmo instante. De seus lábios abriu-se um enorme sorriso.

— Muito obrigada. Deus lhe pague.

Saíram do banheiro e foram ter com Rogério, que ainda estava no restaurante. Aproveitaram e pediram um lanche para Cleide. Sua fisionomia demonstrava que seu estômago estava completamente vazio. Após comerem um delicioso misto quente acompanhado de guaraná, partiram.

Leonor ajeitou-se no banco de trás, em meio aos seus pertences. Cleide sentou-se no banco da frente.

Algum tempo depois, a noite era presente no cenário e forte chuva voltou a cair.

Leonor preocupou-se:

— O vidro está embaçando de novo. A visibilidade está muito limitada.

— Eu sei, mas o que posso fazer? Não posso desviar os olhos.

Leonor abriu uma sacola e tirou uma flanela. Estendeu para a frente, dizendo:

— Cleide, por favor, passe este pano aí no vidro.

— Deixe comigo.

Rogério, procurando dissimular o nervosismo, brincou:

— Logo a chuva passa. Vamos, Cleide, passe o pano mais aqui perto de mim.

A garota, solícita, começou a limpar o vidro. Abalada ainda pelos últimos acontecimentos, Cleide soltou um grito histérico, desviando a atenção de Rogério.

— Olhe o cachorro na pista! Cuidado!

Tudo aconteceu rápido demais. Instintivamente, Rogério desviou o veículo e freou bruscamente. A pista molhada facilitou a derrapagem e os freios não responderam. O veículo desgovernou-se e atravessou a pista, capotando várias vezes. Leonor foi jogada a grande distância. Rogério e Cleide morreram na hora.

CAPÍTULO 4

Noite de sexta-feira 13, mês de dezembro. Tadeu estava sentado confortavelmente no sofá da sala, assistindo à televisão. O programa foi interrompido pela voz grave do repórter:

— Interrompemos a programação para o pronunciamento do Ministro da Justiça.

Através de cadeia nacional, o ministro colocava aos brasileiros os termos do Ato Institucional número cinco, bem como do Ato Complementar número trinta e oito, que decretava o fechamento do Congresso Nacional.

Com o AI-5, o governo assumiria, por dez tenebrosos anos, controle irrestrito sobre a sociedade brasileira. O país acabava de entrar num dos momentos mais tristes e duros de sua história, os famosos anos de chumbo.

Naquela noite, mesmo para os que não acreditavam nas crendices da "sexta-feira 13", começava o drama de muitas famílias. Muitas pessoas que eram contra o regime militar

MARCELO CEZAR PELO ESPÍRITO MARCO AURÉLIO

foram perseguidas, torturadas e mortas. Logo, a censura em todos os meios de comunicação não permitiria que a sociedade ficasse a par de tamanha barbárie.

Tadeu começou a suar frio. Passou a mão nervosamente pela testa. Suspirou:

— Meu Deus! Eles não podem estar fazendo isso. Não pode ser verdade!

Enquanto o ministro continuava com o discurso, Tadeu ligou para seu amigo da universidade:

— Alô, Cláudio? Você está vendo também?

Do outro lado da linha, ouviu-se uma voz preocupada e tensa:

— Estou vendo sim, Tadeu. E agora? Estou com muito medo. Não é brincadeira. Eles vão pegar todo mundo. É melhor a gente se preparar.

— Cláudio, somos professores. Nós só estamos ensinando aos nossos alunos. Não podemos deixar de contar-lhes a verdade. Talvez precisemos mudar o tom e não contar aos alunos alguns fatos da História que os milicos não queiram.

— Isso é um insulto — rebateu Cláudio. — Eu sou professor de História do Brasil. Estudei e me formei para quê? Só porque eles querem manter o controle acham que podem subjugar a nossa inteligência?

— Você sabe que tem gente do governo infiltrado lá na universidade. Lembra-se de quando invadiram e fecharam a Universidade de Brasília (UnB)? Tivemos sorte de não ser punidos. Vamos nos encontrar amanhã no refeitório. Não convém ficarmos ao telefone. Com o decreto desse ato eles podem grampear o telefone de suspeitos. E nós somos.

— Eu não sou suspeito, Tadeu.

— Como não? Você conta fatos da nossa História que não agradam aos militares. E tem mais.

— Mais o quê?

— Lembre-se de que faz menos de dois meses que quase fomos presos lá em Ibiúna. Sabíamos que estávamos correndo risco, porque era um encontro ilegal, segundo o governo.

Procuramos ajudar os estudantes. Marcaram a nossa cara, embora até hoje não saiba por que não nos prenderam. Precisamos tomar cuidado. Amanhã conversamos.

— Mas amanhã é sábado.

— Por isso mesmo. Não teremos escuta. E os últimos exames terminaram hoje, portanto não haverá alunos por lá. É melhor. Às oito da manhã, no refeitório.

— Está combinado. Durma bem.

— Vai ser difícil, mas vou tentar. Até amanhã.

Tadeu desligou o telefone com as mãos molhadas de suor. O pânico povoava sua mente. O que faria agora? Como viver num país amordaçado, tolhido por um regime que se mostrava cada vez mais austero?

Deixou-se cair pesadamente no sofá. Na televisão, o ministro continuava com os termos do AI-5.

Na cozinha estava Odete, sentada na cadeira, escolhendo o feijão esparramado pela mesa. Alheia ao que ocorria naquele momento, estava prostrada. Cabeça baixa, olhos fixos nos feijões. Suas mãos mecanicamente iam separando-os.

Tadeu desligou a televisão. Não aguentava mais ficar na sala ouvindo aquele monte de barbaridades. Levantou-se do sofá, dirigiu-se à cozinha. Passou por Odete, ainda cabisbaixa. Abriu a geladeira e pegou uma cerveja. Com a voz nervosa, inquiriu:

— Você ouviu?

— O quê? — perguntou Odete, sem levantar a cabeça.

— O ministro na televisão, Odete. Fecharam o Congresso. Muita gente vai ser perseguida, torturada, exilada.

— E daí?

— Como e daí? Você é louca?! Não percebe que estamos cada vez mais longe da democracia?

— E o que eu tenho a ver com isso? Vai mudar a nossa vida aqui em casa? Vai trazer a minha irmã viva?

Tadeu sorveu um gole na garrafa de cerveja e foi em direção à esposa. Abraçando-a por trás da cadeira e alisando suavemente seus cabelos, delicadamente disse:

— Meu amor, não adianta ficar assim. Faz quase três anos que Leonor morreu. Por que você não aceita a realidade? Ela se foi, era a hora dela.

Odete revirou-se abruptamente. Deu um salto da cadeira, derrubando a cesta com os feijões pelo chão. Furiosa, começou a gritar com o marido:

— Você vem com essa história de que era a hora dela? Você é maluco, Tadeu? Que negócio é esse de hora? Como Deus pôde ser tão cruel?

— Não fique assim, meu amor, desculpe. Eu sei que a dor é muito grande. Você sabe que eu não gosto de religião, mas acho que Deus não tem nada a ver com isso.

— Não tem nada a ver? Então Ele faz o quê? Diga-me, Tadeu, Deus fica fazendo o quê? Escolhendo quem vai morrer? Escolhendo as pessoas boas e jovens, com uma vida pela frente? E por que é que Ele não mata esses marginais? Por que Deus não leva esses arruaceiros que estão à solta pelo país?

— Não fale assim! Não admito. Sei que você sente muito pela morte da sua irmã, mas veja a realidade. Muitos de nós ainda têm dignidade e estão lutando para mantê-la firme e viva no país. A democracia precisa ser soberana. Não confunda arruaceiros com pessoas que querem uma vida digna para o país, com direito à liberdade.

— E eu lá quero saber de liberdade? Eu quero Leonor de volta!

— Isso é impossível. Nós a enterramos. Ela está morta. Aceite.

Odete não aguentou. Cobrindo o rosto em desespero, desatou a chorar e saiu da cozinha estugando o passo. Subiu as escadas às pressas e trancou-se no quarto.

Tadeu não sabia mais o que fazer. Já havia tentado de tudo. Sentia estar em seu limite. Suas forças estavam se exaurindo. O noticiário da televisão e a postura amarga de sua esposa fatigaram sua mente e corpo.

Abrindo e fechando a boca, deixou-se cair no sofá. Desabotoando o colarinho de sua camisa e agarrado a uma almofada, entregou-se ao sono.

Tadeu remexeu-se no sofá. Tateou a mesinha lateral à procura de seu relógio. Sete e trinta da manhã.

    — Meu Deus! Marquei com Cláudio no refeitório às oito horas. Preciso me arrumar rápido — disse a si mesmo.

    Espreguiçou-se, levantou-se do sofá e olhou ao redor. Uma sensação de tristeza invadiu sua alma. Por que vivia um matrimônio fadado ao desquite? Onde fracassara com Odete? Por que ela havia mudado tanto?

    Subitamente, sua mente passou a projetar imagens dos tempos de namoro. Esqueceu-se por instantes do compromisso assumido com o amigo e deixou-se cair novamente no sofá. Com os olhos semicerrados, mãos entrelaçadas na nuca, Tadeu passou a recordar:

    — Puxa, como Odete era linda! Aqueles cabelos castanhos, sedosos, aquela pele suave...

    Suspirou profundamente e continuou em suas memórias:

    — Apaixonei-me por ela no instante em que a vi! Que corpo fantástico! Ah, Odete, como você era moleca, divertida. O que aconteceu com você? Por que tornou-se tão triste e abatida?

    Lágrimas começaram a rolar por sua face triste. Ele já tentara de tudo para que a esposa voltasse a ser a mesma moça de anos atrás. Tentava, debalde, saber onde havia fracassado. Procurava dentro de si descobrir qual era a sua parcela de culpa pela infelicidade da única mulher que amara na vida.

    O fluxo de ideias foi interrompido por uma voz doce e suave:

    — Papai, o senhor dormiu na sala? — indagou Lívia.

    Tomado pela surpresa, Tadeu nervosamente enxugou as lágrimas. Levantou-se de pronto e abraçou carinhosamente a filha. Com voz que procurou tornar natural, respondeu:

    — Dormi sim, minha filha. Sua mãe não estava muito bem e pediu-me para ficar só.

    Beijando o pai na testa, Lívia carinhosamente lhe disse:

    — Outra crise. Mamãe está abusando. Você é incrível, pai. Não sei o porquê de tanta resignação.

Envergonhado, Tadeu baixou os olhos. Cabisbaixo, perguntou à filha:

— Você me julga um bom marido, Lívia?

— Ora, papai. Se eu fosse mulher feita, escolheria um homem como você.

Tadeu corou. Lívia procurou esclarecer:

— Entenda, papai. Não se trata aqui de transferência. Estou falando que me casaria com um homem que tenha a mesma sensibilidade que você. Eu admiro muito a sua personalidade. Você é o marido ideal para qualquer mulher. Pena que mamãe não enxergue isso. Ela sempre se preocupou demais comigo e com Lucas, mas, agora que estamos crescendo, acho que ela se sente meio perdida, sem rumo.

— Eu sei que você é ainda uma garota, Lívia. Apesar de adolescente, é diferente das meninas da sua idade. Possui uma maturidade que me alegra e encanta. Às vezes vejo em você uma grande amiga, em vez de filha. Obrigado por me ouvir. Gostaria de conversar mais, porém estou atrasado. Tenho um encontro com Cláudio na universidade.

Os olhos de Lívia brilharam de emoção ao ouvir o nome de Cláudio. Procurando disfarçar o sentimento, deu um ligeiro beijo na testa do pai e foi correndo para a cozinha.

— Você já está bem atrasado. Vá tomar um banho rápido, enquanto eu preparo o café.

— Obrigado, filha.

Na cozinha, Lívia procurou conter a emoção. Desde o primeiro dia em que vira Cláudio, seu coração tremera.

Perto de completar quinze anos, Lívia era uma linda garota. Lembrava muito o pai. Possuía uma vasta cabeleira loira, naturalmente cacheada, que se harmonizava com sua tez clara e com seus olhos azuis e expressivos. O corpo bem-feito e a altura lhe davam um aspecto mais maduro.

O jantar servido por seus pais a Cláudio, um ano atrás, não saía de sua mente. Percebera que o moço a olhara diferente. Porém, como não mais se encontraram, ficava na expectativa de que o pai convidasse o amigo professor para um jantar, na esperança de reencontrá-lo.

Ainda embalada pela figura bela e sorridente de Cláudio, a garota foi despertada por uma voz rouca.

— Caiu da cama? — indagou Odete, ainda sonolenta e relaxada.

— Ora, mamãe, dormi cedo ontem. Estou desperta. Preparo o café para o papai. Ele vai ter com Cláudio logo mais.

— Ontem seu pai disse algo sobre fechamento do Congresso, sei lá, não me lembro direito. Estava com tanta saudade de Leonor que não prestei atenção no que ele me dizia.

Lívia, desligando o fogo do leite que ensaiava entornar da leiteira, dirigiu-se amorosamente até Odete.

— Mãe, por que você foge? Não use a morte de tia Leonor para justificar seu comportamento. Você já estava assim antes de ela morrer.

Odete, tomada de surpresa, redarguiu:

— Como assim?

— Em vez de dedicar-se a sua aparência e a sua relação com papai, mergulha somente nas responsabilidades do lar. Isso tudo antes de titia morrer.

Odete, tomada por forte irritação, alterou o tom de voz:

— Ora, quem você pensa que é para me dirigir a palavra dessa maneira? Escute aqui, você não passa de uma garota fútil e pedante. Só porque fica lendo os livros daquela amiga esquisita da sua avó, que aliás não são próprios para a sua idade... faça o favor de me respeitar, porque eu sou sua mãe.

A garota, mesmo ouvindo os impropérios, tornou tranquila:

— Mãe, não adianta me xingar, nem tecer comentários desse tipo. Não precisa me agredir para se defender. Eu só quero ajudá-la. Você está se largando cada dia que passa.

— E quem vai fazer as coisas por aqui? Quem pode cuidar de uma casa grande como essa?

— Não se faça de vítima. Temos condições de pagar uma boa empregada. Há uma edícula nos fundos. Papai, eu e até mesmo Lucas já tentamos animá-la a contratar uma empregada.

— Você bem poderia me ajudar. Você e seu irmão não fazem quase nada.

Lívia, imperturbável, continuou:

— Fazemos a nossa parte. Eu arrumo o meu quarto, Lucas arruma o dele. Sempre que estamos livres de nossos estudos, procuramos ajudá-la nos afazeres domésticos. As minhas responsabilidades com os estudos são mais importantes do que lavar roupa. A senhora escolheu ter a vida que tem. Não nos culpe.

Odete, atordoada com as firmes palavras de Lívia, deixou-se cair pesadamente na cadeira. Chorando, acusou a filha:

— Você não me respeita, não me entende. Ninguém me entende nesta casa. Eu pareço um ser do outro mundo. Ninguém ouve minhas reclamações. Vocês não ligam para mim.

— Mãe, não me venha com esse discurso novamente. Por que você se recusa a ser feliz? Tem um excelente marido, dois filhos que a adoram, e fica se perturbando com ideias negativas a seu respeito.

— Se pelo menos eu tivesse Leonor ao meu lado... só ela me entendia. E Deus a tirou de mim. Não entendo como vocês querem que eu seja feliz depois daquele acidente.

Odete não aceitava a perda da irmã. Sentia-se injustiçada pela vida. Qualquer argumento para mostrar-lhe o contrário era inútil. Estava presa em seus castelos de ilusão.

Lívia deu um leve suspiro, passou carinhosamente as mãos pelos cabelos desalinhados da mãe. Procurou ficar quieta. De nada adiantava demover sua mãe daquele estado. Em silêncio, passou a arrumar a mesa para o café.

— Ora, ora! Não resisti ao cheiro do café. Sabia que você estava na cozinha, Lívia.

— Bom dia, Lucas. Venha, já está quase tudo à mesa. Papai já vem descendo.

O garoto, bocejando ainda, beijou a mãe.

— Bom dia, mãe. Vamos, dê-me um sorriso.

Odete, mesmo entristecida em seus pensamentos, não resistiu ao jeito carinhoso do filho. Enxugando as lágrimas, procurou esboçar um leve sorriso.

— Bom dia, meu filho. Sente-se. Comecem com o café. Vou me arrumar.

— Não, senhora — entrecortou Tadeu. — Agora que desci, vamos todos juntos tomar o café. Já liguei para Cláudio dizendo que vou me atrasar um pouco. Por sorte, ele também perdeu a hora. Dormiu demais.

— Estou com dor de cabeça, Tadeu. Vou tomar um banho, depois desço para o café.

Odete levantou-se e foi se arrastando para o pé da escada. Tadeu olhou para os filhos com ar cansado.

— Não fique assim — disse Lívia, pousando delicadamente suas mãos nas do pai. — Um dia ela vai despertar para a vida. É uma questão de tempo.

— Não sei não, minha filha. O estado emocional de sua mãe muito me preocupa. Ultimamente nem ao salão de beleza ela tem ido. Ela nada lembra a garota radiante que conheci há anos.

— Você sempre fez a sua parte, o seu melhor. Não se torture — interveio Lívia.

— Acha mesmo?

— Acho. O problema na relação de vocês não é você, mas o comportamento dela. Vamos deixá-la imersa em seus pensamentos. Quando se cansar, ela larga tudo isso.

— Não sei, filha. Você é tão nova, tão criança, e me diz coisas que só uma pessoa madura e sensata poderia dizer. Confesso que só encontro apoio e compreensão nas suas palavras e nas de Cláudio.

Novamente, leve tremor percorreu o corpo de Lívia. Procurando disfarçar, perguntou em tom curioso ao pai:

— A mamãe estava falando sobre fechamento do Congresso, censura. Aconteceu alguma coisa, pai?

Tadeu, com voz tensa, respondeu:

— Isso mesmo. Vocês já haviam se deitado ontem. O Ministro da Justiça baixou dois atos que nos proíbem expressar livremente nossas ideias. É o fim da democracia.

— E isso pode nos afetar de alguma maneira? — perguntou a filha, querendo entender.

— Sim. Tanto eu como Cláudio lecionamos História do Brasil. Teremos de tomar cuidado com as palavras. Não sei como vou viver sendo vigiado o dia todo.

— Ora, pai. Não se preocupe. Procure se acalmar. Não acho que o momento seja de aflição. Converse com Cláudio, procure se abastecer de informações. Nem tudo o que se diz na televisão deve ser acatado como verdadeiro.

— Sei disso. Mas não foi nenhum repórter que falou ontem, e sim o próprio ministro. Isso me preocupa.

— De nada adianta o senhor ficar desse jeito. Vai mudar alguma coisa? No momento não. Tome o seu café com tranquilidade. Já ligou para o Cláudio dizendo que vai se atrasar um pouco.

— Ele já deve estar a caminho. Preciso ir.

Tadeu sorveu mais um gole de café. Levantou-se apressado, beijou os dois filhos e saiu.

CAPÍTULO 5

O dia amanheceu com o sol forte a despertar os habitantes do estado da Guanabara. O calor do verão convidava a todos para um delicioso banho de mar.

Carmem marcara de ir à praia com Marta. Arrumava sua sacola quando a campainha tocou.

Bem-disposta e humorada, Carmem respondeu alto:

— Já vou. Um momento.

Desceu as escadas e dirigiu-se rapidamente até a porta.

— Bom dia, minha amiga. Como está hoje?

— Estou bem melhor. Às vezes me condeno... Não sei se deveria me permitir ser feliz.

— Por que diz isso? A tristeza não vai trazer sua filha de volta. Não creio que Leonor gostaria de vê-la triste e chorando pelos cantos.

— Você tem razão — e passando as mãos pelos cabelos, continuou: — Vá pegar as cadeiras e as esteiras lá no quintal, enquanto eu pego a sacola lá em cima.

— Assim é que se fala. Vamos logo, porque daqui a pouco não teremos lugar para deitar. Está muito quente. Acho que todo o bairro está pensando em fazer o mesmo que nós.

Saíram animadas a caminho da praia. Lá chegando, no mesmo local que sempre marcavam, próximo ao píer, Carmem e Marta encontraram alguns amigos.

Montaram pacientemente a barraca e ajeitaram as sacolas e cadeiras. Após passarem óleo pelo corpo, deitaram-se de bruços nas esteiras, com os cotovelos postados na areia.

Depois de se acomodarem, Carmem puxou conversa:

— Sou-lhe muito grata. Não fosse a sua ajuda, talvez não suportasse a perda de Leonor. Tem dias que a saudade bate forte, mas tento compreender e aceitar os desígnios da vida.

Procurando posição melhor para conversar com a amiga, Marta virou-se de lado. Com o cotovelo flexionado, mão segurando o rosto, disse animada:

— Você mudou muito, Carmem. Eu lhe disse que a vida às vezes nos acorda para a realidade espiritual de várias maneiras.

— Eu sei disso. Hoje entendo o porquê de muitas coisas em minha vida graças aos estudos que nosso grupo vem fazendo. Eu tinha uma visão muito diferente da espiritualidade. A maneira de encarar o mundo espiritual sempre me causou medo. Quando se fala em espiritualidade aqui no Brasil, logo pensamos em feitiçaria ou macumba. Frequentar o centro onde você trabalha e estuda me trouxe contentamento para continuar a viver. A maneira como os dirigentes abordam o tema me estimula a querer estudar e saber cada vez mais.

— Que bom! Fico contente que você esteja interessada e gostando do assunto. Você está coberta de razão, mas temos de ter discernimento. Há centros espíritas muito bons aqui no país, gente que trabalha por amor, com o intuito de esclarecer e orientar o próximo, com conselhos positivos e otimistas acerca da vida. O lugar que frequentamos leva o estudo da vida espiritual e das energias muito a sério. Enquanto muitas pessoas sentem-se vítimas e querem que espíritos do mal façam trabalhos para conseguir o que querem, mantendo-as presas em suas ilusões, muitas outras procuram entender o porquê de atraírem situações desagradáveis na vida, olhando para dentro de si e procurando trocar as velhas crenças erradas por outras mais positivas, melhores.

— Nada como espíritos de luz para nos orientar nesse processo de evolução e crescimento interior.

Em tom que procurou tornar engraçado, Marta inquiriu a amiga:

— Isso deve ser hereditário, você não acha?

— Como assim?

— Bem, digo isso porque sua neta é leitora voraz dos livros que estudamos. Gosto muito quando Lívia vem passar as férias aqui com você. Embora seja adolescente, ela aprende com muita rapidez. É muito lúcida. Sua filha e seu genro devem levantar as mãos para o céu por terem uma filha assim.

— Uma filha e um filho — completou Carmem.

— É verdade. Lucas leva jeito para isso. Lívia já é moça, não se prende às futilidades e à rebeldia das meninas de sua geração.

— Gostaria que Odete também pensasse dessa forma.

— Sua filha é um caso à parte. Na hora certa, a vida vai saber como despertá-la para a verdade. Você precisa saber que ela ainda não está pronta para destruir as ilusões que criou.

— Tenho medo — falou Carmem, preocupada.

— Medo de quê?

— Medo de que Tadeu perca a paciência com ela. Não sei como ele aguenta uma pessoa tão negativa e sem autoestima a seu lado. Ele é tão carinhoso, tão bonito. Como minha filha pode ser tão cega!

— Concordo com você. Tadeu é um belo homem.

— Confesso: caso ele se desquitasse de Odete, torceria para vocês ficarem juntos.

— Esqueça isso. Embora Tadeu seja um homem que desperte os desejos mais íntimos de qualquer mulher, não sinto nada mais do que atração física. Para encarar uma relação que valha a pena, é preciso mais do que atração física. A bem da verdade, eu só o tenho visto em algumas reuniões clandestinas para ajudar presos políticos a fugirem do país. Você sabe, aquisição de passaporte, passagens etc.

— Espero que você não arrume encrenca por causa disso.

— De maneira alguma. Estou fazendo o meu melhor. Se puder ajudar algumas pessoas presas injustamente a terem uma vida livre e digna fora do Brasil, ajudarei sem titubear.

— Além de bonita e inteligente, você tem personalidade. É autêntica. Torço para que encontre um homem a sua altura.

— Não tenha dúvidas. No momento em que eu estiver livre de minhas inseguranças afetivas, sei que a vida me trará naturalmente um homem que esteja vibrando na mesma sintonia que vibro.

— Espero.

Marta tornou animada:

— Você também poderia arrumar um bom partido. É nova e independente. Está bonita, bem ajeitada. Não se sente só após a morte de Leonor?

— No começo foi muito duro. Agradeço a você pelo socorro emocional e ao centro pelo amparo espiritual. Com o tempo fui aceitando e me acostumando. Ultimamente até tenho pensado em me envolver com um homem maduro, mas os homens da minha idade, em sua maioria, encontram-se emocionalmente desequilibrados. Sentem-se velhos, na meia-idade, alguns já trazendo o trauma de um desquite. Não sei. Se tiver de amar de novo, naturalmente aparecerá um belo e garboso senhor.

— Não sei se carregam o trauma do desquite. Esse tipo de separação é horrível, embora seja a única saída que temos no Brasil.

— É verdade. O desquite somente garante pensão à mulher e alguns direitos aos filhos, nada mais. Tanto o homem quanto a mulher não podem mais se casar. Será que, com todas as mudanças que nossa sociedade vem enfrentando, teremos direito ao divórcio?

— Precisamos ter esse direito. Nós, mulheres, somos as que mais sofremos com a separação. As amigas casadas ficam

SÓ DEUS SABE

com medo de que as desquitadas possam roubar-lhes os maridos. As desquitadas sempre serão taxadas de incompetentes, aquelas que não souberam preservar a família.

Continuaram animadas entabulando conversações sobre relações afetivas e assuntos correlatos. Em determinado momento, Carmem disse:

— Algo me intriga. Por mais que eu tente, não consegui no centro uma comunicação com o espírito de Leonor. Será que ela ainda está em estado de refazimento?

— Já me perguntei isso — respondeu Marta, virando o corpo e sentando-se. — Mas a nossa equipe espiritual nos disse para termos calma que, no tempo certo, teremos contato. O plano superior sabe o que faz. Eles têm uma visão global dos acontecimentos, enquanto nós, presos ao corpo de carne, ficamos limitados nos sentidos. Vamos confiar.

— O espírito de Otávio já me disse isso numa reunião. O fato de termos tido contato com Rogério diminuiu as minhas aflições. Nunca pensei que ele fosse se adaptar tão bem à vida no astral. Poderia ter se revoltado, não ter aceitado a verdade. Estava envolvido com Leonor, havia se formado, tinha uma vida pela frente.

— Não se esqueça de que somos espíritos eternos. Fazendo o nosso melhor, tanto aqui na Terra como no astral, dá na mesma. O importante é saber aproveitar as oportunidades que a vida nos dá, não importa a dimensão em que estejamos. E também não podemos esquecer que temos o poder de escolha.

— O curso que estou fazendo fala sobre isso.

— O quê?

— Sobre a responsabilidade que temos pelas consequências de nossas escolhas. Mas ainda preciso aprender muito.

— Com o tempo chegaremos lá. Precisamos estudar sempre, livres de preconceitos, a fim de manter nossas mentes largas para o novo.

Mudando de posição para bronzear outras partes do corpo, Marta perguntou:

— Continua tendo aqueles sonhos estranhos?

— Continuo. Aqueles com Leonor, então, são difíceis de interpretar.

— Continua sonhando com ela e com Otávio? — perguntou a amiga, interessada.

— Sim. Sempre a mesma cena. Leonor tendo pesadelos e chamando por mim. Logo depois ela acorda e a vejo sem saber quem é ou onde está. Nessa hora procuro abraçá-la e a conforto com palavras de otimismo. Depois, Otávio faz o mesmo, abraçando-a e mantendo-a calma. Acordo bem--disposta, com uma sensação de que...

— De quê?

— De que ela está viva. É estranho, não acha?

— É sinal de que ela, onde quer que esteja, está bem, Carmem. Confie.

— Acho que você tem razão. A confiança tem me ajudado a modificar minha vida para melhor. Procuro focalizar minha atenção no bem. Confesso que no início pensei que não fosse aguentar o baque.

— Você teve sorte. Ainda bem que tiveram o senso de lacrar os caixões. Ficamos com a imagem de Leonor bonita, sorridente. Ainda estamos num estágio onde facilmente nos impressionamos com as coisas.

— É verdade. O fato de Tadeu ter feito o reconhecimento do corpo de minha filha aliviou muito o meu coração. Por mais positiva e otimista que eu fosse na época, não suportaria ver o corpo de minha filha retalhado.

Marta, sorvendo um gole de refresco, continuou:

— E já que estamos nesse assunto, como vai André? Você tem notícias dele?

— Depois do enterro, nunca mais vi o pai de Rogério. Por algum tempo tive contato com Ricardo, mas aí ele se envolveu com televisão e as ligações foram escasseando. Ricardo é uma criatura fantástica, tem boa cabeça. Pena que os compromissos o impediram de conhecer o nosso grupo.

— Se ele tiver de participar, a vida vai arrumar uma maneira de aproximá-lo de nós, mesmo tendo compromissos, ou morando em São Paulo.

— Gostaria muito de reencontrá-lo.

Assim as duas permaneceram horas a conversar, discursando sobre suas vidas, aproveitando o sol e contemplando a beleza da praia de Ipanema.

Nesse mesmo domingo, o calor na cidade de Guaratinguetá, ao norte do estado de São Paulo, não era menos intenso. As famílias abastadas possuíam piscina em suas residências. Por ser uma cidade agradável, onde seus moradores davam-se muito bem, o ponto de encontro da elite, em dias ensolarados, era o clube da cidade.

Sentados em graciosa mesa próximo à piscina, estavam dois homens trajando sungas que embelezavam ainda mais seus corpos bronzeados e bem-feitos.

— Santiago — disse Nelson, após um gole de cerveja —, agradeço todos os dias pelo presente.

Santiago, distribuindo a atenção entre a fala do amigo e a apreciação das mulheres que desfilavam com seus maiôs e biquínis, tornou animado:

— Você é um homem de sorte. Nunca quis se casar, mas sempre quis ter um filho. Como anda a sua pequena?

Nelson, achando graça nas palavras do amigo, respondeu:

— Pequena? Ela é uma mulher!

— Você é bonitão. Mal completou cinquenta anos. Tem um corpo de fazer inveja a muitos jovens. É solteiro porque quer. Muitas mulheres na cidade suspiram por você, inclusive algumas casadas.

— Santiago, você não existe! Já lhe falei o que penso sobre o casamento. A história com Carla é diferente, é amor de pai pra valer. Desde o dia em que a acolhi no hospital, tive vontade de cuidar dela como se fosse minha filha. Nunca tive outra intenção.

— Não sei como. Ela é tão bonita, um mulherão, e você a vê como filha? Bem, pelo menos eu tenho a chance de um dia poder namorá-la.

— Você não! — atalhou Nelson, bem-humorado. — Você é o terror das mulheres. Nunca deixarei você chegar perto de Carla.

— Estou brincando. Falo isso para provocá-lo. Nunca vi uma história dessas antes. Você mal conheceu a moça e ficou cheio de amores. Só pode ser coisa de vidas passadas.

— Qualquer explicação sensata seria melhor do que essas besteiras que você diz.

Irritado, Nelson perguntou:

— Você continua se metendo com essas crendices? Logo você, um homem sério, culto, médico conceituado.

— E o que tem de mais? Existem muitos livros, muito material de gente séria que comprovou os fatos, provando que a reencarnação existe.

— Num país como esse, onde todo mundo recorre a santos e espíritos para seus intentos, é difícil acreditar que haja algo sério.

— Pois há, Nelson. Eu tenho certeza de que a presença de Carla na sua vida não foi por acaso. Ainda vou descobrir a ligação de vocês.

— Isso é ridículo, não passa de coincidência. Prefiro enxergar a vida assim. Essa ideia de Deus me assusta. Os homens tripudiam sobre o Seu nome para fazer fortuna, matar, julgar, guerrear. Veja a guerra terrível que travaram em Israel ano passado. Prefiro estar longe de tudo isso. A vida é o que está aqui em volta de nós. Por isso prefiro aproveitar e cuidar da minha pequena, sem Deus no meio da gente.

Santiago, admirado com as palavras do amigo, contemplou-o emocionado. Gostava muito de Nelson, trabalhavam juntos havia mais de dez anos. Embora Santiago fosse dez anos mais novo que ele, tinham afinidades, eram compadres. Querendo ter certeza quanto ao sentimento que Nelson nutria pela garota, insistiu, curioso:

— Não há nem um pouquinho de desejo sexual por Carla?

Nelson remexeu-se na cadeira. Só de ouvir tal pergunta seu peito apertou-se. Procurando segurar uma lágrima que teimava em cair pela face, disse ao amigo:

— Não sei explicar... É como se ela fosse minha filha, entende? É um sentimento muito forte. Não dá para confundir com outra coisa.

— Mas fique sabendo que a cidade já está destilando o veneno.

Nelson, sorvendo outro gole de cerveja, olhou para o amigo, meneando a cabeça de um lado para o outro. Com ar compenetrado e franzindo o cenho, continuou:

— Só porque sou solteiro? Eu nem moro sozinho! Vilma está na minha vida desde que eu me conheço por gente. Quando meus pais morreram, ela continuou a viver lá em casa. Ignorou os comentários maldosos de certas pessoas e permaneceu comigo. Sem ela eu não poderia exercer minha profissão.

— Sempre ouvi dizer que atrás de um grande homem há sempre uma grande mulher. No seu caso, atrás de um grande médico, há uma grande governanta.

Nelson desatou a rir.

— Muito engraçado de sua parte. Você, Vilma e Carla são a minha família. Por que haveria de me casar? Não vejo motivo. Assim que Carla estiver melhor, viajaremos.

— Pelo jeito, vai levá-la a Londres.

— É onde nove em cada dez jovens querem ir. Londres tornou-se a capital da contracultura. Não posso negar isso a minha filha. Na hora certa vou contratar um advogado e providenciar os papéis. Ela precisará de um passaporte, mesmo que seja falso.

— Calma, não brinque com isso. Imagine arrumar-lhe um passaporte falso numa época em que anda sumindo um monte de gente.

— É verdade. Na hora certa, arrumo os papéis.

Mudando de assunto, Santiago inquiriu:

— Ela está bem melhor, não está?

MARCELO CEZAR PELO ESPÍRITO MARCO AURÉLIO

— Tirando as crises noturnas, diria que vai tudo bem.

— Como vão os pesadelos dela, Nelson? Ainda são assustadores?

— Melhorou um pouco. Ela já não acorda tão assustada como no começo. Vilma tem tido muita paciência. Torço para que isso logo acabe.

Querendo satisfazer a curiosidade, Santiago perguntou, em tom malicioso:

— Até hoje você não me disse o porquê de chamá-la de Carla. É o nome de algum amor do passado?

Nelson, revirando os olhos para o alto e pendendo negativamente a cabeça, objetou:

— Ora, homem, deixe de besteiras! Não tenho tempo para perder com amores do passado. Ela tem cara de Carla, é só isso. Por que você quer tanta explicação? Deixe-me em paz um pouco — e dando um tapinha nas costas do amigo, Nelson considerou: — Por que não vai conversar com alguma gatinha do clube? Aproveite e depois me traga mais uma cerveja, de preferência bem gelada.

— Está certo. Vou paquerar um pouco. Faz bem para o espírito. Volto logo.

Santiago levantou-se. Animado, foi circulando pelo pátio próximo à piscina do clube.

Nelson recostou-se na cadeira. Com os olhos perdidos num ponto indefinido, deixou-se envolver pela memória.

— Lembro-me como se fosse hoje. Aquela garota em estado de choque...

Os pensamentos de Nelson viajavam no tempo, três anos atrás.

Ele, um renomado cirurgião em sua cidade, fora chamado às pressas para um caso grave de acidente, ocorrido em estrada próxima. Chegando ao hospital, nada pudera fazer. O acidente fora seguido por um incêndio, o que dificultara o reconhecimento dos dois corpos.

O único documento salvo no incêndio era a identidade de uma mulher, cujo nome era Leonor Baptista. Para chegar à identidade do rapaz, restara à polícia checar a placa do carro. Acionando os órgãos competentes, chegaram ao proprietário: Rogério Ramalho.

Tadeu, mais um médico e um dentista da família de André, foram fazer o reconhecimento dos corpos. Chamaram também o advogado que assessorava juridicamente as lojas do pai de Rogério para ajudar nos trâmites legais.

O estado danificado dos corpos só permitira fazer uma constatação através da arcada dentária. O dentista da família reconhecera ser aquele o corpo de Rogério.

Tadeu não tinha ideia de como localizar o dentista de Leonor. Diante do choque emocional, solicitara o mais rápido possível a liberação do corpo da cunhada.

Nelson, seguindo a ética médica, argumentara, solicitando o envio do corpo para autópsia no Rio, onde oficialmente atestariam o óbito.

— Doutor, eu sei que é necessário fazer autópsia, mas não há dúvidas. Eu sei que se trata de minha cunhada. Ela e o namorado saíram do Rio ontem. A carcaça é de um Fusca, a placa do carro é a dele. E, além do mais, o dentista da família confirmou a arcada dentária. Por favor, livre nossa família de trâmites desnecessários.

— Calma, senhor Tadeu. Eu sei que se trata de uma hora muito difícil, mas infelizmente há certos procedimentos. Mesmo não tendo recursos, vamos enviar o corpo de sua cunhada para autópsia.

— Eu sei que se trata de Leonor. A polícia encontrou o documento de identidade parcialmente destruído, mas lá consta seu nome. Por favor, poupe-nos de espera. Queremos acabar o mais rápido com tudo isso. Deixe-nos providenciar o funeral. O doutor Rezende, médico da família de Rogério, vai assinar os óbitos. Trouxemos também o doutor Castro, advogado das empresas do pai de Rogério para ajudar. Estamos procurando fazer tudo dentro da lei, mas queremos que tudo seja rápido para poupar as famílias, que nesta hora estão inconsoláveis. Não se preocupe.

Nelson, depois de longa conversa com o doutor Rezende e com o doutor Castro, liberara os corpos.

Dois dias depois do acidente, novamente Nelson fora chamado para uma emergência. Tratava-se de uma garota, encontrada desfalecida próximo à rodovia que dava acesso àquela cidade.

Com escoriações por todo o corpo e pequenas fraturas, a moça encontrava-se em estado de semi-inconsciência.

Uma jovem e eficiente enfermeira disse-lhe:

— Doutor Nelson, ela se encontra na sala de emergência. Doutor Santiago está em cirurgia. Desculpe chamá-lo a essa hora.

— Esse é o meu dever. Fez bem em chamar-me.

Chegando à enfermaria, Nelson fora tomado por uma forte emoção. Precisara amparar-se na maca; o ar faltara-lhe. Ao cruzar seus olhos sobre o corpo inerte da moça, lágrimas começaram a descer por seu rosto. Sentira dificuldade em segurar o pranto. O que estaria acontecendo com ele? Um misto de medo, saudade e amor brotara do seu peito, sem explicação lógica.

Procurando disfarçar a súbita emoção, perguntara aos dois enfermeiros que a assistiam:

— Já conseguiram localizar algum parente ou algum documento?

— Nada, doutor Nelson. Não há nada em seus bolsos. Também não foi encontrado nada próximo ao corpo, lá na estrada. Provavelmente ela deve ter sido roubada. Está bem-vestida. Notamos também que ela tem mãos suaves e delicadas, portanto não deve ser roceira, mas de boa família.

Nelson tornara a olhá-la. Novamente a emoção voltara forte. Ficara muito impressionado. Será que estava ficando velho? Via casos como esse todos os dias no pronto-socorro. Por que aquela moça lhe despertava tantas emoções?

Com os pensamentos tumultuados, pedira aos enfermeiros, após os procedimentos de praxe no socorro, que deixassem a sala. Ficara a sós com a garota. Contemplara-a por longo tempo. Não conseguira impedir que duas furtivas lágrimas escapassem de seus olhos.

— Doutor Nelson, há outra emergência chegando — informou-lhe um assistente, tirando-o de seu aparente estado de choque.

— Já vou. Peça ao plantonista que vá tomando as providências necessárias.

Feito isso, Nelson instintivamente beijara delicadamente a face da garota. Sentira uma sensação agradável na sala, como uma leve brisa a envolver-lhe o corpo.

Conforme o tempo fora passando, Nelson afeiçoara-se cada vez mais à garota.

Dias depois, ela acordara. Nelson fora correndo ao hospital, feliz com a possibilidade de saber quem era ela.

— Doutor... o que estou fazendo aqui... sinto-me tão cansada... tão vazia...

Nelson, tomando-lhe delicadamente as mãos, perguntara:

— Diga-me, querida, qual é o seu nome?

— Meu nome... meu nome... é...

Lágrimas de desespero começaram a escorrer pelo rosto da moça. Balançando nervosamente a cabeça de um lado para outro, ela começara a gritar:

— Eu não lembro o meu nome! Como pode ser possível?

Por mais que Nelson tentasse acalmá-la, não pôde. O desespero de não conseguir lembrar o próprio nome aterrorizara a pobre moça. Remexera-se violentamente na cama, sendo somente acalmada por fortes sedativos.

Percebendo que se tratava de amnésia causada por um forte choque emocional, Nelson resolvera cuidar pessoalmente do caso, com a ajuda de Santiago.

Todos os dias eles a visitavam em seu leito, ora lhe levando doces e balas, ora flores e revistas. Ela fora submetida a uma bateria de testes. As faculdades mentais não haviam sido afetadas. A moça alimentava-se e banhava-se naturalmente. Conversava com as enfermeiras sobre quaisquer assuntos. Mostrava um temperamento dócil. Às vezes entrava em crise, pois insistia em querer lembrar-se de seu nome ou de sua vida antes de entrar naquele hospital.

Passados pouco mais de sessenta dias, livre de escoriações ou fraturas, Nelson levara a garota para morar em sua casa. A princípio, algumas cabeças ruins insistiam em espalhar pela cidade que ele estaria se aproveitando da pobre moça, que havia "outros" interesses.

O médico, desprezando a maledicência alheia, levara-a para sua casa. Vilma a acolhera como a uma filha.

Fazia um mês que a moça estava morando em sua casa. Criaram o hábito de conversar longamente após o jantar. Numa noite, após agradável conversa, Nelson despedira-se da garota e fora se deitar.

Estava difícil conciliar o sono. Sua cabeça estava cheia de planos, desde decorar o quarto da nova hóspede até o sonho de poder registrá-la, um dia, como filha.

Vencido pelo cansaço, Nelson adormecera.

Sonhara que estava numa casa grande, decorada com muito gosto e luxo. Via-se deitado numa cama, um pouco mais velho, corpo cansado. Não conseguia explicar, mas sentia ser aquele homem. Seus olhos estavam tristes; o peito apertado. De repente, uma linda moça entrara no quarto em prantos. Nervosa, tremendo muito, gritara histérica:

— Por que o senhor fez isso comigo? Por que desgraçou nossas vidas?

Nelson admirara-se. Era a mesma garota que ele havia acolhido em casa. Um pouco diferente, os cabelos mais longos, a fisionomia triste, mas os mesmos olhos. Era ela!

Confuso, percebeu que não controlava as palavras que naturalmente saíam de sua boca.

— Desculpe-me, Carla. Eu não podia imaginar a extensão desastrosa de meus atos.

— Você foi longe demais! Podia ter evitado! Inês contou-me tudo. Agora estou casada com Hugo, tenho filhos. Nunca saberei o paradeiro de Pedro, o homem que sempre amei.

— Já não basta o olhar acusador de sua mãe? Terei de conviver com isso até os fins de meus dias?

— Eu o amava. Fui burra! Como não percebi que tramaram para limpar o nome de nossa família? Claro, nunca o senhor Aldair poderia ir à falência, nem que para isso tivesse a coragem de fazer-me ver aquela cena nojenta.

Nelson tentara sair, interferir, mudar o sonho, mas aquela cena parecia ser real. Não conseguira se mexer, não conseguira desviar o rumo da conversa. Sentira-se preso àquele corpo. A moça continuara:

— Cleide, quem diria, a minha ama, a quem sempre fui confidente, cooperou com essa trama sórdida. Vê-la nua nos braços de Pedro foi horrível. Sempre achei que ela fora embora por vergonha, por ter cometido um deslize, por ter sido abusada. E eu tendo pena dela, achando que fora estuprada. Inês disse-me que ela foi alforriada. Claro, teve o dinheiro sujo para comprar a liberdade. Mas um dia ela vai pagar. Ela pode estar rindo à toa hoje, livre, enganando outras mulheres com essa sedução barata. Mas, se Deus existe, ela vai pagar. E outra coisa: meus filhos nunca mais colocarão os pés nesta casa nefasta. Nunca vou perdoá-lo. Odeio o senhor...

— Carla, não faça isso! Perdoe-me...

Antes que terminasse, a moça rodara os calcanhares e saíra, batendo violentamente a porta.

Nelson acordara suando frio. Até que enfim livrara-se do terrível pesadelo, mas o aperto no peito continuava vivo. Nunca tivera pesadelos. O que estaria acontecendo?

Levantara-se, fora até o banheiro e lavara o rosto. Voltara a deitar-se, mas custara a pegar no sono. Quando os primeiros raios de sol invadiram seu quarto, ele finalmente adormecera.

Durante um jantar, alguns dias depois desse pesadelo, Nelson perguntara qual nome a garota gostaria de ter.

— Não faço a mínima ideia, doutor Nelson. Já que não lembro o meu nome verdadeiro, qualquer um serve.

— Não tem preferência? Posso escolher um?

— O nome que o senhor der para mim está bom. Por acaso o senhor já tem algum em mente?

— Não sei, mas você tem cara de... de... Carla. Isso!

MARCELO CEZAR PELO ESPÍRITO MARCO AURÉLIO

Em instantes, todo o sonho voltara-lhe à mente, com força. Nelson empalidecera.

— O que foi? O senhor não está se sentindo bem?

Procurando disfarçar, ele tornara, amável:

— Estou. Estou sim, minha filha.

Nelson passara a mão nervosamente pela testa, como a afastar aquele pesadelo. Recompusera-se. Pegara sua taça de vinho e a erguera elegantemente entre os dedos. Com voz embargada, procurando dissimular, propusera:

— Um brinde a você, Carla.

A garota percebera que alguns flashes passaram desordenados em sua mente, sendo que algumas imagens pareciam ser muito antigas. Logo a mente serenara, e ela levantara delicadamente sua taça. Após tocá-las levemente, brindaram ao novo nome da hóspede desconhecida, que tantas emoções despertavam naquele homem.

A harmonia na relação entre ambos era constante. Carla fora se afeiçoando a Nelson, e meses depois sentia-se membro da família.

Uma bola perdida batendo levemente nas pernas tirou Nelson das lembranças, trazendo-o à realidade. Educadamente, o médico devolveu a bola ao grupo de meninas que nadavam próximo a sua mesa. Percebeu que estava sendo paquerado por uma delas. Sorriu levemente, não deu importância. Sorveu mais um gole de cerveja, colocou os óculos escuros e olhou para o alto.

Quanta coisa havia mudado! Ao lembrar-se de Carla, sua face estendeu-se em alegria, esboçando um largo sorriso. Embalado pela emoção, seus olhos ficaram marejados. Recostou-se novamente na cadeira e continuou preso a suas memórias.

CAPÍTULO 6

A mesa na sala de jantar estava ricamente decorada. Uma linda toalha de linho branca a cobria harmoniosamente de ponta a ponta. Louças finas, copos de cristal e talheres de prata, tudo para duas pessoas. O requinte final ficou por conta de dois candelabros portando velas brancas delicadamente talhadas em desenhos geométricos e um lindo vaso de rosas amarelas, colocadas no centro da mesa pelas mãos de Vilma.

— Nossa, o que temos hoje aqui? — perguntou Carla, curiosa.

— Menina, você se esqueceu? Faz três anos que o doutor Nelson a encontrou. Significa que hoje é o seu aniversário. Parabéns!

Vilma pousou delicadamente o vaso sobre a mesa. Virou-se para Carla, abraçou-a e beijou-a na face. Para evitar que as lágrimas caíssem, tornou animada:

— Você está fazendo três anos! Parabéns, minha menininha!

— Ora, Vilma — retribuiu Carla com um forte abraço —, até que não estou tão velha assim.

Animadas, não perceberam a entrada de Nelson na sala. Fingindo estar nervoso, pôs as mãos na cintura e bateu com o pé no chão.

— Que confusão é essa aqui?

— Nada. Vilma está me cumprimentando pelo meu aniversário.

— Sei disso. Tanto, que resolvi convidar Santiago e Clotilde para o jantar. Coloque mais três pratos à mesa. Gostaria que você se sentasse conosco, Vilma.

Ela corou de prazer.

— Obrigada, doutor Nelson.

— Ora, ainda gosta de chamar-me de doutor? Está comigo há tantos anos! Você é como uma mãe.

— Questão de costume. Sinto-me bem chamando-o assim. Se sentir vontade, eu mudo o tratamento.

— Adoro dona Clotilde — interveio Carla, num suspiro.

— Por isso mesmo que a convidei. Mas saiba que não gosto muito de sua companhia. Daqui a pouco você vai estar envolvida pelas conversas disparatadas que essa mulher tem sobre espíritos. Santiago é mais moderado, mas ela é fogo!

— O senhor está equivocado. Ela é uma mulher humilde, mas muito sábia. Adoro conversar sobre esses assuntos e muitos outros com ela.

— Bem, hoje gostaria de que me poupasse desses assuntos. Já chega Santiago, um homem estudado, discursar sobre questões espirituais. Se não o conhecesse há tanto tempo, diria que ele é meio biruta.

— Não seja tão radical. Santiago me parece ser uma pessoa lúcida e equilibrada. E um excelente partido.

— Como?!

— Não precisa ficar com ciúme — continuou Carla, terna. — Não sinto atração por Santiago, pode ficar tranquilo. Mas que ele é um pedaço, ah, isso é! Posso ter tido amnésia, mas não perdi o senso de estética e beleza.

— Ora, vocês, mulheres. Não podem ver um homem bonito que ficam babando.

— E olhe vocês, homens. Não podem ver um rabo de saia que se derretem todos.

Continuaram animadamente a conversa. Prevendo a chegada de Santiago, que tomaria toda a atenção de Carla, Nelson a conduziu até a sala de estar. Sentando-se confortavelmente no sofá, mudou o tom da conversa.

— Está há três anos comigo. Para mim já é como uma filha.

— Sei disso. Mas o fato de ter aqueles pesadelos terríveis... Não gosto de incomodá-lo.

— Você não me incomoda, de jeito algum. Já lhe disse, os pesadelos estão ligados à amnésia. São sempre os mesmos, não são?

— Não gostaria de incomodá-lo com esses relatos. Hoje é dia de festa. Podemos tocar no assunto numa hora mais propícia.

— Nada disso. Mesmo que já tenha me contado seus sonhos várias vezes, não custa nada contar de novo. Às vezes, quem sabe, pode surgir um dado novo, uma passagem que você tenha esquecido. Vamos, conte-me como eles são.

Carla suspirou. Deixou-se cair no sofá. Fechou e abriu os olhos, procurando lembrar os sonhos recorrentes:

— Sempre me vejo sentada no mesmo lugar. Logo em seguida, ouço um barulho assustador e depois me vejo sendo atirada, com violência. Aí a cena muda, vejo-me num lugar florido, talvez um jardim, não sei ao certo.

— É nessa hora que você vê aquela senhora e o moço?

— Sim. Vejo-me sentada num banco, e cada um está do meu lado. Tanto ela quanto ele tentam acalmar-me. Nesse instante sinto uma grande paz e volto a dormir.

— Otávio, é esse nome, não é?

— Isso mesmo. Nunca o vi antes, sei lá se é meu parente. Ele tem um rosto familiar, mas, por mais que me esforce, não me lembro dele. Sei que se chama Otávio porque assim se apresenta nos sonhos.

— Podem ser fragmentos de acontecimentos de antes da amnésia. Um médico amigo meu em São Paulo está querendo ajudá-la.

— Farei o que for preciso para recordar-me de tudo — virou-se para Nelson, descontraída: — Será que eu tenho jeito, pai?

Nelson precisou apoiar-se no sofá onde estava sentado.

Caso estivesse em pé, não resistiria. Sentiu as pernas fraquejarem. Distendeu a fisionomia para certificar-se do que ouvira. Não conseguiu impedir que lágrimas de felicidade começassem a molhar seu rosto. Abriu e fechou a boca, sem conseguir emitir som, tamanha a surpresa e emoção. Carla prosseguiu, sacudindo os ombros:

— O que foi, pai?

Nelson, ao ouvi-la novamente, voltou da catarse. Deu um salto do sofá e a abraçou.

— Você não imagina o quanto eu sonhei com esse momento. Como eu gostaria de ser seu pai!

Carla abraçou o médico e deu-lhe um suave beijo na face. Um brilho emotivo passou pelos olhos de ambos. Ela falara com tanta naturalidade que não percebera tê-lo chamado de pai. Sentiu-se bem. De repente, um medo assaltou-lhe a mente:

— Mas, doutor Nelson, quer dizer, pai, e se eu me lembrar de repente de tudo? E se eu tiver um pai? O senhor promete que continua sendo meu pai também?

— Claro, filha. Mesmo que você tenha um outro pai por aí, mas...

— Mas o quê?

— Eu não gostaria de perdê-la. Sabe, tem dias que eu rezo para que você se lembre de tudo. Mas tem horas que eu oro pedindo o contrário, para você continuar sempre assim.

— O senhor é tão cético! Anda rezando? O que está acontecendo? Passou a acreditar em Deus?

— Qual nada! Depois que a conheci, comecei a orar, sem mais nem menos. Não rezo para santos, espíritos ou Deus. Minha concepção é de uma força maior que sustenta o universo.

— Então o senhor reza para a tal "força"?

— Sim.

— Desse jeito acho que a "força" pode se confundir, não é mesmo? Uma hora o senhor quer e outra não? Tem de se decidir.

Rindo, tomou as mãos do médico. Séria, perguntou:

— Eu gostaria de saber uma coisa: existe alguma maneira de eu ter consciência de quem sou por completo, sem lapsos de memória?

— Casos como o seu, em que a memória foi bloqueada por um impacto emocional muito forte, requerem paciência. E talvez, através dos seus pesadelos, poderemos tirar algumas conclusões. Com relação aos sonhos, eu não sei o que fazer. Pode ser alguém de seu convívio.

— Mas o bloqueio não impede isso?

— Depende. Os casos são parecidos, mas nunca iguais. Geralmente as pessoas com amnésia vão relembrando os fatos conforme vão tomando contato com pessoas ou lugares que faziam parte de sua vida antes do ocorrido. Outras, dependendo do grau de esquecimento, nunca mais se lembram de nada. Precisamos serenar e aguardar. Se você tiver parentes, um dia eles chegarão até você.

— Às vezes sinto que não vou achá-los. Se fui encontrada jogada à beira de uma estrada, provavelmente minha família deva residir próximo a esta cidade. Já se passaram três anos e nada.

— É verdade, bastante tempo.

— Então, pai. Três anos não são três dias. Não sei o que possa ter acontecido, mas, se eu tivesse uma família que me amasse, que se preocupasse comigo, até os jornais ou mesmo a televisão já estariam a minha procura, estampando o meu rosto. E nada.

Virando-se para Nelson, a garota perguntou:

— E aquele detetive que o senhor contratou? Não achou nada?

— Não. Lembra-se daquela foto que tirei de você no Natal, ano retrasado?

— Quando tingi os cabelos?

Com largo sorriso, Nelson considerou:

— Sim, quando você ficou loira como a Brigitte Bardot. O detetive deu busca com a foto na redondeza, foi até o Rio, inclusive a São Paulo, mas em vão.

— Vai ver que a minha família quis se livrar de mim.

— Não diga isso.

— Não sei, pai. Ser encontrada machucada daquele jeito... E se tomei uma surra tão grande que perdi os sentidos? E se me jogaram no mato, achando que logo eu morreria?

— Você acha mesmo isso?

— Não sei. Não penso muito a respeito, não consigo me lembrar de nada. O que importa é que tenho um lar. Tenho você e Vilma. Adoro o Santiago e me encanto com as conversas de dona Clotilde.

— Se você estivesse se ocupando com outras coisas, não teria tempo para essas futilidades. Não gostaria de vê-la metida em assuntos de gente ignorante. Você não me parece ser uma.

— Obrigada pelo elogio, mas não se trata de assunto de gente ignorante. Santiago anda estudando a vida espiritual e não é ignorante, muito pelo contrário. Existem livros de autores renomados, pelo mundo afora, que comprovam a existência do mundo invisível. A maneira como Santiago e dona Clotilde discursam sobre as questões espirituais é sublime. Tem até aquele caso famoso no hospital.

— Qual caso?

— Aquele da criança com erisipela. Nenhum médico conseguiu fazer nada. Foi só a dona Clotilde benzer por uns dias e pronto. A criança ficou boa. Como o senhor me explica isso?

Nelson remexeu-se nervosamente no sofá.

— Ora, não sei. A medicina não faz milagres. Existem muitas doenças a serem curadas. Estamos todos os dias trabalhando para isso. Governos e instituições gastam fortunas, enquanto cientistas e pesquisadores dedicados gastam precioso tempo para estudar as doenças e encontrar a cura.

— E quanto ao caso daquela criança?

— Não foi nada, talvez coincidência. Nem conseguimos diagnosticar direito e não tivemos tempo de atendê-la melhor.

— Mas que dona Clotilde benzeu e a menina melhorou, disso ninguém tira o mérito.

— Não quero mais falar no assunto. Estudei anos, dei duro para me formar. Não queira colocar dona Clotilde no mesmo nível que o meu. Isso é aviltante.

— Desculpe. Não quis dizer isso. Não estou desdenhando a classe médica. Só estou questionando se não existem outras formas de curar as doenças.

— O mundo que os meus cinco sentidos percebem é o que vale, ou seja, tudo o que seja palpável.

Procurando tornar a conversa menos ríspida, Nelson tornou:

— A religião às vezes atrapalha a melhora das pessoas. Não gostaria que você se metesse com assuntos que não vão ajudá-la a crescer.

— Mas aí é onde está o ponto. Dona Clotilde não é ligada a nenhuma religião. Ela é uma mulher livre. Fala comigo sobre a realidade espiritual de uma forma que é impossível negá-la. Sempre que ela me elucida e me explica uma série de indagações, sinto-me muito bem.

— Como assim?

— Toda vez que ela conversa comigo sobre vida após a morte ou sobre mediunidade, terminamos nossas palestras com o peito leve e com um perfume delicioso que paira suavemente pela sala.

— Você agora também sente cheiro de outro mundo?

— De outro mundo não sei, mas que é delicioso e calmante, isso é.

— Você está indo mais longe do que pensava!

— Não se preocupe comigo — e dando um tapinha levemente nas costas do médico, disse em tom amável: — Mesmo que você negue a espiritualidade, e eu a acolha em meu coração como verdadeira, isso não vai tirar a admiração que tenho por você.

— Obrigado, minha filha. Você é geniosa. Não quero mais argumentar.

Levantando-se do sofá, Nelson abraçou-a com ternura.

— Mesmo havendo divergências, fico muito feliz em ser chamado de pai. O aniversário é seu, mas o presente foi meu. Obrigado.

Beijou levemente a testa da moça e dirigiu-se ao andar superior da residência.

Carla deixou os últimos detalhes da decoração da mesa aos cuidados de Vilma e, com o peito leve e o coração feliz, foi se arrumar.

O badalo do carrilhão inglês, próximo ao grande hall de entrada da magnífica casa de Nelson, soou oito vezes. Ao mesmo tempo, o barulho de um veículo estacionando próximo à entrada no pátio central anunciava a chegada dos convidados.

Santiago e Clotilde chegaram no horário marcado, como de costume. Santiago não se atrasava em compromissos assumidos. Com seu bom humor, foi cumprimentando Vilma:

— Como vai, minha amiga?

— Doutor Santiago, quanto tempo! Tanto eu quanto esta casa estávamos sentindo falta de suas risadas bem-humoradas.

— Obrigado, Vilma. O bom humor nos mantém sadios e lúcidos.

Pegando levemente as mãos de Vilma e pousando-as delicadamente em sua face, ele ordenou:

— Sinta a minha pele.

— Como sempre, está bem-cuidada. O que um homem na sua idade faz para ter uma pele tão boa?

— Humor e prazer de viver.

— E uma boa cozinheira — anuiu Clotilde.

Todos caíram em sonora risada.

Carla estava terminando de dar os últimos retoques em seu cabelo quando ouviu as risadas dos convidados. Deu uma última passada de batom e, olhando-se no espelho da penteadeira, deu uma piscada marota à sua imagem refletida. Saiu apressada para recebê-los.

Olhando-a descer as escadas, trajando um lindo vestido curto amarelo colado ao corpo e calçando um par de botas pretas até a altura das coxas, Santiago não conteve a admiração:

— Carla, como você está linda!

Abraçando-o, censurou-o, fazendo cara de brava:

— Comporte-se! Você tem idade para ser meu pai.

— Ora, idade não significa nada quando estamos apaixonados.

— Vá jogar o seu charme para outras bandas, meu querido. Eu não caio em suas lorotas — e virando-se amorosamente para Clotilde: — Como vai, querida? Estava com saudades de você.

— Eu também. Cuidar desse moleque não me permite o luxo de ter mais tempo para as nossas conversas.

Vilma convidou-os a irem para a sala de jantar.

— Está tudo pronto. A empregada já vai servir. Portanto, não precisam ficar na sala de estar aguardando. Podemos jantar agora e assim terão mais tempo para conversar.

Carla colocou-se entre Santiago e Clotilde.

— Se Vilma falou, é uma ordem. Vamos.

Acomodaram-se em seus lugares ao redor da mesa. Logo depois chegou Nelson.

— Boa noite. Desculpem o atraso.

Santiago fez menção de levantar-se, mas Nelson o impediu com gestos largos:

— Fiquem sentados. Cumprimentarei cada qual em seu lugar.

— Estão todos muito bem-humorados hoje — afirmou Carla.

— Esse é um ótimo sinal. Uma casa com alegria e humor impede que energias negativas entrem em seu interior, perturbando seus moradores.

— Lá vem você de novo, Clotilde — objetou Nelson. — Antes que você continue com seu discurso, eu quero que o jantar seja servido. Vilma, peça para trazerem os pratos.

Fazendo soar uma pequena sineta sobre a mesa, Vilma chamou a empregada. Logo os pratos foram servidos e o jantar decorreu alegre.

— Vejam só, que noite mais agradável! Como tivemos sorte de ter encontrado você, Carla — afirmou Santiago.

Emocionada, ela declarou:

— É uma noite muito especial para mim. Sinto-me feliz por tê-los a meu lado. Você, Clotilde, Vilma e papai.

Santiago surpreendeu-se:

— Papai?!

— Sim, papai. Nelson tem sido um verdadeiro pai para mim. Ele merece ser chamado assim. Eu me sinto bem com isso e ele gosta. Por quê? Acha engraçado ou está com ciúme?

— Eu, com ciúme? Você é maluca. Gostaria que você me chamasse de marido, amante, namorado...

— Isso eu nunca vou permitir — interveio Nelson. — Por maior que seja a nossa amizade, nunca deixarei Carla envolver-se com um mulherengo.

— Só porque ele é um rapaz que leva a vida de uma maneira divertida, não quer dizer que não possa ser um excelente marido — redarguiu Clotilde.

— Obrigado pela defesa — respondeu bem-humorado Santiago.

Nelson, irritado com os comentários de Clotilde, perguntou-lhe:

— Por que você tem sempre alguma resposta disparatada na ponta da língua? Tem resposta para tudo, é impressionante!

— É porque estou sempre observando minhas atitudes e o comportamento das pessoas.

— Ela poderia ser uma excelente terapeuta — disse Carla.

— Não exagere, querida. Eu não estudei para isso.

— A senhora é sábia. Talvez mais inteligente do que muita gente por aí.

— Sim, pode ser. Mas não se trata exclusivamente de inteligência. É preciso educar a nossa sensibilidade. Muitos não dão crédito. Conhecendo-a e utilizando-a com sabedoria, poderemos ter uma vida melhor.

— Discordo — objetou Nelson.

— E eu concordo — respondeu Santiago.

SÓ DEUS SABE

— Você não vale. Já foi influenciado pelas ideias de Clotilde.

— Não é bem assim. Quando a conheci, você sabe que eu já estudava a vida espiritual com meus amigos. Temos farto material. Clotilde é a luz que chegou para nos ajudar a entender aspectos da mediunidade que não possuem uma comprovação científica, que dependem do apuro da sensibilidade para serem compreendidos.

— Você fala como se fôssemos receptores ou indutores. Somos um corpo que tem cinco sentidos e pronto.

Clotilde, com suavidade na voz, perguntou-lhe:

— Você já esteve em algum lugar ou já viveu alguma situação que aparentemente nunca tinha vivido antes, mas teve a sensação de já tê-la vivido?

— Sim.

— Quando? O senhor se recorda com precisão?

— Aconteceu comigo, e Santiago estava junto, inclusive. Estávamos conversando no hospital, na época em que conheci Carla. Quando a vi deitada na cama, semi-inconsciente, algo em mim dizia que eu já a conhecia.

— Essa sensação que teve está ligada ao sexto sentido. O sentido que capta as energias dos ambientes, das pessoas. É um órgão que capta as ondas passadas e futuras, dependendo de cada um.

— A ciência não explica isso.

— Não explica, mas reconhece algumas experiências de pesquisadores pelo mundo afora. Já temos a telepatia, a telecinese, inclusive a parapsicologia, que estuda esses casos. Como duvidar? — perguntou Santiago.

— Ora, estamos falando de energia, mas não de espíritos.

— Perceba — continuou Clotilde para Nelson — que o mundo espiritual existe, mesmo sendo invisível para a maioria de nós. Há pessoas que têm a capacidade de ver, de ouvir, de sentir os outros planos de vida. Acaso acha que somente os homens habitam este gigantesco universo?

— Acho que sim. Vamos esperar. O homem não está indo até a lua? Se encontrarem alguém por lá, quem sabe, eu mude de ideia.

— Doutor Nelson, o mundo está recheado de dimensões. Cada espécie vive numa delas. Nós vivemos aqui na Terra, há outras espécies que vivem em outros planetas, noutros mundos. Para senti-los ou vê-los, precisamos de olhos especiais, que obtemos através do estudo e da devida atenção à nossa sensibilidade.

— Só acredito naquilo que vejo.

— Não quero ser indelicada, mas posso lhe fazer uma pergunta, doutor Nelson?

— Claro, Clotilde — mexendo os olhos e suspirando, tornou: — Sei que você vai perguntar de qualquer jeito.

— Sendo médico, acredita em micróbios?

— É lógico.

— O senhor os enxerga a olho nu?

Todos pousaram os talheres, olhando em silêncio para ambos.

Sem jeito, Nelson respondeu:

— Não, precisamos de um microscópio.

Clotilde continuou:

— O fato de não vê-los não quer dizer que não existam, não é?

— Isso não tem nada a ver.

— Como não tem, papai? — interveio Carla. — Imagine os espíritos como micróbios, e a nossa sensibilidade, como um microscópio.

— É muita fantasia. Não queiram me confundir. Odeio religião.

Santiago, participando da conversa, interveio:

— Não estamos falando de religião. Estamos falando sobre as verdades da vida, sobre os potenciais do espírito, que independem de dogmas ou doutrinas. Estamos falando sobre perceber o que está ao nosso redor, mas não podemos enxergar a olho nu.

— Não me convence. Preciso de provas. O dia que me derem provas, acreditarei. Para mim, ao morrer, tudo se acaba.

Clotilde, com a modulação da voz levemente alterada, tornou:

— Por que você é tão cético? Por que tem tanto medo de se envolver com esses assuntos?

Delicadamente, ela pegou nas mãos do médico. Fechou os olhos por alguns segundos. Os demais ficaram estáticos. Santiago e Carla sabiam que algo estava por vir.

Após permanecer alguns segundos com os olhos fechados, Clotilde os abriu e olhou fixamente nos olhos de Nelson.

— Há alguém aqui hoje, participando deste jantar. Tenho clariaudiência, portanto posso ouvi-lo, mas não posso vê-lo. É um homem, jovem, e tem uma mensagem para você e Carla.

Um silêncio eterno e carregado de curiosidade pairou no ar. Vilma olhou assustada para Carla e Santiago. Nelson suava frio. Clotilde continuou:

— Não precisam ter medo. Estou aqui somente como uma mensageira de alguém que se encontra desencarnado e gosta muito de Carla.

Nelson retirou nervosamente as mãos de Clotilde. Suspirou profundamente. Pegou o guardanapo de linho e passou-o pela testa molhada.

— E o que esse homem quer comigo?

— Ele quer agradecer-lhe por estar cuidando dela.

Clotilde voltou a fechar os olhos. Após alguns instantes, virou-se para Carla.

— Ele diz que não pôde compartilhar esta vida aqui ao seu lado, mas um dia voltará a conviver com você.

Carla, emocionada, balbuciou:

— E quando será isso?

Voltando do transe, Clotilde ajeitou-se na cadeira. Servindo-se dos pratos a sua frente respondeu, como se nada tivesse acontecido, para espanto de Nelson e Vilma, e para deleite de Santiago:

— Só Deus sabe.

CAPÍTULO 7

Um lindo jovem, cabelos lisos e volumosos, largas costeletas a cobrir-lhe parte do rosto e descendo em direção ao queixo, trajando um belíssimo costume xadrez, com a voz que a paixão tornava rouca, sussurrou nos ouvidos da bela moça:

— Você é tudo o que sempre sonhei. Quer se casar comigo?

A jovem, tomada por forte emoção, mal conseguia suspirar uma palavra. Abraçando-o com ardor e deixando as lágrimas livremente correrem por seu rosto, respondeu:

— Oh, sempre esperei por este momento. Você é o amor da minha vida. Serei sempre sua...

Nenhuma palavra mais foi dita. Beijaram-se com volúpia e prazer, ao som de uma linda melodia.

Um grito ecoou pelo estúdio:

— Corta! Excelente. Chega. Sabia que precisaríamos de uma tomada só. Mandem editar desse jeito.

Estugando o passo, o homem de gestos largos e postura firme foi até o casal. Abraçando o rapaz e beijando sua testa, disse:

— Você esteve fantástico, muito bom. Como me orgulho de você!

O rapaz respondeu, bem-humorado:

— É o meu trabalho, Sampaio. Gosto do que faço.

— E eu? Também sou ótima. Sou a melhor. Todos me amam — redarguiu a jovem.

— Fernanda, meu amor, não seja arrogante.

— Como não? Sou rica, famosa e desejada. A arrogância é necessária. Só assim me livro dessa gente que tenta me agarrar nas ruas.

— Faz parte da profissão — falou Sampaio, procurando amenizar.

— Uma parte da profissão de que não gosto. Estou cansada de representar nas ruas. Não gosto que me toquem. Tenho nojo.

— Seja humilde, Fernanda — rebateu Ricardo. — Você é umas das maiores estrelas da emissora. Não deixe a fama detonar sua carreira.

— Você é muito bobo. Eu não sou a maior estrela desta emissora, mas a maior do país.

Jogando os longos cabelos de um lado para o outro e tirando os grandes brincos de argola, a jovem demonstrou expressão cansada.

— Estou exausta. Vou para casa — piscando para o rapaz, disse com voz enrouquecida: — Espero você mais tarde.

Fernanda pousou um leve beijo na boca do jovem ator. Virando-se para o diretor, disse com voz que tentou tornar doce:

— Sampaio, aguardo sua ligação para gravar o especial. Até mais.

Após a saída da atriz, Sampaio, meneando a cabeça para os lados e dando um tapinha nas costas de Ricardo, continuou:

— Você é a prata da casa. Toda novela que o traz no elenco é sucesso garantido. Nunca vi nada igual. Tenho certeza de que, na hora em que a cena que acabamos de gravar for ao ar, teremos recorde de audiência.

— Eu sempre estudei teatro e gosto de representar. Estudo até hoje. Dedico-me com afinco, sou responsável. Sinto que passo ao telespectador a dose certa de emoção.

— Você e Fernanda combinam muito bem no vídeo. A tela se ilumina quando os dois aparecem.

— Fernanda é boa atriz.

— Não acho que ela tenha atributos de grande atriz. O público a adora, é diferente. Ontem ela era uma simples auxiliar de figurino e hoje é a maior estrela da casa. Subiu rápido demais. Parece que enfeitiça a todos.

Ricardo, olhos perdidos num ponto distante, suspirou:

— Ela enfeitiça qualquer um.

Sampaio, sorriso preocupado, devolveu:

— Ela está caidinha por você. Dá para notar, principalmente nas cenas mais ardentes. Tome cuidado.

— Por que me diz isso?

— Abra os olhos. Você é bonito, inteligente, uma ótima pessoa, mas não entende nada de amor. Você sabe que tive um caso com ela no passado. Mesmo sendo casado, senti-me atraído. Quase deixei minha esposa por causa de Fernanda.

— Está com ciúme por eu estar envolvido com ela?

— Não se trata disso. Confesso que foi muito duro ser jogado de lado, como se fosse um brinquedo. Um dia ela estava louca por mim, ajudei-a a ingressar nas novelas. Quando você apareceu, ela esfriou comigo. Ela é interesseira. Gosto de você como se fosse meu filho. Não deixaria que nada nem ninguém atrapalhasse o seu caminho.

— Sei disso. Você é o meu segundo pai — abraçou-o, beijou-o na testa e continuou: — Obrigado pela dica. Mas não preciso de conselhos. Sei que você se comporta como pai, e tem me ajudado muito. Agora preciso descansar e tirar você do meu pé.

— Você está representando ou falando a verdade? — perguntou Sampaio, franzindo o cenho.

Com um sorriso nos cantos dos lábios, Ricardo respondeu ao diretor:

— Quanto aos conselhos, eu representei; quanto às férias, eu falo a verdade.

— Está certo. Vou conversar com os outros diretores. Você sabe que está escalado para a próxima novela.

— Mas o texto está enfrentando problemas com a censura. Enquanto não liberarem o texto, não poderemos gravar. Como vai demorar um pouco, eu e Fernanda vamos viajar.

— Não, senhor! Você vai, Fernanda fica. Tem um especial que ela terá de gravar. Se quiser ir, pode, mas sozinho. Você sabe que a casa não está bem das pernas. Estamos gravando tudo o que for possível, com medo de uma nova greve.

— Tenho ouvido boatos, afinal de contas passo doze horas aqui dentro. Diga-me: a emissora está quebrando?

Sampaio, procurando baixar o tom de voz, embora utilizasse gestos largos, tornou:

— Estou para conversar com você a respeito, mas "só" com você. Não gostaria de compartilhar com Fernanda. Estou procurando negociar o seu contrato com uma emissora carioca.

Ricardo, surpreso com a situação, porém indignado com a postura de Sampaio em relação a Fernanda, replicou, seco:

— Agradeço que me inclua em seus planos, mas só vou se Fernanda for também.

— Faço o que for preciso para você. Não gosto dela e não vou fazer nada para ajudá-la. Desculpe, mas é o preço que ela vai pagar por ter me descartado.

Ricardo, descontente com a atitude do diretor em quem tanto confiava, respondeu, triste:

— Você é quem sabe. Vou esperar que ela grave o especial. Viajarei com ela de qualquer jeito. Estou apaixonado.

O diretor, preocupado com o jovem ator, mordendo os lábios, limitou-se a responder:

— Que Deus o proteja!

Ricardo olhou-o sério e surpreso. Essa última frase provocara-lhe um leve aperto no peito e um ligeiro frio no estômago. Virou-se e saiu caminhando cabisbaixo, por entre os cenários da emissora.

Após a morte do irmão, Ricardo dedicara-se de corpo e alma ao teatro. O começo tinha sido muito duro, pois culpava-se pela morte do irmão. Afinal de contas, a ideia da compra do carro partira dele. Em seu peito passavam sensações confusas em relação a Leonor. Sentia alívio por sua morte, pois, caso ela estivesse viva, com certeza trairia o irmão. Se Deus permitisse que Leonor continuasse viva, ele lutaria contra todo o remorso para tê-la a seu lado. Depois vinha o sentimento de tristeza, de nunca mais poder vê-la, tocá-la, sentir o aroma que seu perfume deixava onde quer que ela passasse.

Alguns dias após o enterro, Ricardo recebera muito apoio de Marta, que se desdobrava em consolá-lo e a Carmem. Aos poucos, através de livros indicados por ela, Ricardo passara a interessar-se pela vida após a morte. Não aceitava que seu irmão, tão novo, dinâmico e saudável, pudesse morrer e ter todos os seus potenciais enterrados consigo. Se Deus fosse inteligente, não desperdiçaria a vida de seus filhos de forma tão banal. Depois da morte, algo deveria acontecer.

Ele ficava horas meditando sobre sua vida, o comportamento das pessoas ao seu redor. Ler os livros de Marta o ajudara a acreditar que algo maior existe e governa a vida no mundo, que vivemos de acordo com o resultado de nossas escolhas.

O pai, tomado pela dor da perda do filho, passara a apoiar Ricardo em tudo o que fosse possível.

Após alguns meses em tratamento psiquiátrico num hospital no interior de São Paulo, André voltara à ativa. Aproximara-se mais de Ricardo. Como a rede de papelaria prosperava, pagara um curso de representação de seis meses para o filho na Inglaterra.

Em Londres, Ricardo conhecera Sampaio, diretor de novelas de uma emissora brasileira, que estava lá em férias. Nunca se haviam visto antes, mas sentiram forte empatia.

O porte de galã do jovem aliado ao talento nato chamaram a atenção do diretor para um teste tão logo regressassem a São Paulo.

Sampaio, casado, encantara-se com Ricardo. Frustrara-se na vida por ser estéril. Bem situado e com uma amante — que Ricardo soubera depois ser Fernanda — Sampaio adotara o

SÓ DEUS SABE

rapaz. Fizera um roteiro de viagens a cidades pitorescas da Europa que geralmente não constam dos guias turísticos. Mostrara-lhe lugares cinematográficos, escondidos por entre vales e florestas, desconhecidos da maioria dos turistas. Conforme a viagem se estendia, mais Ricardo se afeiçoava a Sampaio.

Chegando à capital paulista, Ricardo fora aprovado e contratado para participar como coadjuvante numa novela de grande repercussão nacional. Surgiram boatos maledicentes em relação à amizade travada com Sampaio, mas Ricardo as rebateu com maestria e bom humor, percebendo que tal atitude partira de gente invejosa e incomodada com seu talento.

A mistura de sua beleza, carisma e talento foram ingredientes necessários para formar empatia imediata com o público. Os críticos perceberam que um grande ator estava surgindo.

Em sua segunda novela, o jovem fora escalado para um papel de maior destaque, e a terceira novela o consagrou como um grande ator.

Mesmo adorando seu trabalho, a estafante rotina de gravações e a leitura de dezenas de páginas diárias estavam lhe causando cansaço. Ricardo agora poderia aproveitar o espaço que tinha para se preparar para a próxima novela e viajar com Fernanda, uma mulher pela qual se apaixonara perdidamente, mesmo sabendo que ela tinha sido amante de Sampaio até pouco tempo atrás.

André continuava se dedicando aos negócios. De olho no mercado, vendera parte das papelarias e, as poucas que manteve em seu poder, tratara de transformá-las em livrarias.

Aproveitara a viagem do filho a Londres para visitar as grandes livrarias inglesas, a fim de estudar a disposição dos livros nas prateleiras, a decoração etc. André tinha o sonho de trazer para o Brasil o padrão de livrarias de Primeiro Mundo.

Naquela noite, Ricardo chegou a sua casa muito cansado. Deixou o carro estacionado de qualquer maneira na garagem e entregou as chaves a Douglas.

— Estacione o carro para mim. Estou exausto. Preciso de um banho reconfortante. Onde está Elvira?

O empregado, entrando no interior do veículo de Ricardo, respondeu apressado:

— Ela está preparando o jantar.

Passando os dedos pela nuca e balançando a cabeça para os lados, Ricardo entrou em casa. Chegando à porta da cozinha, parou.

Elvira, que conhecia o rapaz desde tenra idade, passou-lhe delicadamente as mãos nas faces. Com voz suave, afirmou:

— Está abatido.

— Um pouco cansado. Sabe que até gostaria de chamar alguns amigos para jantar? Mas vou chamar quem?

— Você tem trabalhado muito e não tem tempo para amizades. Depois da morte de seu irmão, os amigos sumiram. Algumas pessoas recentemente tentaram aproximar-se de você devido à fama. Sei que é difícil saber se as pessoas se interessam por gosto ou por interesse.

— Esse é o meu maior treino, sentir a aproximação das pessoas. Mas, na hora em que me envolvo afetivamente, eu perco essa sintonia.

A governanta, com gesto contrariado, interpôs:

— Você fala daquela moça, a Fernanda. Não gosto dela. Sou sincera em dizer e me sinto à vontade para lhe falar desta maneira. Quando ela está por perto, eu sinto tonturas. Não é um bom sinal. Ela é uma pessoa carregada.

— Você e sua mania de falar em pessoas carregadas. Eu tenho uma mente aberta, Elvira. Acha que preciso tomar uns passes?

— Seu pai tem ido comigo tomar passes toda quinta-feira. Veja como ele está ótimo. Não quero dizer que o passe seja a cura para todos os males, mas ajuda muito para nos manter limpos e livres das energias desagradáveis lançadas sobre nós e produzidas por nós a todo instante.

Ricardo pousou as mãos delicadamente sobre os ombros da governanta. Em sonora risada, disse:

— Acho que devo o que sou a você. Ainda me lembro quando eu e Rogério dormíamos com suas histórias de passes, energias e espíritos.

— Eu procurava passar aquilo que aprendi e senti ser bom.

— Lembro que sempre nos falava que de um pensamento bom, energias boas são emitidas. E o pensamento ruim, negativo, provoca uma alteração escura ao nosso redor, produzindo energias nocivas ao nosso organismo e ao ambiente.

— Por isso que esta casa está sempre em harmonia. Sabe que até Douglas está indo tomar passes?

— Não diga! Você o converteu? Ele deixou de ser crente?

— Claro que não, meu filho. Meu marido está sempre com um pé em tudo. Frequenta a igreja porque acredita que lá está ligado ao Espírito Santo. Frequenta o centro comigo porque acha que lá está sendo limpo e protegido. É uma questão de crença.

— Prefiro acreditar que tudo está dentro de mim. Tenho uma fé inabalável quanto a minha força interior. E toda e qualquer energia negativa que quiser entrar no meu caminho, o meu sistema de defesa bloqueia. Aprendi isso nos livros.

— Parabéns por sua lucidez e consciência em relação aos fatos da vida. Mas olhe seus sentimentos. Procure lembrar-se das ilusões que você criou ao longo de sua vida. Cuidado com esse seu envolvimento amoroso. Pode ser que aí esteja o seu ponto fraco. Saiba que os obsessores só interferem e atrapalham o nosso caminho através dos nossos pontos fracos.

Beijando suavemente a testa da governanta e indo em direção a sua suíte, o jovem respondeu:

— Deixe comigo. Não tenho ponto fraco, sou forte. Meu sistema me defende. Eu me garanto.

— Está bem. Que Deus o proteja!

Ricardo parou na soleira da porta e curvou o corpo para trás. Ficou observando Elvira. Enquanto subia as escadas, pensou:

"Já ouvi essa frase hoje. Será um sinal?"

Varrendo o ar com as mãos, como a dissipar o pensamento, Ricardo falou em voz alta ao entrar em seu quarto vazio:

— Calma, homem. Essa história de sinais ainda vai deixá-lo paranoico.

Revirou sua estante à procura do novo LP de Elis Regina que ganhara dias atrás. Pousou o disco ao lado da vitrola e foi até o banheiro abrir as torneiras para encher a banheira. Voltou ao quarto e colocou o disco para tocar. Ao som do long-play, Ricardo foi se despindo suavemente para um reconfortante e revigorante banho de espuma, esquecendo-se por ora da história paranoica dos tais "sinais".

CAPÍTULO 8

Batendo sistematicamente as pontas dos dedos sobre a grande escrivaninha de aço inox de sua sala, André ia terminando de ditar a carta a sua secretária:

— ... E todos os pedidos serão faturados dessa forma a partir do primeiro dia útil de janeiro próximo. Cordiais saudações, André Ramalho.

— Sim, senhor André.

Levantando-se de sua cadeira e dando a volta pela mesa, André parou na frente da secretária, ainda sentada com o bloco de taquigrafia nas mãos. Com as mãos na cintura, perguntou-lhe:

— Há quantos anos a senhorita está trabalhando como secretária para mim?

A jovem corou, surpresa com a pergunta. Meio sem jeito, respondeu:

— Quatro anos e três meses, para ser exata.

— E quantos aumentos você já teve?

MARCELO CEZAR pelo espírito MARCO AURÉLIO

— Devido à crise econômica que estamos passando, meu salário tem recebido os aumentos justos de lei.

— E fora os aumentos de lei?

— Uma vez, há dois anos.

— Acha-se merecedora de mais um aumento de salário?

Sílvia corou novamente. Esperava há muito por um aumento. Sentia-se merecedora. Dedicava-se com capricho e responsabilidade ao cargo que exercia. Com a voz rouca, procurando conter a emoção, respondeu quase sussurrando:

— Sim, senhor.

André procurou manter a postura firme e altiva:

— Só posso lhe conceder aumento com uma condição.

— E qual é? — indagou timidamente Sílvia, com um fio de voz.

— Que a partir de hoje não me chame de senhor. Percebi nesses anos todos a sua postura profissional. A senhorita toma conta de meus negócios na empresa e de minhas contas particulares. Nunca a vi fazer nenhum comentário. A senhorita sabe separar as coisas. Tenho confiança suficiente para pedir-lhe que me chame de André, simplesmente.

— Mas, senhor, quer dizer, André, e como ficam os funcionários? Eu sou uma secretária, preciso manter uma distância. Afinal de contas não deixa de ser ético.

O empresário pegou o lápis da mão da jovem e escreveu algo. Depois pediu que ela lesse o que estava escrito.

— André, por que tantos cruzeiros?

— Esse é o seu novo salário.

A jovem assustou-se:

— Mas é muito para a função de uma secretária.

Voltando para a mesa e jogando-se distraidamente em sua cadeira de couro verde, André respondeu:

— A partir de hoje, você é minha nova gerente administrativa. Será o meu braço direito.

Sílvia corou de vez. Acreditava merecer um aumento, mas achava que estava a anos-luz de uma promoção, ainda mais em se tratando de um alto cargo no grupo de André. Tomada pela emoção, perguntou:

SÓ DEUS SABE

— E Peixoto? Vai demiti-lo?

— Não. Sua família enfrenta sérios problemas em Salvador. Não posso segurá-lo. É um de meus melhores homens. Mas me pediu um acordo, então estou fazendo a rescisão. O cargo está livre. Para que vou perder tempo em procurar um profissional que mal conheço se tenho você para o serviço? Além de competente, você me inspira confiança. Esse sentimento é muito importante para mantermos um bom relacionamento de trabalho.

— Muito obrigada. Fico imensamente grata pela confiança.

— Não sou só eu que percebi isso em você. A indicação partiu do próprio Peixoto. Ele me disse que você é a única pessoa capaz de levar adiante o que ele vinha fazendo. Sabe que esse cargo tomará mais tempo da senhorita...

— Sim. Mas não me importo. Gosto da empresa, gosto do meu trabalho, porém tenho uma condição para aceitar o cargo...

— E qual é? Décimo quarto salário? Podemos discutir isso depois.

— Não, não se trata de dinheiro ou benefício. Eu não quero mais ser tratada por senhorita. Trate-me por "você".

Foi a vez de André corar por inteiro. Ele esperava qualquer coisa, menos isso. Por mais generoso que fosse, mantinha uma distância profissional razoável com seus funcionários. Somente aqueles que lhe passavam confiabilidade eram tratados pelo nome, sem antes o senhor, senhora ou senhorita. O jeito com que Sílvia lhe fizera o pedido provocara um leve e delicioso tremor no peito. Procurando disfarçar, pigarreou, dizendo:

— Está bem, Sílvia. "Você" é a minha nova gerente. A partir de segunda-feira a sala de Peixoto será sua. Amanhã ele vai retirar seus pertences. Já pedi para o departamento de pessoal rodar o memorando que comunica sua promoção. Você tem o fim de semana para descansar e se preparar para a nova empreitada. Espero você segunda às oito em ponto.

— Está certo. Muito obrigada.

Sílvia procurou conter o estado radiante que se apoderava de seu corpo. Estava em êxtase, feliz. Após derramar algumas lágrimas, pensou:

"Preciso mais do que nunca me controlar. Agora estarei a seu lado quase o dia inteiro. Tenho medo de deixar aflorar o que sinto por ele."

Em sua imensa sala decorada finamente à última moda, misturando aço escovado e couro, André pensou em voz alta. Olhando para o vidro da escrivaninha que refletia sua imagem, disse a si mesmo:

— Calma, você já não é mais moço. Está com cinquenta anos. Essa mulher deve ter no máximo trinta. Você tem idade para ser pai dela...

Um súbito calor instalou-se em seu peito. Será que estava apaixonado? Depois de tantos anos de viuvez e encontros desacertados, será que ainda podia se dar o direito de amar novamente? Será que sua esposa, mesmo morta, não se chatearia com essa atitude? Sempre amou e respeitou a esposa enquanto estiveram casados. E agora? Tanto tempo sozinho, será que poderia se dar uma nova chance?

Mil pensamentos povoavam sua mente. Passou a mão pela testa como a espantar o emaranhado de ideias e deixou-se envolver pelo calor que aquecia seu peito.

No fim do expediente, ao anoitecer, André chegou a sua casa com o semblante corado e feliz. Ricardo, que estava deitado despretensiosamente no grande sofá do jardim de inverno, próximo à entrada principal, não conteve o comentário:

— Pai! Que cara boa é essa?

André, desatando o nó da gravata, agachou-se próximo ao filho. Após beijar-lhe a testa, respondeu:

— Estou contente porque a vida é fantástica, só isso.

Percebendo o estado radiante do pai, considerou:

— "Eu" sou o ator aqui em casa. Sou inclusive pago para representar. Não me venha com caras e bocas. O que se passa?

André não conseguia disfarçar a alegria que encharcava o seu peito. Dirigiu-se ao bar, preparou dois martínis. Em silêncio, após colocar uma azeitona dentro da taça, entregou-a para Ricardo. Acendeu um cigarro, tragou-o prazerosamente. Ao soltar as baforadas, sentou-se confortavelmente no sofá.

— Sente-se aqui ao meu lado, filho.

Ricardo, com a taça nas mãos, obedeceu. Sentou-se. Tocando levemente o ombro do pai, disse:

— Eu o conheço muito bem. Depois que meu irmão morreu, a nossa relação melhorou ainda mais. Você é a pessoa que mais amo e confio neste mundo. Gostaria de dizer, antes de mais nada, que admiro e respeito muito você.

André, após bebericar e tragar novamente o seu cigarro, tornou:

— Sei disso. Também digo o mesmo sobre você. Eu o amo demais.

— Por isso estou aqui para ouvi-lo como amigo e companheiro. Não olhe para mim como um filho, acreditando que não possa falar certas coisas.

Com o rosto corado, André respondeu:

— Obrigado, filho. Não tenho amigos íntimos para compartilhar o que vai em meu coração, mas tenho você. Tenho algo para lhe contar.

— Ora, não se faça de rogado. Conte-me, não importa o que seja.

— Sabe, desde que sua mãe morreu, eu procurei dedicar-me de corpo e alma a criar você e Rogério e aos negócios. Com Elvira e Douglas por perto, sentia-me seguro, achando que não precisaria de mais nada.

— Certo. E então?

— Bem, eu nunca pensei em namorar ou me casar de novo. Sempre respeitei a memória de sua mãe. Confesso que tive algumas aventuras após a morte dela, você sabe, a carne é fraca. Mas entre ter uma aventura sem compromisso e pensar em relacionar-me para valer, há muita diferença.

Ricardo, pegando o cigarro do pai e imitando-o na tragada, tornou carinhoso:

— Pai, você precisa entender que somos espíritos eternos e livres. Já conversamos muito a esse respeito. Quando mamãe morreu, éramos crianças, e talvez hoje eu entenda que você não tenha questionado a morte por pensar única e exclusivamente em nossa educação e sustento. Há alguns anos Rogério se foi e tanto você quanto eu fomos chamados pela vida para darmos atenção à realidade espiritual.

Com os olhos marejados, André redarguiu:

— A morte de seu irmão foi um grande golpe. Não gosto muito de tocar nesse assunto com você ou com quem quer que seja, mas admito que passei a me interessar pelas questões do espírito depois que ele partiu. Eu até acho que seja um jogo justo de Deus.

— Como assim?

— Sua mãe partiu e ficou sozinha. Eu fiquei com vocês. Agora parece que está tudo acertado: ela está com Rogério e eu com você. Desculpe-me se isso é uma maneira tola de justificar as nossas perdas, mas isso me conforta...

André parou de falar. Grossas lágrimas começaram a banhar-lhe o rosto maduro. Era um homem lúcido, forte, digno. Procurava aceitar os fatos tristes que marcavam sua vida de maneira singular. Sentia muita falta da mulher e do filho, mas estava vivo, mais próximo a seu outro filho, e sentia necessidade de superar as dores da perda através de uma postura serena e tranquila. Não que quisesse tornar-se frio diante dos acontecimentos tristes que permeavam seu caminho, mas queria abrir seus horizontes mentais, burilar seu espírito, para compreender com sabedoria os desígnios da vida.

O filho, tocado com a sinceridade nas palavras do pai, também emocionou-se. Com os olhos também banhados por lágrimas, abraçou-o comovido.

— Pai, você é uma criatura maravilhosa, um espírito lúcido. Você teria e tem todo o direito de reclamar, de queixar-se pela perda das pessoas que amou e se foram. Mas, em vez disso, procurou entender o porquê de tudo. Não sei se eu teria coragem para enfrentar tudo o que enfrentou, porque cada um sente de um jeito.

— Sim. Mas imagino que não deve ter sido fácil para você também. Você perdeu sua mãe muito cedo. Cresceu amparado por mim e Rogério. Você também o amava e o perdeu. Também acho digna sua postura de não reclamar e levar adiante sua vida.

— Nunca conversamos sobre as nossas fraquezas, não é mesmo? Eu tenho estado envolvido com os meus scripts e ultimamente mal tenho tido tempo para nós dois. Prometo que estarei mais próximo do senhor.

— Não se trata disso. Você tem os seus afazeres. Graças a Deus está fazendo o que gosta. Até gostaria que você me perdoasse.

— Perdoar?! Você é um pai maravilhoso!

— Mas tentei demovê-lo da ideia de ser ator. Por sorte, você foi mais firme e não me deu ouvidos. Se tivesse seguido o que tentei lhe impor, talvez hoje você fosse um executivo frustrado e me culparia eternamente por ter-lhe impedido de ser o grande ator que é.

— Você fez o melhor que pôde. Não posso culpá-lo por isso. Se eu desse mais importância a suas vontades e não ouvisse o que minha alma realmente desejava, seria por vontade própria. Ninguém faz o que não quer. Se eu seguisse a carreira de executivo, seria por livre e espontânea vontade.

— Mas você poderia ser influenciado por mim. Seu espírito foi mais forte na hora da escolha.

— Engano seu. Eu só poderia ser influenciado pelo senhor se fosse inseguro e não prestasse atenção ao desejo da minha alma. Por isso é muito importante estarmos ligados a nossos sentimentos, àquilo que queremos.

— Você tem razão, filho. Depois da morte de Rogério, tenho pensado muito em minha vida.

— Como assim?

— Sabe, eu sou um homem rico. Consegui fazer pequena fortuna, as livrarias estão crescendo. Estou até pensando em abrir filiais em outros estados.

— E você tem percebido ultimamente que isso não é tudo, certo?

— Como você sabe?

— Ora, pai, o dinheiro não é tudo. Seria hipocrisia dizer que não gosto de dinheiro. Isso é mentira. O dinheiro pode nos proporcionar uma maneira de viver bem, de alcançar alguns objetivos que somente conseguimos com ele.

— Por certo. Se não tivéssemos dinheiro, eu não poderia ter dado um estudo decente para vocês, bem como ter pagado o curso de teatro para você se aperfeiçoar em Londres.

— Você mereceu fazer fortuna por esforço próprio.

— Admito que tive muita sorte.

Ricardo levantou-se do sofá. Preparou mais um drinque. Enquanto manuseava a coqueteleira, continuou:

— Não acredito em sorte, mas em mérito, em valor. Você é um homem que sempre acreditou em seus potenciais, em sua força, sempre foi atrás do que queria. Trabalha com muito afinco, com amor.

— Do mesmo jeito que você ama representar, eu adoro as minhas livrarias.

— O senhor acredita que pode. E esse é o ponto principal, pai! O senhor se valoriza quando acredita em si. O resto vem em consequência dessa atitude. O senhor não prosperou porque Deus assim determinou, mas pela capacidade de acreditar em seus potenciais.

— Não deixo de agradecer um dia sequer por tudo. Sei que é mérito meu, mas um dia tudo o que temos — apontando para os belíssimos quadros que embelezavam a requintada sala — ficará aqui. Partiremos da mesma maneira que viemos, ou seja, sem nada.

— Sem nada uma vírgula! Se estamos encarnados, é porque temos a necessidade de burilar nosso espírito, estar ligados ao bem a todo e qualquer momento. Acha que, se conseguirmos fazer bem a nossa parte, voltaremos ao astral do mesmo jeito que viemos ao nascer? Nunca. Tenho a certeza de que esta nossa etapa está sendo muito produtiva. Voltaremos com as malas cheias!

— Isso é o que me preocupa. Estou com cinquenta anos, viúvo há quinze, e não tenho um cobertor de orelha...

— Ah, então é isso!

Ricardo abriu a coqueteleira e encheu novamente a taça. Foi até André e fez o mesmo com a taça dele. Sentando-se novamente a seu lado, tornou, radiante:

— Não tem porque não quer. Desde que me conheço por gente, vejo as mulheres o assediarem.

— Ora, filho, não fale asneiras.

— Você é uma pessoa muito especial, tem uma luz cativante, um brilho próprio. E, naturalmente, as pessoas acabam se apaixonando.

— Nunca percebi os assédios. Nunca me importei com ninguém. Tinha medo de que sua mãe ficasse chateada, triste, se eu resolvesse me interessar por outra pessoa. Mas, quando passei a compreender melhor a vida, percebi que tenho o direito de cultivar o amor em meu coração...

— Quer dizer, então, que o senhor está pensando em se apaixonar?

— Não estou pensando, filho. Já estou apaixonado.

Ricardo deu um pulo do sofá. Com muita alegria e emoção, gritou:

— Não me diga que André Ramalho foi fisgado!

André, levantando-se do sofá e não contendo mais a alegria em seu peito, disse com a voz embargada:

— Fui, filho. Meu coração está quente e feliz. Confesso que a última vez que senti algo parecido foi quando conheci sua mãe, há anos. Estou até meio ressabiado, porque nunca senti nada parecido.

— Então é motivo para comemorar. Parabéns! Como eu sempre sonhei com isso, papai! Qual é o nome da felizarda? Quando vai trazê-la em casa para conhecê-la?

— Não sei, filho.

— Como não?

André coçou a nuca e ajeitou nervosamente os cabelos. Respondeu:

— Ela não sabe.

Ricardo espantou-se com a declaração.

— Como não sabe?

— Eu percebi isso hoje, filho. Estou com a minha cabeça em parafuso. Você não sabe o que é isso.

— Eu a conheço, pelo menos?

— Sim.

— Quem é?

— Sílvia.

— Sua secretária?

— A própria.

— Não é só na minha profissão que as pessoas se apaixonam por colegas de trabalho.

André, olhos perdidos no infinito, esboçou largo sorriso, mostrando os dentes alvos e perfeitamente enfileirados.

— Sílvia é extremamente organizada, trabalha com capricho e responsabilidade. Por essa razão mereceu até uma promoção.

Ricardo, mais relaxado, não conteve o riso:

— O que o amor não faz...

André cerrou o cenho. Levantou-se rapidamente do sofá e colocou as mãos na cintura. Com os olhos sérios, considerou:

— Não brinque comigo. O cargo era de Peixoto. Na última hora, ele resolveu ir ter com seus parentes em Salvador. Ele me indicou o nome de Sílvia, dizendo-me que ela era a única pessoa capaz dentro daquela empresa. Ela mereceu a promoção. Está qualificada. Bem, foi quando eu a promovi que comecei a sentir isso.

— O quê?

— É como se eu estivesse em estado de graça. Não sinto aquele calor da paixão. É como se ela fizesse parte de mim, você me entende?

— O senhor está amando! E tenho certeza de que ela não sabe. O que pretende fazer?

— Declarar-me o mais rápido possível.

— Não, senhor. Agora não.

— Por que, meu filho? Já tenho cinquenta anos, e o único empecilho para eu me declarar seria uma contrariedade sua.

Ricardo, alegre, sorveu mais um pouco de seu drinque. Zombeteiro, respondeu:

— Até parece que uma contrariedade minha faria você desistir, não é? Não tem jeito. Preste atenção, você acabou de promovê-la. Se declarar-se agora, ela vai achar que a promoção foi pretexto para a aproximação. Ela pode se sentir usada, humilhada, caso seja uma moça honesta. Espere que ela se adapte ao novo cargo, veja como ela se desempenha com as novas responsabilidades... depois, sim, você começa a armar o bote.

André passou as mãos pelos cabelos. Admirou-se com a explanação do filho.

— Você é mais novo, mas entende bem dessas coisas. Sabia que podia contar com você. Não tinha enxergado por esse ângulo. Você está certo, preciso esperar. E, afinal de contas, você sabe que não gosto de misturar afetivo e profissional. Não me parece correto.

— Por acaso o senhor já havia sentido algo semelhante dentro da empresa?

— Nunca!

— Isso prova que o senhor nunca usou de sua autoridade para assediar uma funcionária. Poderia ter acontecido com outra mulher, em outra situação, mas aconteceu no ambiente de trabalho, como ocorreu comigo...

Ricardo levantou a cabeça e, olhando para um ponto qualquer da sala, parou de falar. André, sabendo já da nova paixão do filho, foi logo dizendo:

— Bem, agora chega. Falei mais do que devia a meu respeito. Quero agora saber de você e Fernanda.

— Fernanda é tudo. Nunca me senti tão apaixonado em toda a vida. Só de imaginá-la comigo, sinto calor e excitação pelo corpo todo. Ela é a mulher dos meus sonhos. Pretendo viver a seu lado.

— É tão sério assim?

— Sim. Estou muito apaixonado.

— Mas você não demonstrava todo esse fogo. Será que foi enfeitiçado?

— Não sei explicar. Mesmo tendo estudado a vida espiritual e lido muito sobre a mente humana, as sensações que permeiam meu corpo quando penso em Fernanda são muito fortes. Vão além de uma explicação lógica.

André, um pouco perturbado com o estado emocional do filho, considerou:

— Não confunda paixão com amor. Por ter feito muitas cenas de amor com ela na televisão, talvez o que esteja sentindo seja paixão, coisa passageira. Não sinto que você a ame. Ela não era apaixonada por Sampaio?

— Foi um envolvimento passageiro. Gosto muito de Sampaio, mas ele a usou. É um homem casado. O que ela poderia esperar? Eu sou livre e a amo. Sabe, já que estamos conversando e nos abrindo, tenho de falar algo para o senhor.

— Fale.

— Desde que estou apaixonado por Fernanda, sonho com mamãe e Rogério.

— Voltou a sonhar com eles? Por que será que eu não tenho esse privilégio? Tenho tantas saudades!

— Mas agora é diferente. É meio esquisito. Vejo-me num lugar escuro, que vai se iluminando gradativamente conforme mamãe e Rogério se aproximam. Eu me vejo tonto, cansado, e percebo que mamãe me abraça e chora.

— Ela fala algo?

— Não sei dizer. Tudo é muito confuso. Acordo com uma sensação desagradável.

— Por isso já falei anteriormente para ir comigo tomar uns passes.

— Elvira já me falou a mesma coisa. Por ora, não sinto vontade. Estou bem, feliz e apaixonado. Pode deixar. No momento certo, eu irei.

Ricardo estava tão envolvido pela paixão que sentia por Fernanda que não percebeu uma sombra escura abraçá-lo maliciosamente. Sentiu no mesmo instante o corpo aquecer-se. Excitou-se.

André, mesmo sentindo-se um pouco alto pelos drinques que bebera, sentiu o ar pesado. Levantou-se e olhou para o filho com o semblante preocupado.

— Que Deus o proteja!

Disse isso e subiu para se banhar. Ricardo voltou do transe e pensou alto:

— A mesma frase de novo...

Passou a mão pela testa como a afastar a cisma. Sua mente fixou-se na figura de Fernanda. Pousou a taça no bar, e em estado eufórico, dirigiu-se para seu quarto.

Nessa mesma hora, num ponto afastado da cidade, uma mulher assinava um cheque de vultosa quantia.

— Está aqui, Onofre. Você sabe, quando eu prometo alguma coisa, eu cumpro.

O homem, estatura mediana, tronco largo e fisionomia sinistra, esboçou um sorriso ordinário.

— O trabalho para ajudá-la na televisão surtiu efeito. Não era tão difícil assim. Sampaio foi presa fácil. Quanto ao moço, bem... você sabe...

— Sei o quê? Não me diga que os seus poderes não vão conseguir fazer com que ele fique louco por mim.

— É que as pessoas em volta dele estão ligadas a espíritos de luz. Está dando muito trabalho.

— Você me disse que precisava somente enfeitiçá-lo. Sabe que, se ele ficar louco por mim, serei muito grata a você. Poderei, por intermédio de conhecidos, colocar você na televisão, arrumar-lhe um programa. Imagine o sucesso que você poderá fazer.

— Sim, por isso estou fazendo esse trabalho que me é tão difícil. Preciso de mais material. Sabe como é, um bom reforço...

— Pois acho que isso é o suficiente por enquanto. Tome.

Onofre, olhos arregalados com a quantidade de zeros no cheque, limitou-se a dizer:

— Por enquanto está ótimo.

MARCELO CEZAR PELO ESPÍRITO MARCO AURÉLIO

Fernanda levantou-se e saiu daquela casa na periferia feliz e radiante. Ao entrar no carro, pensou em voz alta:

— Ricardo, você será meu para sempre, custe o que custar.

Riu satisfeita e ligou o motor. Não notou duas figuras escuras sentadas no banco de trás do carro, refestelando-se com as energias escuras e viçosas que saíam da mente da jovem.

CAPÍTULO 9

Tadeu e Cláudio estavam tensos. Sentados na mesa de um bar no centro da cidade, conversavam sobre o destino do país. Na hora de pagar a conta, Cláudio finalizou:

— A situação está piorando. Esse novo governo é barra-pesada. Está acabando com os revolucionários à base de tortura e muito sangue. Tudo é motivo para desconfiança. Eu tenho conhecidos na luta armada, mas não quero chegar a esse extremo.

Tadeu, checando a conta a ser paga, considerou:

— Eu também não. Mas estou com muito medo. Na universidade já foram quatro professores cassados e dois exilados. Estou preocupado com você.

Cláudio, passando nervosamente a mão pela testa, redarguiu:

— Eu também. Não sei como aqueles filhos da mãe descobriram a minha ligação com Neusa. Nós só tivemos uma ligação passageira. Namoramos dois meses. Eles não têm o direito de fazer isso.

— Concordo. Invadir sua casa, revirar documentos à procura de alguma coisa para delatá-lo. Acho melhor você mudar de endereço.

— Isso é um absurdo! Não posso nem mais ficar sossegado na minha casa?

— Sua situação não é fácil. Sabe lá o que Neusa possa ter dito? Uma pessoa sob pressão, sob tortura, acaba dizendo coisas só para ser poupada de tanta dor e sofrimento.

Cláudio, com os olhos marejados, tornou:

— Pobre Neusa. Sempre foi de "esquerda". Daí a virar revolucionária, participar de assalto a bancos, é muita loucura.

— Loucura e coragem. Essa foi a maneira que ela encontrou para se rebelar. Eu prefiro pensar numa maneira menos agressiva de atacar o governo.

— Mas isso não vai mudar nada! Você acha que meia dúzia de revolucionários vai conseguir acabar com a ditadura?

— Muitos inocentes estão sendo perseguidos, torturados e até mortos. Isso não é humano. São mentes doentias que querem manter uma nação presa em valores e normas que somente eles acham corretas. Tratam-nos como se fôssemos crianças débeis.

Cláudio sorveu o último gole de chope em seu copo. Passando o indicador para tirar a espuma branca dos lábios, tornou sério:

— Bem, não adianta ficar aqui num bar falando essas coisas. Precisamos, inclusive, maneirar o tom de nossa voz numa conversa dessas. Sabe-se lá se não há dedo-duro aqui.

Tadeu deu uma sonora risada. Descontraiu-se. Procurou mudar o rumo da conversa.

— Você bem que podia ficar lá em casa. Só por uns tempos.

— Nem pensar. Você já tem problemas demais em casa.

— Você sabe que o único problema que tenho em casa é a relação de Odete comigo e meus filhos — suspirou Tadeu, triste.

— Somos amigos há tempos. Desculpe me intrometer, mas vejo que você se desdobra por sua esposa, enquanto ela nada lhe dá em troca.

SÓ DEUS SABE

— Não sei onde errei. Procuro ser um marido dedicado, amoroso, companheiro, fiel...

— Esse é o pior. Um professor com essa estampa! Como tem aluna que dá em cima de você, não?

— Não correspondo aos assédios.

— Você nunca teve queda por nenhuma aluna?

— Deixe disso. Não tem nada a ver. Só tenho olhos para minha esposa.

— Até quando? Será que uma hora Odete vai perceber o companheiro maravilhoso que tem? Espero que você não se canse. Porque, se fosse comigo, eu já teria me desquitado. Você suporta demais a indiferença dela.

— Obrigado pelo conselho. Mas isso é o que "você" faria se estivesse no meu lugar. Eu tenho fé que uma hora ela vai voltar a ser como era na época em que namorávamos.

— Desculpe, não queria ferir seus sentimentos.

— Não fere. As pessoas interpretam a vida dos outros de acordo com suas crenças. Não conseguem perceber que somos diferentes, únicos. Que cada ser humano é especial, tem sempre algo de bom a oferecer. O dia que tivermos a lucidez de nos sentirmos responsáveis pelas consequências de nossas escolhas, sermos nós mesmos, sem medo do comentário alheio, não precisaremos mais de ditaduras, guerrilhas. Seremos livres, como nossa essência.

Cláudio admirou-se.

— Você tem um jeito interessante de analisar e perceber os fatos.

— Lívia tem me ajudado muito. Mostra-se muito amadurecida para a idade que tem. Agradeço pela filha que tenho.

Pelos olhos de Cláudio passou um brilho emotivo. Não conseguia deixar de pensar na filha de Tadeu. Cláudio e ele eram conhecidos de longa data, mas nunca se interessara pela filha do amigo, porquanto ela era muito criança na época em que travaram amizade. Desde que Odete oferecera-lhe um jantar há alguns anos, ficara vidrado na menina. Mas não podia se permitir pensar nela como mulher. Ele tinha vinte anos mais que ela, poderia ser seu pai. Seria loucura apaixonar-se.

103

Procurando dissimular o que ia em seu coração, Cláudio disse, com voz que procurou tornar natural, sem emoção:

— Você tem uma filha linda e inteligente. Aposto que está rodeada de pretendentes.

— Engano seu. Lívia é uma garota decidida, não perde tempo com a geração hippie.

— Lembre-se de quando tínhamos dezessete, dezoito anos. O que queríamos? Namorar e farrear. E hoje? Acho que está mais ou menos igual, não acha?

— Não. Na nossa época não tínhamos atitude. Morríamos de medo de nossos pais, de fazer algo errado, de ser punidos pela sociedade. Essa juventude está rompendo com tudo isso. E, além da nova postura, os jovens querem saber de rock e cabelos compridos. É a moda unissex, o sexo livre como forma de manifestar seus desejos. Lívia tem se mostrado aberta a tudo isso, em termos de aceitação e compreensão, mas sabe fazer suas escolhas com responsabilidade. Não gosta de envolver-se em movimentos. Prefere transformar a si mesma e contribuir com o que tem de melhor para o mundo.

— Temos de tirar o chapéu para os jovens. Eles, com suas manifestações, estão fazendo com que todos nós olhemos para nossa maneira de viver.

— É verdade. Às vezes fico constrangido com a audácia deles, mas acho que está na hora de mudar. Precisamos acabar com uma série de preconceitos, normas antigas que foram boas numa época. Não servem mais hoje em dia.

— Concordo com você. Será que todo esse movimento de rebeldia ao redor do mundo vai surtir algum efeito?

— Espero que sim. Esses rebeldes de hoje serão os governantes de amanhã. Daqui a vinte, trinta anos, muitos desses meninos e meninas que contestam o regime, a moda, a política, os costumes, estarão no poder. Espero que façam melhor do que nós.

Conversaram mais um pouco. No final, antes da despedida, Tadeu tornou, sério:

— Pense no convite. Para sua proteção, seria melhor você ficar lá em casa um tempo. Depois você resolve o que fazer.

— Prometo que vou pensar no caso. Obrigado.

Abraçaram-se e cada qual foi para sua casa.

Chegando a sua casa, Tadeu encontrou Lívia e Lucas sentados no sofá, com a expressão triste em seus semblantes. Preocupado, inquiriu:

— Aconteceu alguma coisa?

Lívia, procurando tranquilizar o pai, disse, amável:

— Mamãe não está boa. Seria bom que ela fosse passar uns tempos com a vovó, lá no Rio.

— Por que me diz isso? Ela está doente? — tornou ele a perguntar, preocupado.

— Calma, não fique assim. O de sempre, para variar. Procuro conversar com ela, mas não me ouve. Diz que sou uma adolescente petulante que insiste em mudá-la. Acho que passar uma temporada no Rio, pegar uma praia, caminhar pela orla, vai pelo menos ajudá-la a sair desse tédio.

Lucas, na ingenuidade de seus treze anos, interveio:

— Mamãe está muito branca. Se ela for para o Rio, pode pegar um bronzeado e ficar bonita de novo. Prometo que vou com ela para lá e tomo conta. Já me sinto suficientemente capaz de protegê-la. Assim, você não se separa dela.

Tadeu inquietou-se. Surpreendeu-se com a resposta do filho. Abaixou-se no sofá e, pousando o olhar no garoto, disse:

— Você já é quase um homem. Concordo que vá com sua mãe. É uma ótima ideia. Mas de onde tirou essa história de separação?

— Ah, pai. Eu não sou mais criança! — o garoto levantou-se, procurou fazer uma postura séria. Inclinando a cabeça para o alto, disse: — Veja como já sou grande.

O comentário do filho arrancou sonoras risadas do pai e da irmã. Tadeu, emocionado, abraçou o filho. Depois, dirigiu-se a Lívia:

— Pelo jeito, você está influenciando seu irmão. Espero que ele siga seus passos.

— Ora, papai. Eu e Lucas nos damos muito bem. Ultimamente temos conversado muito a respeito de sua relação

MARCELO CEZAR pelo espírito MARCO AURÉLIO

com mamãe. Acredito que a morte de tia Leonor e a pressão que o senhor vem recebendo lá na faculdade estejam agravando o estado emocional dela. Uns tempos com vovó e Marta farão muito bem a ela. Lucas fica lá no Rio tomando conta dela e eu fico aqui em São Paulo, tomando conta do senhor. O que acha?

Tadeu procurou conter o pranto. Realmente seus filhos eram espíritos lúcidos e sensatos. Abraçou-os e beijou-os novamente e intimamente agradeceu a Deus por tê-los a seu lado. Procurando afastar a emoção, considerou:

— Você vai ter de tomar conta de mim e de Cláudio.

Lívia não entendeu de imediato o que o pai quis lhe dizer. Balbuciou:

— Como?

— Isso mesmo. Eu convidei Cláudio para passar uns tempos aqui conosco. Bem, vocês sabem que já invadiram a casa dele em busca de indícios que o liguem à luta armada. Com sua mãe e Lucas no Rio, ficará mais fácil trazê-lo para cá.

Lívia ficou sem ação. Não sabia o que dizer. Em seu íntimo tinha vontade de gritar de alegria e contentamento. Sentia-se atraída por Cláudio. Não conseguia explicar, somente sentia um calor percorrer todo o seu corpo só pelo fato de ouvir o nome do professor. Procurando dissimular o turbilhão de emoções que a acometia, disse com um fio de voz:

— Ele poderá ficar no quarto de Lucas — e, virando-se para o pé da escada, tornou: — Já que o senhor concorda que mamãe passe uns tempos no Rio, vou conversar com ela para ver se aceita.

— Como assim? Vocês ainda não falaram com sua mãe?

— Claro que não! Eu e Lucas queríamos sua opinião. Mediante seu consentimento, temos a liberdade de conversar com ela. Queremos fazer tudo às claras.

Tadeu meneou a cabeça, postou as mãos na cintura. Com voz embargada, ajuntou:

— Vá, filha. Converse com ela. Embora ela não goste da amiga de sua avó, acho que vai aceitar sair um pouco.

SÓ DEUS SABE

— Está certo, pai — Lívia deu um beijo na face de Tadeu e subiu as escadas, enquanto pai e filho ficaram na sala conversando amenidades.

Próximo à porta do quarto, Lívia deu dois toques. Girou a maçaneta e colocou o rosto para dentro do quarto.

— Posso entrar?

O quarto estava escuro e as cortinas mantinham a penumbra, evitando a claridade. Odete, deitada à cama, disse baixinho:

— Entre, filha.

Lívia entrou cautelosa. Dirigiu-se até a cama da mãe e sentou-se próximo à cabeceira. A luz do abajur evidenciava as marcas de expressão e olheiras que castigavam o semblante de Odete. Lívia apiedou-se. Aquela não era sua mãe de anos atrás, bonita, jovial, bem tratada. Deitada na cama estava uma mulher que nem de longe aparentava ainda estar na casa dos trinta anos. Seus atributos apagaram-se nos últimos anos. Acariciando os cabelos desgrenhados que antes estavam sempre caprichosamente penteados, Lívia disse:

— Mãe, você anda muito cansada ultimamente. Tem algo que eu poderia fazer para ajudá-la?

Odete, olhos semicerrados, retrucou:

— Pode. Você e Lucas me dão muito trabalho. Vivo preocupada com vocês e com seu pai. Tenho a casa inteira para arrumar, comida para fazer, roupas parar lavar e passar. Estou no meu limite.

Lívia esboçou um leve sorriso. Pendendo a cabeça para o lado, disse em tom amável:

— Você nunca vai mudar. Vai continuar sempre sendo essa mulher que só abre a boca para reclamar.

Odete assustou-se e revoltou-se. Em instantes levantou o tronco e empurrou a mão da filha que antes lhe acariciava os cabelos. Com voz rouca pelo ódio, olhos virados, replicou:

— Vá para o inferno! Não aguento mais tanta cobrança! Saia daqui, garota abusada.

Lívia não se assustou com a reprimenda da mãe, mas com a figura sinistra que estava a seu lado, grudada a Odete. Com os olhos do corpo físico ninguém poderia notar outra presença naquela cama a não ser a da mãe prostrada. Porém, Lívia, com a mediunidade equilibrada, pôde enxergar além.

No mesmo instante fechou seus olhos, pedindo ajuda a seu mentor. Subitamente o quarto iluminou-se. O espírito vampirizador descolou-se de Odete e jogou-se na ponta da cama, em posição acuada. Seu olhar lançado para Lívia misturava medo e ódio ao mesmo tempo.

Naquele instante, Lívia, com a modulação da voz levemente alterada, começou:

— Por que se inferioriza tanto? Por que permite que energias densas e nocivas perturbem seu espírito? Por que não muda sua maneira de agir e pensar?

Odete, atordoada com o deslocamento do espírito obsessor, balbuciou:

— Não sei... sinto-me cansada, fatigada... Meu Deus, minha filha, o que se passa comigo?

— Não se perturbe. Você está sendo sugada há muito tempo por essa companhia. Mas agora você não tem condições de lutar. Tranquilize seu coração. Vamos orar?

Odete, sentindo-se muito cansada, esforçou-se em dizer:

— Está bem.

— Feche os olhos e imagine uma luz violeta, brilhante.

Odete obedeceu de pronto. Lívia, envolvida por seu mentor, continuou:

— Agora, veja essa luz envolvendo seu corpo todo, subindo dos pés até a cabeça.

O espírito obsessor espantou-se. Conforme Odete recebia a orientação, sua mente passava a criar uma luz violeta ao redor do corpo. Lívia continuou:

— Pois bem, agora não pense em mais nada. Reze a sua "Ave-Maria". Não importa como você expresse sua fé. Vamos, lembre-se de Maria, a mãe de Jesus e reze.

Odete fechou os olhos e com ardor passou a orar. Lívia pousou uma mão na testa e outra no peito da mãe. Luzes coloridas saíam vivamente de suas mãos e penetravam o corpo de Odete, que em instantes foi acometida de súbito bem-estar. Logo adormeceu.

Lívia, ainda envolvida pelo mentor, dirigiu-se ao espírito próximo ao pé da cama.

— Afaste-se dela. Você não pode mais continuar a sugá-la.

O espírito, em tom desafiador, replicou:

— A luz me assusta porque é forte e pode me cegar. Só isso. Vocês não podem intervir dessa maneira. Não é justo.

— Como não? Bem lá no fundo do coração dessa mulher existe um amor vivo e ardente pelo marido e pela família. Ela se julga inferior e trancou seus sentimentos a sete chaves. Mas eles continuam lá e por isso tivemos como intervir. Logo todos esses sentimentos represados virão à tona, e é importante que ela esteja bem. Você não pode ficar por aqui, a seu bel-prazer, sugando suas energias.

— Você é quem se engana. Ela facilita bastante. Não aguento mais discursos de servos da luz. Que é isso? Ela se sente vítima de tudo e de todos, e isso não é um canal, mas um túnel grande e amplo onde eu posso entrar e me refestelar. Ela permite, então eu tenho o direito, sim. Vou continuar por perto. Se ela não melhorar o padrão de pensamento, não vejo por que me distanciar.

— Você está interferindo no processo de melhora de um espírito. Não se esqueça de que você será responsável por tudo aquilo que vier a causar nela. Não se esqueça de que tudo o que fizer voltará em dobro para você.

— É uma ameaça? Vocês estão ficando muito abusados.

— Não. Você é que está facilitando. Você sabe que agora o ambiente não é favorável. Por isso quero que se retire imediatamente. Vá sugar outro. Se aproximar-se de Odete mais uma vez, vai ter comigo.

A figura sinistra levantou-se de imediato. Deu um salto pela janela do quarto e sumiu por entre as nuvens, contrariada, falando palavrões.

Aos poucos, a forte luz violeta foi diminuindo de intensidade. Lívia fez rápida e sentida prece de agradecimento.

Otávio beijou-lhe a face, passou amavelmente as mãos pelo cabelo de Odete e partiu.

Lívia, sentindo-se leve, passou delicadamente as mãos pelos cabelos da mãe, que, virando-se na cama, abriu os olhos perplexa.

— Minha filha, o que faz aqui? Tive um sonho esquisito há pouco. Mas não me recordo. Só sei que me sinto mais leve, mais serena.

— Que bom, mãe! Alegra-me vê-la bem. Estive conversando com papai e Lucas, e gostaríamos de fazer-lhe uma proposta.

— Proposta?

— Sim. Percebemos que ultimamente a senhora tem se desdobrado muito aqui em casa.

— É verdade. Não suporto as domésticas. Elas nunca sabem arrumar a casa do jeito que queremos. Fica tudo fora do lugar. Perco tempo em arrumar o que elas fazem e ainda tenho de pagar. Por isso prefiro fazer tudo sozinha.

— Sei disso. Mas não acha que está na hora de largar um pouco os serviços aqui de casa?

— Ah, como eu queria... mas como vou fazer? Tenho vocês e seu pai. Não gosto de deixar as coisas para depois. Por acaso a proposta é para colocar uma diarista em casa?

— Sim e não.

— Como assim? Não entendi.

— Bem, se a senhora estiver querendo ajuda, tenho certeza de que encontraremos uma boa diarista. Sabe, mãe, existem pessoas que realmente fazem os serviços domésticos com capricho. É uma questão de sintonia. A senhora sabia que empregada doméstica significa ajuda?

— Como assim?

— Isso mesmo. Ajuda. Se a senhora estiver com o coração aberto para receber ajuda, acreditar que uma empregada boa possa vir até nós, precisa sentir-se merecedora disso. Com essa atitude positiva, vai atrair uma boa empregada.

— De onde tirou essa ideia disparatada? Foi Marta?

— Ela ajudou. Emprestou-me alguns livros sobre metafísica, de onde foi fácil tirar essa conclusão. Faz sentido associar empregada com ajuda. Elas não servem para facilitar a nossa vida? Não servem para manter a casa em ordem enquanto temos tempo para outras coisas? São leituras que faço.

— Mas por que sempre levo na cabeça com as empregadas? A última, há anos, foi um desastre só.

— Porque você tinha uma ideia equivocada sobre empregada. Na sua cabeça ficam desfilando as desconfianças. Acha que vão roubar, que vão tomar liberdades, quebrar coisas. Se pensar dessa forma, só poderá atrair uma que seja afim com esse seu padrão mental. Agora, se a senhora acha que uma empregada virá para fazer o serviço pesado, deixando suas costas mais relaxadas, com menos dores, e vai ajudá-la a manter tudo aqui limpo e em ordem, então vai atrair uma boa pessoa para dentro de casa.

Odete meneou a cabeça negativamente.

— Não estou acostumada com essa maneira de interpretar os fatos. Sou retrógrada. Não consigo pensar assim.

— Bem, pensamos diferente. Mas gostaria que você pudesse se permitir pensar nas coisas que lhe acontecem de uma outra maneira.

— Pode ser. Pelo menos não custa nada.

— Não custa nada, mas requer muito esforço interior. Esse é o principal obstáculo. Vencendo isso, tudo fica mais fácil.

— Está certo. Prometo que vou pensar. A propósito, seu pai já chegou?

— Já.

Odete levantou-se rápido. Olhou para o relógio. Assustou-se.

— Meu Deus, são oito horas! Não fiz nada para o jantar. Como pude dormir tanto?

— Não se preocupe. Eu e Lucas fomos para a cozinha. Esquentamos a sobra do almoço e fizemos uma bela salada.

Odete, ainda envolvida pelo efeito da prece e do passe, emocionou-se com Lívia. Abraçou a filha com amor. Com algumas lágrimas a descer-lhe pelas faces, anuiu:

— Vocês são excepcionais. Obrigada.

Após abraçar e beijar a filha, perguntou:

— E sobre a proposta?

— Ah, a proposta. Papai, Lucas e eu acreditamos que seria muito bom você passar uns dias no Rio com a vovó. Faz tempo que vocês não se veem. Poderiam matar as saudades.

Todo o bem-estar que envolvia Odete até aquele momento dissipou-se. Tomada por rancor, disse com voz seca:

— Então esse papo-furado de empregada era isso. Vocês querem me despachar para o Rio para ficarem sossegados, livres desse peso que eu represento. Como pude ser imbecil de pensar que você estivesse querendo me ajudar?

Lívia, mesmo em equilíbrio, entristeceu-se com a atitude da mãe. Odete não mudaria tão fácil. Tudo dependeria única e exclusivamente dela. A vida só poderia ajudá-la caso ela se mantivesse firme nos bons pensamentos.

Procurando não entrar na sintonia da mãe, tornou firme:

— Não é nada disso. Amamos você. Tudo que tentamos fazer para melhorar o seu estado, você deturpa com essa sua cabeça cheia de desconfiança e vitimismo.

— Está vendo? Agora você está se mostrando quem é na verdade. Estava tentando ganhar minha confiança com esse papo besta de metafísica para eu aceitar ser despachada de mala e cuia para o Rio. Aposto que foi ideia de seu pai.

Odete empurrou a filha, abriu e bateu violentamente a porta. Descendo as escadas em desespero foi até a cozinha, onde Tadeu e Lucas terminavam de arrumar a mesa.

Tomada novamente pelo ódio, com os olhos injetados, gritou ao marido:

— Você ainda vai pagar por tudo o que tem feito para mim. Todos estão me apunhalando pelas costas. Enquanto eu me mato de fazer tudo pela casa, vocês ficam tramando a minha viagem, com a desculpa de que estou cansada e esgotada.

Tadeu e Lucas se olharam com ar interrogativo. Emudecidos, nada conseguiram falar. Odete estava fora de si. Lívia, percebendo que não conseguiria convencer a mãe, entrou no jogo dela. Procurando tornar a voz seca, assentiu:

— É isso mesmo, mamãe. Estamos cansados de você. Nós a amamos e procuramos manter um clima de equilíbrio e harmonia dentro de casa. Mas você dificulta. Não queremos mais você por perto. Queremos distância.

Tadeu e Lucas arregalaram os olhos. O que Lívia queria com aquilo? Tentaram falar algo, mas Lívia, de costas para Odete, levantou as mãos para que nada falassem. Piscou um olho e esboçou um leve sorriso. De imediato, pai e filho perceberam a intenção da filha. Enquanto Odete procurou articular as palavras, Lucas, com ar dramático, entrou no jogo da irmã:

— Eu quero férias de você, embora aceite acompanhá-la.

Tadeu, mesmo contrariado, anuiu:

— Eu também.

Toda a cena foi um banquete para alimentar mais ainda a vítima que dominava Odete. Enfurecida, deu um soco na mesa:

— Vocês me pagam. Nunca mais nos veremos. Um dia irão engolir palavra por palavra do que me disseram.

Odete jogou as mãos para o alto. Em pranto convulsivo, limitou-se a dizer:

— Vou arrumar minhas malas. Vou embora deste inferno. Talvez encontre algum conforto nos braços de minha mãe.

Virou-se e subiu as escadas correndo. Entrou no quarto e bateu a porta com força.

Tadeu tentou disfarçar, mas o pranto foi mais forte. Soluçando, abraçou-se aos filhos. Ficaram em silêncio.

Ao pé da escada, eles não perceberam a mesma figura escura de minutos atrás, em sonora gargalhada:

— Eu disse que ela facilitava. O melhor a fazer é tirá-la daqui. Vocês atrapalham muito a minha vida. Agora ninguém mais vai se meter conosco.

Deu um salto da escada e atravessou a porta do quarto de Odete.

Na cozinha, próximo ao pai e os filhos, estavam Otávio e Rogério. Otávio, sorrindo, passava delicadamente a mão sobre as cabeças de Tadeu, Lívia e Lucas.

Rogério, olhos assustados, perguntou:

— Como você pode ficar tão tranquilo? Você acha justo o que fizeram com Odete? Não usaram palavras ríspidas demais?

Otávio, após terminar os passes, tornou:

— O que eu mais queria era que Odete fosse para o Rio. Lá estaremos em melhores condições para ajudá-la e orientá--la. Trabalharemos sua mente usando energias que só o mar pode oferecer. E também há o centro que Carmem e Marta frequentam. Logo ela estará lá.

Rogério, percebendo que Otávio armara tudo, não conteve um sorriso.

— Como você é esperto! Agora entendi. Você procurou fazer todo mundo aqui despachar mesmo Odete para o Rio. Só que aquele espírito obsessor não percebeu. Você não vale nada, Otávio.

Ambos deram uma sonora risada. Energizaram o lar de Tadeu e partiram para outros afazeres.

CAPÍTULO 10

Odete estava havia um mês na cidade do Rio. Sentindo-se mal-amada pelo marido e pelos filhos, no dia seguinte imediato àquela discussão saíra decidida a passar uns tempos com a mãe. Mal amanhecera e ela se dirigira até o aeroporto para pegar o primeiro avião com destino à Guanabara. Contrariada, levara Lucas consigo.

Instalara-se na casa de Carmem e procurava tratar Marta com monossílabos. Embora não se sentisse à vontade com a presença constante da amiga de Carmem em sua casa, procurava ser cordata. Afinal, não estava mais em "sua" casa. Tudo para ela era melhor do que ficar próximo a Tadeu e Lívia. Nessa manhã, Carmem resolveu chamá-la para ir à praia.

— Faz um mês que você está aqui comigo. Lucas tem ido todos os dias à praia comigo e Marta, mas você se recusa. Por quê? Não gosta do mar? Você está muito pálida. Não se alimenta direito.

Odete, largada no sofá, relaxada na aparência, retrucou:

— Vim para cá para ter um pouco de sossego. Fui apunhalada pelas costas pelo meu marido e pela minha filha. Estou traumatizada. Agora a senhora também vai me punir?

Carmem procurou não considerar o estado emocional da filha. Tornou amável:

— Não estou aqui para puni-la. Sou sua mãe, quero-lhe bem. Eu a amo. Estamos tendo dias de muito sol, sem chuva. É um convite irrecusável para desfrutar das delícias do mar.

— Nunca gostei de praia. Quando Tadeu foi trabalhar em Brasília, fiquei feliz. Quando precisou mudar-se para São Paulo, fiquei radiante. As pessoas aqui são muito soltas, não nos dão o respeito devido.

— Não fale assim. Como você gostaria que as pessoas se comportassem em São Paulo? Em suas horas de lazer, as pessoas procuram outras maneiras de se divertir. Não têm o mar, por isso são mais reservadas. Fazem programas menos coletivos. Aqui não. Veja, estamos a duas quadras do mar. Com um dia ensolarado como o de hoje, fica difícil querer ficar em casa assistindo à televisão. Na praia podemos desfrutar momentos de descontração, fazer novas amizades.

— Não estou com a mínima vontade de fazer novas amizades. Estou bem aqui. E meu filho prefere a companhia de uma estranha à minha. Como quer que eu reaja? Minha família me deu as costas.

— Não fale assim. Uma hora você vai perceber o quanto é amada e o quanto de amor tem para ofertar. Quando vencer suas inseguranças, voltará a ser feliz.

Odete meneou a cabeça. Afundou-se mais ainda no sofá. Além de sentir que estava perdendo a família, estava tendo dificuldades em ser aceita pela mãe. O que teria feito para pagar tão caro assim?

Aflita por pensamentos desconfortantes, Odete adormeceu. Carmem, percebendo a resistência da filha, arrumou-se e foi ter com Lucas e Marta, que estavam na praia desde cedo. Resolveu esperar. Ninguém sabia quando Odete poderia mudar de ideia. Somente Deus sabia a hora certa, dando-lhe todo o amparo e sustentação, caso ela fosse merecedora de tal ajuda.

Duas semanas após Odete ir para o Rio, Cláudio mudou-se para a casa de Tadeu.

A princípio sentira-se constrangido. Não tendo o olhar perscrutador de Odete a medi-lo, foi se sentindo mais à vontade conforme os dias iam passando.

Lívia, apavorada com a possibilidade de Cláudio perceber algo em seu olhar, procurou mudar seus hábitos e horários. Como primeira providência, contratou uma empregada. Acordava cedo, deixava as instruções para Marilza, a empregada, num pequeno bloco na mesa da cozinha. Ia para a escola antes de Tadeu e Cláudio acordarem. Almoçava na escola e estudava cada dia na casa de uma amiga.

Cláudio chegava em casa muito tarde, pois dava aulas também à noite. Com o pretexto de que estudava muito durante o dia, Lívia deitava-se antes que ele chegasse.

Até quando conseguiria manter represados todos esses sentimentos? Será que estava mesmo apaixonada? Ele não poderia ser muito velho para interessar-se por ela? Quanto tempo mais ficaria em sua casa?

Formas-pensamentos de dúvida circundavam sua mente. Habituada com os estudos nos livros de Marta, aprendera a dar-se um autopasse.

Antes de se deitar, Lívia procurava banhar-se e colocar uma camisola bem confortável. Após o toalete, dirigia-se ao quarto e colocava uma música instrumental na vitrola. Resolvera escolher os discos de grandes maestros, como Ray Conniff e Xavier Cugat. Embalada por suaves e ritmadas melodias, deitava-se e fazia um tipo de prece, ligando-se ao seu mentor.

Logo depois, começava a pensar em todas as dúvidas, medos e inseguranças que a assolaram durante o dia. Conforme as imagens vinham a sua frente, com os olhos fechados, Lívia procurava empurrá-las para longe, fazendo-as serem sugadas por um grande buraco negro no universo. Todas as situações que lhe eram desagradáveis eram levadas para dentro do buraco.

Após desfilar as situações negativas, era hora de lembrar-se das situações positivas. Lembrava-se do sol, das árvores, dos pássaros, da perfeição da natureza. Agradecia por estar viva, lúcida e aprendendo sempre com as experiências da vida. Pedia bênçãos para sua casa e sua família.

Por último, agradecia a seu mentor por mais um dia e pedia, já mais serena e tranquila, que a vida a orientasse nos sentimentos que tinha em relação a Cláudio. Se fosse mesmo amor, que ela encontrasse um meio de extravasá-lo.

Com a aura limpa, o corpo leve e paz no coração, adormeceu.

Cláudio chegou tarde da noite. Havia saído com colegas da universidade e não se dera conta do horário. Ao abrir a porta da casa de Tadeu, encontrou tudo no mais absoluto silêncio. Somente uma fraca luz no corredor que dava acesso ao andar superior era indicador de a casa estar habitada.

Tirou os sapatos para não fazer ruído ao andar. Dirigiu-se até a cozinha. Sua garganta estava seca. Resolveu tomar um pouco de água. Ouviu passos e olhou para trás. Admirou-se:

— Lívia! — procurando conter a emoção, ele baixou os olhos.

— Deitei-me muito cedo. Está quase na hora de acordar. Já são quase cinco horas. Estava farreando? — perguntou, sentindo-se um pouco incomodada.

— Nem me dei conta. As aulas acabaram muito tarde. Depois eu e alguns outros professores fomos até um bar lá no centro da cidade.

Lívia, sentindo o coração bater forte, procurou dissimular:

— Está certo. Um homem na sua idade já passou da hora de casar, não é mesmo? Você não tem jeito de quem gosta de família...

Cláudio levantou o rosto. Pousou os olhos na mesma direção dos de Lívia. Em tom melancólico, disse:

— Por que eu iria me casar? Para ser infeliz, como seu pai? Não, me desculpe, mas prefiro ficar só.

— É contra o matrimônio?

— Não, de forma alguma. Sou contra as pessoas se unirem por outros propósitos que não seja o amor. As mulheres são muito dependentes dos maridos. Casam-se e logo depois começam a relaxar. Ficam desleixadas, engordam, perdem o brilho, tornam-se mães e se esquecem do homem que colocou uma aliança em seu dedo jurando amá-la o tanto quanto fosse possível.

Lívia espantou-se. Pensava como ele. Com voz rouca, tornou:

— Concordo. Embora eu seja nova ainda, sei o que representa o casamento, ou uma relação estável entre duas pessoas que se amam.

— Você tem sorte, menina. A sua geração está lutando por mudanças radicais no comportamento. Estão pregando o amor livre, a liberdade de ser e fazer o que se quer. Tenho certeza de que vai encontrar um rapaz que pense como você. Infelizmente eu passei do ponto. As mulheres da minha geração não têm a mente tão aberta assim.

— Por que você só pensa nas mulheres de sua geração? Mulheres mais novas não lhe agradam?

Cláudio não percebeu a intenção na pergunta de Lívia.

— Quem vai ligar para um homem como eu? Já passei dos trinta. Sou duro, não tenho dinheiro e não acredito ter qualidades suficientes para competir com os jovens de hoje.

Lívia, sem perceber, embalada pela emoção, objetou:

— Você se engana. Às vezes, o amor de sua vida está a sua frente. Os olhos não enxergam, mas o coração percebe...

Cláudio admirou-se. Sabia ser Lívia uma moça diferente. Embora ainda adolescente, ouvia comentários positivos e agradáveis a seu respeito. O pai a admirava e a amava. E, além de ser madura para a idade, ela era linda!

Em segundos, lembrou-se da primeira vez que a vira. Ficara radiante. Mas logo afastara o sentimento que procurava aflorar de seu peito. Não podia, de maneira alguma, apaixonar-se por uma garota. Contudo, agora, olhando suas formas de mulher contidas na camisola semitransparente, começava a mudar de ideia.

Lívia parecia estar iluminada naquela hora. Sua pele clara, contrastada com a longa cabeleira loira, emoldurava um rosto angelical, com os expressivos olhos azuis. Cláudio procurou conter-se.

Naquele momento, sentimentos desconhecidos acaloravam seu corpo. Estaria apaixonado por ela? Não podia ser verdade! Ela nunca lhe daria uma chance. Deveria ter muitos garotos a assediá-la na escola.

Procurando conter os sentimentos, resolveu sair para o quarto. Pousando o copo na pia, considerou:

— Está quase amanhecendo. Por sorte tenho aula só à tarde. Poderei dormir sossegado.

Meio sem jeito, Cláudio despediu-se de Lívia. Ao passar por ela, aspirando o perfume suave que emanava de seu corpo, sentiu calafrios. Dirigiu-se rápido até o hall e subiu correndo as escadas, indo para o quarto.

Lívia fechou os olhos. Respirou fundo.

— Por que não me declarei? Qual o problema? O máximo que poderia ter ocorrido era ele ter-me dado um não como resposta — disse a si mesma em voz baixa.

Tomou um copo de água. Subiu vagarosamente as escadas, entrou no quarto e deitou-se. Em instantes, com um sorriso nos lábios, adormeceu.

Cláudio, ao entrar no quarto, sentia-se sem chão. Estava atordoado.

"Essa garota é a mulher ideal. Se ela desse bola para mim, eu seria o homem mais feliz do mundo. Adoro o seu jeito de ser", pensou.

Tirou a roupa, vestiu um confortável pijama. Fechou as cortinas para impedir o sol que começava a penetrar as frestas da veneziana e deitou-se. Sentindo o peito inchado de contentamento, caiu num profundo sono reconfortante.

Com a ajuda da mãe, do filho e de Marta, o estado emocional de Odete foi melhorando.

Aos poucos, o ódio que brotava toda vez que se encontrava com Marta foi se dissipando. Sentindo-se mais equilibrada, disse a Carmem:

— Não sei explicar, mãe. Lembro-me ainda da primeira vez em que botei os meus olhos em Marta. Sempre senti um desconforto. Hoje me sinto melhor para falar sobre isso.

— O que sente em relação a Marta? O desconforto sempre foi muito nítido.

— Não sei dizer. Uma sensação de ser traída, de que ela fosse conivente com alguma situação desagradável para mim. Os passes têm ajudado a equilibrar-me.

— Você tem melhorado muito. Está com o aspecto melhor. Precisa melhorar um pouco a aparência. Você é muito bonita para se esconder atrás desses óculos e desse cabelo sem corte.

— Tem razão. Quando me casei, era magra e bonita.

— Poderia continuar desse jeito. Muitas mulheres arrumam a desculpa dos filhos e das obrigações do lar para justificar a má aparência. É uma grande ilusão.

Odete titubeou. Passou a mão pela testa. Considerou:

— Mãe, por que eu perdi tantos anos na lamúria, na reclamação? Às vezes eu olho para trás e não consigo enxergar muita coisa. Parece tudo muito nebuloso.

Carmem, pensativa, respondeu com voz firme:

— O seu problema é acreditar que seja dependente dos outros, do mundo. Você é um ser especial e único. Veio ao mundo com qualidades únicas. Pode haver alguém parecido com você, mas nunca igual. Quando começou a acreditar em si, em sua força, livrou-se de algumas ilusões e de tudo que não mais servia para você.

— Você ficou tão boa que até se livrou daquela entidade que a sugava noite e dia — disse uma voz, que vinha da porta da cozinha.

Mãe e filha voltaram-se para a porta. Surpresas, falaram juntas:

— Marta!

Após beijá-las, acrescentou:

— Você se livrou de uma obsessão e tanto.

Odete, suspirando, replicou:

— Era o assunto que estávamos tendo aqui na cozinha. Quando comecei a estudar a obsessão, acreditei, no início, que éramos vítimas de espíritos manipuladores e sugadores.

— Ser vítima é mais fácil, pois nos tira a responsabilidade pela mudança em nosso comportamento — tornou Carmem.

— Precisamos perceber que tudo na vida é por afinidade energética. Precisamos alargar nossas mentes e entender de uma vez por todas que um espírito, seja ele de luz ou das trevas, somente consegue se aproximar quando o nosso padrão energético permite.

— Você sempre se sentiu dependente, desvalorizada, menos que os outros — afirmou Marta. — Se você sente que não é boa o suficiente para viver e encarar as situações que atrai no dia a dia, vai baixar a sua luz e ficar no mesmo nível de vibração de certos espíritos que também pensam assim.

— É verdade — concluiu Odete. — Foi muito duro eu ter de aceitar que havia criado a obsessão com aquele espírito porque as minhas atitudes permitiram. Nunca pensei que pudesse ser responsável por isso.

— Mas é — disse Carmem. — Muitas pessoas acham que estão sendo obsediadas porque estão em débito com espíritos do passado. É pura fantasia. Quando estamos ligados em nossa luz, quando estamos pensando, fazendo e sentindo o bem, nada pode nos atingir, seja dessa ou de outra vida.

— Livrar-me daquela entidade foi um dos maiores aprendizados que tive — considerou Odete.

— Agora você é uma nova mulher. Estou curiosa quanto ao que você conversava com sua mãe há pouco...

Odete ruborizou-se. Admirada, perguntou:

— Há quanto tempo está aqui? Ouviu toda a nossa conversa?

— Ouvi. Mas sempre soube que você não ia com a minha cara.

— Quando percebeu isso? — perguntou Odete, envergonhada.

— No dia em que Tadeu veio aqui pela primeira vez, logo depois que você chegou.

— Estava tão na cara assim?

— Claro que estava! Por mais que você estivesse obsediada e, portanto, alheia aos fatos, era nítido o ciúme que você sentia de mim. Não sei por quê, mas desde que nos conhecemos percebo que você tem um pé atrás comigo.

Odete abaixou a cabeça. Carmem, procurando tornar o ambiente agradável, considerou:

— Minha filha sentia-se insegura. Estava com medo de perder o marido. Você, Marta, é uma mulher bonita e atraente. Ambas têm praticamente a mesma idade.

— Tadeu deu uma olhada diferente para você — replicou Odete.

— É natural. Eu sou bonita e agradável. Ele notou meu brilho, minha energia, não quer dizer que tenha sentido algo por mim.

— Você é muito convencida. Como pode dizer uma coisa dessas?

— E por que não? Sou única, não existe outra Marta igual a mim. Estou aqui na Terra para desenvolver os meus potenciais humanos, as minhas qualidades. Sinto-me bonita, inteligente e próspera. O meu espírito exala isso através dos meus poros e de minha aura. Não há nada de mal nisso. Se Deus permite que nos expressemos, que seja de uma maneira positiva. Por que eu teria pensamentos ruins e negativos a meu respeito? Deixo isso por conta dos invejosos. Eles fazem essa parte.

Rindo muito, Odete assentiu:

— Você está coberta de razão. Estamos aqui para despertar a consciência. Precisamos expandir a nossa intuição, o nosso bom senso, a bondade, o conhecimento, ou seja, os atributos da intelectualidade espiritual.

— Nossa, filha! Você está mudada! Percebo que o estudo da vida espiritual vem lhe despertando outros atributos.

— Não tem sido fácil, mãe. A minha insegurança em relação a Tadeu ainda é muito grande. Agora que estou melhor e mais lúcida, percebo quanto tempo perdi. Ele é lindo, amável, companheiro dedicado, pai amoroso. Não sei onde estava com a cabeça por ficar tão distante dele.

— Não fale assim — disse Marta. — O sentimento de culpa só vai lhe trazer mais insegurança e uma enorme sensação de remorso. Aprenda com o passado. Se viveu situações desagradáveis, procure aprender a não repeti-las no presente. Você tem muito tempo para viver em harmonia e amor ao lado de seu marido. Tadeu a ama muito.

— Será? Não sei. Faz quase dois meses que ele não aparece. Antes, falava com Lucas todas as noites. É claro que perguntava por mim, mas sempre evitava falar comigo. Agora que Lucas voltou para casa por causa das aulas, Tadeu mal liga para cá. Quando muito, fala com minha mãe. Às vezes acho que ele está cansado de tudo isso. Temo que procure outra.

— Não fale bobagens — redarguiu Carmem. — Você não tem nada a perder. Não estou na sua pele, portanto não sei o que faria. O que você gostaria de fazer nesse exato momento?

— Como assim, mãe?

— O que você gostaria de fazer para mudar essa situação com Tadeu?

— Ah, eu gostaria de me arrumar, cortar os cabelos, comprar algumas roupas que estão na moda, voltar a ser como na época em que namorávamos.

— Então — concluiu Marta — não perca tempo. Vou agora mesmo ligar para uma amiga que tem um salão de beleza maravilhoso aqui perto. Depois vamos tomar um lanche na rua e fazer umas compras. Aqui em Ipanema há butiques maravilhosas.

— Estou com o dinheiro contado. Estou cansada da dependência econômica de Tadeu — disse tristemente Odete.

— Não faz mal, minha filha.

Carmem saiu da cozinha, subiu as escadas e foi até o quarto. Do fundo de uma das gavetas de sua cômoda tirou pequena caixa de madeira, ricamente talhada. Abriu e pegou algumas notas. No fundo da caixa, uma foto de Leonor.

Sentida lágrima saltou de um de seus olhos. Passou delicadamente o indicador sob o olho. Em voz alta, disse emocionada:

— Por mais que estude e aceite os fatos, é muito difícil estar longe de você. Minha cabeça está muito confusa. Por que será que não conseguimos comunicação no centro? Por que será que só a encontro em sonhos? E por que será que sempre você aparece loira, e ainda ao lado de seu pai?

Após os questionamentos, Carmem baixou a cabeça. Deixou que mais algumas lágrimas escorressem pelo rosto.

Antes de guardar a foto na caixa, sentiu vontade de orar. Emocionada, fez uma comovida prece a Deus.

Uma luz brilhante fez-se presente a sua volta, sem que Carmem percebesse. Aos poucos a luz foi tomando forma, transformando-se numa linda mulher. A seu lado, um lindo rapaz segurava delicadamente suas mãos.

— Carmem é forte. Merece nossa ajuda — disse Ester.

Rogério pousou delicadamente a mão direita sobre a testa de Carmem. Com voz terna, disse:

— Tudo está certo. Todos estão no caminho que vai levá-los à verdade. Logo tudo estará esclarecido.

Ester passou delicadamente as mãos pelos cabelos de Carmem. Beijou levemente sua face e partiu com Rogério.

A luz se desfez e Carmem terminou sua prece. Sentiu um grande bem-estar. Aliviada, beijou a foto da filha. Guardou a caixa na cômoda e voltou para a cozinha.

Ao descer as escadas, sentiu leve brisa em seu rosto. Sorriu e agradeceu a Deus pela presença de espíritos amigos.

— Tome, minha filha.

— Mãe, é muita coisa. Não preciso de tanto dinheiro assim. Quando Tadeu ligar, vou pedir que deposite o dinheiro que gastei em sua conta, está certo?

— Isso é presente. Deu-me vontade. Estou fazendo de peito aberto. Sem expectativas e sem retorno. Use o dinheiro da melhor maneira possível. Fique linda.

— Ficarei linda para Tadeu.

— Não. Fique linda para você. Não espere nada de Tadeu, embora eu ache difícil ele deixar de amá-la. Amava você quando estava um trapo, vai amar mais ainda agora.

— Mãe! Como pode falar assim comigo?

— Deixe de mágoa — tornou Marta. — Vá se arrumar. Vou me arrumar também e mais tarde volto. Vou para casa ligar para o salão.

Marta despediu-se. Chegando em casa, como primeira providência ligou para o salão, marcando hora para ela e Odete. Logo após, ligou para a telefonista.

— Pois não?

— Gostaria de fazer um interurbano para São Paulo.

Marta deu o número, ao que a telefonista respondeu:

— Aguarde um instante.

Logo depois, a telefonista informou:

— Senhora, completar a ligação será tarefa de muita paciência. Está chovendo muito em São Paulo, e muitas linhas estão mudas. Se tudo correr bem, dentro de algumas horas poderemos completar.

— Algumas horas?!

— Prometo que vou fazer o possível. Entre o Rio e São Paulo fica um pouco mais fácil. Como há pessoas que não estão com muita paciência, devido à morosidade nas ligações, assim que houver uma desistência no tronco, volto a ligar.

— É muita gentileza de sua parte. Obrigada.

Marta pousou o fone no gancho e foi se arrumar. Quinze minutos depois, o telefone tocou.

— Alô?

— A senhora está com sorte hoje. Posso completar a ligação?

Marta, após um suspiro de alegria, disse atenciosa:

— Faça o favor. Muito obrigada.

Do outro lado da linha uma voz masculina:

— Como vai, Marta?

— Estou ótima, Tadeu.

— Aconteceu alguma coisa?

— Não, muito pelo contrário. Estou ligando por dois motivos. Primeiro para dizer que Odete está muito melhor. Seu convívio com a mãe e com o centro tem lhe feito muito bem.

— Você também tem nos ajudado muito. Agradeço por você estar ao lado dela.

— Eu gosto muito de sua esposa, Tadeu. Você vai ter uma grande surpresa ao reencontrá-la.

— Jura? — disse ele em tom animador.

— Juro. Logo ela estará pronta para retomar a vida em São Paulo.

— Gostaria de buscá-la, mas as coisas não estão fáceis por aqui. A polícia esteve em casa dias atrás. Temo pela segurança de Lívia e Lucas. Estão pressionando Cláudio.

— Esse é o outro assunto que eu ia comentar. Já conversei com alguns amigos. Não está sendo tarefa fácil, mas logo conseguirei um passaporte para ele.

— Se ao menos tivéssemos dinheiro! Ele poderia ir para bem longe e estabelecer-se em algum país, retomar sua vida, casar, sei lá.

— Calma, Tadeu. Ele não precisa ir muito longe. A situação no Chile está favorável. O melhor é pedir asilo político lá. O presidente Allende vem acolhendo centenas de brasileiros perseguidos pelo regime.

— É, acho que será melhor. Qualquer novidade, me avise.

De repente, deu-se um estalo na ligação. Mesmo acostumados aos ruídos e chiados dos interurbanos, ambos ouviram nitidamente:

— Comecem a gravar.

Imediatamente perceberam que havia entrado uma escuta telefônica. Marta, procurando disfarçar, concluiu:

— Então é isso, meu amor. Logo estaremos juntos. Estou morrendo de saudades.

Tadeu percebeu também a escuta. Respondeu, com voz que procurou tornar a mais sensual possível:

— Também não vejo a hora de vê-la, meu amor. Estou esperando ansiosamente pelos seus beijos ardentes. Amo você.

Marta pousou o fone no aparelho e suspirou contrariada. Não lhe era agradável usar esses códigos, mas fazer o quê? Sentia-se sem alternativas. Meneou a cabeça, foi até a estante da sala e apanhou o recém-lançado disco da banda inglesa Led Zeppelin que uma amiga acabara de trazer da Europa. Colocou o disco na vitrola e subiu para se arrumar.

Tadeu desligou o telefone, suando frio. Lívia estava ao seu lado:

— O que foi? Era mamãe?

— Não, filha. Estava falando com Marta.

Lívia meneou a cabeça, sem entender.

— Calma. Não é nada do que você está pensando. Estávamos falando de Cláudio e percebemos que a ligação foi grampeada. Tivemos de mudar o rumo da conversa. Só isso.

Lívia distendeu o semblante.

— Pai, estou preocupada. Dias atrás invadiram a nossa casa à procura de Cláudio. Agora estamos com escuta no telefone. Por acaso Marta já conseguiu o passaporte para ele?

— Ainda não. Deve ser questão de mais algumas semanas. Ele não pode ficar mais por aqui. Logo será preso.

Lívia empalideceu. A possibilidade de que algo ruim pudesse acontecer a Cláudio era-lhe assustadora. Nervosa e confusa, replicou:

— Não vou deixar que nada de mal aconteça a ele.

— Filha, você é uma garota ainda. O que poderia fazer? Não tem idade para se meter nesses assuntos.

— Engana-se. Sou madura o suficiente para saber o que vai em meu coração.

Tadeu assustou-se. De uns tempos para cá estava percebendo que Lívia ficava ansiosa esperando a chegada de Cláudio à casa. Agora, através do brilho que os olhos de sua filha emitiam, percebeu o óbvio.

— Não posso acreditar. Você está apaixonada!

Lívia não moveu um músculo. Continuou imóvel à frente do pai. Tadeu aduziu:

— Como nunca pude perceber? Por acaso Cláudio já sabe?

— Ainda não. Não é hora. Ele está sofrendo muitas pressões. Faz quinze dias que saiu de casa. Está morando escondido numa pensão no centro da cidade. Como posso dizer-lhe que o amo?

Tadeu meneou negativamente a cabeça.

— Você sabe quantos anos Cláudio tem?

— E qual é o problema? O senhor está preocupado com a diferença de idade? E por acaso diferença de idade é empecilho para que duas pessoas expressem o amor que uma sente pela outra?

— Você fala como se ele a amasse. Não creio nisso.

— Ele me ama. Talvez não tenha coragem de dizer porque é seu amigo. Mas sinto que ele me ama.

— Você tem dezesseis anos. É ainda uma criança. Cláudio tem quase vinte anos a mais que você.

— Preconceito estúpido — redarguiu Lívia. — Minha avó casou-se aos dezesseis anos. Você começou a namorar mamãe quando ela tinha catorze anos.

— Mas a diferença de idade entre mim e sua mãe é pequena.

— E o que importa? Ela parece vinte anos mais velha que você. Está sempre se desvalorizando. De que adianta ser mulher feita e ter a cabeça de uma adolescente insegura e mimada?

Tadeu enervou-se. Colérico, rebateu:

— Você não tem o direito de falar assim de sua mãe. Exijo respeito.

— Não me ameace, papai. Eu amo você, mamãe e Lucas. Adoro minha família. Mas sei o que quero. Vou me declarar a Cláudio, você gostando ou não.

Tadeu desesperou-se. Descontrolado, avançaria sobre a filha, não fosse uma voz forte a ecoar pela sala:

— Não faça nada, Tadeu — e virando-se para Lívia, disse, com voz emotiva: — Não precisa se declarar. Eu também a amo.

Lívia sentiu as pernas bambas. Segurou-se nos braços do pai para não ir ao chão. Com a boca seca, tomada pela emoção, só conseguiu dizer baixinho:

— Cláudio...

— De onde você surgiu? — perguntou Tadeu, confuso.

— Saí de sua casa às pressas. Só levei as roupas. Deixei aqui alguns livros. Aproveitei a luz do dia e vim buscá-los.

Lívia se recompôs. Passou as mãos pelos cabelos. Com a voz que procurou tornar natural, inquiriu:

— Você ouviu toda a nossa conversa?

Com um sorriso nos lábios, Cláudio respondeu:

— O suficiente para agradecer a Deus. Embora esteja passando por essa situação tão complicada, o que mais temia era abrir o meu coração a você. Tinha medo de que um garotão já tivesse se apossado de seu coração.

— Nunca! Desde pequena soube que encontraria o meu amor através do olhar. Sempre tive certeza de que nunca precisaria conhecer pessoas. Na hora certa meu amor chegaria. E ele chegou. Eu o amo, Cláudio.

— Também a amo.

Lívia desgarrou-se do pai e correu ao encontro de Cláudio. Mesmo diante do pai, não mais conseguiu impedir o amor que saltava de seus poros. Abraçou Cláudio e beijaram-se com ardor.

Tadeu ficou estático. Estava muito confuso para emitir qualquer pensamento. Ficou ali, olhando sua filha e seu melhor amigo abraçados, trocando juras de amor. Em seu íntimo percebia que aquele sentimento que ambos expressavam era puro. Lembrou-se de Odete e de todo o amor que sentia por ela. Emocionou-se. Com gestos largos, procurou afastar o preconceito e o ciúme de ver sua única filha nos braços de outro homem.

— Está bem. Agora chega.

Dirigiu-se até o casal. Abraçou a filha.

— Se o que você sente por ele é o mesmo que sinto por sua mãe, não há nada que eu possa fazer.

Beijou-a delicadamente na face. Depois, abraçou Cláudio.

— Gosto muito de você, meu amigo. Sabe que o considero como irmão. Espero que o que sente não seja uma paixão fugaz.

Cláudio retribuiu o abraço.

— Engano seu, meu amigo. Eu amo sua filha desde o primeiro dia em que a vi, naquele jantar. Tentei a todo custo demover o que ia em meu coração, mas o poder do amor foi mais forte que tudo. Eu a quero como esposa. Quero amá-la com a mesma intensidade que você ama Odete. Quero fazê-la feliz, por todos os dias de sua vida. Mas talvez não seja digno de seu amor.

— Por que diz isso? — perguntou Lívia, assustada.

— Porque não tenho dinheiro. Não sei que futuro poderei dar a você. Estou a ponto de ser expulso do país. Posso ser preso, torturado. Talvez não sirva para você.

Lívia falaria, mas Tadeu, tocado pelas palavras sinceras de Cláudio, tornou sério:

— Eu adoraria que vocês tivessem uma linda história de amor para contar aos seus filhos e netos. Estou preocupado com sua situação, temo que algo possa acontecer a minha filha. Mas parece que você tem sorte. Deve ter algum militar impedindo sua prisão.

Cláudio suspirou profundamente. Em seguida, afirmou:

— Às vezes acho que Deus está me ajudando muito. Já tive oportunidade de ser pego, e nada. Mas saiba que amo sua filha. Mesmo sem um tostão no bolso, quero me casar com ela, se você consentir com nossa união.

— Que futuro você pode dar a ela? Será que não é hora de pensar em sua segurança, em primeiro lugar? Depois que as coisas se acalmarem, você pode pensar em casamento.

— Nada disso — contestou Lívia. — Amamo-nos. Quero estar ao lado dele sempre. Você há pouco estava falando com Marta. Vamos fazer o seguinte: eu e Cláudio nos casamos, tiramos os passaportes e saímos juntos do país.

— Isso é loucura! Sabe lá Deus onde vão conseguir asilo político. Você não tem diploma, o que pode fazer para ajudar Cláudio? Só vai atrapalhá-lo.

— Não diga isso — considerou Cláudio. — Lívia é inteligente, lúcida, sabe o que quer. Existem muitas profissões para as quais não há a necessidade de diploma. E, se tudo correr bem, ela poderá terminar os estudos onde nos instalarmos. Sei que teremos uma vida dura, mas trabalho nunca falta.

— Concordo — replicou Lívia. — Estou terminando o científico. Posso concluí-lo em outro país e até ingressar numa boa faculdade. Você sabe que sou aluna aplicada. Ao lado de Cláudio, juntaremos forças para fazer o que for melhor. Tudo vai dar certo. Acredite e confie.

— Isso mesmo — disse Cláudio. — Acredite e confie.

Tadeu, sentindo-se impotente diante da firmeza deles, tornou:

— Está certo. Não há nada que eu possa fazer. Parece-me impossível demovê-los dessa ideia maluca, porém corajosa. Vou tentar um interurbano agora mesmo para o Rio. Conversarei com Marta. Veremos o que será possível fazer.

— Não é perigoso? O senhor disse que há escuta.

— Sim, filha. Mas eles estão grampeando o nosso telefone. Não o de Marta. Farei o seguinte, vou até a casa do Seixas. Ele é um cidadão acima de qualquer suspeita, portanto seu telefone não tem escuta. O risco é praticamente nulo. Irei até lá e volto num instante.

Antes de sair, Tadeu disse ao casal:

— Enquanto eu estiver fora, comportem-se.

Saiu meneando a cabeça. Entrou no carro e dirigiu-se até a casa de Seixas.

Cláudio, olhos apaixonados, perguntou:

— Por que não nos declaramos antes? Por que perdemos tanto tempo assim?

— Por temer a reação do outro na hora de falar o que vai no coração. Achava que você nunca se interessaria por uma garota, com tantas mulheres aos seus pés.

— Engano seu. Eu sou um pé-rapado. As mulheres de minha idade não querem casar-se com um homem sem posses.

— O que me interessa são as posses de seu coração. Não preciso de seu dinheiro, de sua segurança ou de sua dependência. Sou inteligente, útil, posso fazer carreira, trabalhar, ganhar o meu dinheiro. Tenho certeza de que conseguiremos muitas coisas juntos.

— É por isso que a amo. Você é diferente de todas as mulheres que conheci.

Pararam de falar e entregaram-se novamente aos beijos ardentes. Ficaram ali, abraçados, acariciando-se, sentindo o calor de seus corpos, fazendo juras de amor.

Pouco antes, Odete sentia-se impaciente com o atraso de Marta.

— Ela ficou de passar logo. Já faz uma hora — disse, amuada.

— Calma. Depois de anos relaxada, não será uma hora que vai tirá-la do sério.

— Mãe! Como pode falar assim comigo? Eu me larguei, mas agora não quero mais isso. Quero me arrumar, ajeitar-me, ficar bonita.

Impaciente, Odete levantou-se do sofá.

— Vou até a casa de Marta.

— Espere um pouco, minha filha — anuiu Carmem. — Você não é íntima a ponto de entrar na casa dela.

— Eu não vou "invadir" a casa dela. Vou tocar a campainha. Vai ver ela está pronta. Não aguento ficar aqui. Estou impaciente.

Levantou-se e saiu apressada. Carmem sentiu leve tontura quando a filha saiu. Em voz alta, disse:

— Ela ainda não está pronta. Só Deus sabe a hora em que ela vai realmente despertar para a vida.

Sentou-se no sofá e fez uma ligeira prece, pedindo amparo e sustentação pelo que poderia vir. Feita a prece, sentiu a tontura passar. Em instantes, sentiu-se revigorada e com energia para continuar a viver com otimismo. Cantarolando uma famosa canção, Carmem foi preparar-se para ir à praia.

Odete atravessou a rua e tocou a campainha na casa de Marta. O som que saía da vitrola era alto o suficiente para que ela não escutasse nada além da enigmática canção *Stairway to heaven*.

— Ela é muito moderna. Fica ouvindo essas músicas feitas para os jovens. Esquece-se de sua idade — pensou alto.

Mais algum tempo e nada de Marta atender à porta.

Tadeu chegou à casa de Seixas. Aproveitou que o amigo estava lavando o carro na garagem:

— Seixas, preciso de um favor. Posso usar seu telefone?

— Claro. Não há ninguém em casa. Foram ao clube. Você é de casa. Entre e fique à vontade.

Tadeu entrou e foi ao hall. Pegou o telefone, discou para a telefonista.

— Quero uma ligação para a Guanabara.

— Senhor, acabei de passar um interurbano, mas a pessoa desistiu. Aguarde um instante na linha que tentarei utilizar o mesmo tronco. Qual o número, por favor?

Tadeu deu o número à telefonista.

— O senhor está com sorte. Consegui completar.

Do outro lado da linha, o toque de chamada.

Odete estava irritada com a demora de Marta e com a música alta. Abriu o portão, dirigiu-se até a porta do gracioso sobrado. Mexeu na maçaneta e a porta se abriu.

Começou a gritar pelo nome de Marta.

— Já vou descer, estou secando o cabelo, Odete. Por favor, desligue o som para mim — disse e encostou a porta do banheiro.

Odete foi até o móvel e tirou a agulha do disco. Em vez do silêncio, o som do telefone.

— O telefone está tocando — disse Odete, com voz que procurou tornar forte.

Com o secador ligado e a porta encostada, Marta nada ouviu. Odete foi até a mesa próximo ao corredor da sala. Tirou o fone do gancho. Antes de falar alô, escutou uma voz familiar do outro lado da linha:

— Poxa, meu amor, que demora.

Odete sentiu a vista turvar-se. Encostou o corpo na parede e foi deslizando até o chão, pálida. Com esforço, balbuciou:

— Ah...

— Isso mesmo, docinho, sou eu de novo. Não aguento ficar longe de você um instante sequer. Olha, estou ligando para dizer que Lívia também quer viajar. Veja o que pode conseguir na agência de viagens. Estou louco para ficarmos sós. Estou morrendo de saudades. Estou muito só. Um beijo. Adeus.

Tadeu desligou. Despediu-se de Seixas e voltou para casa. Cláudio estava sentado na sala e Lívia preparando o almoço.

— Você no fogão, filha?

— Dei folga para Marilza. E então, conseguiu falar com Marta?

— Ela mal disse uma palavra, mas entendeu o recado. Seixas não é perseguido na universidade, mas todo cuidado é pouco. Sempre é bom usar esses códigos nas conversas. Caso haja alguma escuta, vão pensar que tenho uma amante. É a melhor maneira de despistá-los.

— Vocês e essas ideias machistas. Aposto que, quando escutam essas conversas, com esses "códigos", eles devem pensar em fazer o mesmo — disse Lívia, contrariada.

— Mas é uma boa maneira de despistá-los. Em vez de achar que estamos conspirando contra o governo, vão achar que estamos cheios de relações extraconjugais. Melhor assim.

— Assim espero, pai.

Odete mal conseguiu pousar o fone no gancho. Sentiu um forte enjoo. Sua cabeça não parava de rodar. Não sabia o que fazer. Agora que se sentia melhor, levava essa punhalada pelas costas? Então era por isso que Tadeu não a visitava mais. Estava tendo um caso com Marta!

Os pensamentos tumultuavam sua mente. Como Marta, aparentando ser uma amiga leal, podia estar fazendo isso? Como podia estar sendo traída na frente de todos? Se Tadeu havia falado na filha, provavelmente ela também estaria ajudando o pai.

Então era isso! Sempre sentira uma sensação de desconforto ao lado de Marta. Por que não dera atenção a esse sentimento de traição antes? Por que deixara que ela se envolvesse com o único homem que amara em toda a vida?

Ao pensar nisso, surdo ódio brotou de seu peito. Em sua mente desfilavam os rostos de Tadeu, Marta e Lívia a gargalhar alto. As gargalhadas iam aumentando a níveis insuportáveis. Odete começou a gritar e a passar histericamente as mãos pela cabeça como a afastar essas cenas. Desesperada, saiu em disparada da casa de Marta.

Ela não percebeu que uma sombra escura gargalhava e se colava a seu corpo. A sombra gritava, tentando cantarolar uma canção irritante em seus ouvidos:

— Agora você volta pra cá-á! Agora você volta pra cá-á! Não vai se livrar fácil de seus algozes, lá, lá, lá...

As imagens do marido, da filha e da suposta amante continuavam a desfilar por sua mente. Odete balançava violentamente a cabeça de um lado para o outro, como a afastar as imagens.

Cega de ódio, cambaleante, atravessou a rua sem olhar para os lados. Um carro que por lá passava, mesmo em baixa velocidade, não conseguiu frear a tempo. Chocou-se contra Odete e ela foi atirada a razoável distância. Seu corpo tombou pesadamente no asfalto.

CAPÍTULO 11

Nesse mesmo dia, fazia quase seis anos que Carla estava morando com Nelson. Embora os pesadelos houvessem diminuído, ela ainda tinha sonhos com Otávio.

Dona Clotilde a ajudara muito através de passes e conversas esclarecedoras. Diante do equilíbrio aparente, sentia-se apta a continuar seus estudos. Nelson conseguira uma vaga em um supletivo para que ela conseguisse resgatar o aprendizado perdido com o trauma dos últimos anos.

Embora consciente e lúcida em relação aos estudos, Carla enfrentava um sério problema: não possuía identidade, tampouco sabia o quanto havia estudado.

— Sinto que sou inteligente, a minha coordenação motora é excelente, meu raciocínio também. Só mesmo o senhor pode me ajudar. Preciso de documentos.

— Sei que é muito difícil, Carla. No entanto, tentamos algumas vezes localizar parentes ou vestígios que pudessem nos levar ao seu paradeiro. Faz mais de cinco anos que mora comigo. Ninguém a reclamou até então.

— Por isso mesmo, pai. Você é um homem conceituado aqui na cidade. Santiago já nos falou sobre um amigo, que nos indicou um advogado lá de São Paulo. Tem de haver alguma solução.

— Você tem razão. Irei a São Paulo e verei o que posso fazer.

Carla levantou-se do sofá, pousou delicado beijo na testa de Nelson. Emocionada, concluiu:

— Mesmo que encontremos minha verdadeira família, lembre-se de que nunca o deixarei. Prometo.

Nelson emocionou-se. Nada respondeu. Abaixou a cabeça para tentar esconder as lágrimas. Por mais que tentasse pretextar, percebia que Carla estava ficando numa situação difícil. No início bem que ele tentou. Contratou um detetive, mas debalde. Conforme o tempo foi passando, ele foi se afeiçoando cada vez mais na figura da filha que sempre quis ter. Se ela estava sendo bem tratada e bem-amada, por que deveria ir atrás de seus parentes? Será que não se tratavam de pessoas rudes e agressivas?

Agora que ela estava havia tanto tempo vivendo em harmonia com ele, Vilma, Santiago e até mesmo dona Clotilde, não seria justo que a vida a tirasse dele. Carla tinha razão em um ponto: precisava a todo custo de uma identidade, um documento que provasse sua existência como cidadã.

Nelson continuou ruminando seus pensamentos no sofá. Olhando para um ponto distante na sala, disse em voz alta, para si mesmo:

— Ela tem razão. Precisa ter um documento legal. Sei que corro riscos, mas não posso mais mantê-la presa aqui dentro, cercada neste mundinho. Ela precisa estudar, viajar, quem sabe até se casar.

Levantou-se, foi até a pequena mesa lateral ao lado do sofá. Abriu a gaveta e vasculhou alguns papéis. Achou. Era esse mesmo o cartão do advogado que um paciente de Santiago havia lhe indicado tempos atrás. Iria procurá-lo, o mais rápido possível.

Nelson ligou para o hospital e marcou uma reunião de urgência. Colocou aos outros diretores a necessidade imediata de viajar para a capital a fim de tratar de assuntos sérios de família. Como Nelson nunca fizera esse tipo de pedido, foi aceito por unanimidade. Os outros médicos fariam revezamento sem prejudicar o andamento das cirurgias.

Tranquilo, Nelson viajou para São Paulo dois dias depois. Instalou-se em um hotel de bom padrão no centro da cidade, não muito longe do escritório do advogado. Sentia-se tenso por ter de resolver essa questão. Tomou uma ducha demorada, trocou de roupa e desceu para comer algo. Recomposto e satisfeito, embora ainda com o peito oprimido, tomou um táxi.

Chegando à Avenida São Luiz, frente a majestoso edifício, Nelson fez sinal para o motorista parar. Pagou a corrida, saiu do táxi e ficou olhando para o prédio. Tirou o cartão do bolso do paletó e checou o número do cartão com o que estava ao lado da entrada do edifício.

— É esse mesmo — disse para si, em delicado suspiro.

Pegou o elevador e parou no sétimo andar. Logo à frente do elevador, uma conservada porta de imbuia trazia a placa: Antônio Ribeiro Castro & Advogados.

Nelson tocou a campainha. Em instantes, uma simpática senhora o atendeu:

— Pois não?

— Venho à procura do doutor Castro.

— O senhor tem hora marcada?

Nelson titubeou. Esquecera-se de marcar hora. Por que não pensara nisso antes? Meio sem jeito, respondeu:

— Por favor, diga-lhe que venho por indicação de um amigo dele. Diga-lhe que venho por intermédio do doutor Santiago Ortiz.

— O seu nome, por gentileza?

— Doutor Nelson Alencar.

— Aguarde aqui na recepção. Vou ver o que posso fazer.

— Obrigado.

Nelson sentou-se numa poltrona próximo à mesa da recepção. Olhou para os lados, para o alto. Tratava-se de um

MARCELO CEZAR PELO ESPÍRITO MARCO AURÉLIO

escritório muito bem mobiliado e decorado sem luxo, mas com apuro. Sentiu-se bem ali. Ao lado da poltrona havia uma quantidade grande de revistas. Nelson folheou algumas e apanhou um exemplar da revista *Realidade*.

Alguns minutos depois, a simpática senhora retornou à sala.

— O senhor está com sorte. Um cliente acabou de desmarcar uma reunião para logo mais. O doutor Castro terá tempo para recebê-lo. Por favor, acompanhe-me.

Nelson colocou a revista na mesinha e levantou-se satisfeito.

— Obrigado.

Foi conduzido por um corredor estreito, bem iluminado, com quadros de artistas de renome. Ao final do corredor pararam frente a uma porta entreaberta. A secretária bateu levemente:

— Doutor Castro?

— Pode entrar.

Nelson entrou e deparou-se com um homem na mesma faixa etária que a sua, aspecto jovial e semblante sereno.

— Muito prazer.

— O prazer é meu — retribuiu Castro com largo sorriso.

— Vim indicado por um paciente de um amigo de família, doutor Santiago Ortiz.

— Meu amigo ligou-me ontem. Disse-me que o senhor iria me procurar. O doutor Santiago foi muito gentil em ligar para o meu cliente avisando-me de uma possível visita. Só não esperava que fosse tão rápido. Sente-se, por favor. Como estou com tempo livre, gostaria que me dissesse o que o trouxe até mim.

Nelson sentou-se e remexeu-se impacientemente na poltrona. Castro, percebendo que se tratava de assunto delicado, considerou:

— Dona Ilca, pode se retirar. Deixe-nos à vontade.

— Pois não, doutor Castro. Preciso datilografar umas petições. Não irei almoçar. Farei um pequeno lanche mais tarde, quando o senhor for até o fórum. Estarei ao seu dispor. Com licença.

SÓ DEUS SABE

Após a secretária fechar a porta, Castro tornou:

— Agora estamos à vontade. Estou com o peito, a cabeça e os ouvidos abertos para o que tem a me dizer.

Nelson, a princípio, sentiu certa desconfiança do advogado. Mas naquele momento, não suportando mais a ansiedade, não conteve a emoção. Sentindo-se firme, abriu o coração e contou toda a história de Carla. Como a conhecera, o tempo em que ela permanecera no hospital, a acolhida em sua casa etc. Após mais de uma hora de conversa, finalizou:

— Então, doutor Castro, como posso legalizar os papéis?

O advogado, sustentando o olhar de Nelson, respondeu:

— Não é tão fácil assim. Você me disse que contratou detetives...

— Sim. Não encontraram uma pista sequer. Tenho tudo registrado. Colocamos anúncio em rádio, mas não surtiu efeito. Não sabemos o seu nome verdadeiro. Faz quase seis anos que não temos pistas de parentes. Ela não se lembra de certidão, ou documento de identidade.

— O que me pede é inusitado. Eu facilmente posso conseguir que você a registre como filha. Mas o que me assusta é se ela, de uma hora para outra, lembrar-se de tudo. Eu posso até ter a minha licença cassada.

— Doutor, sei que se trata de algo inusitado. Mas ela não pode ficar sem identidade. Ela necessita estudar, quem sabe até se casar um dia, viajar, sei lá...

O advogado tocou com os dedos sobre sua escrivaninha lavrada. Após pensar, perguntou:

— O senhor me diz que ela é inteligente. Como tem certeza de que concluiu o científico?

— Outro dia a peguei lendo alguns livros meus da época do colégio, apostilas que eu tinha como preparatório para o vestibular. Ela não tinha o que fazer e procurou resolver umas equações. Resolveu tudo e acertou. Surpreendeu tanto a mim quanto a Santiago. Com certeza ela deve ter estudado.

— Então já é um bom caminho. Ela deve ser de uma família, pelo menos, classe média.

— Embora eu a tenha encontrado em estado deplorável, com o tempo percebi que ela recebeu boa educação. É educada, porta-se elegantemente frente à mesa, possui gestos educados e finos.

— Tem notado algum distúrbio em seu comportamento?

— Que me lembre, não. Consultei alguns médicos. Todos os exames possíveis já foram feitos. Ela parece sadia, uma garota normal. Fez acompanhamento psiquiátrico no hospital por mais de um ano.

Castro levantou-se da mesa. Dirigiu-se até um aparador próximo. Sobre uma bandeja de prata, estavam uma garrafa térmica, uma jarra de água e algumas guloseimas.

— Aceita café, uma água?

— Obrigado, um café.

Castro encheu duas xícaras. Entregou uma a Nelson. Pegou delicada porcelana coberta de biscoitos. Ofereceu-a a Nelson, que prontamente apanhou um biscoito.

Sorvendo o líquido fumegante que saía de sua xícara, Castro tornou curioso:

— A vida o colocou numa situação aparentemente sem saída. Você tem em sua casa uma mulher sadia, lúcida, que age como uma garota de vinte e poucos anos. Mas não tem registro. Quer dizer...

— Quer dizer o quê, doutor Castro?

— Quer dizer que ela não existe legalmente. Caso ela não volte do bloqueio emocional, nunca saberemos sua origem. Você sabe que não é difícil conseguir uma certidão de nascimento e um documento de identidade. Sabe que no Brasil tudo é possível, ainda mais agora que existem falsificadores aos montes, ajudando os perseguidos pelo regime. Em relação aos estudos, podemos conseguir facilmente um certificado de conclusão do curso científico.

— É o que mais quero. Gostaria de registrá-la como minha filha.

— Não pode forjar uma identidade! E daqui a cinco meses, três anos? E caso ela volte do surto? Terá duas identidades? Isso é crime.

— Então o doutor não pode me ajudar?

— Posso. Mas com cautela. Precisamos, de início, extinguir todas e quaisquer possibilidades em relação a uma eventual família que possa reclamá-la a qualquer momento.

— Já disse que tentei uma vez.

— Tente outra. E mais outra se for necessário. Estamos tratando da identidade de um ser humano. Já fez exame das digitais?

— Sim, mas não encontrei nada.

— Esquisito. Se é de família boa, devia estudar e deve ter tirado documento de identidade.

— Suas digitais eram parecidas com as de uma falecida. Foi o mais próximo que chegamos. Tratava-se de um incompetente que tentou arrancar-me dinheiro.

— Aconselho-o a contratar detetives novamente. Traga-a ao meu escritório, gostaria de conversar com ela. Tenho um amigo psiquiatra, de confiança, que poderá atendê-la, fazer umas sessões. Quem sabe ele consiga um dado novo? Fazendo um trabalho sério e cauteloso, chegaremos logo a uma decisão sensata.

— Você está certo, Castro. Por mim, já teria registrado Carla, feito o possível para torná-la minha filha. Algo lá no fundo me diz para ir devagar, sem pressa.

— Isso se chama sabedoria. Também sou um profissional honesto. Gosto da ética. Não abracei a advocacia para tripudiar sobre as pessoas, para levar vantagens. Procuro ser correto. Tenho certeza de que, agindo assim no caso da sua, digamos, filha, encontraremos uma solução razoável para todos. Num primeiro momento, falarei com um amigo meu, agente da Polícia Federal. Ele tem livre acesso ao banco de dados de digitais e poderá verificá-las, checá-las com precisão. E sem ônus. Quando tivermos mais dados consistentes e concludentes, falaremos em honorários.

Nelson coçou o queixo. Descruzando vagarosamente as pernas, disse, agradecido:

— Sei que é um advogado muito ocupado, que tem uma clientela seleta. Bom eu ter caído em suas mãos. Qualquer outro menos honesto já me pediria um adiantamento para despesas, processos etc.

Levantando-se, com ar mais animado, apertou com vigor a mão do advogado.

— Preciso ir. Vou conversar com Carla. Ela está disposta a colaborar. Quanto ao agente amigo seu, eu o deixo à vontade para relatar-lhe tudo o que falamos aqui. Você me inspira confiança. Até peço desculpas, mas no início tive a impressão de que você não era confiável.

— Não ligue para isso. Os advogados sempre inspiram desconfiança no início. O prazer foi meu. Farei tudo o que estiver ao meu alcance para ajudá-lo. Embora essa não seja a área em que atuo com frequência, minha equipe poderá ajudá-lo.

— Eu estava desesperado. Numa noite, como passe de mágica, Santiago lembrou-se de um paciente que falou muito a seu respeito. Era um empresário que estava de viagem para o Rio. Passou mal na estrada e parou em nossa cidade. Foi atendido por Santiago e trocaram cartões. Foi nessa conversa que surgiu o seu nome.

— André é formidável, meu melhor cliente. Um homem que já passou por muitas agruras na vida. Somos muito amigos.

— Sabe — considerou Nelson —, um caso como esse não pode cair nas mãos de qualquer um. Trata-se de assunto muito delicado.

— Tenho ética, pode confiar em mim.

Nelson estendeu as mãos e declarou:

— Obrigado. Espero entrarmos logo em contato.

Castro parou por um instante. Antes de Nelson abrir a porta, perguntou:

— Quanto tempo vai ficar em São Paulo?

— Até amanhã. O hospital precisa de mim. Não há tantos especialistas por lá. Já foi um milagre eu ter conseguido a folga de dois dias. Por que a pergunta?

— Porque jantarei com esse meu cliente que deu o cartão ao seu amigo logo mais à noite. Gostaria de ir conosco? Se ele foi o intermediário para o nosso encontro, seria interessante conhecê-lo.

Nelson ficou sem graça.

— Acho que não seria de bom-tom. Afinal, vocês são amigos. Talvez queiram tratar de negócios. Uma outra hora, quem sabe?

— Nada disso. Seria um prazer. Você vai gostar de André. É um homem fantástico. É teimoso, mas ultimamente está envolvido com um belo rabo de saia, o que o torna dócil e amável demais.

Nelson riu. Sentindo-se mais à vontade, considerou:

— Está certo. Não conheço ninguém em São Paulo a não ser alguns médicos. Estava com vontade de relaxar e meditar. A companhia de vocês me será muito agradável.

— Assim é que se fala — e dando um tapinha nas costas do médico, disse: — Esqueça os problemas. Dê-se uma trégua. Onde está hospedado?

Nelson retirou um cartão do bolso do paletó. Voltou até a mesa de Castro, pegou uma caneta e anotou.

— Aqui está. O número anotado aqui atrás é do quarto. Vamos a que restaurante?

— Não se preocupe. Conheço esse hotel. Apanho você às oito horas. Tenho certeza de que teremos uma noite ótima. Depois, caso queira, poderemos esticar. Conheço ótimos nightclubs e boates.

Nelson riu da expressão maliciosa de Castro. Mais uma vez apertou-lhe a mão e saiu.

Castro ficou pensando em toda a história que ouvira há pouco. O que mais o impressionava era o fato de ter certeza de conhecer Nelson. Onde o vira antes? Por que o seu rosto era-lhe tão familiar?

Os pensamentos também alfinetavam a mente de Nelson. Ao sair do escritório, ficou com uma sensação de já ter visto o advogado antes, mas onde?

Procurou esquecer por ora da cisma e voltou a pôr atenção na situação de Carla. Será que conseguiria ter a guarda dela para sempre? Será que, se Deus existisse, poderia ajudá-lo? E, afinal de contas, será que existia mesmo Deus?

Aturdido, dispensou o táxi que acabara de chamar e resolveu caminhar pelas ruas do centro da cidade. O hotel não ficava tão longe. Vivia numa cidade pequena, estava acostumado a andar.

Fina garoa começou a cair. Nelson foi estugando o passo. De garoa para chuva forte, foi um pulo. Arrependeu-se de ter dispensado o táxi. Naquele momento era difícil encontrar um.

As pessoas começaram a abrir seus guarda-chuvas, outras começaram a correr para bares, lojas, ou espremer-se sob a proteção de toldos. Nelson procurou um abrigo, correu mais um pouco e parou frente à escadaria de uma igreja. Olhou para os lados, subiu os degraus e entrou, ressabiado.

O interior da igreja estava praticamente vazio. Ele passou os olhos pelas imagens e percebeu o luxo e a suntuosidade do recinto. Algumas pessoas estavam sentadas, outras ajoelhadas. Algumas em silêncio, outras orando em voz baixa.

Há quanto tempo não tinha contato com Deus? Pela sua mente procurou lembrar-se da última vez que pusera os pés numa igreja. Não conseguia precisar o tempo. Um tanto envergonhado, caminhou alguns passos e sentou-se num banco vazio.

"O que estou fazendo aqui? Isso não faz sentido! Não acredito em Deus. Não acredito que, caso Ele exista, precise de um lugar próprio para orar", pensou.

Algumas lágrimas começaram a rolar pelas faces. Estava cansado de questionar a existência de Deus. Sabia em seu íntimo que uma força maior sustentava o mundo. Suas ideias eram distantes. Sentia muito amor por Carla. Não suportaria perdê-la.

Naquele momento, parecia que já havia passado por situação semelhante. Por que sentia isso? O que estava acontecendo com aquele homem cético e descrente de tudo?

Fechou os olhos por instantes e, de súbito, trechos de orações aprendidas na infância, na época do catecismo, começaram a desfilar por sua boca. Nelson recordou-se de alguns trechos de orações e começou a verbalizá-las, baixinho.

— Desculpe-me, Deus. Não sei se você existe, na verdade, mas me encontro numa situação em que não enxergo saída. Se você existe e colocou essa menina na minha vida, sinto que deva existir uma razão consistente e convincente para isso. Estou cansado. Na verdade, estou fragilizado. Por favor, Senhor, ajude-me...

O pranto o impediu de continuar. Havia muito vinha represando seus sentimentos. Não conseguia mais segurá-los. Perdera o controle e a vergonha. O choro, antes baixo, agora alcançava um tom que ecoava pela igreja. Algumas pessoas viraram-se para trás, a fim de saber o que estava acontecendo.

Uma leve batida de dedos em seu ombro tirou-o do choro. Assustado, Nelson olhou para o alto.

Antes que pudesse pronunciar algo, a simpática senhora levou os dedos à boca para que não falasse. Fez sinal para que ele fosse mais para o meio do banco. A passos delicados, sentou-se a seu lado. Com voz doce, tornou:

— Não se aflija. Todos nós, uma hora, precisamos nos atirar nos braços de Deus. É por isso que O chamamos de Pai.

Nelson nada respondeu. Sentindo-se embaraçado pelo pranto, passou as mãos pelo rosto. A senhora tirou um lenço da bolsa e o estendeu a ele.

— Obrigado — disse ele, com voz trêmula.

— Há momentos em que não temos condições de lidar com determinadas situações na vida.

— Isso me deixa impotente. Sempre fui de resolver tudo. Agora vivo uma situação em que não tenho o controle. Não sei qual será o resultado.

— Entregue nas mãos de Deus. Só Ele sabe o que fazer, quando não temos condições para tanto. Ele é que nos serve, e não o contrário.

— Como assim? Eu cresci ouvindo que devíamos ser tementes a Deus, fazer tudo o que Ele queria.

— Engano seu. O oposto é verdadeiro. Saiba que Deus não está lá no alto de uma montanha, sentado, ouvindo nossas queixas. Não funciona assim.

— E funciona como?

— Ele atua "através" de nós. Deus trabalha cercado. As cercas são as suas crenças. Dentro daquilo que você crê, Ele pode fazer alguma coisa. Se você acredita que o mundo é bom, Ele vai ajudá-lo a viver melhor, rodeado de pessoas boas, imunizando-o das situações ruins.

— Embora tudo esteja muito confuso hoje em dia, acredito que o mundo seja bom. Então por que vivo uma situação ruim em minha vida?

— Você não vive uma situação ruim, mas uma situação diferente, de angústia, criada por sua mente controladora. Se você acreditar, terá sempre sua filha ao seu lado.

Nelson arregalou os olhos. Perdeu a compostura e o ar por alguns segundos. Queria falar, mas a falta de ar o impedia.

A senhora, procurando acalmá-lo, disse:

— Não precisa dizer nada. Ore e confie.

Passado o susto inicial, Nelson levantou-se. Não sabia que rumo tomar. Sentindo-se tonto, sentou-se novamente. Timidamente, procurando conter os gestos, perguntou:

— Como sabe o que se passa comigo?

— Com a chuva forte, também corri para me abrigar aqui na igreja. Entrei logo atrás de você. Vi quando se sentou e começou a orar. Sua aura estava um pouco escura no começo, mas depois foi ficando mais clara.

— Viu o quê? A minha aura?

— Sim. E pude fazer uma leitura. Não que eu seja bisbilhoteira, mas uma entidade lá na entrada — apontou — me falou do seu caso.

— Isso é loucura! Você está usando o vocabulário dos espíritas, dos reencarnacionistas, dos espiritualistas. Como pode? Estamos dentro de uma igreja católica!

A mulher sentou-se mais próximo a Nelson. Após leve suspiro, sustentando o olhar, disse firme:

— Tudo isso nada mais são do que rótulos criados pelo homem. Deus não tem religião, que é uma criação humana. Como somos crianças, espiritualmente falando, Ele nos deixa agir, rotular e blasfemar à vontade.

— Você é espírita?

— Não gosto de rótulos. Sou uma mulher que acredita e estuda a vida espiritual. Se isso significa ser espírita, posso dizer que sim.

— E o que faz numa igreja? Já que não é católica, poderia abrigar-se em outro recinto.

— Não tem nada a ver. Fui educada num ambiente católico, na infância. Cheguei até a ser filha de Maria. Mas os anos foram passando e, quando meu marido morreu, passei a questionar a existência de Deus, mais ou menos como você está fazendo agora. Acabei encontrando paz em meu coração num centro espírita.

— Mas a senhora não pode frequentar os dois lugares ao mesmo tempo.

— Quem disse?

Nelson parou por um instante. Logo começou a rir.

— Desculpe-me, tem razão. Penso que, se alguém vem até a igreja, não pode frequentar um centro.

— Engano seu. Eu frequento, faço trabalhos voluntários, estudo, mas gosto do ambiente da igreja. Nada me impede de frequentar o lugar que queira para me sentir bem. Poderia até fazer isso em casa. Depende do dia.

— Estou um tanto confuso. Como sabe que estava pensando em minha filha?

— Eu tenho capacidade aguçada de perceber o mundo astral. Frequento e sou uma das dirigentes de uma casa espírita há muitos anos, além de trabalhar, também estudo, para manter minha mediunidade em equilíbrio. A igreja está sempre repleta de espíritos que dão suporte às pessoas que vem à procura de conforto. Como venho aqui de vez em quando, tenho alguns amigos espirituais. Um deles me falou de você e do seu drama.

Nelson estava perplexo. Tudo bem que a vida pudesse seguir seu rumo sem a interferência dos padres, das missas, do papa, de Deus, dos espíritas ou de quem quer que fosse, mas estava profundamente tocado com as palavras daquela senhora de olhar enigmático e terno ao mesmo tempo.

MARCELO CEZAR pelo espírito MARCO AURÉLIO

— Não queira trazer mais dúvidas para sua mente. Talvez a nossa conversa aqui hoje sirva para você enxergar a vida com outros olhos, procurar estudar mais a fundo a vida astral. Você é um excelente médico, mas precisa dedicar-se ao conhecimento do espírito, da nossa essência. Esse é o mais importante de todos os estudos.

Enquanto Nelson procurava beliscar o braço para sentir-se vivo, para saber que aquilo não se tratava de alucinação, a simpática senhora pegou um cartão em sua bolsa e uma caneta.

— Sei que você nunca frequentou e tem receios e dúvidas quanto à espiritualidade. Caso queira, vou anotar o endereço do centro que frequento. Tenho certeza de que um dia iremos nos encontrar.

Ela se levantou com o cartão na mão e escreveu algo. Pousou delicado beijo na testa do médico, entregou-lhe o cartão e saiu, a passos lentos.

Nelson pegou o cartão e leu.

— Guiomar A. Neves.

Virou o cartão e estava escrito o endereço de um centro espírita.

— Pacaembu. Não fica longe do centro da cidade. Quem sabe um dia, se voltar a São Paulo, terei coragem para conhecer.

Tornou a olhar para trás, não viu mais a senhora.

Levantou-se. Fez o sinal da cruz. Respirou fundo e saiu da igreja. A chuva já havia cessado, e um lindo sol alaranjado refletia-se nas poças das ruas e calçadas. Pensativo e cabisbaixo, Nelson foi caminhando até o hotel.

CAPÍTULO 12

O motorista parou o carro no meio-fio. Assustado, abriu a porta e correu em direção ao corpo caído na rua.

— Ajudem-me, por favor!

Um homem que estava próximo e que presenciara o acidente tentou acalmá-lo.

— Minha esposa e eu vimos o acidente. Ela está ligando para os órgãos competentes. Fique tranquilo.

— Eu buzinei, estava devagar. Ela saiu daquela casa correndo...

— Sei, não se apoquente. Ela se meteu com esse tipo de vizinho, deve ter brigado feio. Sabe que não gostamos da mulher que mora naquela casa? Ouve música alta o dia inteiro, é um horror!

O motorista, incrédulo, explodiu:

— E eu lá quero saber de fofoca? Acabei de atropelar essa mulher! Não quero saber da vida dela e da vizinha. Quero ajudar.

— Desculpe, não é hora mesmo. Mas acalme-se. Se precisar, testemunharemos a seu favor. Você não teve culpa alguma — respondeu o homem, em tom conciliador.

O motorista, aflito, aproximou-se do corpo. A equipe médica, que acabara de chegar, interrompeu-o:

— Não toque nela. Não sabemos se teve alguma fratura. Pelo menos está respirando.

De fato, Odete respirava. Estava desacordada, mas viva.

Marta terminou de secar os cabelos. Ouviu o barulho de uma sirene de ambulância. Chamou por Odete e não obteve resposta.

Desceu as escadas, olhou para a sala, encontrou a porta escancarada. Olhou para o lado e viu o fone fora do gancho. Logo pensou no pior. Sentiu um frio na barriga e saiu para a rua.

— Meu Deus! — gritou Marta. — O que aconteceu?

O motorista, ainda em choque, respondeu em desespero:

— Não sei o que aconteceu, dona. Ela saiu correndo da sua casa, não tive tempo de brecar. Eu buzinei, mas ela não ouviu.

O vizinho, olhando Marta de cima a baixo replicou, irônico:

— Bem que você tinha de estar metida nessa história. Vai saber o que você deve ter falado para a pobre moça. Bem que eu estava ouvindo aquela canção demoníaca que não acaba nunca. A coitada não podia dar confiança para uma... uma...

— Uma o quê?! — perguntou Marta, nervosa. — O que o senhor está querendo insinuar? Já não basta ser repreendida com os olhares que vocês me lançam quando saio à rua? Agora não sou obrigada a escutar os seus desaforos. Gosto de música, ouço o dia inteiro, mas, ao entardecer abaixo o volume, pois respeito o próximo. E quanto a você? Por que não vai tratar da sua vida, em vez de chegar bêbado em casa a altas horas e perturbar o nosso sono? Quem é você para me dirigir a palavra?

O vizinho, ruborizado, tentou dissimular e contemporizar. Antes que a discussão esquentasse, foram surpreendidos por Carmem:

— O que se passa? Marta, o que aconteceu com minha filha?

— Não sei, minha amiga. Eu estava secando os cabelos, ela na sala me esperando...

— Somos do pronto-socorro.

Carmem, lágrimas nos olhos, perguntou aflita:

— Ela corre risco de vida? Vai ficar boa?

— Calma, minha senhora. Por enquanto verificamos que ela fraturou a perna esquerda, logo acima da coxa. No resto, parece que está tudo bem. Teremos um diagnóstico preciso só mesmo no hospital. Alguém da família pode nos acompanhar?

— Eu vou — respondeu Marta.

— Nada disso! Trata-se de minha filha. Não posso perdê-la. Ela precisa de mim. Fique e ligue para Tadeu. Peça que venha, mesmo que seja de avião. Eu me viro para ajudá-lo nas despesas das passagens. Assim que chegar ao hospital, eu ligo dando notícias.

— Está bem. Eu ligo para Tadeu e explico.

Carmem foi até sua casa, pegou a bolsa, voltou correndo e entrou na ambulância. Segurando as mãos frias da filha, começou a fazer sentida prece.

— Por favor, não permitam que nada de mal aconteça a minha filha. Acredito na espiritualidade, na vida após a morte, mas ficar sem marido e uma filha já me basta. Odete precisa de mim, em vida. Ajudem-me.

Otávio estava a seu lado. Emocionado, telepaticamente sorvia os pensamentos aflitos de Carmem. Ele aproveitou o momento e deu um passe em Odete, reequilibrando seus chacras, que haviam se alterado com o acidente. Depois, pousou uma mão no coronário e outra na região cardíaca de Carmem. De suas mãos saíam luzes coloridas, revitalizando o sistema energético dela.

Em instantes Carmem sentiu um grande bem-estar. Percebeu que alguma entidade amiga estava ali presente. Não estava desamparada. Comovida, agradeceu a Deus e sentiu forças novamente para enfrentar mais essa situação.

O corpo de Odete, após o passe, estremeceu levemente. Lentamente ela abriu os olhos. Ainda alheia a tudo, olhou para a mãe. Esboçou leve sorriso e seus olhos se fecharam novamente.

A telefonista completou a ligação.

— Alô, Tadeu?

— Sim, o que foi? Já conseguiu o que eu queria?

— Como assim? Você ficou de me ligar.

— Liguei agora há pouco, Marta. Entendi que você não queria falar por causa de uma eventual escuta.

— Ai, meu Deus! Agora sei o que se passou.

Tadeu preocupou-se do outro lado da linha:

— O que houve? Aconteceu alguma coisa? Descobriram-nos?

Marta, procurando assentar os pensamentos, pendia a cabeça de um lado para o outro. Após pesado suspiro, tornou:

— Aconteceu. Mas nada ligado aos nossos assuntos.

— Então o que foi? Embora a ligação esteja péssima, cheia de ruídos, sua voz não está nada boa. O que está acontecendo?

— Não há como esconder... Bem... Odete sofreu um pequeno acidente.

O outro lado da linha ficou mudo. Marta aumentou a potência na voz:

— Você está me ouvindo?

Tadeu, com a testa e as mãos banhadas pelo suor, deixou que um fio de voz saísse de sua boca:

— É grave?

— Aparentemente não. Carmem está com ela no hospital. Parece que sofreu uma fratura, não sei ao certo.

— Como não sabe? O que aconteceu realmente? O que está escondendo de mim?

— Nada. Já disse que aparentemente ela está fora de risco. Mas é bom que venha para cá. Vou ficar em casa aguardando um telefonema de Carmem. Vá correndo até Congonhas e pegue o primeiro voo para cá. Venha direto para minha casa.

Marta desligou o telefone. Foi até a sala e jogou-se pesadamente no sofá. Falou para si:

— O que será que Tadeu falou na conversa? Será que usou aqueles códigos? Só pode ser isso. Odete nada entendeu. Como a vida nos testa! Por que Odete tinha de justamente atender a essa ligação de Tadeu? Será que era um teste para medir, na prática, o que aprendera com o nosso grupo? Por quanto tempo ela vai continuar a ser uma vítima de sua insegurança e baixa autoestima?

Lembrou-se do cabeleireiro. Levantou-se, ligou e desmarcou os horários. Fechou as cortinas, impedindo a claridade de entrar pela sala. Deitou-se no sofá e ali ficou, absorta em seus pensamentos.

Tadeu estava horrorizado. Com o peito oprimido e a cabeça pesada, ainda não havia percebido que fora Odete quem atendera o último telefonema que ele dera uma hora atrás. Imediatamente lembrou-se da esposa de Seixas. Ema era elegante, chegara a dar aulas de piano e recebera proposta da mãe de uma aluna para trabalhar para uma companhia aérea, no aeroporto. O salário era ótimo, as crianças estavam crescidas e Ema nem hesitou. Aceitou de pronto. O relacionamento do casal até melhorou. Tadeu sentiu o peso sair da cabeça. Ligou para o amigo.

— O que está acontecendo, Tadeu? Parece que hoje você não sai do meu pé — brincou Seixas.

— Desculpe-me mais uma vez. Preciso agora de um favor da sua esposa.

— Espere um pouco, vou chamá-la. Um abraço.

Alguns segundos depois, uma simpática voz soou do outro lado da linha:

— Olá, Tadeu, como vai?

— Mais ou menos, Ema. Sei que hoje é sua folga, mas preciso de um grande favor.

— Diga. Se eu puder, ajudarei.

— Odete sofreu um acidente no Rio.

— Não diga! É grave?

— Parece que não. Eu preciso pegar um avião para lá. Sei que você está de folga hoje. Sabe, é sábado, será que você poderia me ajudar a arrumar uma passagem?

— Claro! Vou fazer uma ligação e em seguida retorno. Fique tranquilo. Faremos o possível. Pode contar conosco.

— Obrigado.

— A propósito, não quer trazer Lívia e Lucas para cá? É melhor não deixá-los sós.

— Pensando melhor, vou levar Lucas até sua casa. Fico mais sossegado. Marilza está de folga. Veja se me consegue dois bilhetes. Vou levar Lívia comigo.

— Está bem, retorno em seguida.

Tadeu desligou o telefone ainda atordoado.

— Papai, o que houve?

— Lívia, sua mãe não está muito bem.

— O que aconteceu? Caiu em depressão novamente?

— Não. Sofreu um acidente.

Lívia colocou e tirou a mão da boca.

— Acidente? Como?

— Não sei ao certo. Marta não me deu maiores detalhes. Por sorte os interurbanos hoje estão a nosso favor. Acabei de ligar para a casa de Seixas e Ema está tentando providenciar dois bilhetes, um para mim e outro para você. Suba e faça uma maleta para nós dois.

— E se ficarmos mais tempo? Não sabemos da gravidade.

— Eu sei. Se tudo correr bem, quero transferi-la para cá. Odete precisa estar hospitalizada ao lado dos filhos e do marido. Traremos sua mãe para São Paulo.

— Está certo, papai. E quanto a Lucas? E Cláudio?

— Ema pediu-me para deixar Lucas com ela. Seus filhos têm a mesma idade que ele. Não quero assustá-lo. Diremos somente que vamos buscar a mamãe. Quanto a Cláudio, ele pode ficar por aqui. É mais seguro. Marilza estará de volta amanhã. Não temos tempo a perder.

Lívia acatou de pronto as ordens do pai. Subiu e foi fazer a mala.

Tadeu deixou-se cair no sofá. Começou a chorar. Amava muito aquela mulher. O que estava acontecendo? Por que o casamento estava a ponto de ruir? Por que Odete não percebia o amor que ele sentia por ela? Será que ela estava bem? Será que Marta não tentara acobertar uma situação grave?

O emaranhado de pensamentos foi cortado pelo toque do telefone.

— Alô?

— Tadeu, sou eu, Ema. Consegui um voo para as dezoito horas. Acha que consegue chegar a tempo?

— Sim. Lívia está preparando uma maleta. Daqui a pouco deixarei Lucas em sua casa. Muito obrigado.

Mal desligou, o telefone voltou a tocar.

— Alô?

— Tadeu, é Marta.

— E então?

— Carmem ligou-me há pouco e está tudo sob controle.

— Mesmo?

— Ora, acha que eu iria disfarçar? Você me conhece bem. Odete fraturou a perna esquerda, teve algumas pequenas escoriações causadas pelo tombo, mas está fora de perigo.

— Eu e Lívia pegaremos o voo das dezoito horas. Vamos direto ao hospital.

— Nada disso. Vocês vêm para casa. Sabe como é hospital público, enfermaria, essas coisas. Assim que chegarem, vamos juntos.

— Está bem, até mais.

— Boa viagem. Dê um beijo em Lívia.

— Obrigado.

Tadeu desligou o telefone ainda preocupado. Pensou no estado de saúde da esposa e logo sentiu o peito apertar. Agora era hora do basta. Dessa vez, faria o possível para reconquistar o amor da esposa. Não mediria esforços para tê-la feliz, a seu lado, com todo o amor que ele tinha a lhe ofertar.

Após caminhar cerca de uma hora, Nelson já estava no saguão do hotel. Dirigiu-se até um simpático atendente e apanhou a chave do quarto.

Pegou o elevador, chegou até o seu andar. Caminhou alguns metros até a porta de seu quarto. Abriu a porta, acendeu a luz, olhou ao redor. Atordoado ainda com a conversa tida na igreja momentos antes, foi vagarosamente tirando o paletó e desatando o nó da gravata. Colocou as roupas sobre a cama.

O silêncio foi quebrado pelo toque do telefone.

— Alô.

— Doutor Nelson, há uma pessoa aqui na recepção esperando o senhor.

Nesse instante, Nelson deu-se conta do horário. Antes de responder, tapou o bocal do telefone. Olhando para cima, balançando as mãos, disse para si mesmo:

— Oito horas! É Castro na recepção. Estou completamente atrasado.

Respirou fundo, tirou a mão do bocal do telefone. Com voz que procurou tornar calma, disse:

— Ponha-o na linha, por favor.

Alguns segundos depois, Castro estava ao telefone:

— Algum problema, Nelson?

— Desculpe-me. Eu perdi a hora. Acabei de chegar ao quarto.

— Não há problema algum, posso esperar.

— Estarei pronto em dez minutos.

— Está bem. Encontre-me no bar, ao lado da recepção. Não se apresse. André está preso em uma reunião e também vai se atrasar.

— Obrigado.

Nelson desligou o telefone chateado. Disse em voz alta:

— Eu nunca me atrasei antes. No primeiro encontro e eu já apronto uma dessas.

Coçou a nuca, procurou na mala uma camisa limpa. Quinze minutos foi tempo suficiente para um banho rápido e uma troca de roupa.

Ele desceu e dirigiu-se até o bar. Castro estava de costas, fumando e bebendo um coquetel. Nelson deu um tapinha levemente em seu ombro:

— Perdoe-me. Não sou de atrasos.

— Ora, deixe disso. Imprevistos acontecem — e fazendo gesto para que o médico se sentasse: — Quer aproveitar e tomar algo antes de sair?

— Não, obrigado. Gostaria mesmo que fôssemos direto ao jantar. Desculpe-me a indelicadeza, mas tive um dia estafante e me esqueci de comer. O meu estômago está doendo.

— Meu carro está logo aí na recepção. O restaurante também não fica muito longe daqui. Vamos.

— Ótimo — respondeu Nelson.

Saíram em silêncio e foram até o carro. O advogado, após dar a partida, acelerou e, percebendo uma ponta de timidez em Nelson, puxou assunto:

— Há quanto tempo não vem a São Paulo?

— Mais ou menos cinco anos. Realmente essa cidade não para. Estou fascinado com tantas mudanças.

Nelson ia conversando com Castro sem desgrudar os olhos da paisagem.

O advogado, percebendo o brilho nos olhos do médico, considerou:

— Estamos com novas avenidas, temos duas marginais. Logo teremos o metrô.

Castro, conforme passava pelos pontos alterados da cidade, ia mostrando as diferenças, apontando o que haviam feito. Subiram pequena rampa, dando acesso a uma via expressa, elevada.

— O que é isso? — admirou-se Nelson.

— Acabaram de inaugurar. É uma avenida suspensa, que serpenteia os prédios.

Nelson meneou a cabeça.

— Interessante.

— Não deixa de ser — rebateu Castro —, mas poderiam ter feito um planejamento melhor. Poderiam considerar outras alternativas. Nos últimos anos a cidade vem crescendo demais, mas não há uma preocupação quanto ao coletivo e à estética. Esta obra por onde estamos passando é útil, mas não precisava passar pelo meio dos prédios.

Nelson olhou ao redor:

— É verdade. Deve ser difícil para as pessoas que moram por aqui conciliar o sono.

— Esse é o lado degradante. Construíram o elevado para a melhor fluidez do trânsito, para ligar o centro à zona oeste, mas se esqueceram da qualidade de vida de quem mora nesses prédios.

Castro, após alguns segundos, percebendo que Nelson estava mais à vontade, tornou:

— Infelizmente, a Avenida São João, que já foi um marco da nossa cidade, e uma das mais bonitas e arborizadas, tende a sofrer com essa obra. Não sei como será esta parte do centro daqui a alguns anos. Receio pelo pior.

— Não havia pensado nisso. Você é muito observador. Um advogado que gosta de arquitetura.

Castro sorriu.

— Amo a minha profissão. Tenho afinidade com a arquitetura porque ela embeleza, organiza e melhora a vida das cidades. Uma cidade bem organizada, com prédios e casas bonitas, árvores, trânsito disciplinado, é um sonho para muitos de nós. Dá-nos a sensação de ordem, capricho e valor.

— Você poderia ser arquiteto e advogado, por que não?

— O Direito toma quase que exclusivamente todo o meu tempo. Ser advogado não implica saber de cor um punhado de leis. Implica, acima de tudo, ser um observador do comportamento humano.

— Deve ser difícil advogar. E se você conseguir absolvição para um criminoso? — considerou Nelson.

— Todas as pessoas têm direito a defesa. Aos olhos de Deus, não há criminosos. Mas ninguém fica impune. Eu não gosto de advogar a favor de um criminoso, embora ele tenha todo o direito a uma defesa. Cada caso é um caso, não podemos generalizar. Defender pessoas é delicado e complicado. Mas acredito na justiça dos homens, pois, embora falha em alguns pontos, ainda é o único meio que temos de manter a sociedade em equilíbrio. Particularmente prefiro trabalhar na área tributária.

Nelson passou a mão pelos cabelos. Em tom irônico, disse:

— Você falou agora há pouco em Deus. Deve ser complicado juntar divindade com justiça humana, não acha?

— Muito pelo contrário. Sempre fui muito cético, nunca quis saber de nada. Sempre achei que tudo o que fosse relacionado com Deus era perda de tempo. Mas parece incrível, porque, quando a vida percebe que estamos prontos para compreender suas leis, ela sempre dá um jeitinho.

— Agora estou curioso — tornou Nelson. — O que aconteceu para você deixar de ser cético e mudar de ideia?

Castro foi falando e se empolgando. Sem desviar a atenção do trânsito, olhando para a frente, continuou, animado:

— Situações, apenas situações.

— Como assim? — retrucou Nelson — Não entendi.

— Eu sempre gostei de questionar. Nunca aceitei o imposto pela sociedade ou pela igreja. Sempre quis saber a verdade das coisas.

— Sei. E daí?

— Sempre queremos fatos que comprovem o extrafísico, situações que nos mostrem que algo maior existe e controla as coisas. Há alguns anos, antes de me especializar em legislação tributária, atendi a um senhor. O contato com ele definitivamente mudou minha maneira de interpretar os fatos.

Nelson fingiu uma postura interessada. Queria saber até onde Castro iria com suas considerações. Em tom que procurou tornar interessado, perguntou:

— Como foi?

Castro, percebendo a falta de interesse de Nelson, respondeu:

— Deixe para lá. Você não vai se interessar. Respeito o seu ponto de vista.

Nelson, procurando ser educado e lembrando-se da tarde na igreja, insistiu:

— Desculpe-me. Realmente não gosto desses assuntos, mas passei por uma situação nesta tarde que me deixou intrigado. Talvez a sua história possa me ajudar a entender alguma coisa.

— Está bem. Temos ainda alguns minutos antes de chegar ao restaurante.

— Por favor — implorou Nelson.

Castro começou a contar sobre um general do Exército que lhe pedira ajuda para fazer seu testamento anos atrás.

Nelson procurou dar atenção. Castro continuou:

— Ele era um homem quente, pois as Forças Armadas tinham acabado de assumir o poder. Estranhei o seu telefonema. Ele me disse que seu filho, que havia estudado comigo na faculdade, tinha cometido um deslize no passado.

Nelson meneou a cabeça:

— Acabou engravidando alguma mocinha.

Castro riu alto:

— Bingo! Pedro Henrique, o meu amigo, havia engravidado a empregada de sua casa na época da faculdade. Mas eu nunca soube de nada. Só sei que a família acobertou tudo e o general deu dinheiro suficiente para a moça sumir definitivamente da vida do filho.

— Mas ela não chantageou a família? Eles corriam esse risco.

— O general era tacanho. Como ela queria a criança, ele a alertou: se um dia viesse exigir alguma coisa, ele daria cabo do menino.

Nelson pendeu a cabeça para o lado:

— Nossa, que homem rude!

— Sim. Mas veja o arrependimento. O homem ficou viúvo, Pedro Henrique era seu único filho e morreu solteiro num acidente há alguns anos. Cansado e desiludido, o velho Ubirajara arrependeu-se do que fizera e resolveu deixar tudo para o neto bastardo.

— E como pretende localizá-lo?

— O general e o espírito de Pedro Henrique me ajudaram muito. Já sei o paradeiro do garoto, que hoje já é homem feito. A mãe usou todo o dinheiro em sua educação. Sei que Cláudio é professor muito bem conceituado, por sinal.

Nelson impacientou-se. Mais um metido com espíritos! Em que mundo vivia? Por que isso agora? Procurou dissimular a irritação:

— Então é só localizar o rapaz e dar-lhe o dinheiro. O que teria o espírito de seu amigo a ver com tudo isso? Não é fantasia de sua cabeça? O próprio general não ajeitou tudo?

Castro percebeu a irritação na voz de Nelson. Imperturbável, respondeu:

SÓ DEUS SABE

— Foi ele quem indicou o meu nome ao general, durante uma sessão espírita. Não acha fantástico? Imagine um caso desses em mãos inescrupulosas. Causaria tremores nas mais altas patentes de Brasília.

Nelson nada respondeu. Castro considerou:

— Esse neto é ligado à esquerda. Safou-se de várias situações, pois o general, embora inativo, conseguia impedir que prendessem o neto. Como ele morreu no ano passado, não sei se continuaram a proteger o moço. Se depender dos espíritos do pai e do avô, ele deve estar recebendo muita proteção. O inventário ficou pronto na semana passada e preciso entregá-lo para que esse Cláudio receba a herança.

Nelson estava meio mal-humorado por estar com fome. Ouvindo o papo de Castro, perguntou à queima-roupa:

— Pelo visto, mesmo sendo um doutor, acredita em reencarnação? Vida após a morte?

Castro ficou estático por alguns segundos. Mantendo o humor, respondeu:

— Depois desse episódio com o general, comecei a ler a respeito. É impressionante como encontrei material sério e concludente. Nelson, eu tenho a mente aberta, estou sempre pronto para novos aprendizados. Você nunca se perguntou, sequer uma vez na vida, já que é médico, por que Deus permite que algumas pessoas nasçam saudáveis, e outras, que aos olhos humanos parecem pequenas e indefesas, nasçam deficientes ou doentes? Sinto haver alguma explicação lógica para que Ele não seja imparcial com Seus filhos.

Nelson foi pego de surpresa. Nunca havia pensado por esse ângulo.

— Acho fantasioso demais. Só aceito o que é visível.

Castro riu novamente:

— Então não acredita em micróbios?

Nelson lembrou-se do jantar com dona Clotilde. Abriu e fechou a boca, estupefato. Ia falar, mas Castro cortou-lhe o fluxo:

— Acredito numa razão maior para tudo isso ocorrer. Só não aceito que Deus jogue, favorecendo alguns e desfavorecendo muitos outros.

Nelson continuou quieto. Em sua cabeça começaram a fervilhar perguntas, que careciam de respostas. Estava incomodado com o assunto. Procurando tornar-se participativo, falou:

— Qualquer pessoa tem o direito de pensar o que quiser. Não tenho preconceito, tanto que meu amigo Santiago adora estudar a vida espiritual, o mundo astral. Já tentou me convencer, mas eu não entro nessa, embora respeite a sua opinião. Ele também é de nível, vem de boa linhagem.

— Espiritualidade não tem a ver com nível, está disponível para qualquer um — e, manobrando o carro, finalizou:

— Chegamos ao restaurante. Desculpe-me, mas, toda vez que toco nesse assunto, fico emocionado. Quem sabe você um dia não mude de ideia e venha conhecer o centro que frequento perto de casa, lá no Pacaembu?

Nelson imediatamente lembrou-se de dona Guiomar. Será que se tratava do mesmo centro espírita? Era coincidência demais para sua cabeça. Procurou dissimular:

— E então, o que você começou a fazer nesse centro?

— Estudar, compreender, observar. A história de Pedro Henrique me estimulou. Às vezes o espírito dele, ou o do general, aparece em algumas sessões especiais.

Nelson não sabia qual atitude tomar. Estava com a mente confusa. Abriu a porta do carro e saiu cabisbaixo. Por sua cabeça desfilavam as imagens de Carla, Clotilde, da igreja que visitara à tarde, da simpática senhora de nome Guiomar...

Castro, procurando respeitá-lo, nada disse. Dirigiram-se até a recepção do restaurante.

Enquanto Castro se informava a respeito da mesa, Nelson ia se questionando, pela primeira vez na vida, se realmente não existia algo maior que regia todo esse universo. Começava a aceitar uma ínfima possibilidade da existência de Deus e da reencarnação.

Antes de sentar-se à mesa, em sua mente veio nitidamente o rosto de dona Clotilde a sorrir-lhe.

"Será que ela está certa? Será que não alucina?", pensou.

Sentou-se, enquanto Castro dirigia-se ao banheiro. Pediu um drinque, recostou-se na cadeira.

Eram muitas informações, em muito pouco tempo. Respostas mal apareciam para esse turbilhão de perguntas que assolavam a sua alma.

CAPÍTULO 13

André chegou ao restaurante quinze minutos depois. Atencioso e com sorriso nos lábios, foi cumprimentando Castro:

— Até que enfim, estamos frente a uma mesa sem papéis, amigo.

Castro levantou-se da cadeira. Animado, respondeu:

— Afinal de contas, estamos sempre falando sobre leis e tributos. Este aqui é um cliente e amigo — disse o advogado, apontando com os dedos para a figura bem-apessoada de Nelson.

— Muito prazer — disse André.

— Como vai? Sente-se, por favor.

— Não ligue para a cara de Nelson — tornou malicioso Castro. — No caminho fui lhe contando a história do general.

André, sorriso maroto, virou-se para o médico:

— Ele pegou você com essa história?

— Por quê? Não é verdade? — perguntou Nelson, remexendo-se timidamente na cadeira.

— Claro que é. Castro pode ser o que for, mas nunca poderão chamá-lo de mentiroso. Quando soube da história, eu já estudava as leis universais, o encontro com Deus, com a espiritualidade.

Nelson admirou-se:

— Um rico empresário falando sobre encontro com a espiritualidade... interessante.

— E qual é o problema? — inquiriu André. — Conhecer e estar em sintonia com o mundo astral nos propicia uma maneira mais branda de encarar certas situações desagradáveis na vida.

Após pedirem um drinque para um garçom impecavelmente vestido, André continuou:

— Quando a minha esposa morreu, eu não me interessei em saber se ela iria para o céu ou para o inferno. Eu tinha dois filhos pequenos para cuidar. Era muita responsabilidade.

— Com filhos pequenos para criar, deve ser difícil arrumar tempo para pensar em... em... — balbuciou Nelson.

— Em Deus? — perguntou Castro.

— Sim — tornou o médico, sério.

— Engano seu — respondeu André. — Quando Ester morreu, fiquei completamente perdido. Vivíamos bem, em permanente rotina. Eu trazia o dinheiro para dentro de casa e ela administrava os gastos. Nunca conversávamos sobre a educação de nossos filhos. Isso era trabalho e problema dela. Se pudesse voltar no tempo, eu teria participado mais da educação de meus filhos. Mas, por preconceito, nunca quis me envolver.

Castro interveio:

— É a velha história de dividir os compromissos dentro de casa por tarefas de homem e de mulher. Muito sistemático e pouco prático. Em nome do preconceito, nós, homens, deixamos de trocar muitas experiências com as esposas.

Nelson nada disse. Procurou prestar atenção em André, mesmo que em mente estivesse fazendo um questionário acerca da vida, da morte e de Deus.

André tornou:

— Nunca fui apaixonado por Ester. Percebi isso após sua morte. Gostava bastante, o suficiente para perceber que esse sentimento era capaz de segurar um casamento comum como tantos por aí.

Nelson, procurando tornar-se participativo, considerou:

— Então, como se diz por aí, não foi a dor da perda de sua esposa que o fez procurar conforto espiritual?

— Nem sempre é assim. Para cada pessoa, a vida dá o recado de uma maneira singular — replicou Castro.

Curioso, Nelson perguntou a André:

— Então, o que o fez procurar esse conforto?

André, olhos perdidos no infinito, com brilho emotivo no olhar, respondeu:

— Quando um de meus filhos morreu.

Nelson remexeu-se nervosamente na cadeira. Castro, procurando tornar o ambiente menos constrangedor, disse animado:

— André é pai do famoso Ricardo Ramalho.

— Que honra! Estar sentado ao lado do pai de um galã.

— Obrigado — respondeu timidamente André.

— Qual nada! Seu filho é um grande ator. Não sou de assistir novelas. É difícil lá no interior. Tem dias que a imagem fica péssima, não conseguimos assistir nada. Dessa forma, não temos paciência para assistir à televisão em casa.

— Nem colocando palha de aço na antena? — perguntou Castro, bem-humorado.

Todos riram animados. Nelson continuou:

— Gosto de manter-me informado sobre tudo. Leio jornais e revistas que tratam vários assuntos. Ultimamente tenho visto seu filho em capas de revista.

— Ricardo está em boa fase. Agora anda metido com uma atriz, o que me preocupa um pouco, mas é um bom rapaz.

— Lamento que tenha perdido um filho — considerou Nelson.

André, semblante tranquilo, contemporizou:

SÓ DEUS SABE

— Até hoje é duro. Quando Rogério morreu, eu quase enlouqueci. Fui internado numa casa de saúde, tratamento psiquiátrico pesado. Pensei que fosse morrer.

— E eu pensei que fosse perder um de meus melhores clientes — retrucou Castro, procurando tornar aquele relato menos dorido.

Todos riram animados. André continuou:

— Um dia, cansado de tanto chorar, lamentar e praguejar contra Deus, resolvi ir com Elvira, minha governanta, até o centro que ela frequentava.

Nelson balançava a cabeça. Em seu íntimo, pensava: "Por que ele não aceita a fatalidade? Por que não aceita que nascemos, morremos e pronto? Por que essa mania de procurar um centro espírita para abrandar a dor?

André, como que captando os pensamentos de Nelson, replicou:

— Sempre considerei a vida espiritual assunto de quem não tem o que fazer. Coisa de gente ignorante. Sabe, no dia em que estive lá pela primeira vez, não pude acreditar no que meus olhos viram.

André, através do brilho nos olhos, voltou no tempo. Como se tivesse a sua frente uma imagem refletida, tornou:

— Um lugar singelo... Pessoas educadas, de várias camadas sociais. Um ambiente harmonioso e tranquilo. Sentamos numa mesa, com cadeiras ao redor. Era dia de estudos. E fiquei emocionado quando encontrei Castro lá. Nunca havíamos conversado a respeito.

André pigarreou levemente, sorveu um gole de seu drinque. Castro e Nelson, olhos grudados no empresário, mal sorviam o drinque que seguravam elegantemente nas mãos. André acendeu um cigarro, tragou-o. Após soltar vagarosas bafaradas, acrescentou:

— Havia uma mesa forrada por uma fina toalha branca, ricamente bordada. Sobre ela, alguns livros, um vaso com flores, um jarro com água e alguns copos. Sentei-me timidamente. Uma jovem apanhou um dos livros, abriu-o ao acaso e leu pequeno trecho. Depois, proferiu linda prece e palestrou sobre a continuidade da vida.

— E assim você tornou-se conivente com esse tipo de pensamento? — perguntou Nelson encarando-o nos olhos, cinicamente.

— Sem dúvida. Comecei a entender muitas diferenças e desigualdades da vida. E o mais importante...

— O quê? — inquiriu Nelson.

— Deus não faz absolutamente nada para nós.

Nelson admirou-se com a resposta:

— Então faz como?

— Deus atua "através" da gente. Só Ele sabe como atuar. Mas é necessário que nós permitamos a Ele entrar e realizar.

— Ponto de vista interessante. Não querendo ser piegas, e talvez sendo cético demais, gostaria de conhecer o local que vocês frequentam. Quando regressar a São Paulo, gostaria de ir.

— Estarei às ordens.

— Eu também. Vamos deixar o assunto só um pouquinho de lado e pedir o cardápio — rogou Castro. — Nelson está faminto!

Riram novamente e solicitaram o menu.

Durante o jantar, a conversa girou sobre temas diversos, amenidades. Na hora do cafezinho, André considerou:

— Sei que você tem uma filha.

Nelson, procurando não revelar detalhes, limitou-se a dizer, em tom que procurou tornar agradável:

— Uma linda garota.

— Quantos anos ela tem?

Nelson piscou para Castro. Voltou para André e disse:

— Acho que uns vinte e três, mais ou menos.

— Como assim? Não sabe ao certo? — estranhou André.

— Confundo a idade dela. Não sou muito ligado em datas — procurando disfarçar, Nelson disse: — Tenho aqui uma foto dela.

Inclinou levemente o corpo e tirou a carteira do bolso interno de seu paletó. Abriu e pegou a foto. Falou orgulhoso:

— É esta aqui.

André olhou admirado. Pareceu-lhe familiar. Passou a mão pela testa como a afastar perguntas. Tornou sorridente:

— Nossa! Que loira! Deve dar muito trabalho.

Rindo, Nelson disse:

— Confesso ser verdade. Carla é muito bonita, corpo bem--feito, jovem. Dá um pouco de trabalho.

— Ela faz televisão, reclames ou peças publicitárias?

— Não, por que pergunta?

— Ela tem um rosto bem familiar. Parece ser conhecida.

— Deixe-me ver — pediu Castro.

André deu-lhe a foto. Castro colocou-a próximo aos olhos. Limitou-se a dizer:

— Bonita mesmo.

André, rindo, disse:

— Bem que meu filho poderia namorar sua filha.

— Ora, imagino que seu filho tenha o mundo a seus pés. Não será uma garota do interior, que vira e mexe tinge o cabelo de loiro, que possa fisgar o coração de um galã nacionalmente desejado.

André também pegou a carteira. Pousando os talheres sobre o prato, foi dizendo a Nelson:

— Deixe-me agora mostrar-lhe as minhas fotos. Castro conhece toda a minha história e seus personagens. Você não.

Logo começou a desfilar fotos na mesa. Com o dedo indicador apontado para cada foto, André falava:

— Esta aqui é Sílvia, minha namorada. Estamos juntos há um tempo, pretendo casar-me com ela.

— Nossa, que moça bonita!

— Ainda me encontro em condições de ter uma vida afetiva feliz. Não morri. Estou na casa dos cinquenta, mas me sinto um garoto.

Deram sonora risada. André continuou com as fotos.

— Esta é Ester, a mãe de meus filhos. Estes são Ricardo e Rogério.

— Gêmeos? — Nelson inquiriu admirado.

— Sim. Idênticos. Nunca houve diferenças físicas. Somente de temperamento. Esta foto é antiga. Eles ainda eram adolescentes — enquanto André falava, tirava outras fotos da carteira. — Veja, este é Ricardo hoje.

Nelson olhou, balançando a cabeça:

— Reconheço seu filho. É o mesmo rosto que vejo estampado nas capas de revista. Longas costeletas e cabelos fartos.

— É sua marca registrada — anuiu Castro.

André tirou uma última foto de sua carteira. Com voz levemente modulada pela emoção, tornou:

— Guardo comigo a última foto que Rogério tirou. Foi na noite de Ano Novo. Aqui estão ele e sua namorada.

Nelson pegou a foto. Nesse instante, sentiu um peso cair sobre sua cabeça. Sua vista turvou-se. Faltou-lhe o ar, e a tosse e o mal-estar foram iminentes. André e Castro assustaram-se. André disse:

— O que foi? Não está se sentindo bem?

Nelson, olhos grudados na foto, respondeu, com um fio de voz:

— Não...

André e Castro fitaram-no.

Nelson, coração descompassado, procurando recompor-se:

— Desculpem-me. Deve ter sido a comida.

Suando frio, voltou a olhar a foto. Não podia ser verdade. Esfregou impacientemente os olhos, como a constatar a veracidade daquele retrato. Aquela era Carla, "sua" filha! O que estava ela fazendo naquela foto, abraçada àquele rapaz?

Com voz que procurou tornar natural, perguntou a André:

— Diga-me. Esta moça, por acaso, tem irmã?

— Tem sim.

— São gêmeas, como seus filhos?

— Não. Ela tinha uma irmã mais ou menos uns dez anos mais velha que ela. Não eram parecidas. Leonor era uma garota lindíssima.

Nelson notou um brilho emotivo em André. Castro interveio:

— Esta garota e o filho de André sofreram um acidente e morreram há uns seis anos.

Nelson procurou disfarçar. Levantou-se, sentiu as pernas bambas. Apoiou-se em sua cadeira.

— Você está pálido! Tem certeza de que se sente bem?

Ainda apoiado na cadeira, Nelson, passos lentos, foi para o banheiro sem nada dizer.

Castro ficou fitando-o por um bom tempo.

— De onde conheço Nelson? — perguntou para si.

Tinha certeza quase que absoluta de já ter visto o médico antes. Mas de onde o conhecia? Procurou afastar os pensamentos com as mãos e terminou seu café.

Nelson, chegando ao toalete, debruçou-se pesadamente sobre a pia. Abriu a torneira, abaixou a cabeça e começou a molhar vigorosamente o rosto. Olhou-se no espelho. Estava pálido mesmo. Encontrando-se sozinho no reservado, disse em voz alta, olhando firme para sua imagem refletida no espelho:

— É ela! Eu sei que é ela. Mas como? Ele falou agora há pouco em acidente... será que tem algo a ver com "aquele" acidente?

Jogou mais água no rosto. De súbito, gritou:

— É isso! Agora já sei de onde conheço Castro. Ele está um pouco diferente, mas me lembro perfeitamente dele, naquela noite com o médico e o dentista da família. Deus do Céu! Agora me lembro, Rogério Ramalho...

Nelson parou de falar. Sentiu forte enjoo e dirigiu-se ao vaso sanitário. Inclinou o corpo e vomitou todo o jantar. Grossas gotas de suor banhavam-lhe as faces. Após regurgitar, voltou à pia. Jogou mais água no rosto e continuou em voz alta:

— Ajudei na liberação dos corpos. Era Leonor alguma coisa.

Fechou a torneira. Esfregou a toalha pelo rosto, com vigor. Voltou a olhar-se no espelho, agora menos pálido:

— Deus, se é que você existe, me ampare. Estou perdido — as lágrimas começaram a lavar seu semblante. — Eu preciso saber a verdade, custe o que custar. Aquela moça da foto é Leonor, que morreu no acidente. Carla é idêntica a ela. Meu

Deus, se você existe, me ajude a decifrar o que aconteceu realmente naquela noite...

Sentiu forte aperto no peito. Enquanto sua consciência se esvaía, só conseguiu balbuciar:

— Não posso perdê-la...

Lentamente foi se ajoelhando. Tentou agarrar-se à pia do toalete, mas não conseguiu. Sentiu mais uma pontada no peito. Seu braço esquerdo começou a formigar, sua vista se embaçou por completo e nada mais enxergou. Nelson caiu pesadamente no chão do banheiro e perdeu por completo os sentidos.

CAPÍTULO 14

O táxi estacionou em frente ao sobrado de Marta.

— É aqui.

Tadeu impacientemente tirou um maço de cruzeiros do bolso. Pegou algumas notas e deu ao motorista.

— Vamos, Lívia.

Desceram do táxi e tocaram a campainha. A porta abriu-se.

— Estava preocupada com vocês — e beijando pai e filha, Marta tornou: — Fizeram boa viagem?

Lívia respondeu:

— Fizemos sim. Com um pouco de turbulência, mas estamos aqui.

— Entrem, devem estar com fome.

— Não se incomode — considerou Tadeu.

— Como não? Primeiro vão tomar um banho e depois vamos até o hospital.

— Como está mamãe?

— Sua avó ligou há pouco. Odete já está na enfermaria, encontra-se sedada. Graças a Deus fora de perigo. Só teve a perna quebrada, mais nada.

— Será que agora poderemos saber o que houve, Marta? — perguntou Tadeu, impaciente.

— Quando você retornou a ligação para casa, não fui eu quem atendeu.

— Como assim? O que isso tem a ver com o acidente de Odete?

— Calma. O pior já aconteceu, e está tudo sob controle. Odete estava bem. Foi a primeira vez que eu e Carmem a vimos reagir. Estava bem-disposta, com vontade de se arrumar, ficar mais bonita. Parecia-nos que estava realmente se valorizando. Fiquei de buscá-la para irmos juntas ao cabeleireiro. Como sempre acontece, atrasei-me.

— E daí?

— Não sei. Na minha cabeça só venho tecendo hipóteses. Ainda ninguém conversou com ela. Somente quando acordar saberemos o que houve de fato. Carmem me disse que ela estava muito ansiosa e resolveu ir até minha casa porque eu estava me atrasando. E atendeu sua chamada...

Tadeu, gestos largos, pousou as mãos na cabeça.

— Então foi isso! Eu tinha certeza de que era você. Nunca iria imaginar Odete atendendo um telefonema em sua casa. Ainda mais ela, que não simpatiza muito com você. Eu estava na casa de Seixas, não queria abusar... Procurei ser rápido, usando o nosso código.

— Então foi isso, papai — interveio Lívia. — Mamãe ouviu a conversa e achou que você tem um caso com Marta.

— Mas isso é mentira. Marta só tem nos ajudado. Ela tem dado muita força a Cláudio.

— Sim, mas mamãe não entende e não sabe sobre os encontros clandestinos e sobre a ajuda que vocês vêm recebendo ultimamente. Sabemos que ela anda emocionalmente instável, daí foi fácil deduzir que estava sendo traída.

Marta anuiu:

SÓ DEUS SABE

— Pois bem, Tadeu. Ela sempre se sentiu insegura a seu lado. Sempre teve medo de perdê-lo. A minha presença sempre foi uma ameaça para ela. Imagine o que possa ter passado pela sua cabeça quando atendeu o telefone.

Tadeu começou a chorar. Sentou-se na cadeira, abaixou a cabeça e a enterrou entre os braços.

— Eu tento fazer tudo para que nosso casamento não desande! Sou fiel e a amo. Não consigo olhar para outra mulher com segundas intenções. Odete é a mulher da minha vida. Por que toda vez que penso que tudo vai estar bem acontece algo que muda toda a história? Ela deve estar sofrendo muito, e tudo por minha culpa.

— Não fale assim, papai. Não fale em culpa. Você sempre fez o melhor que pôde durante todos esses anos. Mamãe sempre foi insegura. Sempre quis agarrar-se aos outros, nunca procurou desenvolver sua força interior. Agora a vida está lhe mostrando que está na hora de mudar.

— Mas não precisava ser dessa maneira, minha filha. Por que ser atropelada? Por que sentir-se traída? Ela não merece uma injustiça dessas.

Marta, que voltava rapidamente da cozinha com duas xícaras de café, considerou:

— A vida não é injusta com ninguém.

Tadeu e Lívia pegaram cada qual uma xícara e bebericaram um pouco. Lívia percebeu um brilho diferente no olhar de Marta. Tadeu, ainda emocionado, procurava a custo entender o que ela lhes falava. Marta continuou:

— Tudo está certo no universo. Às vezes recebemos toques sutis da vida para promover mudanças em nossas posturas, reavaliar valores e conceitos. Odete recebeu toda a ajuda possível. Veio até nós, teve tempo para refletir e sinceramente começou a mudar. Quando começamos a fazer esse trabalho interior, não há mais volta.

Lívia assentiu:

— Pelo que sei, mamãe estava se sentindo muito melhor. Desejou mudar, ficar mais bonita. Mas o seu interurbano fez com que ela colocasse tudo a perder, como se voltasse à estaca zero. Ela esqueceu que não tem mais proteção.

— Não entendo essa maneira como você fala. Por que sua mãe não teria mais proteção? Acaso Deus protege e desprotege a hora que quer?

— Você não está em condições de refletir agora. Quando ignoramos o funcionamento das leis universais, somos protegidos pela vida. A partir do momento que tomamos contato com a verdade e começamos a promover mudanças em nosso interior, não temos mais proteção. Não precisamos mais, porque já temos consciência do que devemos fazer, e assim aprendemos a nos defender e a agir no mundo. Odete estava preparada para uma nova etapa. A vida testou seu equilíbrio emocional.

— Isso é injusto. Ela temeu perder-me.

— Não. Tudo bem que ninguém tenha sangue de barata. Mas mamãe poderia parar, respirar, pensar, refletir. Esse é o problema quando damos mais atenção ao que os outros falam e menos atenção ao que sentimos. Se ela tivesse certeza do que sentia por você, poderia ficar chateada, mas poderia ter uma outra atitude. Poderia falar com você, resolver o mal-entendido. Pelo que sei, ela saiu correndo como uma desvairada aqui da casa de Marta. Foi imprudência da parte dela.

Tadeu levantou-se, aturdido:

— Você está falando de sua mãe. Exijo respeito. O que é isso? Coloque-se no lugar dela! Imagine o quanto ela deve ter sofrido.

— Não vou me colocar no lugar dela. Não posso pensar, agir ou sentir como ela. Será que o sofrimento dela não está ligado ao orgulho ferido? Será que o ciúme não foi o grande vilão dessa história?

— Ela me ama! É lógico que sente ciúme.

— Papai, não estou aqui querendo desrespeitar minha mãe. Entenda que estou fazendo o possível para procurar entender suas atitudes, entender seu comportamento para poder de alguma maneira ajudá-la, sem tratá-la como uma vítima das circunstâncias.

Marta, no embalo da conversa, concluiu:

— Se ela fosse segura de seus sentimentos e valorizasse a si mesma, amando você incondicionalmente, não faria o que fez. Teria o direito de sentir-se fragilizada no início, mas estaria do lado dela, acreditando que quem iria perder seria você, que não soube valorizar o amor recebido.

— Você sabe que essa é uma maneira muito diferente de enxergar os fatos. Lívia sempre me confortou em momentos difíceis. Para mim faz sentido o que ela diz, mas, quando começa a usar esses termos para falar de Odete, sinto desconforto.

— O senhor sente desconforto porque a trata como uma coitada. Sei que a ama, mas precisa mudar sua maneira de se relacionar. Saiba que a hora que ela mudar, e se mudar, não vai mais tolerar esse seu jeito passivo de ser.

— Isso é um insulto! Você não pode falar assim comigo.

— Posso e estou falando. Amo você, mas precisa ser mais firme. Com essa sua moleza emocional, mamãe não sente estímulo para mudar. Sente-se coitada, mimada, dependente. Solte um pouco as rédeas. Continue amando-a como sempre, mas mude seu jeito de ser.

— Prometo que vou pensar em tudo que me falaram aqui — Tadeu terminou de beber seu café, levantou-se da cadeira. — Bem, agora vou lavar o rosto.

— Troque de roupa, tome uma ducha — sugeriu Marta.

— Não. Você tem nos ajudado em demasia. Sou grato por tudo o que tem feito por nós, inclusive a ajuda a Cláudio.

— Está bem. Suba. No banheiro deixei toalhas limpas. Sinta-se à vontade.

— Serei rápido, quero ver minha esposa.

— Está certo.

Tadeu subiu as escadas e trancou-se no banheiro, carregando sua maleta. Ao ver o banheiro impecavelmente limpo e cheiroso, não resistiu. Tirou a roupa e tomou uma ducha reconfortante.

As duas na sala, ouvindo o barulho da água, animaram-se. Lívia declarou:

— Papai está muito tenso. Eu tinha certeza de que, ao entrar no seu banheiro lindo e perfumado, ele não iria resistir.

Marta tornou alegre:

— Gosto de manter tudo em ordem e com capricho. Afinal de contas é minha casa, meu santuário.

— Acho que está na hora de arrumar um homem para deixar este santuário mais quente — considerou maliciosamente Lívia.

Marta riu. Levantou-se e foi falando alto, indo até a cozinha pegar mais um pouco de café:

— No Rio está impossível. Por mais que eu tente, está complicado. Metade dos homens quer casar com uma mulher casta e que seja dona de casa, submissa, e eduque maravilhosamente os filhos.

— E a outra metade? — perguntou Lívia, animada.

— A outra metade quer sair conosco sem compromisso algum, ou manter um casamento aberto. Sabe, essa história de sair com qualquer um quando despertar o desejo não está com nada. Não sinto que estejamos preparados para viver dessa maneira. Já é difícil manter uma relação monogâmica, imagine uma relação aberta!

— Você tem razão.

— Aí fica difícil. Se pelo menos os homens tivessem um pouquinho de cada metade, seria mais fácil. Não sei se vou me apaixonar um dia.

— Quem sabe o amor de sua vida não esteja em outra cidade?

— Já desisti. Passei anos na América e não encontrei nada. Claro que tive alguns relacionamentos, mas nada que pudesse despertar-me um interesse maior, como casar. Aqui no Rio também me desencantei com os homens. Não sei. Não estou nem um pouco preocupada com isso. Jogo nas mãos da vida, de Deus. Quando eu estiver preparada, tenho certeza de que vai aparecer um excelente partido. Você verá.

Lívia sorriu.

— Você fala com tanta convicção!

— Tenho certeza. Mas desde que chegaram, eu tenho notado um brilho diferente em seu olhar. Por acaso aconteceu alguma coisa? Que história é essa de arrumar uma passagem para você viajar?

Lívia soltou um suspiro. Com os olhos marejados e felizes, disse emocionada:

— Estou apaixonada por Cláudio. Ele é o homem da minha vida.

Marta admirou-se.

— Meu Deus! Eu tenho quase idade para ser sua mãe e não sei o que é isso! Como você é rápida.

Lívia ruborizou-se. Marta a abraçou, feliz:

— Parabéns, querida. Sempre a achei muito madura e independente, desde a mais tenra idade. Sempre soube que você despertaria muito mais rápido para a realidade. E quanto a Cláudio? Acha que ele sente o mesmo por você?

— Sim. Ele me ama na mesma intensidade. Nem mais, nem menos. Estamos em plena sintonia.

— Fico muito feliz.

— Gostaria que você fosse nossa madrinha, mas papai e mamãe irão emancipar-me. Pegamos os documentos e vamos embora para o Chile. Não sei se nos casaremos aqui ou lá e voltaremos quando a situação estiver melhor para Cláudio. Mas, se não for a madrinha de casamento, prometo que será madrinha do meu primeiro filho, ou filha.

Marta emocionou-se.

— Serei madrinha de seu filho com prazer. Você realmente é lúcida e madura. Sabe o que quer. Tenho certeza de que vai muito longe. Cláudio deve agradecer por tê-la a seu lado.

— Sempre o amei, Marta. Desde a primeira vez que nossos olhos se encontraram. Sinto que foi recíproco.

— Como tudo aconteceu? Ele se declarou?

— Não. Foi o contrário. Quer dizer, mais ou menos.

— Você o encostou na parede e disse tudo?

— Também não foi assim. Quando papai ligou na primeira vez para você, soube que estava arrumando documentos falsos para Cláudio fugir. Naquele momento agoniei-me e me senti sem o chão. Não podia deixar de lhe dizer o quanto o amava. Tomada pela emoção, falei tudo o que sentia a papai. Não percebemos que Cláudio estava ouvindo quase toda a conversa.

— Deve ter sido cinematográfico — tornou Marta, apertando as mãos de Lívia com delicadeza.

— Nem tanto. Papai ruborizou. Pensei que fosse ter um ataque cardíaco. Mas aí Cláudio entrou e disse que também me amava. Esquecemos o meu pai e nos abraçamos e nos beijamos.

— Ah, agora já sei por que seu pai está tomando uma ducha! Primeiro vê a filha se jogando nos braços de seu melhor amigo; logo depois acontece toda essa confusão que culminou com o atropelamento de sua mãe. Será um dia memorável para Tadeu.

— É verdade, Marta. A vida também está trabalhando com papai.

— Com ele e com todos nós. Uma situação, mesmo isolada, acaba afetando o nosso campo de energia. Mesmo que não tenhamos sido atropeladas, esta situação de alguma maneira tem nos feito refletir acerca de muitas coisas.

— É verdade. Uma delas é de não perder as oportunidades que a vida nos dá a todo instante. Não vou perder a oportunidade de ser feliz ao lado de Cláudio.

— Desculpe a intromissão, mas sabe que Cláudio não tem um tostão furado. Você não está acostumada a apertos, sempre teve tudo do bom e do melhor.

— E qual é o problema?

— Nenhum. Não ligo para isso. Só quero que você tenha consciência de que terão uma vida árdua no começo, as coisas não serão fáceis.

— Sei disso. Sou madura, embora ainda não tenha dezoito anos, mas sou capaz, sei fazer muitas coisas, tenho vontade de crescer ao lado de quem amo. Isso é o mais importante. O resto vem naturalmente.

Marta olhou fundo nos olhos da garota. Lívia realmente era uma garota espetacular. Que lucidez! Sentiu um grande amor e uma ternura que saía de seus poros. Com carinho, abraçou-se a Lívia. Ficaram assim por algum tempo, sem nada dizer, apenas deixando que algumas lágrimas de felicidade e gratidão escorressem por suas faces.

Tadeu desceu as escadas e as viu abraçadas.

— Parecem mãe e filha. Nunca vi duas pessoas que se dessem tão bem sem ter laço sanguíneo.

As duas se recompuseram no sofá, limparam as lágrimas e assoaram o nariz. Lívia tomou a palavra:

— Papai, para nós que estudamos a vida espiritual, laços de sangue não contam muito. Na verdade, os laços de sangue servem muito mais para unir desafetos do que amigos. São poucas as famílias que estão sempre em harmonia. É só olhar para a maioria dos lares.

Marta assentiu:

— Quantas vezes percebemos ter mais afinidade com amigos do que com parentes? Quantas vezes percebemos o quanto é difícil manter um relacionamento estável dentro de casa?

— E você sabe, papai, que procuramos manter um clima harmonioso lá em casa. Eu amo mamãe, gosto muito dela. Não posso exigir dela aquilo que não pode me dar.

— Mas ela ama você.

— Claro, papai! Mas os pais não amam os filhos do mesmo jeito.

— Isso é mentira! Amo você e Lucas do mesmo jeito.

— Por mais que o senhor tente se enganar, sabe que está sendo leviano. É impossível amar duas pessoas do mesmo jeito, porque elas não são iguais. Eu e Lucas temos um temperamento parecido, mas somos muito diferentes. Todos sabem em casa o quanto mamãe arrasta um bonde por ele e o quanto você é mais apegado a mim. Isso não quer dizer que me ame menos ou mais do que a Lucas, mas que nos ama de maneira diferente, só isso.

— São muitas informações, por hoje. Estou exausto. Quero ver sua mãe, por ora. Depois continuaremos com essa história de pais e filhos.

— O senhor é quem manda. Vamos antes que o horário de visitas seja encerrado.

— Você não vai se lavar, filha?

— Não, vou assim mesmo. Estou bem. E ainda carrego em minha pele o perfume de Cláudio. Vou tomar banho só amanhã!

Tadeu emudeceu. Ainda era-lhe difícil imaginar sua garotinha prestes a se tornar esposa de seu melhor amigo. Fechou o cenho, mas acabou rindo de si mesmo.

— Estou ficando velho! Preciso abandonar logo essas crenças. Vamos, garotas, que o papaizão aqui vai dirigindo o carro de Marta.

— Assim é que se fala, velho. Vamos nessa.

Saíram contentes e animados rumo ao hospital, carregando em seus corações o forte desejo de ajudar Odete em tudo quanto fosse possível.

CAPÍTULO 15

Nelson estava hospitalizado havia uma semana. Seu quadro clínico era estável. Encontrava-se sedado, tivera um princípio de enfarte. Nada mais grave. Necessitava de repouso e descanso. Não poderia sofrer fortes emoções por algum tempo. Era hora de serenar.

Fundo suspiro brotou de seu peito. Levemente, ele balançou a cabeça de um lado para o outro. Abriu vagarosamente os olhos. Bocejou um pouco.

Nelson olhou ao redor. Uma fraca luz de abajur iluminava o quarto. Nesse instante lembrou-se da cena em que se via caindo no banheiro do restaurante. Algumas cenas desencontradas na mente, alguns gritos, uma maca, ambulância e agora ele ali, naquele quarto. Olhou para o lado e viu sua filha e seu grande amigo sentados e cochilando em um sofá próximo.

Era-lhe difícil articular palavras. Sentia-se ainda muito cansado, sem forças para falar. Olhou novamente, procurando espremer os olhos na tentativa de ver se aquela cena era real. O que Carla e Santiago estavam fazendo ali? Como souberam? Afinal de contas, o que teria lhe acontecido de verdade?

A porta se abriu e uma simpática enfermeira entrou.

— Boa noite, doutor Nelson. Acordou de vez, isso é bom. Sente fome?

Nelson meneou positivamente a cabeça. Embora estivesse recebendo alimentação intravenosa, sentiu o estômago roncar.

— Ótimo. Vou providenciar uma sopa especial para o senhor.

Os dois no sofá acordaram com a conversa. Carla levantou-se rápido e correu ao encontro de Nelson.

— Pai! — Ela não conseguiu mais articular palavras. O pranto a impedia de continuar. Abraçou Nelson com ternura e amor. — Que susto o senhor nos deu! Pensei que fosse perdê-lo.

Santiago interveio, bem-humorado:

— Ora, homem! Isso não é papel que se faça! Onde já se viu, passar mal por causa de um jantar? Não sabia que a idade o estava atacando.

Nelson limitou-se a fazer um gesto peculiar com o dedo. Carla e Santiago caíram na risada.

— O senhor anda rabugento. Perdeu os modos?

Com dificuldade, Nelson perguntou:

— Como foram informados? Pelo que percebo olhando este quarto, não estou no hospital de nossa cidade.

— De fato, não está. Você está em São Paulo. Não vimos necessidade de removê-lo para lá. Está sendo tratado no melhor hospital da América Latina para esses casos. E, afinal de contas, foi só um princípio de enfarte. Não chegou a obstruir artérias. Você escapou por pouco de uma cirurgia.

— Eu e dona Clotilde fizemos, juntamente com Santiago, uma corrente de cura pedindo sua melhora. Os espíritos disseram que tudo correria bem, que deveríamos orar e confiar.

Nelson imediatamente lembrou-se do jantar. Da conversa que tivera com Castro sobre o general, sobre a senhora que o abordara na igreja. Será que esse mundo astral era verdadeiro? Será que existia algo além daquilo que nossos olhos pudessem enxergar? Será que tudo o que aprendera sobre religião, céu e inferno era um conceito humano? Sentia-se ainda em estado de torpor. Não conseguia manter ordem no fluxo de ideias que iam e vinham pela mente. Estava para dizer algo quando bateram na porta.

Um homem de estatura alta colocou a cabeça e as mãos elegantes e bem cuidadas para dentro.

— Posso entrar? Estou interrompendo?

Carla afirmou:

— Doutor Castro! Entre. O senhor faz parte da família.

— Já pedi para não me chamar de senhor. Sinto-me velho — beijou-a delicadamente na testa, apertou com força a mão de Santiago e virou-se para Nelson: — Como vai? Parece melhor!

— De fato. Sinto-me fraco, mas estou bem. Parece que, por pouco, não fui para esse outro lado de que vocês tanto falam.

— Não era a sua hora. Poderia até ser, mas seu espírito quis ficar. Você tem missões a cumprir ainda encarnado.

— Carla, você ainda vem com essa conversa boba de missão. Eu até estou começando a acreditar no invisível, pelo que tenho ouvido ultimamente. Mas missão não soa bem.

— Interprete como o senhor quiser. Estamos acostumados a usar a palavra "missão" para designar os propósitos de nossa alma.

— Quais propósitos?

— Quando reencarnamos, trazemos o desejo de acertar, de evoluir, de crescer, de enfrentar situações desagradáveis que tivemos no passado, com uma postura mais firme e lúcida. Vimos com o propósito de melhorar a nós e, consequentemente, ao nosso redor. Alguns chamam isso de missão, outros de dívidas do passado, mas nada deixa de ser o próprio desejo de nossa alma de crescer e iluminar-se cada vez mais.

— Acho que você tem razão. Estou ficando velho. Começo a achar que o que diz faz sentido. Impressionei-me muito com a história de Castro.

— A do general? — interpelou Carla.

— Como sabe? — perguntou Nelson, espantado.

— Não se esqueça que estou aqui há quase uma semana. Já fiz amizades. Estou pajeando o senhor, mas seus amigos não param de vir um instante sequer. Até dona Guiomar vem lhe visitar.

— Dona Guiomar? Só tive a oportunidade de conhecer Castro e...

Nelson ia dizer André, então lembrou-se da senhora na igreja. Daí sentiu grande mal-estar. Lembrou-se da foto que causara seu enfarte. Percebeu o risco que corria. Carla nunca poderia encontrar-se com André. Precisariam sair o mais rápido possível de São Paulo, voltar para o interior e esquecer por vez esse episódio.

Sentiu leve pontada no peito e a pressão aumentar.

— Pai, o que foi? Santiago, ele está piorando de novo!

Santiago pegou-lhe o pulso, tomou-lhe a pressão. Estava moderadamente acima da média. Resolveu chamar a enfermeira.

— Não precisa, Santiago. Estou melhor. É só um resquício da dor brutal que tive semana passada, mais nada — fingiu Nelson.

— Se prefere assim, tudo bem. Afinal de contas, você é médico.

Procurando dissimular, Nelson perguntou:

— Quem tem me visitado?

Carla, sorridente, pegando em seu braço com carinho, disse:

— Santiago chegou há dois dias. Já estavam sentindo a sua falta, imagine ficar sem ele também. Conseguimos que dois médicos conhecidos ficassem de plantão por lá, até que você possa se restabelecer. Doutor Castro tem vindo todos os dias, dona Guiomar veio ontem aqui. Ah, e o seu André também veio.

Nelson começou a suar frio. Com voz que procurou tornar natural, perguntou:

— André veio aqui?

— Veio. Ele também tem prestado assistência. Somos muito gratos a ele. É um encanto de homem.

Nelson não sabia o que responder. Então Carla conhecera André? E agora? Será que o contato com ele despertara algo na memória bloqueada da filha? Como teria sido o encontro dos dois? Estava morrendo de curiosidade, mas precisava continuar dissimulando.

— E o que achou de André?

— Muito solícito e simpático. Ontem ele veio com a namorada, Sílvia. Também é um encanto de mulher.

— Um encanto e uma graça — completou Santiago.

Castro, bem-humorado, tornou:

— Vá com calma. Pelo visto, você não pode ver um rabo de saia. Não vá se engraçar com Sílvia. André é louco por ela.

— Sei disso. Só estou falando aquilo que os olhos não podem negar: ela é uma bela mulher. Bonita, simpática, agradável. Por que será que só eu não encontro uma mulher à altura? Afinal de contas, não sou de se jogar fora.

Carla replicou:

— Não é de se jogar fora mesmo. Você tem todas as qualidades que uma mulher possa desejar em um parceiro. Na hora certa, quando menos esperar, você será fisgado.

— Espero. Acompanhando o caso do meu amigo aqui, pensei: se isso acontecesse comigo e eu fosse para o outro lado, confesso que ficaria muito frustrado. Sou mulherengo assumido, brincalhão, mas o fato é que nunca uma mulher despertou-me a vontade de encarar uma relação. As mulheres não procuram um marido, mas um pai, alguém que as proteja e de quem possam depender pelo resto da vida. Quero uma companheira, uma mulher voluntariosa, ardente de desejos, independente, moderna e culta.

— Pelo jeito, o meu enfarte tem mexido com vocês.

— É pai, sempre há o lado positivo das coisas, por pior que a situação possa nos parecer.

Novamente leve toque na porta. Todos olharam para trás. Carla correu até o casal que chegara.

— Seu André, como vai? E você Sílvia, está bem?

— Boa noite — disseram juntos.

André segredou:

— Estávamos ansiosos por chegar. A enfermeira nos disse há pouco que o paciente aqui havia acordado. Ficamos felizes. Parece que vai receber alta logo.

Nelson nada disse. Seu coração começou a bater descompassado. Procurou disfarçar a emoção. Diante dele estava a filha conversando com o provável pai de seu ex-namorado. Pelo jeito, nenhum dos dois haviam se reconhecido. Por instantes, sentiu-se aliviado.

— Você está de parabéns, Nelson. Tem uma filha linda, loira e simpática. Já disse que, se meu filho não estivesse tão apaixonado, eu com certeza o apresentaria a sua filha. Fariam um belo casal — e virando-se para Carla: — Sabia que você é muito mais bonita do que na foto? Você tem um brilho próprio, uma luz, sei lá. Deve haver algo de vidas passadas aí. Tenho certeza de conhecê-la de algum lugar.

— Eu também tenho essa certeza — afirmou Carla. — Desde o instante em que o vi, senti que o conheço não sei de onde. O senhor tem um rosto muito familiar.

Nelson estremeceu. Se eles se conheciam de outras vidas, só o tempo diria. Mas tinha certeza de que a familiaridade que sentiam mutuamente tinha a ver com esta mesma vida. A verdade logo viria à tona. O que faria agora? O que aconteceria com Carla? Ela recobraria a memória? Temia que algo de desagradável pudesse acontecer à única pessoa que mais amara nesta vida.

— Pai, parece que o senhor não está bem. Está sentindo algum incômodo? Sua cor sumiu um pouco.

— Deve ser a emoção. De repente estou aqui, sendo medicado e tratado, com você e Santiago a meu lado. Acabei por atrapalhar o dia a dia de Castro e André.

— Atrapalhou nossas vidas, mas ganhou dois amigos — retrucou Castro.

— Três, para falar o correto — concluiu Sílvia.

Só agora Nelson a notara no quarto. Postada a sua frente, Sílvia realmente era uma linda mulher. Alta, fisionomia delicada, embora com gestos firmes, olhos expressivos. André tirara a sorte grande. Procurando levar a conversa para outro rumo, considerou:

— Agora entendo o porquê de você estar apaixonado. Sílvia também é muito mais bonita do que na foto. Parece-me uma mulher encantadora.

— Obrigada, doutor Nelson.

— Não me chame de doutor. Eu me sentiria melhor se me chamasse somente pelo nome.

— Está certo, Nelson. É um prazer conhecê-lo. Nos dias em que temos feito visita, Carla nos conta somente aspectos positivos e agradáveis a seu respeito.

— Carla é suspeita para falar qualquer coisa.

— Não sou suspeita! Falei a verdade. Aliás, contei a Sílvia e André toda a minha história.

Antes de Nelson pronunciar qualquer palavra, sentiu a boca seca. Arregalou os olhos de súbito.

— Você contou tudo?!

— Sim. Qual é o problema, pai?

— Nelson — interveio Sílvia —, o seu gesto foi sublime. Mesmo não sendo casado, suportou todo o escárnio da sociedade por amor a Carla. Sua atitude é digna de aplauso e não de reprimenda.

André continuou:

— Pelo que soubemos, você deve ter livrado essa linda moça de maus-tratos de uma família que não a amava. Deu nova vida a ela. Deve se orgulhar disso.

— E por falar nisso — anuiu Castro — já comecei com o processo.

Nelson estremeceu novamente. Agora sentia que não havia mais solução. Carla estava a ponto de descobrir tudo e iria acusá-lo o resto da vida por não contar-lhe a verdade. Passou nervosamente a mão pela testa, como a afastar o mau presságio.

— Mas você precisava de minha autorização. Não podia deliberadamente começar o trabalho. Não discutimos valores.

— Nem precisa. Estou muito interessado no seu caso. Não me leve a mal, mas sinto que preciso e quero ajudá-lo. Não estou preocupado com dinheiro. O meu cliente aqui — apontando para André — me paga o suficiente para manter o escritório e ter uma boa vida. Estamos também em vias de nos associar a um grupo estrangeiro. Ficaremos ricos, acredite.

— Por que está tão interessado no caso? Mal nos falamos naquele dia...

— Conheci sua filha. Encantei-me com ela. Ela merece ter um documento de identidade, uma certidão de nascimento que lhe permita viver como cidadã brasileira. Não podemos negar-lhe isso.

Nelson rendeu-se. Mesmo atemorizado pela possibilidade de a verdade vir à tona, percebeu que Carla não poderia viver assim por muito tempo. Para efeitos legais, ela não era nada, passando invisível pelos órgãos. Sentiu que seu apego estava se tornando maior do que imaginara a princípio. Estava sendo egoísta. Mas Carla era a única pessoa a quem verdadeiramente amara nesses poucos anos.

Nelson tivera carinho pelos pais, aprendera a gostar sinceramente de Vilma e Santiago, mas não era esse amor forte que brotara tão logo pousara seus olhos nos de Carla, naquela noite, anos atrás. Esse amor, ele nunca sentira, nem mesmo por outras mulheres que passaram por sua vida, e que não foram poucas.

Não podia permitir que agora esse amor lhe fosse arrancado. Se Deus existisse, não permitiria uma barbaridade dessas.

Enquanto Carla, Santiago, Castro, André e Sílvia conversavam animados, ele ia pensando, tecendo em sua mente um plano de impedir a continuidade do processo. Tentaria a todo custo atrapalhar. Precisava ganhar tempo. Nada mais lhe importava. Até uma fuga espetacular para o exterior desfilava pelos escaninhos de sua mente. Nelson precisava agir imediatamente. O tempo urgia. Ele tinha de fazer alguma coisa.

CAPÍTULO 16

Odete meneou a cabeça, começou a balbuciar algumas palavras. Sentia-se fraca, os pensamentos longe. Abriu os olhos e viu uma luz brilhante próximo à cama. Fechou os olhos e abriu-os novamente. Com a pouca força que sentia, procurou fixá-los na luz.

A luz foi tomando forma e surgiu a figura de Otávio a sorrir-lhe. Tombada pelos medicamentos, Odete não sentia forças para questionar o que fosse. Com a voz pastosa e mole, perguntou:

— Papai? É você mesmo... aposto que veio me buscar...

O espírito de Otávio continuava a sorrir-lhe. Aproximou-se da cama e pousou uma das mãos no peito de Odete. Jatos de luzes formando lindos matizes coloridos saíam de sua mão, penetrando o corpo da filha. Odete foi serenando, sentindo-se melhor. Já podia vê-lo nitidamente.

Com voz amarga e ainda um pouco pastosa, inquiriu novamente:

— Você veio me buscar? Leve-me, papai! Não aguento mais tanto sofrimento. Perdi você quando era pequena, depois Leonor, e agora descubro que o homem que sempre amei me trai com uma sirigaita que diz ser minha amiga. É muita injustiça. Quero morrer. Leve-me...

Otávio continuava a despejar-lhe energia salutar. Após terminar a transfusão energética, delicadamente passou as mãos pelo rosto da filha. Sentou-se a seu lado na própria cama. Com voz suave, acariciando o rosto cansado de Odete, tornou:

— Muitas vezes, as coisas não são como vemos ou ouvimos. Precisamos aprender a sentir, a confiar em nosso instinto. Tudo o que vemos nunca pode ser mais forte do que aquilo que sentimos.

— Não estou entendendo.

— Você ama Tadeu. Venho acompanhando-a desde o namoro. Você fez o que achou ser melhor, procurando expressar seu amor à sua maneira.

— E o que fiz de errado? Acho que vamos nos desquitar.

— Você não fez nada de errado. Fez o que achou certo. Odete, você precisa perceber que, conforme o tempo vai passando e começamos a amadurecer nosso espírito, somos obrigados a largar velhas posturas que não servem mais, que não dão mais o suporte necessário ao nosso crescimento.

Odete continuava olhando o espírito do pai com interrogação no semblante. Otávio continuou:

— A vida está mostrando que você precisa mudar, filha. Não adianta querer que Tadeu mude, que o mundo mude. Você precisa promover sua mudança interior.

— Como posso mudar o que sinto por ele? Eu o amo! E fui traída.

— Não precisa mudar o que sente por ele. Precisa mudar a maneira como se relaciona com ele. Você precisa voltar a ser como era antes de se casar.

Odete suspirou fundo:

— Aquela menina está morta. Não volta mais. Estou indo para a meia-idade — disse ela, em tom de desalento.

SÓ DEUS SABE

— Como pode dizer-me uma coisa dessas? Você ainda está na casa dos trinta, é moça, saudável, tem uma vida pela frente.

— Sinto muito, papai, mas não tenho mais dezoito anos. Aquela moça que estava radiante e apaixonada no altar faz parte do passado, não existe mais. Casei-me, fui obrigada a entrar na rotina, tive dois filhos para criar. Não tive tempo suficiente para dedicar-me a Tadeu.

— Aí está o seu erro. Você se largou, abandonou sua luz.

— Quando namorávamos, não tínhamos obrigações. Agora temos família. Não se trata de abandono, mas de obrigação.

— Família não é obrigação, é responsabilidade. E quando fazemos tudo com amor e capricho, não é obrigação. Depende da maneira como você encara suas responsabilidades. Lembre-se de que você escolheu se casar e ter filhos. Ninguém a obrigou a isso. Fez porque quis. As consequências de suas escolhas são responsabilidade sua.

— Sinto não ter forças para continuar. A traição dói fundo na minha alma. Como pude acreditar em Marta? Ela me levou até o centro e lá estudei, tive contato com a realidade espiritual, com o conhecimento do mundo astral. Fiz tratamento de desobsessão, fiquei boa. Como ela pôde me trair?

— Isso não compete a mim, e sim a você. Só você poderá descobrir a verdade. Se ama Tadeu, tenho certeza de que tudo será esclarecido.

— Mas, pai, quando ele vai voltar para mim? Quando ele vai largar Marta e perceber que o amo?

Otávio, meneando a cabeça, e com olhos emotivos, respondeu:

— Só Deus sabe, minha filha.

Acariciou-lhe os cabelos, pousou delicado beijo em sua testa e afastou-se lentamente. Odete tentou chamá-lo, mas em vão. A luz brilhante foi-se apagando até sumir e deixar a sala em penumbra novamente.

Lágrimas começaram a descer pelo rosto de Odete. Fundo suspiro brotou de seu peito. Embora confusa em seus sentimentos, sentiu uma leve brisa que lhe trouxe novo ânimo de vida.

195

Os pacientes que estavam acordados próximo a sua cama olhavam-na com espanto. Achavam que ela estava muito sedada e por isso delirava, falando sozinha.

A porta da enfermaria abriu-se. Tadeu e Lívia entraram, emocionados. Tadeu, com voz embargada, correu até a cabeceira da cama.

— Meu amor, tudo vai ficar bem. Estamos aqui a seu lado.

Odete não sabia o que responder. Naquele momento não conseguia discernir se o encontro com o pai fora um sonho ou real. Ao ver Tadeu correr até seus braços, mesmo debilitada, teve forças para estendê-los. Esqueceu-se do pai, das dores, da tristeza. Mesmo sentindo-se traída, amava aquele homem com ardor. Esticou os braços com mais força e deixou-se beijar. Chorando muito, declarou:

— Abrace-me, beije-me. Eu o amo. Não quero perdê-lo. Perdoe-me.

Tadeu nada disse. Abraçou com força a esposa e beijou-a demoradamente nos lábios. Lívia resolveu sair à procura do médico. Alguns pacientes comoveram-se com o casal.

No corredor, Lívia encontrou o médico responsável pela enfermaria.

— Quando ela vai receber alta?

— Não está em condições de alta. Encontra-se emocionalmente instável. Amanhã será analisada por um psiquiatra do hospital. Soubemos como ocorreu o acidente. Sua mãe precisa de tratamento.

— Queremos levá-la para São Paulo. É lá que ela mora, é lá que está sua família. Queremos transferi-la.

— Não posso responsabilizar-me. Ela não está em condições de receber alta.

— Assinamos todo e qualquer documento isentando o hospital e os médicos. Assumimos a responsabilidade. Nós a levaremos para um hospital em São Paulo. Já temos tudo acertado.

O médico ficou pensativo por instantes. Odete estava instalada num hospital público, que carecia de leitos. Convicto de que a família tomaria os devidos cuidados, acabou por convencer-se da transferência.

— Está bem. Vou providenciar os papéis, então. O marido concorda?

— Sim. Meu pai acertou a internação em São Paulo. Precisamos somente da liberação. Queremos levá-la hoje à noite, se possível.

— Não posso dar alta a esta hora da noite. Esqueça.

— Mas, doutor, precisamos levá-la! A fratura já foi tratada. Não há necessidade de mantê-la aqui.

— Não se trata disso. Não damos alta a esta hora. É praxe. Haverá um outro médico que passará por este andar amanhã bem cedo. Deixarei tudo pronto. Quando estiver saindo do meu plantão, pedirei que ele lhes dê a liberação. Precisarão estar aqui amanhã bem cedo. Embora se trate de um hospital público, temos disciplina, e os horários são cumpridos. Estejam aqui por volta das seis horas.

— Está certo, doutor. Amanhã cedo estaremos aqui. Prometo que faremos o melhor.

Lívia despediu-se do médico e seguiu aliviada pelo corredor. Ao dobrar a sala de espera, encontrou sua avó e Marta sentadas, conversando. Ao verem Lívia, levantaram-se.

— E então, como está sua mãe? — inquiriu Marta.

— Ainda precisa de cuidados médicos, mas está bem. Parece que precisará de um psiquiatra. Papai está lá dentro. Deixei-os a sós. Embora a enfermaria esteja lotada de estranhos, acho que chegou a hora de uma conversa franca entre papai e mamãe.

Carmem interveio:

— Marta acabou de me contar tudo. Agora sei o porquê de sua mãe sair correndo daquele jeito. Pobre Odete, deve ter se sentido traída. Será que ela vai entender? Será que terá condições de aceitar a verdade?

— Vovó, isso só compete a ela. Se ela passou por uma experiência dessas, é porque deve haver lá os seus motivos. Mamãe precisa amadurecer, valorizar-se. E nada como uma sensação de traição para puxar o nosso valor escondido no mar de inseguranças que criamos ao longo dessa e de outras vidas.

— Você sempre me surpreende. É mais sábia do que nós, mais velhos.

— Sempre procurei questionar os fatos. Nunca gostei de receber as ideias prontas. Preciso verificar se elas são verdadeiras, e isso só desenvolvendo a intuição e sentindo com a alma.

— Assim você vai longe, Lívia — replicou Marta.

— Vou mesmo, no sentido literal da palavra.

Carmem não entendeu. Lívia piscou para Marta e voltou-se para a avó.

— Bem, antes que faça perguntas, já vou avisando: assim que mamãe chegar a São Paulo, vamos assinar alguns papéis e vou me casar com Cláudio. Após o casamento, iremos para o Chile.

— Então vocês vão se casar aqui e eu serei a madrinha? — inquiriu Marta, alegre.

— Duas vezes madrinha. Não esqueça que lhe prometi o primeiro filho que eu e Cláudio tivermos.

— Mas você é muito nova! — exclamou Carmem.

— E quantos anos a senhora tinha quando se casou com vovô? E minha mãe, quando se casou com papai quantos anos tinha?

Carmem começou a rir. Riu do jeito bem-humorado de Lívia falar e de sua própria censura.

— Estou ficando velha, minha neta. Você tem toda a razão. Se ama mesmo esse moço, só posso desejar-lhes felicidades.

— Eu já havia dito que Lívia tinha puxado você na espiritualidade. Agora vejo que a puxou em tudo mesmo! Nunca vi uma família onde as gerações se casassem tão cedo.

— É coincidência. No meu tempo casávamos cedo porque fazia parte. Não tínhamos adolescência. Saíamos da infância tal qual adultos. Não tínhamos música, não tínhamos roupa, nada servia para nós. Ou éramos crianças, ou adultos. Graças

SÓ DEUS SABE

a Deus a geração de minha neta está mostrando que o jovem não pode ser tratado à margem da sociedade, como se não existisse, como se não pensasse. Gostaria de ter dezoito anos hoje.

— Não precisa ter dezoito anos, vovó. A senhora pode curtir o que quiser. A idade não é fator para limitar a nossa vontade. Isso é crença. Portanto, se quiser ouvir rock, você tem todo o direito de ouvi-lo. Não existe a história de que não tem mais idade para esse tipo de música ou de roupa. Com inteligência e bom senso, tudo se resolve.

— Tentei emprestar um disco de Janis Joplin, mas sua avó se recusa a pegá-lo. Tem a mente liberada, sai com o grupo jovem do nosso centro, é atualizada, tem um bom papo, mas ainda se prende a certos valores antigos e preconceituosos.

— Vamos fazer uma aposta? — perguntou Lívia.

— Depende, minha neta.

— Caso papai e mamãe se acertem, você promete ouvir os discos de rock da Marta?

— Eu torço tanto para que sua mãe enxergue o quanto seu pai a ama que faria qualquer coisa para vê-la feliz. Até dar-me a chance de derrubar meus preconceitos e ouvir as músicas de sua geração. Está combinado. Se eles se acertarem, vou passar a interessar-me pelo rock.

Abraçaram-se com amor e riram animadas.

— Marta, pode ir. Já fez muito por nós hoje. Eu, papai e vovó iremos de táxi. Vá descansar. Amanhã conversaremos.

Marta tentou insistir, mas logo percebeu que ambas queriam ficar a sós. Resolveu ir para casa. De fato, não era de bom-tom encontrar-se com Odete, pelo menos por ora. Tadeu e Lívia precisavam primeiro demovê-la da ideia de traição, para que depois de tudo esclarecido pudessem conversar, se fosse necessário. Despediu-se de avó e neta e foi para casa.

Entrou no carro, ligou o motor. No caminho para casa, começou a recordar os momentos que tivera com Odete. Continuou a pensar e sentiu leve perturbação. Acostumada com as aulas no centro, percebeu que era hora de pôr em prática o aprendizado.

MARCELO CEZAR PELO ESPÍRITO MARCO AURÉLIO

Marta não podia enxergar os espíritos, mas podia perce-bê-los. Sua mediunidade estava equilibrada e ela sentia-se apta a afastá-los. Para não atrapalhar-se no trânsito, en-costou o carro numa travessa próximo à avenida Presidente Vargas. Era um pouco tarde e ela procurou uma rua tranquila, com tráfego menos intenso.

Procurou inspirar e soltar vagarosamente o ar. Foi rela-xando o corpo. Enquanto fazia isso, um espírito envolto por uma sombra escura bradava-lhe palavras de baixo calão. Era o mesmo espírito que havia se ligado a Odete tempos atrás.

Marta percebeu o mal-estar aumentar. Fez sentida prece. Em seguida começou a visualizar uma grande bola de luz a envolvê-la, ao carro e a qualquer outra coisa que lá esti-vesse. Foi fazendo com que mentalmente essa bola se tor-nasse cada vez mais brilhante e forte.

O espírito, que antes estava gritando no banco de trás, co-meçou a assustar-se. A luz ofuscou-lhe a visão. Conforme Marta mentalizava, o espírito via uma luz branca e brilhante sair do corpo dela e abranger todo o carro. Percebendo que a vibração daquela luz lhe causava tremendo mal-estar, a enti-dade pulou da janela e perdeu-se por entre as sombras da noite.

Paulatinamente, Marta foi sentindo-se melhor. Percebeu que uma leve brisa passava por seu rosto. Sentiu um aroma doce no interior do veículo. Esboçou leve sorriso. Falou em voz alta, enquanto ligava o motor:

— Nada como estudar e praticar. Hoje tive a experiência de poder me livrar de energias ruins.

Com a cabeça cheia de pensamentos otimistas e positivos em relação a ela mesma e à vida, foi seguindo feliz até sua casa.

Lívia e Carmem voltaram à enfermaria. Lívia falou, radiante:

— Pelo jeito, parece-me que os dois se entenderam.

— Venha cá, minha filha. Dê-me um beijo. Como pude ser tão tola? Por que não me contaram a verdade? Eu poderia ajudá-los de alguma maneira.

Lívia caminhou até a mãe. Abraçou-a e beijou-a na face.

— O passado não interessa. Mesmo parecendo estar errados, fizemos o que julgávamos ser o certo. Você estava fechada em seu mundo, não podíamos compartilhar um assunto tão delicado.

— Seu pai contou-me tudo. Não sabia que estávamos vivendo uma situação tão horrorosa. Afinal de contas, nunca li nada a respeito nos jornais nem vi algo na televisão nos alertando para esse fato.

— Mãe, você é muito ingênua! Esqueceu-se de que estamos em plena ditadura? Eles controlam tudo, inclusive todos os meios de comunicação. Só mesmo quem está envolvido é que pode saber a verdade. A maioria dos brasileiros não tem noção do que ocorre.

— É verdade — anuiu Tadeu. — Em paralelo a essa luta que poucos começaram a travar contra o regime, estamos vivendo a era do milagre econômico. A classe média está podendo comprar seu carro, sua casa, artigos que antes eram de poucos. Quando a família tem conforto e comida na mesa, condições de viajar, de oferecer estudo aos filhos, não vai questionar se o presidente é general ou civil, se há tortura ou não. Não sei o preço que pagaremos amanhã por tudo isso, mas logo essa farsa também vai acabar. Espero que possamos sobreviver a isso.

— Pai, um dia entenderemos o porquê de viver uma época tão dura. Talvez tenhamos de valorizar a liberdade, o respeito, não sei ao certo. Mas sairemos desse regime, um dia, mais fortes. Estou certa.

Odete afirmou:

— Quero participar. Não quero mais ser uma pessoa medíocre e alheia aos fatos ao meu redor. Quero ser útil, ajudar no que for preciso.

— Faça sua parte, mãe. Viva sua vida de maneira digna. Ame seu marido, aprenda a valorizar-se. Assim, você será mais útil, caso um dia voltemos a ser livres novamente.

— Talvez eu tenha mesmo de fazer isso. Mas algo me preocupa.

— O quê?

— Essa sua ideia absurda de casar-se com Cláudio. Ele não pode oferecer-lhe nada. O que será de suas vidas?

— Seremos felizes. Eu o amo. Quero viver a seu lado. Você escolheu casar-se com papai. Casou-se aos dezoito anos. Vovó tentou demovê-la da ideia, mas você seguiu firme. Não adianta, vou fazer o mesmo.

— Você nem mesmo completou dezoito anos! Não tem profissão. Seu pai disse que irão para o Chile. Será que lá é seguro?

— Cláudio diz que sim. O presidente está dando asilo político. É melhor irmos para lá do que para a Europa. É mais perto, e podemos voltar a hora que quisermos, também.

— Fico preocupada. Você é muito nova.

— Nova e madura — interveio Carmem.

— Isso mesmo — afirmou Tadeu. — Sua mãe está certa. Lívia sempre foi madura, desde cedo. Eu vi o brilho nos olhos dela e nos de Cláudio. É parecido com o brilho que tínhamos quando namorávamos. Eles se amam. E eu vou assinar os papéis que forem necessários para que eles se casem e sejam felizes. Conheço Cláudio há anos. É um bom sujeito. Honra-me tê-lo por genro.

— Bem, parece que está tudo resolvido. Não posso fazer nada. Nem adianta discutir. Se é assim, eu também assino os papéis. Vá viver sua vida, Lívia. Procure não errar, como eu fiz com seu pai.

— Não diga isso, mãe. Tudo fazemos pelo melhor. Tenho certeza de que vocês viverão muito bem juntos. E precisa dar amor e carinho ao seu filho. Lucas está morrendo de saudades e sofrendo com sua ausência.

Somente naquele instante Odete lembrou-se do filho. Um amor puro e incondicional brotou de seu peito. Naquele instante desejou profundamente mudar e melhorar. Tinha a responsabilidade de criar seu filho num ambiente de paz, amor e harmonia.

Continuaram a conversar até o momento em que Odete, vencida pelos tranquilizantes, adormeceu. O marido, a filha e a mãe beijaram-lhe a testa e saíram da enfermaria. Tomaram um táxi e seguiram felizes e aliviados para a casa de Carmem.

CAPÍTULO 17

— A senhora sente-se melhor?

Odete abriu os olhos. Percebeu não estar na enfermaria; olhou ao redor e constatou ser um quarto particular, bonito, bem arejado. Um lindo vaso com flores perfumadas estava ao lado de sua cama. Espremeu novamente os olhos para certificar-se do local.

— Eu não estava neste quarto.

— Não. Foi transferida ontem.

— Transferida? Ontem? Não me recordo.

— Foi-lhe dada alta dosagem de tranquilizantes. Os médicos lá no Rio temiam que a turbulência do avião pudesse incomodá-la. Sabe como é, sua perna ainda requer cuidados.

— Fui transferida do Rio? Onde estou?

— Em São Paulo. Num dos melhores hospitais do país.

Odete custou a acreditar. Por mais que tentasse, não se recordava de ter sido removida. A última lembrança que tinha era da conversa com o marido, a filha e a mãe. O resto era um buraco negro a cobrir-lhe a memória.

— Onde está minha família?

— Seu marido precisou trabalhar, afinal hoje é segunda--feira. Sua filha foi apanhar algumas mudas de roupas. Parece que vai receber alta em dois dias.

— Vou ficar mais dois dias aqui?

— Sim. A fratura de sua perna foi feia. Precisa de cuidados. Se tudo correr bem, depois de amanhã estará em casa.

— Não aguento mais ficar parada.

— Quando somos obrigados a parar, como foi o seu caso, sempre é para perceber que há mudanças que deveríamos ter feito e não fizemos. Quer situação melhor do que ficar de cama para ter vontade de fazer uma série de coisas?

— É verdade. Tantas coisas eu quis fazer, mas sempre adiei. Ia deixando de lado, arrumando desculpas, justifica-tivas para não fazer. Quando minha irmã morreu, aí perdi a vontade de tudo.

— É muito difícil encarar a perda de um ente querido, ainda mais quando temos afinidades.

— E esse era o nosso caso. Eu e Leonor nos dávamos muito bem. Minha irmã era a única pessoa que me entendia, que me dava forças. Sua morte criou um vazio muito grande em meu peito.

A enfermeira estava terminando de trocar o soro. Para que Odete não sentisse o desconforto das retiradas de espara-drapo e do tirar e pôr de agulhas, continuou a prosa:

— Faz tempo que ela faleceu?

— Perto de seis anos. Há momentos em que esses anos parecem dias, outras vezes parece que ela morreu há tanto tempo!

— Sei o que diz. Até hoje sinto isso, e olhe que meu pai morreu há mais de dez anos.

— Se Leonor estivesse a meu lado, garanto que seria mais fácil eu realizar as mudanças.

— Que mudanças?

Odete percebeu a expressão interrogativa no rosto da jovem enfermeira. Meneou a cabeça, deixou um sorriso formar-se entre seus lábios e nada mais falou. Fechou vagarosamente os olhos. A enfermeira terminou o serviço e retirou-se.

Meia hora depois, Lívia chegou, ansiosa e animada. Mal conseguia falar, tamanha a emoção. Odete, mais recomposta, procurou sentar-se na cama.

— Antes de vir com novas histórias, gire a manivela aí no pé da cama. Não aguento mais ficar deitada. Ajude-me, preciso inclinar o corpo.

Lívia deixou a sacola e a pasta que trazia nos braços sobre a poltrona próxima e fez o que a mãe solicitara. Após girar a manivela até permitir que o encosto da cama ficasse num ângulo confortável para as costas de Odete, a filha foi pegando o travesseiro e ajeitando as costas da mãe.

— Assim está bom, Lívia. Obrigada. Agora conte-me o que faz esses olhos brilharem tanto.

— Está tão perceptível assim? Não consigo disfarçar, mamãe. Nunca saberia representar.

— Por que tanta felicidade?

— Três motivos. O primeiro é que você recebe alta amanhã.

Odete suspirou aliviada e feliz. Estava cansada do ambiente hospitalar.

— E os outros, posso saber quais são?

— O segundo é este aqui — Lívia pegou a pasta na poltrona, tirou alguns papéis. — Aqui estão os papéis que a senhora precisa assinar. Trata-se da minha emancipação. Preciso regularizar tudo o mais rápido possível. Queremos que o juiz dê a sentença para Cláudio e eu partirmos felizes.

— Filha, isso pode demandar tempo. As coisas não funcionam tão rápido assim.

— Não tem problema. Nós partiremos assim mesmo. Papai ficou de mandar os documentos para o Chile tão logo fiquem prontos.

Odete pôs as mãos na cabeça:

— Você não pode partir assim! Vocês não tinham decidido se casar antes de viajar? Precisam casar-se primeiro, sim.

Como fica a sua reputação? Não acha melhor esperar mais um tempo e sair daqui casada, sem dar brecha para que venham tripudiar sobre sua honra?

— E eu lá quero saber disso, mãe? Não me interessa o que as pessoas vão falar ou pensar. O que interessa é o que sinto por Cláudio. Eu o amo, e está acabado. Ele corre sério risco estando por aqui. Não posso deixar que a vaidade alheia estrague a nossa vida em comum. Por isso, quanto mais rápido partirmos, melhor será.

Odete tentava, mais uma vez, demover a filha dessa ideia precipitada:

— Então deixe que Cláudio vá. Quando tudo ficar pronto, você vai ao encontro dele.

— Sei o que é melhor para mim, não se preocupe. Vou com ele. Antes do fim do mês esperamos estar longe.

Odete assustou-se:

— Mas já? Vai abandonar-me, sem mais nem menos? Preciso de um tempo para acostumar-me à ideia de não tê-la mais ao meu lado.

Lívia sentou-se na beirada da cama. Firme, disse:

— Eu adoro você, mas gostaria que fosse sincera comigo. Não seja hipócrita, não faça jogos comigo.

Odete meneou a cabeça, procurando expressar, através dos olhos arregalados, as palavras que não saíam de sua boca. Sentiu os músculos paralisados. Lívia, impassível, continuou:

— Sempre nos demos bem, mas desde pequena percebo a diferença de tratamento que faz entre mim e Lucas.

Odete ia dizer algo, tentar dissimular, mas Lívia não deixou. Fazendo sinal com o dedo para que a mãe permanecesse quieta, tornou:

— Eu teria todos os motivos do mundo para me sentir inferiorizada, magoada. Mas, por Deus, tive a lucidez necessária e aprendi a compreender que as pessoas não podem dar aquilo que não têm. Você gosta de mim, sei disso. Mas, todas as vezes que tinha a oportunidade de dar-me uma sova, não titubeava. Às vezes me batia sem motivo aparente.

Odete sentiu-se impotente. Era-lhe muito duro ouvir a verdade. Tentou abrir a boca para defender-se, porém a filha impediu-a novamente.

— Não estou aqui para criticá-la. Você fez o melhor que pôde. Não tenho traumas e não estou me casando para livrar-me de seus olhares repressores. Só quero ser transparente. Gosto muito de você, por isso estou falando nesse tom.

— Eu sei que nunca tive muita paciência com você...

Odete começou a chorar. Sentia-se cansada de representar. Estava na hora de enfrentar a verdade. O olhar perscrutador da filha a impedia de continuar dissimulando. Lívia permanecia imperturbável. Odete continuou:

— Sempre a vi como uma ameaça. Quando nasceu, seu pai ficara deslumbrado. Meu ciúme não suportava vê-lo dividir seu amor entre mim e você. Sei que é loucura, mas vi em você uma grande ameaça. Pensei em fazer análise na época, mas não tive coragem.

— Qual é o problema de procurar ajuda? Um psiquiatra poderia ajudá-la muito a superar esses problemas, ou um psicólogo.

— Naquela época associávamos psiquiatra a loucos. E quem ia atrás de psicólogo era visto como problemático, neurótico. Eu sabia não estar louca. Tive vontade de procurar ajuda, mas a falta de coragem foi maior que minha vontade. Sempre procurei amá-la. Você foi gerada com amor, sempre desejei ter filhos.

— Não a culpo. Só estou querendo que enxergue a sua verdade. Quem sabe, agora que estou dando esse passo decisivo em minha vida, nossa relação possa mudar? Quem sabe não poderemos ser amigas, como você era quando tia Leonor estava viva?

— Ah, Leonor... quanta falta ela me faz! — Odete enxugou as lágrimas. A princípio procurou desviar os olhos dos da filha. Após ouvir suas palavras, que sentia serem verdadeiras, tornou: — Deve ter sido o acidente, mas Leonor não sai de minha cabeça. Não entendo muito das coisas espirituais, mas tenho

MARCELO CEZAR pelo espírito MARCO AURÉLIO

sentido fortemente sua presença. Hoje está insuportável. É como se ela estivesse por aqui. Será que ela teve permissão lá do outro lado e veio me visitar?

— Não sei, mamãe. Quando nos ligamos em pensamento, seja a uma pessoa encarnada ou desencarnada, atraímos a mente dessa pessoa para perto de nós. Não acredito que tia Leonor esteja aqui em espírito, porque não estou sentindo nenhuma presença neste quarto. Já estudei como se percebe a presença de desencarnados, e a minha mediunidade não me trai. Tenho segurança no que digo. E este não é o caso. Mas saiba que as mentes se ligam.

— Quer dizer que, onde quer que ela esteja, pode estar irradiando sua energia para cá?

— Se estiver ligada em você, pode. Não se aflija, pois não importa o que esteja sentindo neste momento. Já que não sabe lidar com a realidade espiritual, mentalize tia Leonor muito bem, feliz, alegre. Onde quer que esteja, vai receber essa vibração.

— Você tem razão. Se existe mesmo vida após a morte, espero que ela esteja bem. Ultimamente tenho pensado nela, tenho sonhado com seu avô Otávio. São sensações novas, que nunca tive antes.

— Talvez agora esteja na hora de mudar, de entender que você é mais do que carne e osso. Está na hora de perceber que um espírito milenar está envolto por seu corpo físico.

— Você está certa, Lívia. Eu preciso mudar, preciso reavaliar os meus sentimentos. E estou interessada em fazer terapia. Também quero frequentar um lugar onde possa estudar com bastante seriedade a vida espiritual. Esse é um alimento que minha alma necessita agora, desde que estive no Rio. Mas onde vou encontrar um lugar tão bom quanto aquele onde sua avó me levava? Nunca frequentei nem sequer procurei um lugar como esse aqui em São Paulo.

Lívia, passando delicadamente as mãos nos cabelos de Odete, disse-lhe com voz amável:

— Quanto à terapia, papai já conversou com o pessoal da universidade. Há muitos bons profissionais que poderão ajudá-la. E, quanto a procurar um centro, sei de um lugar muito bom no Pacaembu.

— Pacaembu? É um pouco longe.

— Quando o lugar é bom, o que menos importa é a distância.

— Bem, isso é verdade. Mas quem indicou esse centro? É um bom lugar? Tem referências?

— Sim. Dona Ema o frequenta há muitos anos.

Odete olhou a filha perplexa:

— Dona Ema? A esposa do Seixas?

— Sim, ela mesma.

— Mas Ema está sempre ocupada! Cuida da casa, dos filhos, e ainda trabalha no aeroporto para ajudar no orçamento. É uma mulher muito culta e muito moderna.

— E qual é o problema de ser culta e moderna? Dona Ema é muito inteligente, uma mulher sem igual. Por que não poderia frequentar um centro espírita?

— Não sei. Nunca me perguntei isso. Mas geralmente quem vai a um centro é porque está com problemas. Não me parece que a vida de Ema esteja com problemas.

— Você se engana, mãe. Não precisamos frequentar um centro porque estamos com problemas, emocionais, financeiros ou espirituais. Claro que a maioria das pessoas o procura na hora da dor, do desespero. Mas há muita gente que sente necessidade de alimentar a alma, de estudar a mediunidade, de educar a sensibilidade. Essas pessoas não precisam da dor para chegar lá. Vão por livre e espontânea vontade, felizes em poder estudar, aprimorar os potenciais do espírito. E dona Ema se encaixa nesse perfil.

— Como as aparências enganam! Nunca poderia imaginar Ema num lugar desses. Sabe que isso me estimula a querer frequentar também?

— Fico muito feliz. A senhora vai melhorar, eu tenho certeza absoluta.

— Por que diz isso?

Lívia, cautelosa para não deixar ansiosa a mente da mãe, considerou:

MARCELO CEZAR PELO ESPÍRITO MARCO AURÉLIO

— Por nada. Vamos aguardar.

— Por que seu irmão não vem me visitar?

— A senhora já sabe que Lucas odeia hospital. Pediu para dizer-lhe que o compreenda. Enquanto não chega em casa, ele está lá, dando um toque especial em tudo.

— Seu irmão sempre teve jeito para isso. Aposto que está pintando paredes, consertando móveis quebrados...

— E muito mais. Temos uma surpresa: promovemos uma mudança em seu quarto. Estava muito frio, faltava um pouco de romantismo.

Odete sorriu. Curiosa, perguntou:

— O que vocês andam aprontando?

— Eu não fiz nada. Estou correndo como louca com os papéis para a emancipação. Lucas é que está se divertindo. Aguarde e verá.

Ficaram conversando mais um pouco. Lívia procurou expressar tudo o que se passava em seu coração. Suas inseguranças, as raivas que havia sentido da mãe, a diferença nítida que Odete sempre fez entre ela e Lucas etc. Odete também procurou se expressar, embora com mais dificuldade do que Lívia. Começavam a entender-se para valer. Até que, passado um bom tempo, Odete perguntou:

— Você me disse que estava feliz por três motivos. Até agora foram dois. Qual é o terceiro?

Lívia levantou os olhos e suspirou.

— Mãe, sabe quem estava na recepção quando cheguei?

— Quem?

— Ricardo Ramalho, o galã de novelas.

— Tem certeza? Aqui no hospital?

— Tenho sim, mãe. É o próprio. Nossa, como ele é lindo! Aquelas costeletas são um charme à parte. Gostaria de aproximar-me, mas todos na recepção ficaram em cima, pedindo autógrafo. E além do mais...

— O que tem, filha?

— Ele está com aquela antipática da Fernanda Santos. Como pode um homem tão lindo como aquele namorar uma mulher horrorosa como aquela? E, ainda por cima, ela tem uma energia detestável.

— Não fale assim. Eles formam um belo casal. Como sabe que ela tem uma energia ruim?

— É só chegar perto. Aquela mulher vibra ódio, mãe! Tem alguma coisa esquisita entre eles. Ele a olha com um jeito mole, bobo. Parece dominado. Tem coisa aí.

— Você está enxergando demais. Deixe suas fantasias de lado. E se Cláudio a pega falando assim de outro homem? Você está comprometida, precisa se comportar.

— Sou fiel e comportada. Estou aqui falando da beleza de um homem. Que mal há nisso? O fato de admirar um homem não quer dizer que eu o queira para mim. É só uma questão de admirar as belezas de Deus. Cláudio não se importa. Quando vemos alguém que chame atenção, que se destaque, que seja bonito, falamos abertamente. Isso é saudável em nossa relação. Temos amor um pelo outro, respeito, mas também temos olhos que tudo veem e percebem.

— Decididamente, somos diferentes. Eu tenho mesmo muito que mudar e aprender. Se uma mulher pousa os olhos em seu pai, fico completamente louca. Quero partir para cima, bater, tirar satisfações.

— É natural quando nos sentimos inseguros.

— E se ele der brecha? Eu preciso me posicionar!

— Respeito próprio, mãe. Use o seu respeito. Se ele der trela para qualquer uma, quem está perdendo é ele, e não você. Ele estará correndo o risco de perder uma mulher que o ama de verdade por uma paixão passageira. E, quando acabar, perceberá que perdeu o seu grande amor.

— Nunca havia enxergado por esse ângulo.

— Pois trate de enxergar por vários outros ângulos. A vida é rica e sempre oferece várias alternativas para resolver um problema, quando estamos dispostos.

— É, não há dúvidas de que preciso aprender muito mesmo — e procurando mudar de assunto, Odete, sorriso malicioso, confessou à filha: — Sabia que o irmão do Ricardo namorava sua tia? Talvez, se estivessem vivos, poderiam estar casados.

— É, a vida é mesmo curiosa: por pouco não fomos parentes. Houve aquela tragédia, eu era muito garota, não me lembro direito. E depois do acidente, mãe, vocês nunca mais tiveram contato?

Com tristeza nos olhos, Odete respondeu à filha:

— Muito pouco. Naquela época Ricardo estudava teatro, era desconhecido. Logo depois do acidente, ele e o pai foram passar um tempo no exterior. Sei que, quando voltou da Europa, se encontrou com sua avó algumas vezes. Parece que os contatos foram escasseando. Ele se tornou um dos atores mais talentosos do país. Vai ver a fama subiu à cabeça. Por que continuaria mantendo contato?

— Não sei, não acredito nessa teoria. Ele trabalha em São Paulo e vovó mora no Rio. Fazendo uma novela atrás da outra e ainda as peças de teatro, não deve sobrar tempo algum para encontrar-se com as pessoas. Ele deve ter uma vida bastante atribulada. Não me parece o tipo que mudou por causa da fama. Mas essa Fernanda, não sei, ela com certeza deixou a fama tomar conta de seu corpo todo.

— Interessante. Ouvindo você falar, começo a recordar-me de algumas matérias que li sobre essa atriz. Ela não deve ser muito simpática. Vejo muita gente torcer-lhe o nariz. Será que é metida mesmo?

— Se é metida, não sei, mas que tem a energia pesada, ah, isso tem.

Ouviram leve batida na porta. Carmem colocou a cabeça para dentro do quarto:

— Posso entrar?

Odete admirou-se:

— Mãe?! O que você está fazendo aqui? Estamos em São Paulo!

Carmem continuou com a cabeça inclinada na porta:

— Você precisa de cuidados. Lívia vai partir em breve com Cláudio. Lucas não pode ficar só, embora seja um menino prestativo e independente. Tadeu precisa de minha ajuda. É por pouco tempo. Como sou funcionária exemplar, peguei uns dias de licença.

— Não precisava se incomodar, mãe! Agora temos a Marilza.

— Marilza continuará cuidando da casa, da comida, das roupas. Eu cuidarei de você, da sua perna e, acima de tudo, da sua cabeça!

Riram bem-humoradas.

— Por que a senhora não entra? Vai ficar aí parada feito poste?

— Não. Eu queria primeiro certificar-me de que você estava acordada e bem. Trouxe uma visita.

Odete pensou rápido:

— Aposto que Marta está aí.

— Não. Marta só poderá vir nos visitar no próximo fim de semana. Quem trago aqui é alguém que está causando furor no hospital.

Carmem abriu lentamente a porta. Foi puxando pela mão um homem, que timidamente caminhava até a entrada do quarto. Aos poucos, ele parou na soleira da porta, injetando prazer nos olhos salientes de Lívia, e por que também não dizer, em Odete.

— Queridas, apresento-lhes Ricardo Ramalho, um velho conhecido meu.

Ricardo entrou no quarto e cumprimentou educadamente Lívia. Depois, dirigiu-se até a cama e pousou leve beijo na testa de Odete.

— Como vai? Há anos não nos vemos. Você continua a mesma, Odete.

Odete ruborizou.

— Ora, são seus olhos. Imagino como devo estar, aqui dopada, com essa expressão cansada, essas olheiras, os cabelos mal-arrumados.

— Mas há um brilho vivo nos seus olhos, e isso é sinal de que está bem.

— Obrigada.

Lívia continuava olhando-o de cima a baixo. Não conseguia emitir som algum. Não podia acreditar que aquele deus grego estivesse no quarto. Carmem tornou:

— Cheguei há pouco e vi o alvoroço que estava na recepção. Pensei que alguém estivesse passando mal. Daí nossos olhos se encontraram.

Ricardo concluiu:

— Sua mãe me salvou do incômodo. Pensei que fossem me rasgar a roupa.

— E sua namorada? — inquiriu Lívia.

— Fernanda voltou para casa. Viemos com um amigo, Sampaio. Ela tem horror a esse tipo de assédio. Despediu-se de mim na recepção e seguiu com Sampaio.

— E o que está fazendo aqui? Seu pai está com algum problema? — perguntou Odete.

— Não. Graças a Deus meu pai vai bem. Está até com data de casamento marcada.

Odete admirou-se. André havia passado por poucas e boas. Perdera a esposa e o filho. Depois precisara de tratamento psiquiátrico. Agora estava curado e ia até se casar? Como pudera mudar tanto? Curiosa, continuou:

— Danado ele, não? Já não passou da idade?

Carmem e Lívia olharam-na com reprovação. Odete deu de ombros. Ricardo, com o humor que lhe era peculiar, não se alterou.

— Papai é novo ainda. Está na casa dos cinquenta. Está bonito, tem se cuidado. Merece ser feliz, amar e ser amado. Não há idade para o amor.

Odete não se deu por vencida:

— E quantos anos tem a noiva dele? A mesma idade que ele?

— Não sei ao certo. Sílvia deve ter uns trinta anos.

— Nossa! Vinte anos de diferença. Não acha muito?

Ricardo tentou responder, mas Lívia replicou:

— Mamãe, vinte anos é a diferença entre mim e Cláudio. Esqueceu?

Odete olhou-a com o cenho fechado. Ricardo perguntou interessado:

— Seu namorado é vinte anos mais velho que você?

— Sim. Vamos nos casar em breve — respondeu Lívia, com voz firme.

— Puxa, uma garota tão nova e tão decidida. Você deve mesmo amá-lo. Dê-lhe um recado meu: diga que é um homem de sorte.

— Obrigada. Também sou uma mulher de sorte. Ele também tem o seu valor.

Odete, procurando desviar o rumo da conversa, considerou, preocupada:

— Você disse que seu pai está bem e vai até se casar. Pois bem. Então há algum membro de sua família que não está bem?

Ricardo riu bem-humorado.

— Não precisa preocupar-se, Odete. Não tenho ninguém mal em minha família. É que papai conheceu um médico conceituado de uma cidade do interior há poucos dias. Ele e nosso advogado o convidaram para jantar para se conhecerem melhor. E não é que o médico teve um princípio de enfarte durante o jantar? Como ele não tem familiares por aqui, papai e o doutor Castro tomaram todas as providências necessárias e o estão acompanhando. Ele está internado no andar aqui embaixo — respondeu, apontando o dedo para o chão.

— E a família, já foi avisada? — perguntou Lívia.

— Sim. A filha dele veio com um outro amigo médico, pelo que me parece. Papai ficou impossibilitado de trazer-lhe alguns pertences que estavam no hotel em que o médico estava hospedado. Achei a história tão inusitada que estou curioso por conhecê-lo.

— Você ainda não o visitou?

— Não, ainda não. Encontrei sua avó no saguão. Ela me livrou do assédio e então resolvi visitar Odete primeiro. Não nos vemos desde...

Ricardo parou de falar. Odete deixou que duas lágrimas descessem pelo seu rosto.

— Não nos vemos desde a missa de nossos irmãos — completou Odete.

MARCELO CEZAR PELO ESPÍRITO MARCO AURÉLIO

— Isso mesmo. Mas agora estamos aqui, vivos e com muitas tarefas a realizar. Quero retomar o contato com vocês. Ainda mais agora, que estarei perto de Carmem.

— Perto de mim? Como assim?

— Fui contratado por uma emissora de TV carioca. Tudo está acontecendo mesmo em boa hora. Papai está se casando, retomando sua vida afetiva. Está feliz. Eu recebi uma proposta irrecusável para mudar-me para o Rio. Pretendo fixar residência em Ipanema.

Carmem exultou de felicidade:

— Seremos vizinhos! Será um prazer tê-lo tão perto de mim.

— O prazer será todo meu. Sempre gostei muito de você, Carmem. A ajuda que você e Marta me deram, na época da morte de Rogério, foi fundamental para o meu equilíbrio. Os livros que me emprestaram, o carinho que me dedicaram. E olha que você tinha acabado de perder Leonor. Você tem uma alma nobre. Pena que eu não tenha podido retribuir. Logo depois comecei a trabalhar na televisão e, como pode ver, nos últimos anos não tenho parado.

— Não importa, meu filho. Fico feliz de vê-lo bem. Acompanho sua carreira pelos jornais, revistas e também assisto a suas novelas. Eu lembro que você e Rogério eram idênticos. Mas você está tão diferente!

— São as costeletas e os cabelos compridos. É a moda. Muita coisa mudou. Estamos na década de setenta, não tenho mais aquele ar de garoto comportado.

— Está diferente mesmo. Mas os olhos não mudam jamais. Através deles, consigo enxergar seu irmão.

Ambos se emocionaram. Ricardo, dissimulando o sentimento, perguntou em tom conciliador:

— Você e Marta ainda frequentam aquele centro no Rio de Janeiro?

— Continuamos com o trabalho e o estudo. No começo recebíamos comunicação de Rogério, mas aos poucos elas foram escasseando.

— No centro que frequentamos aqui em São Paulo, também recebemos comunicações. Infelizmente, por causa do meu trabalho e do assédio dos fãs, tenho ido muito pouco. Já papai frequenta toda semana. O espaço que frequentamos é mais voltado para os estudos e passes. Mas, algumas vezes, papai diz que fazem sessões especiais, em que porventura ocorrem algumas desobsessões ou comunicações. Mas é muito raro. Quando as comunicações acontecem, normalmente são instruções, orientações dadas pelos espíritos para o nosso equilíbrio emocional.

Carmem afirmou:

— O nosso também funciona assim. Estamos aprendendo muito sobre as verdades da vida.

Depois de quase meia hora de conversa, Ricardo deu-se conta do horário.

— Bem, desculpem-me. A conversa está muito boa, mas preciso levar os pertences ao médico. Estou atrasado. Foi um prazer revê-las.

Ricardo beijou Odete, depois Lívia.

— Espero que seja muito feliz com o homem que escolheu para casar.

— Espero que você também acerte em sua escolha — replicou Lívia, lembrando-se da impressão desagradável que tivera sobre Fernanda.

Depois, Ricardo parou em frente a Carmem, dando-lhe um terno e carinhoso abraço. Beijou-lhe ambas as faces e, por fim, considerou:

— Você é especial. Não vou mais afastar-me. Prometo que nas folgas irei sempre visitá-la. Invejo sua filha e sua neta. Gostaria de ser um parente seu.

— Não precisa ter inveja. Eu gosto muito de você. É como se fosse um filho. No meu coração há espaço de sobra. E você é muito bem-vindo.

Abraçaram-se novamente e Ricardo saiu, contente por tê-las reencontrado.

Em vez de esperar pelo elevador, Ricardo preferiu descer um lance de escadas. Virou o corredor e chegou até o número indicado. Bateu levemente na porta e entrou. Nelson estava deitado, porém acordado e feliz.

MARCELO CEZAR PELO ESPÍRITO MARCO AURÉLIO

— Boa tarde, doutor Nelson.

— Boa tarde.

— Meu nome é Ricardo, sou filho de André.

— Entre. É uma honra ter um ator famoso a visitar-me. Sente-se por favor. Este é Santiago.

— Prazer.

Santiago disse, despreocupado:

— Pena que você não chegou um pouquinho antes. Se chegasse dois minutos antes, conheceria a mulher mais linda deste mundo.

— De quem está falando? — perguntou, curioso, Ricardo.

— De Carla, filha de Nelson. Ela saiu para tomar um lanche aqui perto, mas volta logo. Se esperar, poderá conhecê-la. Sei que é comprometido, mas vale a pena — concluiu Santiago, malícia nos olhos.

— Ficará para outra oportunidade. Estou atrasado. Vim trazer-lhe alguns pertences que estavam no hotel.

— Desculpe-me — retrucou Santiago. — Fiquei de pegá-los, esqueci. André tem sido muito prestativo. Você não precisava se dar o trabalho.

— Até que foi bom. Acabei por encontrar uma querida amiga, e reestabelecemos contato. Se eu não viesse, não sei quando iria encontrá-la, ou se voltaria a vê-la.

Nelson, que estava participando alegremente da conversa, de repente estremeceu. E se Carla encontrasse Ricardo? Será que teria alguma lembrança? Não, isso não podia acontecer. Ele estava muito diferente daquela foto de seu irmão gêmeo... cabelos compridos, costeletas. Quase seis anos haviam se passado. Ela não poderia mais reconhecê-lo. Divagando, perdido, aflito com uma fileira de questões passando-lhe pela mente, acabou por fazer uma sentida prece de agradecimento por Carla não estar ali naquele momento.

Enquanto Ricardo se entretinha com as piadas de Santiago no andar de baixo, Carmem despedia-se da filha e da neta no andar de cima. Saiu do quarto, foi até o corredor e apertou o botão que acionava os dois elevadores. Um deles chegou e ela imediatamente entrou. Um frio percorreu seu corpo, fazendo-a trepidar. A imagem de Leonor veio forte em sua mente. Sentiu a presença da filha. Será que Leonor estava por perto? Será que sua filha estava bem no mundo astral e tinha condições de locomover-se? Afinal de contas, ela e Odete eram muito apegadas. Talvez a filha que partiu tivesse recebido autorização para visitar a irmã enferma. Intimamente fez sentida prece e lançou um beijo à filha.

No saguão do hospital, Carla aguardava um dos elevadores. Enquanto esperava, sentiu uma sensação esquisita. De repente, uma onda de amor e carinho abraçou-se ao seu corpo. Imediatamente, viu em sua mente uma mulher e uma moça, cabelos castanhos, conversando animadas e tirando várias roupas do armário. A cena sumiu.

— Será que estou vendo cenas do passado? — pensou alto. — Há algo de familiar entre mim e essa moça de cabelos castanhos. Não consegui ver direito o rosto da mulher, mas me parece uma pessoa muito querida...

O elevador chegou. Carla entrou e solicitou à ascensorista que a levasse ao andar onde estava Nelson. Não havendo mais ninguém no corredor, a ascensorista apertou um botão e o elevador fechou-se.

No mesmo instante o outro elevador abriu as portas. Carmem saiu, olhou para os lados como a sentir uma presença familiar. Novamente lembrou-se de Leonor. Enviou-lhe mentalmente mais um beijo e saiu, emocionada. Dobrando a esquina do hospital, disse em voz alta:

— É por isso que não gosto muito desses ambientes. Fico saudosa, mole.

Passou a mão pela testa, empurrando as ideias. Estugou o passo, chamou um táxi e sumiu por entre as centenas de veículos que disputavam palmo a palmo um lugar no asfalto.

CAPÍTULO 18

— Abram a porta! Somos da polícia.

Continuaram insistentes a tocar a campainha e a esmurrar a porta.

Tadeu desceu correndo as escadas. Ainda tonto de sono, foi acendendo as luzes por onde passava. Chegou esbaforido até a porta.

— Calma! O que querem?

Com a *sutileza* utilizada pela polícia na época da ditadura, continuaram a bradar:

— Abra logo, senão seremos obrigados a invadir.

Tadeu sabia exatamente do que se tratava. Procurou manter uma postura o mais natural possível. Desalinhou mais ainda os cabelos, deixou o roupão semiaberto, por cima do pijama e destrancou a porta.

— Pois não?

— Temos ordem de busca. Vamos entrar.

— E quem deu ordem de busca?

Antes de responder, um dos policiais deu uma coronhada no rosto de Tadeu. Ele foi ao chão. Os outros três policiais entraram e começaram a busca. Tadeu percebeu que dessa vez não estavam para brincadeira.

— Onde ele está, hein? — perguntava o mais truculento de todos.

— De quem estão falando? Quem vocês querem?

— Vamos, não queira se fazer de besta! Sabemos que Cláudio dos Santos está escondido aqui em sua casa. Temos fotos, inclusive dele com sua filha. Estamos na cola dos dois há bastante tempo.

Tadeu procurou disfarçar. Passando a língua pelos lábios, percebeu que escorria sangue de seu nariz. Procurou disfarçar a voz, carregando no tom dramático:

— Ele e minha filha? Não posso acreditar!

O policial, sorrindo com malícia na voz e sarcasmo nos olhos, acrescentou:

— Ele transa com sua filha. Temos escuta. Quer ouvir os gemidos de prazer dela com esse arruaceiro?

Tadeu corou. Não lhe interessava o que sua filha fazia com Cláudio, eles se amavam. Os gritos de prazer de ambos, em sua intimidade, não eram de sua conta, mas tinha que admitir que não tinha estrutura emocional para ouvir falar sobre isso, menos ainda por um policial.

— Não me interessa. Se ela estiver metida com esse canalha, quero que a prendam!

Tadeu falou com tanta seriedade e firmeza que os policiais viraram-se ao mesmo tempo para ele. Eles estavam lá para pressioná-lo, para arrancar informações a respeito de um suspeito e sua namorada, e o pai dela rogava pela prisão. Ficaram confusos. Tadeu, percebendo que conseguira chegar ao ponto, continuou:

— Eu sempre desconfiei dessa vagabunda. Ela não pode ser minha filha.

Ele correu até o policial truculento e o abraçou:

— O senhor vai prometer-me achá-la, pelo amor de Deus! Quero que a prendam e a torturem. Ela nunca podia ter se metido com um tipo desses, que quer atrapalhar a ordem e a soberania nacional.

Os policiais continuavam incrédulos. Odete, nessa hora, também estava na sala. Com uma muleta fincada no chão e outra levantada para o alto, gritava histérica:

— Eu sempre desconfiei que ela fosse uma biscate! Ela merece morrer — e caminhando com dificuldade para o policial: — Veja, ela tentou me atropelar porque eu queria delatar aquele canalha. Ela atentou contra a vida da própria mãe! Vocês precisam ir atrás dela. Queremos estar presentes na hora da tortura. Ela tem de pagar por todo o sofrimento que nos tem feito passar.

Os policiais não sabiam mais o que dizer. Aquele que a princípio mostrara-se truculento estava prestes a chorar. Olhava para Tadeu e Odete, de muletas, com pesar nos olhos.

— Não pensávamos que fosse tão grave assim. Não sabíamos que sua filha era tão canalha e fosse capaz de atentar contra a vida da própria mãe. Desculpem-nos. Vamos rapazes, esses pais estão no limite emocional. Deixemo-los em paz. Já sofrem muito por ter uma filha ordinária.

Despediram-se rapidamente e partiram.

Tadeu fechou a porta, passou o trinco. Odete estava próxima. Abraçou-a com amor:

— Muito obrigado, minha querida. Você me ajudou a convencê-los. Mas não precisava descer, você ainda precisa de repouso.

— Que repouso nada! Eu estava descendo o último degrau quando vi aquele brutamontes dar-lhe uma coronhada. Fiquei louca de ódio. Quando entendi o que queriam, entrei no jogo deles. Eles esperavam encontrar-nos tristes, desesperados... nunca imaginariam que os próprios pais fossem pedir a cabeça da filha.

Tadeu, rindo, disse:

— É, deve ter sido a primeira vez que eles recebem um pedido como esse. Nunca mais voltarão aqui, tenho certeza disso.

Beijou a esposa com ardor.

— Eu o amo muito, Tadeu. Espero que Lívia e Cláudio estejam se amando tanto quanto nos amamos.

— Estou morrendo de saudades de nossa pequena. Foi tudo tão rápido. Às vezes os meses parecem anos.

— Verdade. Pelo menos já nos mandaram uma carta através de Ema e Seixas. Estão felizes e bem.

— Assim espero.

Tadeu beijou-a novamente. Deixou as muletas sobre o sofá e pegou Odete pelos braços.

— Agora vamos. Amanhã temos de estar bem-dispostos para o casamento de André.

— Ainda tenho dificuldade de entender o porquê de termos sido convidados para esse casamento. Tivemos pouco contato... e, além do mais, a nossa presença pode trazer-lhes lembranças de Rogério.

— Não se esqueça de que Ricardo reencontrou Carmem. Quando Leonor e Rogério morreram, eles se uniram na dor, além do quê, ele sempre gostou muito de sua mãe. Faz um mês que ele está morando no Rio de Janeiro e praticamente não sai mais da casa dela. Tanto que estão até chegando juntos amanhã para a cerimônia.

— Minha mãe andando com esses jovens, quem diria, hein? Fiquei sabendo que a casa dela é um entra e sai de atores impressionante. Até àqueles que ainda não têm lugar para ficar quando chegam ao Rio ela vai dando guarida.

— Na casa dela, você quer dizer.

— Sim, na casa dela mesmo. Bem, está certo, pelo menos ela está se divertindo. E continua cumprindo suas responsabilidades na prefeitura, estudando com Marta, e tudo vai caminhando.

— Assim é que se fala.

— Mas não podemos subir assim. Seu nariz está sangrando um pouco ainda.

— O que vamos fazer agora vai estancar o sangue de meu nariz, do meu lábio e de tudo o mais.

Um piscou para o outro e subiram as escadas excitados e apaixonados.

Cláudio e Lívia estavam bem instalados na capital chilena. Pouco mais de dois mil brasileiros exilados já estavam por lá e os acolheram com carinho. Logo Cláudio estava trabalhando na universidade e Lívia trabalhava como revendedora de uma empresa de cosméticos.

Desde o início Lívia mostrara-se muito prestativa, bem-disposta, pronta a ajudar seu companheiro no que fosse possível. Nos fins de semana, juntavam-se aos outros brasileiros exilados e matavam as saudades da terra querida. Com entusiasmo, preparavam a tradicional feijoada, e sempre havia alguém com um violão embaixo do braço pronto a cantarolar as músicas brasileiras.

Ganhavam pouco, mas não havia preço que pudesse pagar a tranquilidade com que andavam pelas ruas. Seguiam a vida com dificuldade, mas estavam apaixonados. Haviam realmente nascido um para o outro.

André resolveu realizar seu casamento na bela mansão que adquirira recentemente no Jardim Europa. Quando percebera que estava apaixonado até o último fio de cabelo por Sílvia, deliberadamente resolvera comprar uma nova casa. A residência anterior ainda trazia-lhe recordações do tempo em que estivera casado com Ester.

Mesmo sob os protestos de Sílvia e de Ricardo, ele não titubeou. Comprara a mansão e deixara a decoração nas mãos de Sílvia, que se mostrara uma mulher requintada e com gosto apurado.

Ele e Sílvia decidiram não se casar na igreja e não fazer daquela união um grande acontecimento social. Convidaram apenas alguns amigos mais íntimos. Realizariam a união sob as bênçãos de um juiz e depois serviriam um jantar para celebrar a cerimônia.

Nelson dirigia nervosamente o carro.

— Papai, não adianta correr. Não temos culpa que um pneu tenha furado. Chegaremos um pouco atrasados, mas logo estaremos lá. Acalme-se, não se esqueça de que André foi muito gentil conosco. Tomou todas as providências e cuidou muito bem de você. Se não fossem ele e o doutor Castro, talvez você não estivesse aqui.

Nelson ia ruminando seus pensamentos. Não dava a menor importância ao que Carla falava. Nem mesmo as brincadeiras de Santiago, sentado no banco de trás, conseguiam amenizar seu nervosismo.

Também pudera. André tinha sido muito gentil, o havia ajudado na época de sua internação em São Paulo. Procurava a todo custo demover sua filha da ideia de ir ao casamento. Mas Carla, ao receber o convite, ficara extasiada:

— Fomos convidados para o casamento do pai do Ricardo Ramalho! Finalmente poderei conhecer o ator pessoalmente, em carne e osso.

Nelson, procurando dissimular, dizia:

— Não poderemos ir. Ele foi de grande valia em São Paulo, muito nos ajudou, mas não posso largar o hospital. Fiquei muito tempo afastado, cuidando de minha doença. Não é o momento para eu me ausentar novamente.

— O senhor pode ficar, eu vou.

Nelson não esperava essa determinação de Carla.

— Sozinha? De jeito nenhum. Sozinha para São Paulo, nunca!

— Vou com Vilma, ou com Santiago. Não adianta, eu vou de qualquer jeito. Por que fica tão nervoso quando falamos em André? Tem algo aí por trás que eu não saiba?

Nelson, procurando dissimular, tornou:

— Não se trata disso. Ele me ajudou, mas não somos íntimos. Ele fez o convite por mera educação. Compraremos um lindo presente, enviaremos e, numa hora mais oportuna, apareceremos por lá.

— E quer hora mais oportuna do que essa? Realmente acha que ele seria hipócrita a ponto de nos convidar apenas por educação? Vai fazer uma recepção para poucos. Ele tem consideração por você.

— Mas não gostaria de ir. Ainda estou em recuperação.

— Não me venha com a desculpa do enfarte, que na verdade o senhor não teve para valer. Se o problema é esse, Santiago dirige.

— Não adianta, não vou.

— Então está certo. Se quer assim, você fica e eu vou. Assunto encerrado.

Voltando a pôr atenção na estrada, Nelson ainda se culpava por ter sido vencido pela filha. Por que aceitara ir ao casamento? Por que se arriscar tanto? Será que ela reconheceria Ricardo? Não. Isso estava totalmente fora de cogitação. Ele se lembrava perfeitamente da foto que vira do outro filho com a namorada.

Fazia seis anos, tempo relativamente aceitável para mudanças físicas... os costumes eram bem diferentes; agora os homens usavam costeletas. Não haveria possibilidade de reconhecê-lo. Talvez estivesse ficando nervoso à toa. E Carla não se assemelhava mais a Leonor. Estava com o cabelo loiro platinado, sobrancelhas arcadas, grandes cílios postiços. Não tinha mais o corpo de uma moça, agora era uma mulher com vinte e tantos anos. Seu rosto estava mudado.

As mulheres agora usavam maquiagem em tons fortes e também usavam roupas de cores berrantes. Não, não iriam relacioná-la com Leonor. Definitivamente, ela era agora uma outra mulher. Ele estava dando muitas asas a sua imaginação, precisava controlar-se. Nada de mau poderia acontecer. Era só uma festa, e depois eles voltariam para o interior. Não tinha com o que se preocupar.

Voltou a pôr atenção na estrada e ocupar a mente com as piadas e brincadeiras de Santiago.

Odete, ao entrar no carro, pisou em falso. Uma muleta escapou e ela foi ao chão. O tombo não foi forte, mas o suficiente para causar-lhe muita dor. Com a queda, distendeu a perna que havia fraturado meses antes.

Tadeu correu a acolhê-la. Pegou-a nos braços, enquanto Lucas pegava as muletas.

— Coloque-a aqui no sofá, papai.

— Está certo, filho. Vá até o banheiro e traga iodo. Sua mãe raspou a pele.

Odete não falava nada. Estava sentindo muita dor e chorava copiosamente.

— Estraguei a nossa noite.

— Não estragou nada. Vamos tirar essa roupa e tudo vai ficar bem. Vamos descansar.

— Não, de jeito algum. Você vai com Lucas.

— Não, não posso deixá-la sozinha. Logo hoje que é a folga de Marilza.

— Ligue para minha mãe. Ela está na casa de André.

— Não vamos perturbar sua mãe agora. Não há a menor necessidade.

— Por favor, chame minha mãe! — ordenou Odete, num tom de voz que deixou Tadeu perplexo. Diante do tom, ligou para Carmem.

Vinte minutos depois Carmem chegou.

— Desculpe, sua filha insistiu. Não precisava causar-lhe esse transtorno.

— Não há problema. Você tem ficado o tempo todo com ela. Vá com Lucas, aproveite. Há pessoas muito interessantes por lá. Eu tenho conhecido muita gente desde que Ricardo mudou-se para o Rio. Toda noite sempre aparece um amigo, uma atriz conhecida. Ele é muito querido. Estou até um pouco farta de tanta gente. Você nunca sai de casa, vá que eu fico com minha filha.

Tadeu tentou insistir, mas Lucas queria muito ir à cerimônia. Percebendo que o filho também se desdobrara pelo restabelecimento da mãe, acatou a decisão.

— Então está bem. Mas vamos, que estamos atrasados, meu filho.

Despediram-se e partiram.

— Mãe, desculpe, mas eu queria muito ter você aqui perto. Senti uma necessidade muito grande de chamá-la. Desculpe se estraguei sua noite.

— Ora, claro que você não estragou nada. É minha filha, nos damos bem e eu a adoro. Vou ajudá-la a se despir, colocar uma camisola. Farei um jantar leve e gostoso. Vamos papear um pouco.

Enquanto Carmem ajudava a filha a desfazer a produção para o casamento, Otávio e Rogério conversavam, satisfeitos:

— Conseguimos. Ainda não está na hora do encontro — tornou Rogério.

— É, mas não precisava empurrar minha filha com tanta força, não é?

— Força? Eu só dei um empurrãozinho, e em nome de Deus ainda por cima.

— Não havia outro jeito?

— O que você queria, Otávio? Leonor nem de perto acatou nossas ideias. Carmem estava tão feliz e não nos deu ouvidos. Quis vir a São Paulo a todo custo para a cerimônia. O que mais poderíamos fazer para evitar a tragédia? Demos apenas um empurrãozinho.

— Mas minha filha vai se encontrar com Ricardo. Sabemos o que vai acontecer.

— Não se preocupe. O plano espiritual os está amparando, eles não estão sozinhos. E nós estamos aqui também dando a nossa colaboração. Encontrar-se com Ricardo será um grande passo. Mais que isso você acha que ela poderia aguentar? Imagine como seria se ela se encontrasse com Ricardo, a mãe e a irmã de uma só vez! Não sabemos qual seria a reação ao certo. É um teste. Se ela se comportar de acordo com as expectativas do plano astral, o resto poderá ser feito com naturalidade e calma.

— Podemos intervir.

— Não na escolha que as pessoas fazem. Podemos ajudar, mas dentro do campo de escolha. Mudar os rumos, nunca.

— Bem, você está certo. Por hora elas vão ficar bem. Nada vai acontecer a elas. Vamos, Ester está nos chamando. A cerimônia vai começar.

— Está certo, Otávio. Então vamos continuar com nosso trabalho.

Sorriram e alçaram voo em direção à casa de André.

A cerimônia estava marcada para as sete e trinta da noite. Sílvia chegou no horário e a cerimônia estava chegando ao fim quando Nelson finalmente encostou o carro em frente ao elegante palacete.

— Boa noite, senhor.

— Boa noite — Nelson saiu do carro. Enquanto isso, sua filha ia saindo.

Alguns poucos convidados encontravam-se do lado de fora do salão. A maioria participava da belíssima cerimônia. Nelson e Santiago, apressados, dirigiram-se até o salão, enquanto Carla, ansiosa, procurava um banheiro onde pudesse retocar sua maquiagem.

Do altar, Castro acenou para Nelson e Santiago. Eles responderam pendendo lentamente a cabeça. Os olhos dos médicos procuravam registrar todos os detalhes, desde a primorosa decoração até os elegantes trajes dos convidados.

No altar, ao lado de Sílvia, estavam seu irmão e sua cunhada, bem como Castro e uma linda morena. Ao lado de André, estavam Ricardo e Fernanda, Elvira e Douglas.

Depois de os noivos se beijarem, começaram a receber os cumprimentos dos padrinhos e, logo em seguida, de cada um dos convidados.

Nelson e Santiago encaminharam-se para a fila que se formou. Logo chegou Carla.

— Por que tanta demora? — inquiriu Nelson, nervoso.

MARCELO CEZAR PELO ESPÍRITO MARCO AURÉLIO

— Poxa, pai, que implicância! Quis apenas dar um retoque na minha maquiagem. Está calor, acabei suando um pouco no trajeto. Olhe os convidados como estão impecavelmente vestidos e como as mulheres estão bem maquiadas. Eu precisava estar de acordo também.

— Ela está certa — anuiu Santiago. — Você está ficando um velho muito chato. Um mulherão como Carla deve, sempre que possível, realçar sua beleza. Mas sei não... Você está muito esquisito hoje. Parece nervoso, não para de suar, fica olhando para os lados a toda hora... O que está acontecendo, afinal de contas? Outro mal-estar?

Nelson, passando um lenço pela testa para enxugar o suor, respondeu:

— Qual nada! Não queria que percebessem nosso atraso. Não fica bem.

— Como não, pai? Se o pneu não furasse, chegaríamos no horário. Imprevistos acontecem.

— Mas hoje não poderiam ocorrer.

— Está certo. Percebo que hoje o senhor está intratável. Agora sorria, estamos chegando perto dos noivos.

Nelson e Santiago cumprimentaram Sílvia e André. Carla os cumprimentou logo em seguida.

— Sua filha está um espetáculo! — declarou André.

— Muito obrigada. Sua esposa também está muito bonita — rebateu Carla.

Por estarem no fim da fila, foram os últimos a cumprimentar o casal. André aproveitou:

— Venha, Carla, quero apresentar-lhe meu filho.

Ricardo estava de costas. O pai deu um tapinha levemente nos ombros. Ricardo virou-se de imediato, e seus olhos encontraram-se com os de Carla. Era como se não houvesse mais ninguém ao redor. Os poucos segundos em que sustentaram o olhar pareceram durar uma eternidade.

André percebeu o brilho nos olhos do filho. Olhou para o lado e percebeu que Fernanda estava entretida com outros convidados. Suspirou agradecido e tornou animado:

— Filho, esta é uma amiga minha, Carla.

Carla continuava impassível. Não conseguia desgrudar os olhos dos de Ricardo. Emocionado, ele pegou delicadamente em suas mãos:

— Prazer.

— O prazer é todo meu — respondeu ela, com um fio de voz.

Ao tocarem as mãos, um calafrio, seguido por um leve choque, percorreu o corpo dos dois. A magia daquele momento poderia durar horas, ou talvez toda a eternidade, não fosse a voz irritante de Fernanda a quebrar o encanto. Agarrando-se vulgarmente a Ricardo, olhou para Carla com o cenho fechado. Em tom irônico, disse:

— Hum, então essa é a caipira de que seu pai tanto fala? O que foi, menina? Está deslumbrada porque nunca viu gente famosa de perto?

Somente nesse momento Carla voltou do transe. Sentia-se diferente, sua cabeça começou a registrar memórias desconexas. Procurou afastá-las, passando as mãos com gestos largos pela testa. Refeita da emoção, procurou devolver no mesmo tom a agressão de Fernanda. Sem desviar os olhos de Ricardo disse, também com ironia na voz:

— Querido, você é um ator espetacular. Eu o tenho visto em várias capas de revista. É um excelente ator — e virando-se para Fernanda, mas perguntando para Ricardo: — Esta moça, quem é? Alguma colega de apoio de elenco?

Fernanda ferveu de raiva. Arregalou os olhos e aumentou o tom de voz:

— Como se atreve? Apoio de elenco? Eu sou a maior estrela deste país! Nunca me viu ao lado de Ricardo nas novelas?

Carla procurou fazer ar de dissimulada.

— Nunca notei. É engraçado, não consigo lembrar-me de seu rosto. Tem certeza de que tem feito televisão de verdade? Se faz, precisa melhorar o seu desempenho, porque não é notada. Mas também, temos de reconhecer que o brilho de Ricardo ofusca qualquer um.

Fernanda abriu a boca para falar e fechou-a novamente. Levantou a mão para dar um tapa em Carla, mas Ricardo foi

MARCELO CEZAR PELO ESPÍRITO MARCO AURÉLIO

mais rápido. Segurou-a pelo braço. Antes que pudesse dizer qualquer coisa, Carla concluiu:

— Estamos sendo chamados para sentar. Até mais — Carla fez leve aceno com a cabeça para ambos e foi sentar-se.

— Quem essa sirigaita pensa que é? Ela poderia ter feito qualquer coisa, inclusive ter dado em cima de você. Mas dizer que não me conhece? Nunca alguém me disse isso antes. Como ela ousa?

— Você pediu, Fernanda. A moça procurou ser educada, é convidada do meu pai. Você não precisava tê-la destratado dessa maneira.

— Eu? Destratado? Eu bem percebi que ela o olhava de uma outra maneira, não sei dizer ao certo. Não gostei.

— Poderia ter sido mais simpática.

Fernanda deu de ombros e foi até o toalete. Ao chegar perto da porta, voltou o rosto e procurou seguir os olhos de Ricardo. Ele continuava olhando para aquela sirigaita. Entrou no toalete, percebeu que estava só. Começou a falar alto, olhando-se no espelho enquanto retocava a maquiagem:

— Desde que mandei reforçar aquele "trabalho", Ricardo não tem olhos para mais ninguém. Eu estava sossegada, não corria mais riscos. Agora aparece essa caipira! Não gostei do jeito como ele olha para essa vagabunda.

Continuou retocando a maquiagem. Depois, voltou a olhar-se no espelho:

— Eu não vou deixar que uma qualquer estrague os meus planos. Ricardo não pode se interessar por mais ninguém. Ele é meu. Vou viver com ele no Rio. Sampaio pode tentar o que quiser, mas, se for preciso, tiro-o do meu caminho. Já o usei para chegar à fama. Nada nem ninguém poderá me atrapalhar.

Terminou de passar o batom, piscou para sua imagem refletida no espelho. Esboçando um sorriso sinistro nos lábios, saiu.

CAPÍTULO 19

Ricardo encantou-se com Carla. Parecia conhecê-la de algum lugar. Mas de onde? Sua beleza era contagiante. Desde que se apaixonara por Fernanda, nunca havia sentido algo parecido. Aliás, nunca havia sentido isso por ninguém. O único sentimento parecido ocorrera quando conhecera Leonor, a namorada de Rogério. Mas fazia tanto tempo! O que estaria acontecendo? Olhava disfarçadamente para ela sentada na mesa e se perguntava:

— Esses olhos! Já os vi antes. Mas onde?

Continuava a divagar, quando recebeu um beliscão.

— Ai! — replicou ele, com dor.

— Não quero fazer cenas aqui. Não me obrigue a isso. Por que tanto interesse na caipira? Ela nem olha para você!

— Você está alterada, Fernanda. Por que está bebendo tanto? A festa mal começou e você já está quase bêbada. Sabe que não suporto isso. E, além do mais, hoje é a cerimônia de casamento do meu pai. Comporte-se.

Fernanda vociferou, irritada:

— Comportar-me?! Você me desrespeita, não tira os olhos daquela vagabunda e ainda por cima exige bom comportamento? Você é meu, entendeu? Meu!

Ricardo nunca vira Fernanda tão possessa assim. Ela estava em total descontrole. Alguns convidados voltaram seus olhos para a cena, pois os gritos de Fernanda chamaram atenção. Sampaio, que estava em mesa próxima, veio até o casal.

— O que está acontecendo?

Fernanda gargalhava:

— Nada, absolutamente nada. Estou um pouco tonta, não é, meu bem?

Ricardo olhou para Sampaio, que entendeu o sinal. Procurou delicadamente passar seu braço pelas costas de Fernanda:

— Vamos respirar ar puro, dar uma volta. Assim que melhorar, voltamos.

Com a voz pastosa, ela respondeu:

— Está certo. Sampaio é nosso protetor. Já fomos íntimos, ele me entende. Ainda mais agora que vai levar-me para trabalhar na emissora do Rio, preciso comportar-me, não é mesmo?

— Isso, querida, sou seu protetor e quero ajudá-la. Vamos sair logo daqui.

Fernanda deu um beijo em Ricardo e saiu cambaleante, amparada por Sampaio.

Nelson foi introduzido a um grupo de médicos amigos de André. Sílvia levou Santiago para conhecer algumas amigas, o que prazerosamente ele aceitou. Carla preferiu ficar sentada, apreciando o requinte da decoração, a fineza dos convidados. Ao mesmo tempo, algumas cenas embaralhadas vinham-lhe à mente. Antes que pudesse colocar atenção em sua mente e concatenar as ideias, sentiu um delicioso aroma de perfume masculino:

— Posso sentar-me?

Ela se virou para o lado. Era Ricardo.

— O prazer será todo meu. Onde está a namorada possessiva e violenta?

Rindo, ele respondeu:

— Já foi tirada de cena. Um grande amigo meu levou-a para fora. Deve levá-la para casa. Ele a conhece muito bem. Já foram namorados. Não seremos incomodados, prometo.

Carla sentiu-se ruborizar. Olhava para aquele homem com traços fortes, fartas costeletas, bigode espesso, cabelos volumosos. Após olhá-lo detalhadamente, perguntou:

— De onde será que o conheço?

Ricardo riu.

— Isso não é pergunta que se faça. Eu sou nacionalmente conhecido.

Carla também riu.

— Desculpe-me, mas parece que o conheço. Não estou brincando. Não é porque está todo dia na televisão. Não sei explicar ao certo o que é.

Ricardo estava encantado. Mesmo estando enfeitiçado por Fernanda, que recorria a trabalhos de magia para tê-lo ao lado, sentia que algo dentro de si começava a romper com essa sintonia danosa. Sentiu o coração bater descompassado.

— Você é muito bonita! — limitou-se a dizer, a fim de quebrar o silêncio.

Carla também sentiu seu coração descompassar. Ficou olhando embevecida para os olhos azuis e brilhantes de Ricardo. De repente, lembrou-se nitidamente da cena do acidente. Tudo foi muito rápido. Os músculos de seu rosto enrijeceram e ela deu um grito seco no salão. Ricardo tentou ampará-la, mas não conseguiu. Antes que pudesse socorrê-la, Carla foi ao chão e perdeu os sentidos.

Os convidados correram até a mesa. Nelson foi abrindo caminho entre o aglomerado de pessoas ao redor.

Ricardo, sem saber o que fazer, tornou preocupado:

— Não sei o que aconteceu.

Nelson colocou-a nos braços.

— Traga-a até minha casa — ordenou André.

Correram com ela nos braços até a mansão. Lá chegando, André indicou um sofá para Nelson. Ele delicadamente pousou o corpo da filha.

— Você está tremendo muito — disse Santiago.

Nelson nada disse. Começou a enjoar e sua vista foi ficando turva. Jogou-se pesadamente no outro sofá.

— Precisamos de um médico — tornou André.

— Eu sou médico — replicou Santiago. — Deixe que isso deve ser apenas um mal-estar.

Ele pegou o pulso de Carla.

— Ela estava tensa durante toda a viagem. Chegamos atrasados. Ela mal se alimentou. A pressão caiu. Nada grave, aparentemente.

Nelson a tudo olhava e nada dizia. Em seu íntimo sabia o que havia provocado o desmaio de sua filha. E agora? Será que ela havia se lembrado do passado? Voltaria consciente de sua real identidade?

Preso em sua memória, Nelson começou a chorar. Sabia que uma hora isso aconteceria. Mas não se sentia preparado para a verdade.

Santiago nada entendeu e procurou acalmá-lo.

— Não fique assim. Foi só um mal-estar. Tudo vai ficar bem.

Nelson continuava a chorar. Era-lhe impossível segurar o pranto. Sabia que perderia Carla para sempre.

Ricardo, assustado, perguntou:

— Não seria melhor levá-la para um hospital?

— Não há necessidade. Ela está um pouco debilitada, mais nada. Logo voltará a si.

Sílvia, percebendo que a situação não era grave e estava sob controle, começou a chamar os convidados, que se aglomeravam na porta da mansão:

— Vamos para o salão. Foi só um mal-estar. Logo ela estará conosco. Por favor.

Com elegância e classe, tanto ela quanto André foram reconduzindo os convidados para suas mesas no salão.

Aos poucos, somente Ricardo, Santiago e Nelson ficaram na sala, esperando pelo despertar de Carla.

A essa altura, Sampaio estava chegando perto da casa de Fernanda.

— Vou subir e ficar um pouco com você.

— Não precisa, estou bem — retrucou Fernanda, com a voz ainda pastosa.

— Sozinha você não vai. Vamos, vou acompanhá-la.

— Já disse que estou bem. Ajude-me a achar a chave do apartamento. Não sei por que trouxe esta bolsa tão grande — e virando-se para ele, perguntou: — Você não tem mais a cópia da chave?

Sampaio começou a revirar a bolsa de Fernanda e nada respondeu. Instantes depois achou a chave. Fernanda desacordou. Sampaio tentou dar um tapinha levemente no rosto.

— Hum, o que foi? Já chegamos ao apartamento?

Sampaio percebeu que ela não teria condições de subir. Estava muito bêbada.

— Vou subir e pegar algumas roupas. Desço num minuto. Vamos seguir para minha casa. Amanhã você volta, está bem?

— Ahn?

— Você me ouviu?

— Hum...

Sampaio, percebendo que Fernanda nada ouvira, encostou o carro na porta do prédio. Deixou-a recostada no banco e subiu para pegar algumas mudas de roupa.

Chegando ao apartamento, Sampaio procurou ir direto para o corredor que dava acesso aos quartos. Ele conhecia o apartamento de outros tempos, quando foram amantes. Sabia onde ficava o quarto em que ela dormia.

Foi caminhando pelo corredor e viu um dos quartos com a porta semiaberta, e de lá vinha uma pequena claridade.

— Será que ela deixou algum abajur aceso? — pensou alto.

Sampaio empurrou a porta. Sua respiração parou por um segundo. Segurou-se na maçaneta para não cair. Aquela cena era horripilante.

No canto do quarto, um pequeno altar. Imagens sinistras e desconhecidas, velas das mais variadas cores. Um cheiro forte de erva inebriava o local. Sampaio foi se aproximando. Não podia acreditar no que seus olhos constatavam. Sobre o altar, bonecos de pano. Alguns com a corda no pescoço, outros com alfinetes espalhados pelo corpo. Alguns crânios pousados próximo aos bonecos denunciavam tratar-se de magia negra.

Sampaio foi ficando sem saliva, a boca foi secando. Tinha pavor dessas coisas. Nunca pensou que pudesse encontrar isso na casa de uma mulher como Fernanda. Ele havia se envolvido com ela, mas nunca percebera nada. Num instante, lembrou-se de quando frequentara o apartamento e a porta desse quarto, em particular, sempre esteve trancada. Será que ela já praticava isso naquele tempo? Ela era uma atriz de sucesso, carreira brilhante, com um namorado deslumbrante. Por que iria meter-se com rituais tão pesados? O que ela andava fazendo?

Acendeu a luz do quarto e sentiu-se pior. Fotos de Ricardo com marcas de tinta vermelha; fotos de conhecidos da televisão que haviam se desligado de maneira repentina. A cada foto que olhava, lembrava-se da pessoa. Todas elas não estavam mais no meio artístico. Umas haviam adoecido, outras mudaram de profissão e uma delas havia morrido. Será que Fernanda estava por trás dessas histórias? Será que ela havia praticado algo contra essas pessoas? Será que ela tinha esse poder?

Não, ele se recusava a acreditar no invisível. Aquilo que não fosse palpável não poderia ter força sobre nós, seres dotados de inteligência. Isso era pura crendice. Procurou afastar os pensamentos com a mão, até que se deparou com sua foto. Sobre ela, um boneco de pano e um alfinete na altura da barriga.

Sampaio sentiu náuseas e o sangue sumiu. Lembrou-se que sempre tivera uma saúde de ferro, mas no último ano vinha sentindo fortes dores de estômago. Os médicos diziam que poderia tratar-se de cólicas, pois ele tinha uma vida irregular, má alimentação. Agora ele começava a questionar se isso era verdade ou não. Alguém teria a capacidade de provocar-lhe uma doença? Fernanda seria capaz disso? Será que o amor que Ricardo sentia tinha a ver com esse santuário sinistro?

Sentiu um pavor tomar conta de todo o seu corpo. Caminhou de costas, apagou a luz. Sentiu o ar pesado, o ambiente carregado. Esqueceu-se de pegar as roupas para Fernanda e saiu em disparada.

Antes de entrar no carro, Sampaio procurou recompor-se. Respirou fundo, tentou disfarçar. Fernanda ainda se encontrava adormecida.

Ele entrou no carro, ligou o motor e falou:

— Vamos para minha casa. Você dorme e amanhã volta, afinal de contas este é o seu carro.

Acelerou e foi para casa, deixando a mente, durante o percurso, a fazer-lhe incontáveis perguntas.

Rogério e Ester acompanharam a cerimônia até o momento em que Carla foi deitada no sofá.

— Ela precisa ficar desacordada mais uns minutos. A equipe médica aqui do astral está desfazendo os bloqueios energéticos criados no dia do acidente.

— Está na hora de conversar com ela.

— Também acho, Rogério. Vamos chamá-la.

Desencaixaram o espírito de Carla do corpo. Ela foi conduzida em estado de semiconsciência pelas mãos delicadas de Ester. Sentaram-na numa cadeira próxima. Ester tomou a palavra:

— Como vai, querida?

O espírito de Carla, tomando consciência aos poucos, balbuciou:

— Bem... Hum, você! Fazia tempo que não a via...

— Fazia mesmo. Estávamos com outros compromissos. Agora está na hora de ajudar no que for possível.

Carla assentia com a cabeça. Ao olhar para o lado, reconheceu o rapaz. Levantou-se da cadeira e gritou:

— Rogério?!

Ele abraçou-a e beijou-a nas faces.

— Eu mesmo. Como vai, Leonor?

Ao ouvir esse nome, o espírito de Carla, desprendido do corpo físico, lembrou-se de tudo. Enquanto sua cabeça pendia para o peito de Rogério, grossas lágrimas banhavam seu espírito.

— Não sei o que dizer... estou confusa... agora que me chamou pelo nome... Sei que sou Leonor, mas também sei que sou Carla. O que se passa?

Ester contemporizou:

— Calma, querida. Seu espírito estava amadurecendo diante das escolhas que fez. Agora está na hora de retomar sua vida, voltar a ter contato com os entes queridos, amar aquele que foi afastado de seu caminho no passado.

Enquanto Ester falava, Leonor foi se lembrando de tudo, do presente para o passado, desde o momento do acidente com Rogério até sua infância. Tudo vinha muito rápido, como flashes. Ao mesmo tempo, começou a lembrar-se do acidente até o dia atual, usando outro nome, embora sentindo-se a mesma pessoa.

Ester, captando telepaticamente seus pensamentos, disse com voz amável:

— Você ainda é a mesma pessoa. O nome foi circunstancial. Faz parte de sua vida passada.

— Estou me lembrando de minha mãe, de Odete. Mas o que Rogério está fazendo aqui comigo? Também saiu do corpo?

— Não querida. Não saí. Ou melhor, saí em caráter provisório há alguns anos. Meu corpo físico não sobreviveu ao acidente.

— Mas eu me recordei de você há pouco. Estava com a fisionomia alterada, mas era você. Por isso relembrei os fatos e desmaiei.

— Não, não fui eu quem você viu. Foi Ricardo.

— Seu irmão gêmeo?! — Carla bateu com a mão na testa. — Agora estou me lembrando.

SÓ DEUS SABE

— Sim, Ricardo precisa muito de sua ajuda e principalmente de seu amor — tornou Rogério. — Nós nos apaixonamos, mas, quando cheguei aqui ao astral, percebi que tínhamos afinidades, mas não havíamos nascido um para o outro. Ricardo é o homem de sua vida.

— Então por que me apaixonei por você? Não seria mais fácil apaixonar-me por ele? Por que tanto sofrimento? Por que a perda de memória? Por que sua morte trágica?

— Nada é trágico aos olhos de Deus. Em nosso estágio evolutivo, necessitamos passar por situações que julgamos ser doloridas, trágicas. Mas é a única maneira que a vida encontra para despertar o nosso espírito para o seu verdadeiro caminho e afastar-nos das ilusões.

— Não sei se consigo entender agora o que me diz. Estou muito confusa. Não sei ao certo se o amava naquele tempo, mas gostei muito de você, e hoje, ao pousar meus olhos em seu irmão, senti um calor no peito, uma saudade, um amor muito grande.

— Tanto ele quanto você e eu precisávamos passar por situações que quebrassem ilusões cristalizadas, que trazemos há muitas vidas. Ricardo sempre sentiu-se inseguro no amor, e a perdeu na outra vida por isso. Eu nunca consegui distinguir amor de paixão.

— E eu? Pelo que me recorde, gostava muito de você.

— Sim, mas não me amava. A semelhança entre nós ajudou-a a interessar-se por mim. Você precisava, antes de mais nada, burilar seu espírito, preso a memórias passadas que a impediriam de viver uma união feliz. Você sofreu muito com a separação de seu pai no passado. Você separou-se dele e o remorso ficou preso em seu peito. Tudo foi feito para que limpasse isso de seu coração.

— Então Nelson foi meu pai?

Ester, delicadamente, respondeu:

— Sim. Poderia reencontrá-lo de outra maneira, mas sua obsessão pela falta de um pai fez com que a vida usasse de suas sábias leis para aproximá-los. Seu desejo foi maior, por isso acelerou os fatos. Um dia entenderá tudo. Agora precisa ir. Está na hora de voltar ao corpo. Aos poucos, sua memória será desbloqueada.

— Por que não desbloqueia de imediato? Estou bem, um pouco confusa, mas bem.

— Você está bem aqui, agora, em espírito. Quando voltar ao corpo físico, as coisas serão diferentes. Não se esqueça de cultivar seu amor por Ricardo. Só o amor puro é real e vence qualquer magia. É a única arma que terá para afastá-lo de Fernanda.

— Ele a ama — disse Leonor tristemente.

— Não. Ele não a ama. Está enfeitiçado. Suas inseguranças afetivas permitiram que ela conseguisse atuar sobre sua vontade. Mas, se você conseguir despertar o verdadeiro amor em seu peito, nós aqui no astral teremos condições de desfazer o trabalho.

— Vocês acham que sou capaz?

— Acredite que é, e então será capaz.

Ester e Rogério beijaram e abraçaram Leonor. Encaixaram seu espírito ao seu corpo e saíram de mãos dadas, felizes pelos acontecimentos estarem de acordo com o planejado.

Sampaio chegou em casa. No trajeto, Fernanda balbuciara algumas palavras desconexas. Ele não deu importância, estava ainda impressionado com o que vira em seu apartamento.

Abriu a porta do carro, deu um tapinha leve no rosto dela mais uma vez. Fernanda acordou.

— Onde estou?

— Em minha casa.

— Por que vim parar aqui? Quero ir para minha casa.

— Não. Amanhã estará melhor e poderá voltar. Agora saia do carro, vamos tomar uma ducha fria e também vou preparar algo para comer.

— Onde está Letícia?

— Minha esposa está na praia. Volta amanhã.

Ela sorriu maliciosa:

— Hum, podemos recordar os velhos tempos.

Sampaio saiu do carro impaciente. Deu meia-volta e abriu a porta para Fernanda. Ferido em seu orgulho, aproveitou para descarregar:

— Poderia recordar com qualquer outra pessoa, menos com você. Você não me desperta mais o desejo.

— Está certo. Agora é a vez de Ricardo. Faz tudo por ele.

— Qual nada! Gosto dele como se fosse um filho.

— Está certo, vou acreditar.

— O que está insinuando? — perguntou Sampaio, irritado.

— Nada. Quero entrar. Preciso de um banho. Trouxe as roupas?

— Não. Tentei abrir a porta e não consegui. Fiquei nervoso, a lâmpada do corredor estava queimada — mentiu. — Pegarei uma camisola de minha esposa. Deve servir.

Ela finalmente desceu do carro e Sampaio a conduziu até o hall de entrada.

— Uau! Não sabia que um diretor ganhava tanto assim. A sua casa é deslumbrante! Você nunca permitiu que eu viesse aqui quando estávamos juntos.

— Tive uma queda por você, mas acima de tudo respeito minha esposa. Ela nunca soube de nada. Não gostaria de magoá-la. Enfim, não temos mais nada. Agora suba. À esquerda há uma suíte. Entre, tome uma ducha, encha a banheira, faça o que achar melhor. Enquanto isso, vou trocar de roupa e preparar algo para comer.

Fernanda deu de ombros e nada disse. Subiu as escadas a passos trôpegos e trancou-se no quarto. Em seguida, Sampaio subiu e dirigiu-se a outro quarto. Alguns minutos depois ele desceu, com uma roupa mais confortável, e foi para a cozinha.

Perto de uma hora depois, Fernanda apareceu. Estava com outro aspecto. Os cabelos soltos, molhados, davam-lhe um ar comum. Não parecia ser a mulher deslumbrante que aparecia nas telas. Olhando-a bem, na verdade não se tratava de uma mulher bonita. Ela tinha charme, mas não possuía beleza.

Ela se aproximou e sentou-se numa cadeira.

— O que um banho não faz! E também vasculhei o armário sobre a pia e encontrei umas aspirinas. Sinto-me outra. Uma nova mulher.

— Você não se comportou muito bem.

— E você queria que eu me comportasse como? Ricardo mal tirou os olhos daquela vagabunda.

— Não fale assim, você mal a conhece. Ele procurou ser simpático.

— Simpático, sei. Preciso estar sempre atenta. Não posso deixar que qualquer uma chegue perto. Ele é meu.

— Como pode afirmar isso com tanta certeza? Esqueceu que ele está sozinho, morando no Rio? Aquela cidade é fogo, e Ipanema exala sensualidade pelas suas quadras.

Fernanda irritou-se.

— Por que tenta deixar-me insegura? Por que não aprova nossa união? Fazemos um belo par nas telas e fora dela. Está com ciúme por que o troquei por ele?

Sampaio sentiu o sangue subir. Suspirou profundamente e considerou:

— Gosto muito de você, mas se escolheu outro, é porque não estava feliz comigo. Por que cismou com Ricardo?

— Eu não cismei com ninguém. Ele me adora.

— Acha mesmo isso?

— Acho. Não há mulher que possa ser páreo para mim. Fiquei descontrolada com aquela caipira porque percebi algo diferente no olhar dos dois. Mas já passou. Quanto ao envolvimento de Ricardo com os homens, não posso fazer muito, não posso oferecer o que eles oferecem.

Sampaio continuou mexendo nas panelas no fogão. De costas para Fernanda, perguntou, com naturalidade:

— De onde tirou a ideia de que ele se envolve com homens?

— São as más-línguas. Eu sei pouca coisa, o suficiente para fazer um estrago na carreira de Ricardo, caso ele me abandone.

Sampaio estremeceu. Lembrou-se novamente das fotos, do altar. O que Fernanda queria insinuar?

— Eu conheço Ricardo como a palma de minha mão. Garanto que ele nunca se envolveu com homem algum.

— Não é o que dizem — respondeu Fernanda, com sarcasmo e ironia na voz.

— Então, o que dizem?

— Bem, dizem por aí que Ricardo anda tendo um caso com certo diretor de televisão. Dizem que o diretor cobra na cama por toda a ajuda que presta a ele.

Sampaio não aguentou. Encolerizado, largou os afazeres e partiu para cima de Fernanda. Agarrando-a pelo pescoço, disse com ódio na voz:

— O que você está querendo insinuar, sua maldita?

Fernanda sentiu medo, mas quis continuar com o jogo perverso:

— Eu?! Nada! Calma. Eu só ouvi alguns comentários sobre vocês dois. Nunca liguei, porque você nunca vai ser páreo para mim. Afinal de contas, um dos motivos pelo qual o deixei foi porque você não funcionava direito.

Sampaio tirou as mãos do pescoço dela. Não podia acreditar numa barbaridade dessas. Afastou-se e, com o dedo em riste, afirmou:

— Eu sou um homem de respeito. O único deslize de minha vida foi envolver-me com você, mas foi passageiro. Não sei até hoje por que me deixei envolver. E olhe que tive muitas mulheres, inclusive melhores que você, aos meus pés. Você está querendo acabar com minha reputação. Isso é uma inverdade. Como pode deturpar o que sinto por Ricardo? Não acredita em amor puro de pai?

Fernanda começou a gargalhar:

— Amor de pai? Então é incesto! E, mesmo que seja mentira, vou arrumar provas que mostrem o contrário.

— Por que quer me destruir?

— Porque quero ir trabalhar no Rio. Em São Paulo sempre foi tudo fácil para mim. O meu sonho foi sempre o de trabalhar naquela emissora. Sei que você tem muitos amigos lá na televisão. Você vai ter que se virar.

— Mas não é fácil. A emissora é criteriosa, não coloca qualquer um no elenco.

Fernanda irritou-se mais ainda:

— E eu sou qualquer uma? Eu sou uma superestrela! Não quero saber. Ou você me arruma um papel de destaque, ou acabo com sua reputação.

— Se fizer isso, vai acabar com a reputação de Ricardo também. Se ele for para o buraco, você vai junto.

— Pensando melhor, você tem razão. Vou tirar Ricardo da jogada. Arrumarei um outro ator de destaque para forjar um caso com você.

— Você é muito suja! Não deixarei que arruíne a minha reputação com uma calúnia dessas. Nunca pensei que você fosse tão venal!

— Vamos ver. Ou me arruma um papel de destaque, ou o Brasil inteiro vai saber que você corrompe sexualmente uma porção de galãs.

Sampaio desesperou-se. Partiu violentamente para cima de Fernanda. Ambos foram ao chão. Ele agarrou-a pelo pescoço com força. Enquanto a esmurrava, dizia, colérico:

— Nunca permitirei que faça isso! Você não presta. Não pode viver impune, destruindo a vida dos outros.

Fernanda tentava a custo livrar-se de Sampaio, mas ele era mais forte. Rolaram no chão. A muito custo ela tentou chutar o fogão até que alguma panela caísse.

Vieram ao chão duas panelas que despejaram comida quente sobre as costas de Sampaio e os braços de Fernanda. Ambos gritaram de dor. Mesmo com o braço queimado, ela conseguiu livrar-se de Sampaio. Correu pela cozinha na tentativa de escapar ou de encontrar algo para sua defesa.

Sampaio estava fora de si. Louco de ódio, queria esmurrar aquela mulher até que toda sua ira se esvaísse.

Fernanda parou próximo à pia. Sampaio foi agarrá-la por trás, mas tudo ocorreu muito rápido. Ela pegou uma faca que estava sobre a tábua de carnes. Desesperada, de um salto, virou-se e cravou a faca na barriga do diretor.

— Desgraçado. Você não merece viver. Vá para o inferno.

Sampaio, olhos arregalados e injetados de terror e dor, foi pesadamente ao chão. Caiu de bruços e a faca atravessou seu corpo. O golpe foi fatal.

CAPÍTULO 20

Carla aos poucos foi despertando. Nelson e Santiago estavam a seu lado. Ricardo estava ajudando o pai a entreter os convidados no salão.

Fundo suspiro brotou de seu peito.

— O que aconteceu?

— Você está bem? — perguntou Santiago.

— A cabeça está doendo um pouco. Sinto meu corpo um pouco pesado.

— Você teve uma queda de pressão muito grande. Tem certeza de que está bem?

Nelson a olhava e nada perguntava. Sentia seu peito apertar. Estaria Carla rememorando o passado? Não tinha coragem de dirigir-lhe a palavra. Sossegou no momento em que ela disse:

— Pai, você está com olheiras e ar cansado. Também está sentindo alguma coisa?

Nelson contemporizou:

SÓ DEUS SABE

— Não. Estou bem. Fiquei muito preocupado. Faz mais de meia hora que está assim.

— Fiquei desmaiada por mais de meia hora?

— Sim.

— Parece que fiquei fora do ar por horas. Tive um sonho confuso, mas muito real. Parecia que eu estava vivendo tudo isso. Ainda guardo as últimas cenas e palavras em minha mente.

Nelson perguntou, nervoso:

— O que vem a sua mente?

— Estava conversando com um casal, pareciam ser amigos meus. Diziam que você era meu pai.

Nelson remexeu-se na cadeira. A filha esteve sonhando ou tivera contato com espíritos? Não sabia distinguir ao certo. Desde que voltara do hospital, meses atrás, deixara o orgulho de lado e humildemente foi fazendo perguntas a dona Clotilde. Toda vez que ela ia visitar Carla, ele a cercava e fazia uma ou outra pergunta.

Por insistência de Santiago, começou a ler alguns livros para entender sobre reencarnação e vida após a morte. Tudo ainda era muito novo para ele, mas, ao mesmo tempo, ansiava pelas visitas de dona Clotilde, a fim de que ela pudesse esclarecer-lhe as inúmeras dúvidas que assolavam seu espírito.

Nelson havia mudado muito, mas o medo de perder Carla o deixava num estado de insegurança sem precedentes. Por mais que começasse a entender e aceitar a verdade espiritual, o medo de perdê-la para sua família de origem o aterrorizava profundamente. Agora, ver sua filha chamá-lo de pai e falar sobre o sonho com amigos deixou-o desconfiado e intrigado. Suspirou e pensou:

"Ah, se dona Clotilde estivesse aqui! Saberia, com certeza, dizer se Carla sonhou ou encontrou-se com espíritos amigos. Será que eram membros de sua família?"

Santiago quebrou o fluxo de pensamentos de Nelson, quando perguntou a Carla:

— Não importa se foi sonho ou não. Por acaso, você se lembra dessas pessoas? Elas deram nome?

MARCELO CEZAR PELO ESPÍRITO MARCO AURÉLIO

Fechando os olhos para ajudá-la em sua lembrança, Carla respondeu:

— O rapaz disse chamar-se Rogério. Era como se eu o conhecesse de longa data. Senti forte emoção ao vê-lo. Só me recordo do momento em que me disse para cultivar meu amor por Ricardo.

— Cultivar seu amor por Ricardo?! — perguntou Nelson incrédulo. — Isso só pode ser sonho mesmo. Você nunca havia visto esse homem antes. Como podem falar em cultivar o amor por ele? Deve ter sido a emoção de ficar frente a frente com um galã de televisão. Só pode ser isso.

— Dá para você fechar o bico? — replicou Santiago. — Não vê que Carla está procurando lembrar-se de um sonho ou sei lá o que foi, mas que deve ter sido importante? Quer parar de objetar e deixá-la falar?

— Desculpe. Estou nervoso. Fiquei preocupado com o desmaio. Está certo. Continue, minha filha.

— Cultivar o amor por Ricardo. Isso está muito nítido em minha mente. Eles disseram que irão nos ajudar, mas só o amor vai acabar com a magia.

— Magia? — inquiriu Santiago.

— Parece que sim. E aos poucos eu irei me lembrar de tudo.

Nelson estremeceu. Santiago exultou de alegria.

— Não foi um sonho! Tenho certeza de que você esteve com espíritos amigos. Logo saberemos sua origem. Isso é fantástico. Bem que dona Clotilde sempre nos disse: confiem e aguardem. Ela sempre esteve certa.

— Eles garantiram que você vai lembrar-se de tudo? — perguntou Nelson com um fio de voz.

— Sim. Aos poucos. Disseram que não tenho condições de recordar tudo de uma vez, mas é só uma questão de tempo.

Ricardo havia voltado há pouco do salão. Chegara no momento em que Carla falava o nome de Rogério. Discretamente, esperou que ela terminasse de relatar os fatos. Desde que se mudara para o Rio, passara a frequentar o mesmo centro espírita que Carmem e Marta. Sempre que tinha folga na televisão, ia até lá ou à casa de Carmem para estudar. Lembrou-se da última reunião, onde espíritos amigos haviam dito que muitas coisas seriam esclarecidas em curto espaço de tempo, pois todos os envolvidos encontravam-se amadurecidos para compreender e aceitar os fatos. Emocionado, perguntou a Carla:

— Como era o rapaz?

— Deixe-me ver, muito parecido com você, Ricardo. Mas os cabelos eram mais curtos, sem bigode ou costeletas.

— E a moça?

— Ah, ela era linda. Meiga, doce, tratou-me com muito amor. Deve ser um casal, porque um olhava o outro com muito amor.

Ricardo emocionou-se mais ainda. Só podiam ser seu irmão e Leonor. Então eles haviam ficado juntos no astral! Precisava contar essa novidade para Carmem. Ela precisava saber que sua filha estava ao lado de Rogério. Não via a hora de poder contar-lhe a novidade. Chegou perto de Carla, colocou as mãos dela entre as suas, e com carinho disse:

— Você é privilegiada. Nunca nos vimos antes. Não sei nada a seu respeito, mas tenho certeza de que você deve ter alguma ligação com meu irmão e minha... minha... cunhada, se assim posso dizer. Ela nunca se comunicou antes. Deve ter muita afinidade com você.

— Não sou privilegiada. Faz anos que eu tenho sonhado com os dois. Sempre acordo com poucas lembranças, as fisionomias nunca ficavam nítidas e também nunca deram-me seus nomes. Hoje foi a primeira vez que tudo ficou claro e bem real.

— Quer dizer que você sonhou sempre com esse casal? Há quanto tempo? — perguntou Ricardo, intrigado.

— Desde que estou na casa de Nelson.

— Mas ele não é seu pai? Não estou entendendo.

Nelson ia censurá-la, mas Santiago não permitiu.

— Vamos, Nelson, tomar uns drinques. Carla está debilitada, cansada. Deixe-a conversando a sós com Ricardo. Vamos sair e respirar ar puro, ver as mulheres que estão dando sopa no salão.

Contrariado, Nelson respondeu:

— Está certo, vamos. Mas por pouco tempo. Não gosto de deixá-la sozinha.

— Pode ficar sossegado que não abusarei de sua filha. Tenho uma imagem a zelar — tornou bem-humorado Ricardo.

Os dois saíram e Ricardo aproximou-se mais de Carla. Sentou-se numa banqueta próximo ao sofá. Segurando ainda suas mãos, continuou:

— Não entendi mesmo. Você morava com sua mãe e depois foi morar com seu pai? Por que o chamou de Nelson? Não é costume um filho chamar o pai pelo nome.

— Não é mesmo. Na verdade eu não sei quem sou.

Ricardo custou a entender.

— Pelo visto, você deve achar que sou uma maluca.

— Se você me contar o que se passa, posso mudar minha opinião — tornou ele com um lindo sorriso nos lábios e salientando o furinho charmoso de seu queixo.

— Há alguns anos fui encontrada à beira de uma estrada em estado inconsciente. Levaram-me até o hospital da cidade mais próxima, Guaratinguetá, e fui assistida por Nelson, o médico responsável daquele hospital. Fiquei com amnésia, não consegui mais recordar de minha vida antes daquela noite na cama do hospital. Nelson tentou procurar familiares, parentes, mas em vão. O tempo foi passando e fui ficando na casa dele. Ele não tem parentes e me adotou, se assim posso dizer, como filha. O único problema é que não tenho documentos. Essa é a pior parte da história.

— Então seu nome não é Carla?

— Na verdade, não. Esse foi o nome que Nelson me deu, tempos depois. O bloqueio foi tão forte que mesmo meu nome verdadeiro eu não sei.

— Não distribuíram fotos, não deram busca próximo ao local onde você foi encontrada?

— Fizeram tudo o que era possível. Talvez eu tenha tido uma família que quis livrar-se de mim. Fui encontrada sem documentos, com escoriações pelo corpo. Infelizmente não sei o que possa ter acontecido. Mas desde a noite do acidente tenho tido sonhos com espíritos amigos. Dizem que na hora certa vou saber a verdade.

— Você acredita em espíritos?

— Sim. Por quê? Toma-me por uma desequilibrada por acreditar no mundo astral?

Ricardo riu bem-humorado.

— De que está rindo? Acha que sou desmemoriada e fraca da cabeça? — perguntou Carla contrariada.

— Que nada! Não fique brava. Eu também acredito em espíritos. Tenho até um grupo de pessoas que estudam, que se interessam pelo tema. Frequentamos inclusive um bom centro espírita no Rio.

— Então temos algo em comum!

— Acho que mais do que isso. Os espíritos que você descreveu há pouco são entes muito queridos meus.

— Seus?! Como pode ser? Como tem essa certeza?

— Não sei explicar muito bem, mas você descreveu meu irmão e sua namorada.

— Não pode ser! Eu não conheço você, quer dizer, conheço-o por fotos, mas hoje foi nosso primeiro contato.

— Não sei, não. Assim que voltar ao Rio, vou procurar saber sobre essa ligação. Você se importaria de participar de uma reunião conosco, se fosse possível?

— Claro! Desde que possa levar comigo dona Clotilde. Ela tem sido a luz a guiar-me no vasto mundo do invisível. Graças a ela, tenho conseguido manter-me lúcida e equilibrada.

— Pode levá-la, sim. Será um grande prazer. E afinal de contas, adorei o recado que Rogério lhe deu.

— Que recado?

— De que você deve cultivar o amor por mim. Foi a melhor parte da história.

Carla ruborizou-se. Sentiu todo o sangue subir-lhe às faces. Esquecera-se de que ele estava presente ao dizer aquilo.

— Desculpe, não sei se o recado foi esse mesmo. Estou confusa.

Carla sentiu o coração bater descompassado. Ricardo também. Sem cerimônia, aproximou seu rosto do dela. Sem conseguir controlar seus impulsos, beijou-a com ardor. Ela retribuiu o beijo e sentiu o chão sumir sob seus pés.

Foram interrompidos por um grito pavoroso. Ambos olharam assustados em direção à porta da sala. Ricardo, mantendo Carla deitada no sofá, levantou-se de imediato.

— Então foi só eu dar uma saidinha para essa ordinária se aproveitar da ocasião? Maldita!

Fernanda estava transtornada. Suas mãos estavam cheias de sangue. Entre elas, uma faca igualmente ensanguentada.

Ricardo tentou contemporizar.

— Você está fora de si. Calma. Podemos conversar educadamente. Aqui não é lugar nem hora apropriados para uma discussão, Fernanda.

— Cale a boca! Vou acabar com a vida dela. Você é meu e será sempre meu. Não vou deixar que uma caipira vagabunda tome o meu lugar assim tão fácil. Não depois de tudo o que fiz.

— Calma. Ela não tem nada a ver com a história.

Fernanda não dava ouvidos. Do canto de seus lábios escorriam grossas camadas de saliva. Ela estava em estado colérico. Seus olhos viravam com tamanha velocidade que pareciam querer saltar das órbitas.

Assim que Sampaio caiu sem vida no chão da cozinha, ela se deu conta do que havia ocorrido. Imediatamente virou o corpo do diretor e arrancou a faca de sua barriga. Ficou lá sentada, olhando para aquele corpo sem vida. Estava atordoada. Algumas entidades escuras abraçaram-se a ela numa colagem energética de lascívia e prazer. Sussurravam em seus ouvidos:

— Você acabou com esse desgraçado que ia atrapalhar o seu caminho. Agora é hora de pegar a vagabunda. Ela vai seduzir o seu homem. Ela vai seduzir o seu homem.

Fernanda sentiu sua força triplicar. Um ódio descomunal tomou conta de seu corpo. Ensandecida, saiu correndo com a faca na mão. Antes, teve o despautério de quebrar algumas vidraças da casa de Sampaio. Depois remexeu e derrubou

SÓ DEUS SABE

algumas gavetas, dando a impressão de assalto. Deixou a porta de entrada entreaberta, apagou as luzes e partiu colérica até a casa de André. Ao se deparar com Ricardo e Carla se beijando, novamente foi incitada pelas entidades:

— Eles vão ficar juntos! Você não pode deixar que isso aconteça. Você já matou um, não custa nada matar outro. Acabe com a vida dela.

Telepaticamente Fernanda sorvia cada palavra que aquelas entidades diziam. Espumando ódio, tentou jogar-se para cima de Carla. Ricardo foi mais rápido e empurrou-a com força. Fernanda tropeçou e deixou cair a faca. Ricardo mais uma vez foi rápido o suficiente para chutar a faca longe. Jogou-se em cima de Fernanda.

— O que está acontecendo? Você não está bem. O que estava fazendo com essa faca? Por que está suja de sangue?

Fernanda nada ouvia. Gritava e esperneava sem parar. Ricardo tentava a todo custo segurá-la. Ela parecia outra pessoa.

Carla não sabia o que fazer. Se fosse chamar os convidados, sabia que a festa dessa vez iria por água abaixo. Já havia desmaiado e causado pequeno tumulto. Caso os convidados vissem Fernanda, uma atriz nacionalmente conhecida, completamente fora de seu juízo normal, seria o fim da festa e uma grande decepção para os recém-casados. Eles não mereciam isso. Acuada num canto, Carla lembrou-se de Rogério e da bela mulher. Começou a rezar. Intimamente fez uma prece que brotou fundo de seu coração. Pediu que espíritos amigos pudessem ajudá-los naquele momento tão constrangedor.

Logo Fernanda perdeu as forças. Ricardo levantou-se, procurou recompor-se. Intuído, tirou o lenço do paletó e pegou a faca. Aproximou-se de Carla.

— Você está bem?

— Eu é que pergunto.

— Mais ou menos. Estou preocupado com ela.

Fernanda levantou-se, olhou para os dois com os olhos vermelhos e injetados de ódio.

— Vocês me pagam!

255

MARCELO CEZAR PELO ESPÍRITO MARCO AURÉLIO

Saiu em disparada. Ricardo tentou ir atrás, mas ela foi mais rápida. Entrou no carro e saiu cantando os pneus.

Ricardo voltou com a faca envolta pelo lenço. Chamou por Douglas:

— Guarde isso. Coloque dentro de um saco plástico.

Douglas, olhos assustados, vendo aquela faca suja de sangue envolta por um lenço manchado de vermelho, simplesmente disse:

— Deixe comigo, Ricardo. Saberei onde guardar.

Douglas saiu e Ricardo novamente viu-se a sós com Carla. Olhou-a nos olhos com paixão. Sentia algo por Fernanda, mas era muito diferente do que sentia por Carla. Seus pensamentos estavam embaralhados, sua cabeça e nuca doíam terrivelmente. Mas seu peito estava cheio de amor. Correu em direção a Carla e beijou-a repetidas vezes nos lábios. Carla correspondeu e deixaram-se cair no sofá, entre beijos e carícias.

— Se ele mantiver o peito irradiando todo esse sentimento puro, teremos autorização para solicitar o desmanche do trabalho.

— Acha que será possível desfazer a magia, Ester?

— Claro, meu querido. A força do amor é poderosa e vence qualquer magia ou trabalho.

— Por que a cabeça dele está doendo? Por que essas manchas escuras próximo à nuca?

— Rogério, são os efeitos da magia. O trabalho consistiu em bloquear e embaçar sua mente, para que ele nada pudesse perceber a não ser a figura de Fernanda. Agora o trabalho começou a ser desfeito. Ele vai sentir mal-estar e um pouco de enjoo. Mas tudo será assistido por nossa equipe espiritual. Ele voltará ao centro no Rio e lá teremos condições apropriadas para concluir a nossa parte.

— Ester, eu ainda tenho muito a aprender. Ele ama Carla, não sei como pôde ser vítima de macumba.

— Ele não foi vítima. Seu padrão de pensamento facilitou bastante. Ricardo sempre se sentiu inseguro quando o assunto era

SÓ DEUS SABE

amor. A cada decepção amorosa, ele se frustrava. Em vez de destruir as ilusões que criou acerca do amor, ele foi, a cada decepção, idealizando uma mulher que só existia em sua mente.

— Mas ele estava à procura de seu par, de sua metade.

— Não seja tolo. Nem mesmo aqui no astral usamos o termo alma gêmea. Isso faz parte da ilusão humana. Existem almas afins, sim. Mas não com essa dose de emoção que colocamos na Terra. Não podemos esquecer de que tudo o que procuramos nos outros é resultado daquilo que não queremos enxergar dentro de nós.

— Você tem razão, meu amor. Não adianta procurar nos outros.

— Não adianta. Lidar com o aspecto afetivo está relacionado com troca e não com procura. Se estiver disposto a trocar amor, terá sucesso. Se estiver à procura de um amor, vai amargar em suas frustrações.

— Ester, como sou grato por tê-la a meu lado, pois aprendi verdadeiramente como relacionar-me afetivamente.

Rogério abraçou-a com carinho e juntos passaram delicadamente as mãos sobre as testas de Ricardo e Carla. Luzes coloridas, que saíam de suas mãos, limparam o perispírito dos jovens encarnados e da sala, antes repleta de entidades pesadas, bem como das formas-pensamentos trazidas por Fernanda.

CAPÍTULO 21

Nelson voltava para casa contrariado. Saiu de São Paulo em desespero. Tentou, debalde, arrastar Carla para casa. Era a primeira vez que se separava dela. Não gostava de sentir o aperto que teimava em tomar-lhe lugar no peito.

Quase perdera o ar quando vira Ricardo e Carla de mãos dadas, andando pelo salão, logo depois que ela se recuperou. Os convidados cochichavam, não conseguiam deixar de notar o brilho naquele casal formado por duas pessoas tão bonitas. Conforme Ricardo e Carla passavam pelo salão, era com gosto que as pessoas os admiravam, aprovando com louvor o que parecia uma provável união.

Santiago ria de sua face transfigurada e muda, sem expressão definida.

— Você se estrepou. Vai perder a filha querida.

— Não brinque com isso. Eles não podem se apaixonar.

— Por que fala com tanta propriedade? Parece coisa de novela mexicana. Não vá me dizer que são irmãos! Que esse é o segredo de seu passado — tornou bem-humorado Santiago. — Ela nem mesmo é sua filha. Acorde e desperte para a realidade. Acha que ela ficaria a seu lado para sempre, sem identidade, como um bibelô?

— Não seja duro comigo.

— Não estou sendo duro. Estou sendo sincero. Sou seu amigo. Adoro você e Carla. Sempre soubemos que um dia as coisas tomariam rumo. Sou seu amigo de verdade e acho que está me escondendo algo.

— Não estou.

— Está. Nelson, conheço bem você. O que anda ocorrendo? Desde a época em que teve aquele mal súbito em São Paulo, tenho percebido você mais tenso, preocupado.

Nelson continuava impassível, olhando para a paisagem ao redor, como se não ouvisse Santiago.

— Não vou insistir. Acho essa atitude invasiva. No momento certo, você me conta o que está acontecendo.

Santiago falou e passou a mão pelo ombro do amigo. Continuou olhando para a frente e dirigindo com cautela. Nelson via em Santiago um irmão. Sempre contara-lhe tudo, nunca tinha omitido detalhes de sua vida, fosse no campo profissional, fosse no campo pessoal. Sua vida para Santiago era como um livro aberto. Sentia remorso por não contar-lhe o que estava acontecendo. Sabia que Santiago era perspicaz e havia notado sua mudança de comportamento.

Nelson estava a ponto de explodir. Sentia vontade de gritar, de contar toda a história. Abaixou a cabeça e começou a chorar.

— Não sei o que se passa, mas deve ser algo que o está machucando muito. Gostaria de falar a respeito?

Nelson pendeu a cabeça em sentido afirmativo. Santiago tornou:

— Então vamos lá. Temos algumas horas de viagem até chegar em casa. Temos tempo de sobra para conversar.

Nelson, aos poucos, foi abrindo seu coração. Ainda em prantos, foi contando ao amigo todos os fatos, em minúcias, desde o dia em que Carla havia sido acolhida por ele até o presente. Falou sobre o amor que sentia, como se ela fosse sua filha, a conversa com Castro sobre o paradeiro de sua família, as fotos de André. Falou sobre o trabalho que um detetive havia feito com as digitais de Carla e, por último, o grande medo que sentia de perdê-la.

Santiago ouviu a tudo calado. Não emitia som ou expressão. Procurou, durante toda a conversa, manter uma postura impessoal, muito embora, algumas vezes, sentisse o peito oprimido, emocionado com a sinceridade do amigo.

Nelson concluiu:

— E agora estou indo para casa sem minha filha. Ela está com o irmão do falecido namorado. Tenho medo que ela, de uma hora para outra, entre em surto, recordando-se de tudo.

Santiago sentiu-se disposto para entabular a conversa:

— Admiro sua lealdade por ter me contado, seu amor por Carla, enfim, enalteço suas qualidades, pois você é um homem de bem. Infelizmente, esse vazio no peito é devido à descrença na vida espiritual. Se acreditasse nela, poderia perceber o quanto sofremos desnecessariamente.

— Não é questão de acreditar ou não. Desde minha internação, tenho pensado muito nisso. Mantenho conversas com Clotilde, inclusive, mas falta alguma coisa para que eu acredite de vez no mundo espiritual.

— Você é osso duro de roer mesmo. Não percebe que todo esse movimento que a vida vem fazendo mostra justamente que fazemos parte de um mundo muito mais amplo, regido por leis imutáveis e sábias? Não sabe que tudo isso que durante todo o trajeto foi chamando de "coincidências" não passa de movimentos criados pela vida para despertá-lo para a verdade?

— Tudo é muito novo para mim. Deus deve estar querendo minha punição. Com tantas pessoas nesse Brasil, fomos cair justamente na família de André?

— Para você ver como tudo está certo, como nada acontece por acaso. Chamamos a isso de lei de atração, de afinidade. Estamos aqui no carro conversando, com os espíritos aprisionados nesses corpos densos. Quando dormimos, nosso espírito se liberta do corpo, encontramos amigos, recebemos ajuda. Se você permitir-se perceber além, verá que temos muitos amigos invisíveis nos ajudando. Você deve agradecer a Deus, porque me parece que as coisas estão se ajeitando.

— Estou a ponto de perdê-la! Acha isso um movimento natural e benéfico da natureza? É muito duro.

— Deixe seu lado dramático de lado, Nelson. Olhe para essa experiência com outros olhos. Pense no lado positivo de tudo isso. Carla tem todo o direito de voltar a ser quem era. Se agora ela está com Ricardo, é porque a vida assim determinou. Você nada pode fazer, a não ser aceitar. Quando aceitamos as situações como elas são, tudo fica mais fácil.

— Não gosto disso. Aceitar parece-me tornar-se submisso, como se o destino estivesse selado e fosse algo imutável.

— Engano seu. A vida é pródiga nesse aspecto. Aceitar a realidade dos fatos significa ser lúcido, libertar-se das ilusões. Você sabia que um dia isso iria acontecer. Ninguém forçou nada. Tudo está caminhando naturalmente, e isso é sinal de que estamos no caminho certo. Largue nas mãos de Deus. Tenho certeza de que em breve você vai agradecer por tudo isso e rir da situação.

— Assim espero.

Fernanda estava tão cheia de ódio e vingança que não se amedrontou de estar na periferia àquelas horas. Parou bruscamente o carro em frente à casa de Onofre. Bateu a porta do carro com força, correu até a porta e começou a esmurrá-la.

Alguns minutos depois, a luz da sala se acendeu e uma senhora de meia-idade abriu a pequena janela da porta, assustada.

— O que quer? Sabe que horas são? Como se atreve a nos acordar dessa maneira?

Fernanda mal ouvia o que a mulher dizia.

— Cale a boca. Eu quero falar com Onofre agora. Se não chamá-lo, vou fazer um escarcéu. Chamarei a polícia e darei parte de vocês.

A senhora assustou-se.

— Polícia não! Já chega o que estamos passando ultimamente. Aguarde um instante. Verei o que posso fazer.

— Você não vai ver nada! Você vai acordá-lo agora. Se ele não me atender, eu juro que acabo com vocês.

A mulher fechou a janelinha da porta. Fernanda estava impaciente. Tremia, suava frio. Mal percebera o sangue já escurecido grudado em suas mãos.

Logo depois Onofre apareceu.

— Nem mesmo ao mais importante dos meus clientes eu atendo nesse horário.

— Não quero saber. As coisas não estão dando certo. Precisamos reforçar o trabalho. Estou perdendo Ricardo.

Onofre olhou para as mãos e roupas de Fernanda. Assustou-se com o sangue.

— Você se machucou?

— Não. Isso não interessa, quero saber o que está acontecendo.

— Vamos para os fundos.

Onofre abriu a porta e saiu. Ao lado, havia um portão de ferro, um corredor malcheiroso que dava acesso ao quarto nos fundos da casa, onde ele fazia as consultas e trabalhos.

O cheiro aumentava à medida que chegavam ao cômodo.

— Que cheiro esquisito é esse, Onofre?

— Vazamento de gás. Por essa razão, não tenho acendido velas aqui essa semana. Estou fazendo os trabalhos pesados num terreno aqui perto.

Entraram no quarto. Onofre acendeu um pequeno abajur. Fernanda perguntou:

— Com esse cheiro forte, não seria melhor conversarmos na sala de sua casa? A lâmpada do abajur pode esquentar em demasia, não sei.

— A consulta será rápida, não vai durar mais que alguns minutos. Precisamos nos concentrar. Preciso saber o que está acontecendo.

Sentaram-se na pequena mesa de consulta. Onofre suspirou, fechou os olhos. Em seguida, pegou nas mãos de Fernanda.

— Hum, vejo que se meteu em encrenca.

Ela nada respondeu.

— O rapaz que você machucou foi levado para o lado da luz. Ele ainda não sabe o que aconteceu. Está muito bem amparado.

— Não me interessa isso, Onofre. Quero que Sampaio se dane. Vim aqui por causa de Ricardo. Quero que você imediatamente afaste uma mulher de seu caminho. Farei o que for preciso, inclusive pagar-lhe o que for necessário e um pouco mais. Também posso praticar alguma coisa que você me ensinou lá no altar que fiz em casa.

Onofre respirou fundo mais uma vez. Pegou novamente nas mãos de Fernanda.

— É impossível. Não posso alterar. Tem muito espírito de luz metido no meio disso tudo.

Fernanda tirou violentamente suas mãos das de Onofre. Levantou-se de um pulo.

— Como ousa dizer-me isso? E eu quero saber se tem espírito de luz no meio? Quero afastá-los. Você fez tanto para mim! Farei o que quiser. Pagarei o quanto for preciso.

Os olhos de Onofre brilharam. Ele sabia ser impossível fazer o trabalho. Seu bando de espíritos não queria se meter com as entidades de luz que protegiam Ricardo e Carla. Ele percebeu que Fernanda estava desesperada. Seria o momento para dar o golpe final. Pegaria muito dinheiro, diria que faria o trabalho e depois sumiria. Nunca mais seria encontrado. Viveria bem e abriria um local de trabalho em outro estado, ou até mesmo em outro país.

Procurou disfarçar o tom de voz.

— Vai ser o trabalho mais difícil que já fiz na vida, mas nada é impossível para mim e para o meu bando. Vai custar muito caro.

— Não importa. Tendo ele a meu lado, pagarei o que for preciso.

Onofre não titubeou:

— Trezentos mil cruzeiros.

— Você está louco? É muito dinheiro!

— Lamento. Você acha que míseros trezentos mil valem mais do que o moço?

Fernanda mordeu os lábios com força. Não tinha tanto dinheiro assim guardado. Havia investido em ações, pois a febre na Bolsa de Valores era contagiante. Todos queriam comprar ações, e a rentabilidade era impressionante. Ela fechou os olhos, pensou no quanto tinha no banco.

— Posso dar uma parte hoje, mas o resto só pode ser para daqui a um mês. Vou comprar mais ações, verei se consigo um empréstimo com pessoas influentes.

— Sem o dinheiro não posso trabalhar. Ou eu recebo tudo, ou não faço nada. E o moço vai ficar para sempre ao lado da outra.

Fernanda estremeceu de ódio. Onofre sabia como pegar em seu ponto fraco. Ela estava a ponto de fazer qualquer negócio, não tinha limites ou escrúpulos para conseguir o que queria.

— Vou descansar. Preciso dormir e está quase amanhecendo. Volto no fim da tarde, pensarei numa solução boa para nós.

— Não se trata de solução boa para nós, mas para você. Quem está a ponto de ficar só é você. Vá para casa, reflita, veja o que pode arrumar, o que pode vender, sei lá. Vire-se. Não adianta chegar aqui mais tarde com nada nas mãos. Ou você traz toda a quantia, ou nada feito.

Onofre estava irredutível. Poderia negociar metade do valor, que se tratava de quantia razoável, mas sua ganância falava mais alto. Ele não moveria uma palha para aproximar Ricardo ou reforçar o trabalho. Queria enganar mais uma. Só que essa era um peixão, tinha prestígio e poderia dar-lhe o dinheiro suficiente para mudar de vida.

Fernanda não sabia o que responder. Ao mesmo tempo que sentia raiva pela maneira contundente de Onofre, sentia medo, muito medo. Precisava ter Ricardo a seu lado. Não sabia se seria incriminada pela morte de Sampaio. Sua cabeça fervia, ela percebia que havia passado dos limites, mas sua obsessão era mais forte. Apavorada, abriu a bolsa, remexeu-a e nervosamente pegou um cigarro. Colocou-o na boca, apanhou o isqueiro e acendeu.

Onofre estava de costas nesse momento. Ao virar-se, Fernanda estava acionando o polegar e o isqueiro soltando as faíscas reluzentes no quarto fracamente iluminado. Ele não teve tempo de impedi-la. Antes mesmo de qualquer gesto ou fala, uma forte explosão fez-se ouvir a muitos metros de distância.

O quarto onde estavam e parte do pequeno sobrado de Onofre foram para os ares. Um cogumelo negro e amarelado surgiu em seguida, alterando a paisagem matinal que se descortinava no horizonte. Com a intensidade da explosão, os corpos foram violentamente sacudidos e destroçados. Não houve sobreviventes.

CAPÍTULO 22

Carla chegou em casa radiante. O fim de semana havia sido esplêndido. Vilma foi recepcioná-la.

— Minha menina, fiquei com o coração partido quando não a vi chegar ontem junto a seu pai e Santiago. Pensei em algo ruim.

— Pela minha cara você acha que foi ruim?

Vilma olhou e percebeu um brilho diferente em Carla. Ela estava radiante.

— Você está linda mesmo! Posso saber o que aconteceu?

— Eu também quero saber.

Ambas olharam para porta da cozinha. Carla deu um grito de felicidade:

— Dona Clotilde!

Abraçaram-se com carinho e ternura.

— Menina, vejo que você está redescobrindo o seu caminho.

Carla, olhando para Vilma e Clotilde, continuou:

— Não sei explicar. Algo muito incrível aconteceu na noite de sábado.

Clotilde interveio:

— Eu sempre disse que na hora certa você começaria a re-cordar-se de tudo.

— Mas não me recordei de nada. Quer dizer, aconteceu uma situação esquisita lá no casamento.

— Seu pai nos falou sobre o desmaio. Disse que você não havia se alimentado bem. Mania de ficar em forma — tornou Vilma.

— Nada disso. Vocês sabem que o doutor Nelson é osso duro de roer. Não aceita a espiritualidade. Chega a ser im-possível manter qualquer tipo de conversa sobre esse assunto. Quando percebe que estamos permeando o terreno da vida astral, ele desconversa e muda o tom.

— É natural — considerou Clotilde. — Seu pai sempre foi cético, nunca quis acreditar em nada, mas ele já está mudando. Está diferente. Você sempre acreditou e, quando nos conhece-mos, estudou com afinco. Praticou com maestria os ensina-mentos aprendidos e vive melhor por causa disso.

— Não sei se vivo melhor ou não. Só sei que tenho passado por poucas e boas nos últimos anos. Sei também que nada acontece por acaso, que não existem coincidências. Isso realmente me intriga muito.

Vilma interveio:

— Estou preparando o almoço. Você almoça conosco, Clotilde?

— Com o maior prazer, Vilma. Vá com seus afazeres, eu preciso conversar com essa menina.

— Papai e Santiago vão passar para almoçar?

— Não. Seu pai teve uma cirurgia de emergência e Santiago o está ajudando. Disseram que não viriam almoçar.

— Mas ele sabia que eu estaria aqui hoje cedo. Atrasei-me um pouco porquanto a estrada estava ruim.

— Deixe de mimos. Ele cumpre com o dever. Você terá o tempo todo para ficar ao lado dele. Nelson percebeu que você está diferente. Seu orgulho está um pouco ferido. Mas deixemos seu pai de lado e vamos para a sala de estar.

Vilma voltou para a cozinha. Carla e Clotilde dirigiram-se até a sala e sentaram-se no mesmo sofá, cada qual em uma das pontas.

— Fale-me sobre o desmaio.

— Não sei explicar ao certo. Quando meus olhos cruzaram os de Ricardo, senti uma emoção muito grande, meu coração começou a bater descompassado... e então tive um sonho.

— Você conversou com um casal, certo?

Carla olhou Clotilde admirada:

— Como a senhora sabe disso?

— Ora, Carla, esse casal de espíritos vem nos acompanhando há um bom tempo. Nas nossas reuniões, estão sempre presentes. Eu os percebo com facilidade.

— Eu sabia conhecê-los de algum lugar, mas naquela noite não me passou pela cabeça que eram os mesmos. A senhora sabe que eu sempre tive mais afinidade com o Otávio. Ele não estava no sonho.

— Bem, agora você sabe que não foi um sonho, e sim um encontro. Eles a estão preparando para a verdade. Eu sempre desconfiei de sua amnésia.

— Como assim?

— Desde o momento em que a vi, sabia que o seu bloqueio estava ligado a desejos inconscientes que você trazia de vidas passadas. Houve o tempo para que você burilasse o seu espírito, amadurecesse o seu campo emocional e assim pudesse seguir sua jornada sem carregar as situações doloridas que muito a marcaram. Você ainda se lembra do que conversaram?

— Mais ou menos. Só ficou forte o final, onde ficou claro que eu deveria ajudar e cultivar o meu amor por Ricardo.

— Você vai precisar mesmo fazer brotar todo o seu amor. Há alguém em total desequilíbrio que não aceita a verdade.

— Você deve estar falando de Fernanda. Ela é obcecada por Ricardo. A sorte foi que não nos amolou ontem, nem hoje cedo. Sumiu por ora.

— Você precisa estar muito firme para o que vem pela frente. Por acaso lembrou-se de alguma cena passada, de algo que tenha ocorrido antes do bloqueio?

Carla mexeu os lábios. Torceu as mãos e considerou:

— Veio uma cena forte de acidente. Vi-me sendo jogada a grande distância e perdendo os sentidos. E a certeza de que conheço Ricardo de algum lugar, nada mais.

— Bem, eu vim até aqui porque os espíritos querem fazer uma reunião em breve. Ainda não sei se será no centro espírita de São Paulo ou no do Rio. Algo vai acontecer, talvez o mistério sobre seu passado seja esclarecido. Pediram-nos para orar e confiar. Com fé, teremos todo o suporte espiritual necessário.

— A senhora me assusta dizendo isso. Por acaso pressente alguma coisa ruim?

Clotilde fechou os olhos. Abriu-os e sorriu para Carla.

— Vamos ver.

— Ah! Ia me esquecendo. Ricardo virá aqui amanhã. Está com folga na televisão. Vem passar o dia. Ele começará a gravar na próxima semana, precisará mudar o visual, e quer aproveitar para nos conhecermos melhor. Espero que Fernanda não nos atrapalhe.

Continuaram conversando e logo foram chamadas por Vilma para sentarem-se à mesa e almoçar.

Ricardo estava radiante. Desde que conhecera Leonor não sentia algo tão forte por alguém. Não conseguia deixar de pensar em Carla. Seu sorriso, seus olhos, sua postura firme.

— Como Carla pode ser tão diferente de Fernanda? — disse em voz alta.

Lembrou-se de como havia se envolvido com a atriz, dos comentários de amigos e parentes. Todos o haviam alertado para que não se envolvesse em demasia com Fernanda. Por que não havia percebido antes? O que teria acontecido para ficar tão apaixonado e de repente perceber que nada sentia por ela? Por que precisou conhecer Carla para sentir que não amava Fernanda? Como dizer isso a ela?

Ricardo tinha pavor de escândalos. Era uma pessoa pública, conhecida, não podia permitir que sua imagem fosse arranhada por fatos desagradáveis. E se Fernanda fosse aos jornais tentar difamá-lo? Ela era bem capaz disso.

Estava com os pensamentos a mil quando Elvira o chamou, preocupada:

— Ligação para você. Parece que aconteceu alguma coisa com Sampaio.

Ricardo esqueceu-se por ora de seus pensamentos e correu ao telefone.

— Quem fala?

— Ricardo, aqui é Eugênio, da televisão.

— Aconteceu alguma coisa?

— Sim, aconteceu. Você esteve com Sampaio até que horas no sábado?

Ricardo começou a suar frio. Pressentia que algo muito desagradável estava por vir.

— Por que pergunta? O que aconteceu, Eugênio?

— Sinto muito, mas Sampaio está muito mal.

Eugênio sabia da amizade entre ambos. Não convinha dizer pelo telefone que Sampaio estava morto. Sentia-se incomodado por ter de dar a notícia a Ricardo. Tomou a iniciativa porque ninguém se atrevia a dizer-lhe a verdade.

— Onde ele está? Que hospital?

— Você poderia ir até a residência dele? A esposa quer falar com você.

— Vou para lá agora mesmo.

Ricardo mal terminou a conversa com Eugênio e saiu em disparada, muito aflito. Pegou seu carro e foi para a residência de Sampaio.

Chegando lá, sentiu que realmente algo muito ruim havia acontecido. No local ainda havia algumas viaturas da polícia.

Ricardo sentiu o sangue sumir e as pernas tremerem. Os policiais, ao reconhecê-lo, deixaram-no entrar. A sala ainda estava bagunçada, com móveis pelo chão, cacos de vidro espalhados. Correu até uma mulher em prantos, sentada no sofá.

— Ricardo!

A mulher o abraçou com força e as lágrimas molharam sua camisa.

— O que foi, Letícia? O que aconteceu?

— Mataram o nosso Sampaio...

Letícia, a esposa de Sampaio, não conseguia articular palavras. Agarrou-se novamente a Ricardo e agora ambos choravam. Ricardo ainda não conseguia concatenar os pensamentos.

— O que foi? Pelo amor de Deus, Letícia, o que aconteceu?

Em prantos, a viúva foi relatando:

— A polícia acha que foi assalto. O vizinho do lado notou a porta aberta ontem à noite. Chamou a polícia. Ligaram-me na praia. A sala foi toda revirada, e encontraram-no na cozinha.

Letícia falava e soluçava ao mesmo tempo. Preocupou-se com a ligação da polícia. Acreditou numa tentativa de furto, mas não imaginava que o marido tivesse sido atingido. Ao chegar em casa, ainda pôde ver a retirada do corpo de Sampaio. Ela entrou em choque. Estava sentada naquele sofá desde a noite anterior. Só se levantou quando Ricardo chegou.

— Onde ele está, Letícia?

— Disseram que logo ele vai ser liberado do Instituto Médico Legal. Calculam que ele tenha morrido na madrugada de ontem. Quero, se possível, enterrá-lo hoje mesmo. Ajude-me com os papéis.

Ricardo estava em estado catatônico. Precisava ajudar a esposa de seu amigo, mas também precisava saber o que havia acontecido. O bairro onde Sampaio morava não tinha incidência de assalto. Era um bairro tranquilo e elegante, com residências de luxo e segurança. Acertou alguns papéis para a liberação do corpo, comprou um lanche para Letícia alimentar-se. Enquanto o corpo era encaminhado para o cemitério da Vila Mariana, Ricardo foi até a delegacia.

— Quer dizer, então os senhores imaginam que tenha sido um assalto?

O delegado o olhou com indiferença, dando de ombros:

— Foi uma fatalidade. Esta cidade está ficando perigosa. Bandido hoje está matando por qualquer coisa. Seu amigo deve ter tentado se defender, reagiu, e acabou sendo perfurado por algum instrumento pontiagudo.

— Ele não foi baleado?

— Não. Por isso acho que seu amigo foi infeliz. Pegou um ladrão despreparado, que talvez tenha se sentido amedrontado. O corpo foi encontrado na cozinha. Não achamos a arma do crime. Mas tudo indica que foi uma faca.

O corpo de Ricardo estremeceu e ele empalideceu. Se não estivesse sentado, iria ao chão. Naquele momento, lembrou-se de Fernanda, suja de sangue e com uma faca na mão. Não, ela não poderia ter feito uma coisa dessas. Ele se recusava a acreditar numa barbaridade dessas.

O delegado continuou:

— Sabemos que seu pai casou-se no sábado. Até que horas Sampaio ficou na recepção?

Ricardo agora não tinha mais dúvidas. Lembrou-se de que Sampaio pegara Fernanda pelos braços e a conduzira ao interior do carro, levando-a para casa. Sampaio fora morto na madrugada de domingo. Fernanda não dava as caras desde a discussão daquela noite. Só podia ter sido ela.

De súbito, Ricardo levantou-se. Olhou bem firme para o delegado:

— Não foi assalto, foi assassinato. Eu sei onde está a arma do crime.

O delegado continuou sustentando o olhar de Ricardo. Impassível, pois estava acostumado com essa rotina, inquiriu:

— O senhor está dizendo isso com muita propriedade. Sei que gostava muito da vítima, mas não queremos confusão nas investigações.

— Aguarde. O enterro será agora no fim da tarde. Quero estar lá ao lado da família. Seria muito penoso eles saberem que Sampaio foi assassinato.

— Estarei aqui à noite. É meu plantão. Se tiver provas ou quiser nos dar mais informações, estaremos ao dispor.

— Preciso de um favor.

Ricardo tirou uma fotografia que trazia na carteira. Entregou-a ao delegado.

— O que tem essa foto? É autografada pela atriz? Conheço essa Fernanda Santos.

Ricardo anotou algo num pequeno pedaço de papel.

— Esse é o endereço dela. Está sumida desde a madrugada de ontem. Deem uma busca. Volto à noite para conversar melhor.

Ricardo saiu da delegacia desnorteado. Tinha a mais clara certeza de que Fernanda havia matado Sampaio. O quebra-cabeça estava montado, pois ela havia saído com ele da festa, depois havia retornado com a roupa manchada de sangue e com um facão de cozinha. Por que ela teria feito isso? Por que desgraçara sua carreira e sua vida? O que seria dela agora?

Sentiu pena e remorso ao mesmo tempo. Seus sentimentos por Fernanda tornavam-se nebulosos. Assim foi até chegar em casa. Quis tomar uma ducha antes de ir para o enterro. Avisou Vilma e Douglas. Depois, ligou para Carla contando o ocorrido. Todos ficaram consternados. Ricardo foi correto ao omitir sobre o envolvimento de Fernanda com o crime. Enquanto a polícia não tivesse todas as provas nas mãos, ele nada diria. Cancelou a viagem para o interior no dia seguinte. Precisava ficar um tempo sozinho e refletir sobre sua vida.

O enterro de Sampaio foi comovente. Ele era uma pessoa querida. Artistas lotaram seu velório. Sua morte foi anunciada na televisão com grande pesar. Os jornais também lhe dedicaram linhas de reconhecimento e admiração.

Ricardo voltou à delegacia e entregou o plástico com a faca ao policial. A polícia já havia dado busca no apartamento de Fernanda e nada encontrara, a não ser o terrível santuário num dos cômodos.

— Pelo que sabemos, você mantém um relacionamento amoroso com ela, não?

— Sim, mas nunca participei muito de sua vida particular. Vivemos gravando, e ela fica muito em minha casa. Para ser sincero, eu nunca fui ao seu apartamento. É estranho, mas é uma relação doentia, ela é muito ciumenta. Afastei-me de muita gente por causa dela. Como agora estou morando no Rio, a relação vem minguando naturalmente.

— Sabia que ela era adepta de rituais parecidos com magia negra?

Ricardo assustou-se. Nunca havia notado em Fernanda nenhuma característica que a ligasse a esse tipo de assunto tão pesado.

— Nem desconfiava. Já disse que não costumo frequentar seu apartamento.

— Bem, estamos dando buscas. Ela desapareceu. Vou encaminhar a faca para os peritos analisarem. Pelo visto, a carreira de sua amiga vai sofrer um grande arranhão.

— Não me importo com isso, quero justiça. Se ela praticou esse crime, deverá responder. Ela é adulta. Não tem o direito de tirar a vida de alguém, ainda mais sendo um grande amigo, que a ajudou muito na carreira.

— Assim que tivermos notícias, entraremos em contato. Você está liberado. Sinto muito por ter que chamar a família do falecido novamente, mas o inquérito já foi aberto e precisaremos de declarações.

— Pode contar comigo no que for preciso.

Ricardo despediu-se do delegado e foi para casa. Estava descontente, desmotivado. Ainda era-lhe difícil aceitar que Sampaio estava morto, e mais difícil que Fernanda tivesse sido a assassina.

Chegou em casa e foi direto para o seu quarto. Arrancou as roupas sem o menor cuidado e jogou-se pesadamente na cama. Seu corpo estava cansado de tantas emoções. Dormiu logo em seguida.

Com o tumulto criado ao redor da morte de Sampaio, Ricardo solicitou licença para continuar acompanhando as investigações em São Paulo. Deixou seu apartamento aos cuidados de Carmem e permaneceu na casa de seu pai, que aliás nada sabia do ocorrido, pois encontrava-se em viagem de núpcias com Sílvia.

Ainda não haviam localizado Fernanda, e em sua cabeça ainda restavam resquícios de dúvida quanto à autoria do crime. Ele se relacionava com ela; era-lhe pesaroso, pois, aceitar a verdade dos fatos.

Carla procurou retomar seus afazeres, já que Ricardo não arredaria pé de São Paulo. Para ela, depois do ocorrido, sensações antes desconhecidas permeavam seu corpo. Só em pensar em Ricardo, sentia o sangue ferver nas veias. O coração expandia-se e ela sentia que o amava.

Desde o incidente no casamento de André, dez dias atrás, vagas lembranças voltaram a rondar sua memória. Todos os dias, impreterivelmente logo após o almoço, Carla sentia o mesmo torpor. Começava com uma leve sensação de cochilo e, logo em seguida, ela já estava deitada em sua cama, em estado de sono profundo.

— Já vai deitar-se? — perguntou Vilma.

— Sim. Sinto-me cansada. Deve ser o esgotamento que tive no casamento e também as vitaminas que papai me deu — respondeu Carla, bocejando e subindo as escadas.

— Bons sonhos.

— Obrigada, querida.

Carla cumpriu novamente o mesmo ritual. Subiu e foi direto para o quarto.

Logo após o sono, seu espírito deslocou-se do corpo e foi conduzido delicadamente por duas mãos macias.

— Venha, querida. Sente-se conosco — disse Ester.

— Vocês novamente! Adoro sonhar com vocês — respondeu Carla, com largo sorriso nos lábios.

— Eu e Rogério estamos terminando nossa parte. Seu tratamento encontra-se no fim. Está na hora de voltar a viver com a sua real identidade.

MARCELO CEZAR PELO ESPÍRITO MARCO AURÉLIO

— É muito interessante — replicou Carla. — Eu, quando estou fora do corpo, lembro-me perfeitamente de toda minha vida. Lembro-me de minha mãe, de minha irmã, de absolutamente tudo. Mas qual o motivo de não me lembrar de nada ao voltar para o corpo? Sinto-me bem sendo chamada de Leonor fora do corpo, soa natural.

— Há alguns detalhes a serem observados — obtemperou Rogério. — Ao libertar-se do corpo físico, seu espírito sente-se mais leve, e fica mais fácil absorver as ideias aqui no astral. O corpo físico limita os nossos sentidos. Livres do corpo, nossa consciência capta com mais facilidade as informações.

— Além do mais — continuou Ester —, há ainda alguns fios energéticos ligados ao seu corpo físico criando uma capa que a impede de perceber a verdade por inteiro. Todo bloqueio energético é causado por um trauma emocional. As suas formas-pensamentos em relação à perda de seu pai estão cristalizadas, pois você as traz de vidas passadas. Você entende, situações repetidas e atitudes semelhantes, provocando sempre o mesmo desfecho. Sua essência clama pela libertação dessas formas. A sua evolução está ligada à quebra desses padrões negativos acerca da paternidade.

— Eu sinto muito amor por Nelson. Não imagino por que poderia querer afastá-lo do meu caminho — disse Leonor, um tanto confusa.

— Você diz isso porque ainda não lhe foi dada permissão para saber sobre o passado. A sua resistência em perdoá-lo seguiu até momentos antes de Carmem engravidar. O tempo corria célere e você não se decidia. Ficou indecisa entre Otávio e Nelson. Na verdade, sua alma ansiava por Nelson. O seu orgulho falou mais alto e você relutou. Mas não tinha como escapar. Você teria de confrontar seus medos para melhorar — concluiu Rogério.

— Mas o que Rogério tem a ver com tudo isso? E aquela menina? Já havia sofrido o diabo com a perda da família e ainda por cima sofreu o acidente que lhe tirou a vida! — exclamou Leonor, alterada.

SÓ DEUS SABE

— A vida é prática e procura ser rápida — complementou Ester. — Tudo é feito pelo melhor. Rogério tinha lá os seus impulsos violentos. Cleide tinha muita raiva da vida que levava. Muitos pensamentos cristalizados, de ambos, foram liberados com o choque do acidente. Tanto que Rogério está aqui com você, com o coração muito mais tranquilo, e Cleide trabalha em colônia próxima, ajudando recém-desencarnados.

— Ainda é difícil para mim aceitar. Por que a tragédia, a dor, para poder nos libertar de pensamentos cristalizados? Não há uma máquina, ou qualquer outra coisa que possa nos limpar de tudo isso?

— E você acha que seria justo? — inquiriu Rogério. — E como fica a nossa parte? Deus vai ficar fazendo tudo? Afinal de contas, fomos nós os responsáveis por esses pensamentos. Se nós os criamos, também temos a responsabilidade de nos livrar deles ou de reformulá-los. E não se esqueça, Leonor, que aos olhos de Deus não existem tragédias. Pode parecer injustiça a princípio, mas o tempo sempre mostra que tudo foi feito para o melhor. Deus sabe o que faz.

— Bem, se a vida está sempre pronta a nos ajudar, gostaria de saber quando irei trazer para o corpo todas as impressões de nossas conversas.

— As impressões já estão em seu corpo. Elas estão ajudando na limpeza do seu bloqueio emocional. Em breve você estará voltando a ser Leonor.

— Vamos ver como será. Espero acostumar-me com meu antigo nome.

— Você vai — tornou Rogério. — Agora vá. O tratamento está no fim. Vamos aproveitar e nos despedir.

A garota, com beicinho, protestou:

— Ah, não! Adoro esses encontros.

— Temos outras responsabilidades. Seu tratamento chegou ao fim. Você precisa retomar sua vida, ser dona de seu caminho. Estaremos sempre por perto. Mas eu e Rogério temos os nossos planos e também o nosso trabalho.

— Ah, Ester, adoro vocês — Leonor levantou-se emocionada da cadeira, abraçou o casal e, passando as costas da

MARCELO CEZAR pelo espírito MARCO AURÉLIO

mão para secar uma lágrima insistente, considerou: — É muito trabalho. Não seria melhor vocês reencarnarem? Percebo que se trabalha muito no astral.

— É verdade — interveio Rogério. — Mas gostamos muito disso tudo. Não voltaremos tão cedo, ainda temos outras metas a serem cumpridas. Bem, faremos ainda mais alguns contatos, mas precisamos ir.

Despediram-se mais uma vez. O casal de espíritos desapareceu gradativamente do quarto, mas antes conduziram Leonor e a encaixaram adormecida no seu corpo.

— Acorde, menina, acorde!

— Hum, que sonho bom.

— Vamos, Carla, acorde. Telefone para você.

— Vilma, por que acordar-me agora? Estava tão gostoso.

— Vamos, menina, é Ricardo.

Carla levantou o corpo e sentou-se de um salto. Saiu em disparada escada abaixo.

— Alô!

— Oi, Carla, como está?

Seu coração batia descompassado:

— Muito melhor agora. Como andam as coisas aí? Alguma notícia?

— Infelizmente, sim — Ricardo mudou o tom de voz. Sentia-se chocado e triste com o desenrolar dos fatos.

— O que foi? Descobriram algo?

— Sim. O sangue na faca de Fernanda era realmente o mesmo de Sampaio.

— Oh, Ricardo, então suas suspeitas eram verdadeiras! E agora? Ela está perdida.

— Deve estar mesmo. Ela está morta.

Carla empalideceu. Mesmo não simpatizando com sua "rival", sentiu-se penalizada.

— Como assim? O que houve?

Ricardo não conseguiu segurar as lágrimas. Sentia-se só e desnorteado.

— Desculpe-me, Carla, mas não estou bem. A polícia foi informada de uma explosão numa casa na periferia da cidade.

Na porta da casa estava o carro de Fernanda. Havia um corpo, ou o que sobrou do corpo de uma mulher, totalmente carbonizado, que estava no Instituto Médico Legal para reconhecimento. Mas como ninguém aparecia, o delegado juntou os fatos... Desculpe, seria muito pedir para que viesse até São Paulo? Preciso tanto de você.

Carla estava estupefata com o que ouvira, contudo não titubeou em responder:

— Claro, irei imediatamente. Pegarei o primeiro ônibus para São Paulo.

— Não, isso não. Você mal conhece São Paulo. Não gostaria que você descesse sozinha na estação Júlio Prestes. É perigoso.

— Eu me garanto. Sei o endereço. Assim que chegar, tomo um táxi para sua casa. Aguarde-me até o fim da tarde.

— Obrigado.

— Mantenha a calma. Fique em casa. Não saia.

Carla desligou o telefone e correu até Vilma.

— Preciso ir urgente a São Paulo.

— Aconteceu mais alguma desgraça?

— Pelo visto, sim, mas nada com Ricardo. Agora não tenho tempo para conversar. Vou para a rodoviária. Avise meu pai que está tudo bem. Assim que chegar, eu ligo.

— Ele não vai gostar nada disso.

— Não me importo com isso por ora, Vilma. Ricardo precisa muito de mim. Estarei em boas mãos. Agora vamos. Ajude-me a fazer a mala.

— Vai ficar muito tempo?

— Não sei ao certo. Talvez alguns dias.

— Doutor Nelson vai ficar fulo da vida.

— Ficando ou não, eu vou. Ele vai compreender. Ah, ligue para dona Clotilde e peça a ela que reze por Fernanda.

— Por aquela lambisgoia que quase acabou com a festa do casamento?

— Ora, Vilma, deixe isso de lado. Fernanda sentiu-se ameaçada. Não precisa agora de corretivo, mas de oração. Peça esse favor a dona Clotilde por mim.

Em menos de uma hora Carla arrumou a mala com a ajuda de Vilma e partiu para a rodoviária. Por sorte, havia leitos vagos para São Paulo, e ela partiu imediatamente.

Nelson chegou em casa cansado. O dia no hospital havia sido intenso, com muitas cirurgias. Estava exaurido.

Vendo a sala em penumbra, chamou por Carla. Não obtendo resposta, foi até a cozinha.

— Vilma, onde está Carla?

Torcendo as mãos nervosas no avental, ela gaguejou em resposta:

— Ela... ela...

— Ela o quê, mulher? Onde está?

— Bem, ela recebeu uma ligação urgente de Ricardo e foi ter com ele em São Paulo.

Nelson sentiu o sangue subir às faces.

— E você permitiu? Ela mal conhece a cidade. Você estava louca ao permitir tamanha insanidade? Por que não me telefonou?

— Desculpe, doutor Nelson. Ela me impediu de ligar no hospital. Disse que tudo estaria bem, para não se preocupar.

— Como não me preocupar? Que falta de respeito é essa? Quem ela pensa que é?

Nelson deu um soco violento na parede. Sentia muita raiva por não ter sido informado. Na verdade, sentia-se profundamente inseguro com a atitude de Carla. Era perigoso seu contato com Ricardo. E se ela voltasse a recordar-se do passado? Será que teria estrutura emocional para isso? Ela não passava de uma irresponsável. Era muita falta de consideração para com ele, depois de tudo que havia feito, desde o dia em que a acolhera em sua casa.

De forma alguma ele conseguia concatenar os pensamentos. Sentia-se profundamente inseguro. Foi até o telefone e pediu para que Santiago viesse até sua casa.

— Mais tarde, após o jantar, irei — disse Santiago.

— Agora. Jante comigo. Estou nervoso. Carla foi para São Paulo sem pedir-me autorização. Você sabe muito bem o que pode acontecer.

— Calma, Nelson. De nada vai adiantar esse nervosismo. Vou terminar o banho e vou.
— Logo.
— Está certo, logo.
Nelson desligou o telefone e jogou-se no sofá, com as luzes da sala ainda apagadas. Começou a admitir para si mesmo que não teria condições de sustentar essa história por mais tempo. Chegara ao limite.

Ricardo sentia as têmporas prestes a explodir. A cabeça doía terrivelmente. Foi até a cozinha, tomou duas aspirinas.
Elvira, percebendo a aflição do rapaz, tornou:
— Meu menino, vá descansar. De nada adianta preocupar-se. Não podemos mudar o ocorrido. Sei que é muito triste tudo isso, mas é a verdade. Agora vá descansar, tome um banho.
— Preciso esperar Carla. Ela já deve estar em São Paulo.
— Sim, mas eu estou aqui. Não precisa ficar como cão de guarda plantado na porta da sala. Eu aviso.
— Você tem razão, Elvira. Estou cansado, minha cabeça vai explodir. Vou encher a banheira e procurar meditar um pouco.
— Isso mesmo. Aproveite. Não esqueça que semana que vem você começa a gravar novamente. Precisa estar com bom aspecto, muito embora esse novo visual o tenha remoçado muito.
— Você gostou? Não sei, pareço estar com vinte anos. Acho que sou o único que teve coragem de cortar todo o cabelo.
— E de tirar aquelas costeletas horríveis. Parecia um macaco. Não gosto dessa moda. Homem deve ter o cabelo curto, as costeletas curtas também. Você tem quase trinta anos, mas está tão...
Elvira não terminou de falar. Grossas lágrimas começaram a banhar-lhe as faces.

— O que foi, Elvira? Por que chora?

— Desculpe, menino. Com esse visual, é muito difícil não me lembrar de seu irmão. Embora tenham se passado alguns anos, a sua aparência livre de pelos faz com que eu às vezes pense que ele está aqui.

Ricardo abraçou-a emocionado.

— Oh, Elvira. Não fique assim. Também sinto saudades de Rogério.

Elvira enxugou as lágrimas.

— Suba. Quando a moça bonita chegar, eu a mando a seu encontro.

Piscou maliciosamente para Ricardo e voltou para seus afazeres. Ele, por sua vez, subiu para o quarto e pôs logo a banheira a encher.

A campainha tocou e Elvira foi prontamente atender.

— Como ele está? Onde está?

— Calma, Carla, está tudo bem. Faz um pouco mais de meia hora que subiu para um banho. Estava com dor de cabeça, deve estar relaxando.

— Preciso vê-lo.

— Antes me dê sua mala. E não vai me dar um abraço?

— Desculpe, Elvira. Cheguei tão preocupada, com mil pensamentos rondando a cabeça — Carla abraçou-a e deu dois beijos em seu rosto, que foram retribuídos em seguida.

— Não está cansada da viagem?

— Imagine. Foram poucas horas. O ônibus não era muito confortável, mas razoável. Estou bem descansada. Tenho descansado todos os dias depois do almoço. Hoje fiz o mesmo. Acordei muito bem. Estou com vigor e energia de sobra. Importa-se se eu subir?

— Claro que não. Você sabe onde fica o quarto.

— Obrigada.

Carla passou as mãos pelos cabelos, jogou-os por trás dos ombros. Subiu e bateu na porta. Ricardo não respondeu.

"Ele deve estar no banho", pensou.

Girou a maçaneta e entrou no quarto. Gostou da música suave que tocava na vitrola e lembrou-se que Ricardo sempre tomava banho ouvindo música. A porta do banheiro estava entreaberta. Ela bateu levemente.

— Posso entrar?

Ricardo voltou imediatamente de seus devaneios. Remexeu-se na banheira.

— É você, Carla? Entre.

O banheiro estava um pouco enevoado pela fumaça da água quente. Carla entrou a passos lentos. Não conseguia ver Ricardo nitidamente. Deu meia-volta.

— Prefiro esperá-lo aqui fora.

Ricardo levantou-se, pegou uma toalha e enxugou-se rapidamente. Colocou o roupão e foi até a porta. Carla estava de costas, entretida com os discos enfileirados na prateleira.

— Que bom que veio!

Carla girou os calcanhares e seus olhos congelaram. A respiração esvaiu-se dos pulmões. Os músculos paralisaram. Ela tentou falar, abriu e fechou a boca. Tomada pela emoção, disse com um fio de voz:

— Rogério...

Os seus olhos viraram e o seu corpo tombou no chão.

Ricardo desesperou-se. Correu até ela.

— Carla, o que foi? O que aconteceu? Acorde!

Desesperado e exaurido de suas forças, começou a chorar e a gritar por Elvira. Debruçou seu corpo sobre o de Carla e deixou que o pranto corresse solto.

CAPÍTULO 23

Aflita por perceber que Nelson não conseguia se acalmar e que Santiago tardava em chegar, Vilma ligou para Clotilde pedindo auxílio.

— Não sei mais o que fazer. Estou muito aflita. Carla foi para São Paulo, pediu-me que você orasse por Fernanda, mas o estado do doutor Nelson é que me preocupa.

— Sossegue o coração — tornou Clotilde —, o desespero não vai ajudar em nada agora. Dê-me alguns minutos e logo estarei aí. Enquanto eu não chego, prepare um chá de camomila e dê para ele.

— E se ele quiser fazer uma besteira, sei lá, ir para São Paulo, por exemplo?

— Não se preocupe, Vilma, faça o que peço. Logo estarei aí.

Quase meia hora depois Clotilde chegou à casa de Nelson. Vilma correu a seu encontro.

— Obrigada por ter vindo. O chá está pronto, porém ele se recusa a tomá-lo.

— Onde ele está?

Vilma fez sinal com o indicador.

— Está prostrado, jogado no sofá.

Clotilde dirigiu-se até a sala. Com passos lentos e postura firme, acendeu a luz.

Tapando os olhos com as mãos, incomodado com a luz, Nelson gritou:

— Oras, por que me desobedeceram? Pedi para não ser amolado.

— Vamos, Nelson, acorde. Não vai ser educado e me receber? Ele se levantou contrariado.

— Não estou para visitas hoje. Veio num péssimo dia.

— Engano seu. Vim no dia certo. Como andam as coisas?

— Péssimas! Tenho uma filha que não me respeita mais. O que quer que eu faça?

— Nada. Mas é muito drama, não acha?

— Porque não é com você. Ninguém sabe a aflição que corre em mim. Só Deus sabe o quanto sofro só com a possibilidade de perdê-la.

— Você sempre soube que um dia teria de enfrentar a verdade, não é mesmo?

— Sim, mas na minha cabeça sempre seria um dia tão distante quanto a eternidade. Se Deus existisse, poderia ter me dado um toque para ao menos me preparar.

Clotilde sentou-se mais próximo. Pousando firmemente os olhos nos de Nelson, considerou:

— Assim a vida seria muito fácil, não haveria a necessidade da reencarnação. O maior sabor desta aventura terrena é justamente não saber o que virá depois, embora lá no fundo sempre saibamos mais ou menos o que vai acontecer.

— Como assim?

— Pelas escolhas que fazemos. Estamos livres neste mundo, Nelson. Ninguém nos impõe nada. Vivemos de acordo com nossas próprias escolhas e com o resultado dessas escolhas em nossas vidas. Ninguém o obrigou a acolher Carla em sua casa. Embora estejam ligados pelo passado, foi uma escolha sua ficar ou não a seu lado.

— Mas não me arrependo. Só tenho medo de que ela se vá.

— Largue, deixe nas mãos de Deus. Você faz uma ideia muito errada a respeito Dele, embora já tenha tido provas contrárias. Se há amor entre vocês, não vejo razão para ficarem separados.

— Gostaria muito de acreditar em Deus, mas me sinto inseguro.

Clotilde nada disse. Pegou o bule ao lado e despejou um pouco de chá numa xícara. Em seguida entregou-a a Nelson.

— Relaxe, tome um pouco. A camomila acalma.

Nelson pegou a xícara e agradeceu fazendo sinal com a cabeça. Ela continuou:

— O fato de Carla ter entrado em sua vida é um presente de Deus. Nada acontece por acaso, você sabe. Como explicar o amor genuíno que você sentiu assim que seus olhos a viram? Como explicar a afinidade, a harmonia na relação de vocês? Não percebe que o dedo de Deus sempre esteve presente? Nunca parou para perceber que, em determinadas situações que fogem do nosso controle, só Ele sabe o que fazer?

Nelson ouvia com atenção, enquanto bebericava seu chá.

— Não sei o que responder. Embora minha mente não aceite, meu coração sabe que existe algo que sustenta e ampara todo esse universo, mas a vida com Carla tem me mostrado que devemos desconfiar de tantas coincidências na vida.

— Você está pronto e não sabe.

— Não entendi.

— Você já despertou para a realidade espiritual. É tudo uma questão de tempo. A seu modo, você vai aprendendo a lidar com os desígnios da vida. Se acredita em algo maior, trabalhe em cima dessa fé. Vai precisar de agora em diante.

Nelson mexeu-se nervosamente no sofá. Quase derrubou o chá.

— Por que fala comigo nesse tom? Quer assustar-me? Veio aqui para ajudar ou para confundir e atrapalhar?

— Não precisa ficar nesse estado — e piscando para Nelson, continuou: —, afinal de contas, não sabemos como ela irá reagir quando descobrir seu passado.

— De que está falando? O que sabe?

— Sei o suficiente para dizer que devemos aguardar e confiar. Se a vida permitiu que ela fosse ao encontro de Ricardo sozinha, é porque está na hora de Carla enfrentar a verdade. Pode ser constrangedora a princípio, causar-nos desconfortos terríveis, mas o tempo nos mostra que a verdade sempre vale a pena.

Nelson pousou suas mãos suadas nas de Clotilde. Estava inquieto e receoso. Tornou aflito:

— Tenho medo de que ela fique biruta, ou nunca me perdoe por não ter lhe contado a verdade.

— Ora, como ela poderia saber? Mesmo que você tomasse coragem de lhe contar, ela poderia escolher não acreditar. Nelson, o passado dela foi bloqueado. A mente de Carla sofreu mecanismo semelhante ao que nos acontece quando reencarnamos. Se eu falar aqui sobre a sua vida passada, por exemplo, você pode e tem todo o direito de não acreditar. Sua mente não alcança os registros para saber a verdade. De que adiantaria contar tudo a Carla? Não faria sentido. Você agiu corretamente, sim. Só não pode agora impedi-la de reativar a memória que ela deliberadamente tornou inconsciente.

— Não venha me dizer que ela é a culpada!

— Não gosto de falar em culpa, mas em responsabilidade. É de inteira responsabilidade de Carla o que acontece e acontecerá em sua vida. Ela guia o seu próprio destino, assim como nós dois.

— Ainda custo a crer no que me fala. Já tive algumas provas, mas tudo soa fantasioso em minha mente. Será que um dia mudo esse meu jeito?

— Muda. A vida ainda vai trazer-lhe outras surpresas.

— Não gosto desse seu olhar, Clotilde. Quando olha para as pessoas desse jeito, é porque alguma coisa vai acontecer. Sabe de algo que eu não sei ainda?

— Aguarde. Mesmo não sendo religioso, dê-me sua mão e vamos orar. Pelo menos sabe um "Pai-Nosso"?

— Mais ou menos.

— Então feche os olhos e me acompanhe. Após a oração, gostaria que mentalizasse o rosto de Carla feliz. Consegue fazer isso?
— Consigo.
— Então vamos.
Fecharam os olhos e começaram a prece.

Ricardo estava desesperado. Havia colocado Carla sobre a cama e ela continuava desacordada.
— Elvira, ligue para o doutor Rezende. Ela não me parece bem.
— Trata-se de um desmaio. Ela não parece estar mal. Deve ter sido um susto. Continue friccionando o álcool em seu punho.
Logo, Carla remexeu-se na cama. De sua boca saíam palavras desconexas. Ricardo procurou colocar o ouvido próximo a sua boca para escutar melhor.
— Hum... São Paulo... o baile... a chuva... Cleide... o grito...
— O que ela diz? — inquiriu Elvira, aflita.
— Não sei ao certo. Sua voz está muito baixa. Algo sobre chuva, baile... O que será que tudo isso quer dizer? Estou preocupado. É melhor chamar o médico. Ou ligar para a casa dela.
— Não vamos preocupar a família à toa. Ela acabou de chegar. Deve estar com alguma indisposição. Vamos aguardar.
Carla continuou a balbuciar algumas palavras, até que seus olhos se abriram e ela curvou de súbito seu corpo na cama. Olhando para um ponto indefinido do quarto, gritou:
— Mãe!
Virou seu rosto para Elvira e abraçou-a em desespero. Ricardo nada entendeu. Chorando copiosamente, Carla falou:
— Elvira, lembrei-me de minha mãe! Em questão de segundos eu me lembrei de tudo. Parece que saí de um torpor, como se um véu escuro fosse arrancado de minha mente.

— Não chore, menina. Acalme-se. Está ao lado de pessoas que a amam muito. Estamos aqui para ajudá-la no que for preciso.

— Isso mesmo, está ao lado de pessoas que a amam muito — tornou Ricardo.

Nesse instante Carla se deu conta da presença dele. Des- grudou-se de Elvira e virou-se para o moço. De imediato es- tancou o choro. Passando as costas das mãos para secar as lágrimas, olhava incrédula para Ricardo.

— O que foi? Por que me olha tão assustada?

Enquanto Carla olhava firme nos olhos de Ricardo, sua mente não parava um segundo de processar as ideias. Era como se tudo o que vivera até o acidente tivesse aconteci- do naquele momento, de tão frescas que as lembranças se mostravam. Ela abriu e fechou a boca, tentou dizer algo, mas lembrou-se nitidamente do sonho com Rogério e Ester. Agora tudo começava a fazer sentido.

Ricardo continuava em agonia.

— Fale alguma coisa. Por que me olha assim? O que foi, meu amor? O que se passa?

Carla esboçou um sorriso tímido. Estava muito difícil con- catenar as ideias. Passou suavemente as mãos no rosto de Ricardo.

— Não sei o que dizer. Embora esteja com a mente emba- ralhada, sinto que o amo. Abrace-me.

Ricardo abraçou-a com força. Como amava aquela mulher! Elvira levantou-se para sair.

— Não, Elvira, fique — tornou Ricardo.

— Preciso me recompor — tornou Carla. — Por favor, El- vira, conduza-me até o quarto de hóspedes. Ricardo precisa arrumar-se.

— Não, fique aqui. Tome banho no meu quarto.

— Não, obrigada. Preciso ficar um pouco só. Você se inco- moda, Ricardo?

— Tem certeza de que está bem?

— Tenho. Elvira, conduza-me até o outro quarto. Vou tomar um banho. Assim que terminar, voltamos a conversar. Esperem-me na sala. Preciso muito desabafar.

Ricardo tentou impedi-la, mas em vão. Carla beijou-o delicadamente nos lábios e saiu de seu quarto com Elvira.

Ele ficou olhando-a sair até ambas desaparecerem na porta. Coçou a cabeça, mordeu timidamente os lábios. O que será que ela queria conversar? O que se passava pela sua mente? Por que gritara pela mãe? O que estava de fato acontecendo com Carla?

Os pensamentos fervilhavam em sua cabeça. Ricardo não conseguia também concatenar suas ideias. Encostou a porta, despiu-se do roupão e começou a vestir-se.

Carla trancou a porta. Não queria ser incomodada, pelo menos por ora. Sentia o corpo dolorido, uma necessidade imensa de relaxar na banheira. Lágrimas desciam copiosamente de suas faces. Toda sua vida desfilou em segundos pela sua mente, desde situações vividas na infância até cenas confusas momentos após o acidente.

Enquanto abria as torneiras da banheira, seu pensamento corria solto. Como se estivesse mantendo uma conversa com si própria, tornou em voz alta:

— Eu sei que sou Carla, mas também sei que sou Leonor. Agora tudo faz sentido. Oh, meu Deus! Será que minha mãe ainda está viva? Será que ela e minha irmã ainda se lembram de mim? O que acham que aconteceu comigo? Será que procuram por mim até hoje? Preciso localizá-las, é urgente!

Tudo era muito confuso. Sentia saudades de sua família, de sua mãe, mas ao mesmo tempo não sabia como iria lidar com as duas famílias. Amava Nelson do fundo de sua alma e não o deixaria jamais.

Em voz alta, continuou:

— Graças a ele tive uma família nesse tempo todo. Fui bem acolhida e bem-amada. Aprendi verdades da vida astral com dona Clotilde. Tenho a amizade de Santiago e de Vilma. E estou apaixonada por Ricardo. Como pode ser isso? E quando souber a minha verdadeira identidade? Será que vai gostar de mim do mesmo jeito?

Continuou a pensar. Despiu-se e entrou na banheira. A água quente lhe proporcionou aconchego e conforto imediatos. Sentiu-se protegida dentro da banheira. Fechou os olhos e continuou a pensar e pensar.

Ester fluidificou a água e passou a fazer um trabalho energético com as mãos sobre a cabeça de Carla.

— Elvira, estou preocupado. Faz duas horas que ela está trancada na suíte. Será que aconteceu alguma coisa?

— Não aconteceu nada, Ricardo. Pare com esse sofrimento gratuito. Use sua dramaticidade na televisão. Aqui não há necessidade.

— Por que é tão dura comigo? Não vê que estou preocupado?

— E a preocupação vai trazer algum benefício? Vai mudar a situação? Você chegou a frequentar o centro aqui em São Paulo e agora estuda com o grupo lá na Guanabara. Por acaso o que vem aprendendo na teoria não dá para aplicar com facilidade na prática? Os livros podem dar-lhe sabedoria, mas a prática é que nos ajuda a agir na vida. Pegue tudo o que aprendeu e use agora, antes que eu perca a paciência com você.

Ricardo olhou para Elvira receoso. Ela nunca lhe falara nesse tom. Sempre mostrara-se cordata e amorosa. Mas ela estava certa, coberta de razão. Precisava dissipar a preocupação, que em nada o ajudaria no momento. Procurou serenar, mas o atraso de Carla o impacientava cada vez mais.

— Sei que aprendi muita coisa, mas é difícil colocar em prática.

— O verdadeiro aprendizado vem nessa hora. Quando nos sentimos aflitos, chateados, preocupados. Precisamos aprender a confiar, a serenar o nosso coração. Com o coração sereno escolhemos sempre o caminho certo. Enquanto ela não desce, procure aquietar seu coração; faça aqueles exercícios de visualização com luzes sobre seu peito.

— Você tem razão, Elvira. Vou procurar me acalmar. Não tem sentido ficar desse jeito. Parece que nunca estudei as leis da vida.

— Estudá-las você estudou. Agora só precisa aplicá-las no dia a dia. Serene e confie. O resto fica por conta da vida.

— Mas são tantas coisas! Primeiro a morte de Sampaio, depois a de Fernanda. É muita coisa.

— Sinta-se um privilegiado. Com todo o respeito ao seu amigo e à sua antiga namorada, você tem bagagem suficiente para encarar esses fatos por outros ângulos. A vida sempre trabalha pelo melhor, Ricardo. Ela não seria injusta com Sampaio ou com Fernanda. Nem ao menos com você.

— Mais uma vez certa — Ricardo levantou-se e beijou-a nas faces. — Agora desça e vá preparar algo para comer. Vou aproveitar e ficar na sala fazendo o exercício de visualização.

Ricardo saiu do quarto, desceu lentamente as escadas. Chegou até a sala, fechou os olhos e começou seu exercício. Ao seu lado estava Rogério, ajudando-o com passes energéticos ao redor de seu peito e projetando em sua mente uma luz violeta radiante.

Carla terminou o banho. Sentiu-se bem-disposta, pronta para conversar com Ricardo. Ainda emocionada pelos sentimentos diversos que carregava no peito, ajeitou-se e desceu.

— Precisamos conversar.

— Sente-se melhor? — indagou Ricardo, também mais tranquilo então.

— Sim. Lembrei-me do passado.

Ricardo deu um salto do sofá. Correu em direção a Carla e abraçou-a com carinho. Com a voz embargada disse:

— Meu amor! Até que enfim. Só pode ser um milagre. Sente-se aqui. Conte-me tudo de que se recorda.

— Ainda estou confusa. Promete acreditar em mim?

— Claro!

Com lágrimas a cair pelos cantos dos olhos, Carla começou:

— Estou muito emocionada. De repente tudo ficou claro. Inclusive a ajuda que recebi dos espíritos. Só agora reconheço a realidade espiritual, como estamos sempre sendo amparados pelo invisível.

SÓ DEUS SABE

— Concordo. Desde a morte de meu irmão, passei a acreditar nisso. Graças ao amparo espiritual estou aqui até hoje, forte, amadurecido.

— Pois é. Quando o vi parado na porta do banheiro, tudo veio à tona. Na verdade, ao vê-lo com esse novo visual, tudo se tornou claro.

— O que tem a ver a minha nova aparência com tudo isso?

— Você faz parte do meu passado.

— Como assim? Você diz de vidas passadas?

— Quanto a vidas passadas, não sei. Seria lembrança demais para mim. Digo desta vida mesmo.

— Agora quem está confuso sou eu.

Carla pegou delicadamente nas mãos de Ricardo.

— Talvez fique. E talvez possa me ajudar a desvendar toda a verdade. Há peças que não consigo encaixar nesse grande quebra-cabeça que se formou.

— Então fale.

Carla pigarreou. Passou a língua nervosamente pelos lábios.

— Sei quem sou. Lembrei-me de minha mãe, minha irmã, meu cunhado, sobrinhos. Até a lembrança de meu namorado está viva em minha memória.

Ricardo empalideceu.

— Você tinha namorado?

— Você falou certo: eu tinha um namorado. Ele morreu.

— Como tem certeza disso?

— Desde que estou na casa de Nelson, tenho estudado e aprendido muito com dona Clotilde. Sei que meu namorado não está entre nós, porque tive contato com seu espírito em algumas reuniões espíritas. Na época eu não sabia de quem se tratava, mas hoje tudo ficou nítido.

— E quanto a sua família? Sabe o nome, endereço?

— Sei o nome. Não sei se moram no mesmo lugar. Faz tantos anos! Devem ter-me dado como morta, ou como desaparecida. Essa parte da história somente eles poderão me dizer. É a parte do quebra-cabeça que não possui peças que se encaixem para que eu compreenda toda a verdade.

— Vamos pelo começo. Qual é o nome de sua mãe?

— Minha mãe chama-se Carmem Baptista, que eu me lembre deve morar ainda no estado da Guanabara.

— Carmem Baptista? Eu tenho uma amiga no Rio com esse nome, mas ela não tem filha...

De repente Ricardo sentiu o chão sumir. Tirou abruptamente as mãos que pousavam no colo de Carla. Sentiu uma agonia muito grande. Deu um salto do sofá.

— O que foi, Ricardo? Por que ficou agitado?

— Qual é o seu verdadeiro nome?

— Leonor.

Ricardo estremeceu. Abriu e fechou a boca, mas não conseguiu falar. Andou agitado a passos largos de um lado para outro da sala. Sua cabeça pendia de um lado para o outro, como a afastar as ideias.

— O que foi? Por que está tão nervoso?

Ricardo parou de andar e fitou-a nos olhos.

— Se você queria aprontar uma comigo, conseguiu. Mas confesso que é uma brincadeira de muito mau gosto.

— Desculpe. Olhe bem para meus olhos. Talvez a cor dos cabelos dificulte o reconhecimento, e seis anos se passaram. Estou um pouco diferente, mas sou eu mesma, Leonor. Eu não morri no acidente.

Ela parou de falar. Colocou as mãos no rosto e, num gesto desesperado, começou a chorar convulsivamente. Ricardo olhava-a incrédulo.

— A família enterrou Leonor. Eu fui ao funeral. Que brincadeira de mau gosto é essa?

— Sei que é difícil, Ricardo. Mas eu sou Leonor, que namorava seu irmão Rogério. Eu só me lembro de ter sido violentamente jogada para fora do carro... Depois me vejo acordada numa cama de hospital sob os cuidados de Nelson. Eu juro que estou falando a verdade.

— E quem nós enterramos no seu lugar?

— Paramos no meio da viagem para um lanche. Lá encontramos uma garota que pediu carona. Ela não tinha roupas, tampouco documentos.

Agora foi a vez de Carla dar um salto do sofá.

— É isso mesmo, Ricardo! Por isso minha família não me procurou. Devem achar que morri no acidente! Enterraram aquela pobre menina no meu lugar.

— Você amava meu irmão e iria se casar com ele! Se for verdade mesmo, não podemos ficar juntos.

— Por que não? Seu irmão não está mais aqui. Eu tenho direito a minha felicidade. Gostei muito dele, mas apenas namoramos.

— Não sei se o que diz é verdade. É muita fantasia. Eu não posso ter me apaixonado pela mesma mulher que era amada pelo meu irmão. Isso é traição.

— Você está louco?! Eu estou aqui, falando sobre a minha verdade, a minha vida, o meu amor por você, e recebo a censura como resposta? Então você não me ama.

— Eu a amo, sim. Mas estou com um aperto no peito. Eu mal tive contato com você quando namorava Rogério. A bem da verdade, eu a vi primeiro, encantei-me com seu sorriso. Mas Rogério chegou na frente. Procurei nunca encontrá-la quando estava com ele, tanto que vimo-nos umas duas vezes no máximo.

— E daí, Ricardo?

Ele passou a gritar histérico:

— Como e daí? Rogério era meu irmão! Ele está vivo em espírito e acho que não gostaria de nos ver juntos. Se fosse para ficarmos juntos, você teria se apaixonado por mim primeiro. Desculpe, mas não posso continuar com essa relação. Não posso trair meu irmão.

— Depois de tudo o que estudou e aprendeu, você vem com esse discurso?

— Por isso mesmo! Acredito na vida espiritual e por isso sei que Rogério está vivo, quem sabe até participando dessa conversa. Não tenho coragem, não posso. Sinto muito.

— Você não sabe o que quer. Quando a vida coloca alguém em seu caminho para amar, você descarta como um jogo que não quer mais brincar. Você vai se arrepender por ter feito essa escolha. Acho que não tenho mais nada a fazer aqui. Vou-me embora.

— Você não pode ir. É tarde. Durma no quarto de hóspedes e Douglas amanhã a levará para casa.

— Não preciso de sua falsa preocupação nem de sua falsa caridade. Sou adulta e sei me virar. Meu coração está triste e chora nesse momento. Mas eu não vou lutar nem tampouco implorar que você fique comigo. Isso não é uma decisão do seu coração, mas de sua mente doente. Percebo que está confuso e não sabe o que quer. Usa seu irmão como desculpa para não se relacionar. Não serei mais uma a viver outra relação infrutífera com você. Quero amar e ser amada. Se você não for o homem para mim, a vida trará outro, muito melhor. Vou subir e apanhar minha mala.

Ricardo ia dizer algo, mas não conseguiu. Engoliu em seco as palavras verdadeiras de Carla. Deixou-se cair no sofá.

Ela desceu e foi direto para a porta. Antes, virou nos calcanhares e foi até a sala.

— A última coisa de que preciso na vida é de alguém inseguro e que usa a vida espiritual como escudo para não envolver-se afetivamente com ninguém. Passe bem.

Carla deu meia-volta, pegou a mala que estava no hall de entrada e saiu, batendo a porta com violência.

Ricardo correu até a porta, mas sua cabeça impedia que o coração falasse mais alto. Vencido pelo medo e pelo orgulho ferido, deixou que seu corpo fosse arqueando e escorregando pela porta, até cair no chão e explodir num choro convulsivo, impotente.

O silêncio da madrugada, que corria alta, foi quebrado pelo barulho da campainha insistente e das batidas fortes na porta.

Nelson estava deitado na sala, esperando um telefonema de Carla. Aos poucos, o barulho que parecia fazer parte de um sonho qualquer despertou-o para a realidade. Assustado, levantou-se rápido e acendeu a luz. Procurou recompor-se. Quem seria a essa hora?

— Já vai.

Ajeitou o roupão e andou rápido para a porta, ainda sonolento. Antes de abri-la, foi perguntando:

— Quem é?

— Sou eu, pai. Esqueci de levar a chave. Abra, por favor.

Nelson apressou-se em abrir a porta. Na sua frente, uma garota com os cabelos em desalinho e os olhos vermelhos e inchados denunciando muito choro. Sentiu alívio ao ser chamado de pai. Talvez tenham brigado, pensou.

Ele a abraçou com carinho.

— O que foi, querida? Aconteceu algo entre você e Ricardo?

Carla nada disse. Meneou afirmativamente a cabeça e procurou conforto no peito do pai.

— Venha, entre. Por que não me avisou que voltaria? Iria buscá-la na rodoviária.

— Não quis incomodá-lo. Não estava previsto que voltaria hoje. Eu e Ricardo nos desentendemos, terminamos a relação. Ele é inseguro, não sabe o que quer. Não posso entregar o que tenho de mais sagrado, que é o meu amor, a alguém que não saiba correspondê-lo.

Nelson abraçou-a novamente com carinho.

— Tudo se resolve, filha. Venha, sente-se aqui comigo. Fiquei muito preocupado com sua saída repentina.

Ele a conduziu até o sofá da confortável e ampla sala de estar.

— Agora conte-me. Por que saiu tão de repente?

— Ricardo me ligou em desespero, triste, pedindo-me ajuda. Sentia-se só e disse-me que haviam encontrado o corpo de Fernanda. Sabe, pai, ela morreu numa explosão, não sei ao certo. Eu e Ricardo acabamos por não conversar a respeito.

— Não li nada nos jornais. Ela era famosa.

— A polícia descobriu hoje. Amanhã deve estar em todas as capas de jornais e revistas. Ainda mais agora.

— Por quê?

— Porque descobriram que ela foi a assassina de Sampaio. A perícia concluiu os exames. A faca que ela tentou usar para agredir-me na casa de André foi a mesma usada contra Sampaio.

— Que horror! Eu nunca pensei que uma pessoa desse nível pudesse chegar a tanto.

— Isso não tem nada a ver com nível, pai, mas com equilíbrio emocional. Fernanda sempre foi muito instável. Mas não cabe aqui julgá-la. Cada um é responsável por aquilo que pratica. Ela deve estar colhendo as atitudes que plantou.

— Mas, se você foi lá para ajudá-lo e confortá-lo, por que terminaram? Existe outra mulher na vida dele?

— Não. Acho que nunca existiu. Hoje ele me mostrou que é excelente ator até fora das telas. O quanto é inseguro e ignorante. Custa-me crer na verdade.

— Não fale assim. Pode ser que ele esteja abalado com essa história da Fernanda. Afinal de contas, eles tinham uma ligação e o Brasil inteiro sabia disso. E ele perdeu um de seus melhores amigos de uma maneira trágica.

— Compreendo, mas o senhor não sabe o que ouvi dele hoje. Ele não merece o meu amor. Aliás, isso não é o importante. Estou excitada e preocupada ao mesmo tempo. Precisamos conversar.

Nelson estremeceu levemente. Em seu íntimo sentiu que algo mais estava por vir. Antes de perguntar, Carla o interrompeu:

— Lembrei-me de tudo.

— Como assim? Tudo o quê?

— Agora sei de toda minha vida antes de estar naquela cama de hospital, quando nos conhecemos.

Nelson ficou pálido como cera.

— Você tem certeza?

— Sim. Lembrei-me de meu nome, de minha mãe, de familiares em geral.

O pranto começou a correr incessante em ambos. Nelson não sabia o que dizer. Clotilde bem que o avisara: um dia, mais cedo ou mais tarde, teria de confrontar a verdade. E agora, o que seria de sua vida? Antes que concatenasse qualquer outra ideia, Carla retrucou:

— Pelo menos de uma coisa você pode ficar sossegado.

— E o que é?

— Nunca conheci meu verdadeiro pai. Ele morreu antes de eu nascer. Eu tenho mãe, irmã, cunhado e sobrinhos, mas não tenho pai. E, mesmo que tivesse um, não iria separar-me de você.

— Vamos dar um jeito e resolver tudo. Agora me conte sua história.

— Antes de contá-la, gostaria de dizer o quanto o amo. Enquanto estiver viva, nunca deixarei de ser sua filha.

Nelson abraçou-a comovido e emocionado. Não tinha mais dúvidas de que Deus existia e de que ele realmente sabia o que fazer, sempre.

CAPÍTULO 24

Após uma linda palestra acerca dos imperativos que um espírito enfrenta sempre que retorna à Terra, proferida por um palestrante de altas esferas, seguiu-se uma efusiva salva de palmas no grande anfiteatro. Toda a colônia espiritual estava em festa. Muitos amigos foram dar palavras de encorajamento a Otávio, que partiria para mais uma etapa em sua jornada evolutiva.

Ester, olhos úmidos e tocada pelo final comovente da palestra, abraçou Otávio com carinho.

— Fico feliz por ter tomado uma atitude tão difícil. Você poderia ficar mais tempo por aqui.

— Não, minha amiga. Estou há muitos anos por essas bandas, aprendi muita coisa. Sinto-me forte para voltar. Não se esqueça de que estarei entre conhecidos.

— Pois é — considerou Rogério —, isso ajuda muito. Soube que a conversa com seus futuros pais foi emocionante. Fiquei sabendo que vocês estão ligados por muitas vidas em laços de amor e união.

SÓ DEUS SABE

— Graças a Deus. Fico feliz de poder nascer no meio de uma família que tanto ajudei e com quem também muito aprendi. Lívia e Cláudio são companheiros meus de muitas jornadas. Tenho certeza de que serei muito amado e aprenderei muito com ambos.

— Não o entristece o fato de nascer em solo estrangeiro? — inquiriu Ester.

— Não. Nossos mentores já me adiantaram alguns fatos. Haverá mudanças no Chile e o casal tende a regressar ao Brasil. Essa experiência amadureceu muito os dois. Estou convicto de que voltarei a crescer no Brasil e Cláudio poderá dar-me uma educação primorosa. Não se esqueçam de que ele vai receber uma herança.

— Eta espírito de sorte! — considerou Rogério.

— Não se trata de sorte — objetou Ester. — Otávio faz por merecer. Se dá o devido valor. Por que haveria de nascer em outras circunstâncias?

— E quanto a vocês? Quais são os planos futuros? — perguntou maliciosamente Otávio.

Ester e Rogério ruborizaram. Ele tomou a palavra.

— Aprendemos o valor do amor, por isso estamos juntos. Nossos espíritos estão livres das amarras das paixões doentias. Essa última encarnação nos ajudou a enxergar o verdadeiro amor. Vamos para outra colônia, temos muito a aprender e muito trabalho também.

— Não somos obrigados — tornou Ester —, mas queremos de coração prestar ajuda a Ricardo. Ele carrega um sentimento de traição em relação a Rogério que deve ser dissipado. Faremos o que estiver ao nosso alcance para que ele enxergue a verdade e largue as impressões ruins do passado. Assim como eu e Rogério, ele e Leonor merecem uma nova chance. Ele é livre para fazer suas escolhas, mas encontra-se perdido no orgulho e na insegurança.

— Não estarão influenciando na escolha? — perguntou Otávio, em tom preocupado.

— Não. O plano espiritual nos permitiu que o tiremos do corpo e tenhamos uma conversa madura. Depois, ele estará livre para decidir.

— Torço pelo melhor. Afinal de contas, seremos parentes. Olha como funciona a vida: de pai, passarei a ser sobrinho de minha filha.

— Isso mesmo, Otávio, agora você será sobrinho de Leonor e também neto de Odete! Vai ser um problema com o excesso de mimos!

Riram, bem-humorados. Otávio continuou a receber abraços e incentivos de muitos outros amigos que granjeara ao longo de sua estada no plano astral. Sabia ter tomado uma decisão benéfica para o amadurecimento de seu espírito.

Terminado o almoço, em elegante restaurante paulistano, Nelson solicitou:

— Você me surpreende a cada instante, filha. Mas não acha que esteja demorando um pouco demais para reencontrar-se com sua mãe?

— De jeito algum. Passaram-se seis anos. Alguns dias não vão mudar o rumo dos acontecimentos. Quero chegar até ela com tudo explicado. O doutor Castro está tentando anular o óbito na Justiça. Pai, você não vê que tudo está certo? Que estamos recebendo ajuda espiritual?

— Desde que você me contou tudo e ainda está a meu lado, confesso que acredito em Deus, sem sombra de dúvidas. Mas achar que os espíritos estão ajudando é muito para minha cabeça.

— Veja só: Santiago atendeu um paciente, e após conversa cativante que lhe é peculiar, esse paciente deu-lhe seu cartão e não sei mais o que conversavam para que em suas mãos caísse o cartão do doutor Castro.

— Sim.

Com olhar argucioso, Leonor continuou:

— Esse paciente de Santiago foi André Ramalho, pai de Rogério. Graças a esse encontro, temos as cópias de todos os meus documentos, inclusive da certidão de óbito. Nunca iria imaginar que André guardasse aquelas cópias. Acha que não tem o dedo do invisível?

— Não sei. Não pode ser tudo uma grande coincidência?

— É muita coincidência para mim. Olhe como a vida não erra nunca. Ela faz tudo certo. Se não fosse para esse mistério ser desvendado, você procuraria outro advogado, ou nem procuraria um.

— Você sempre a dar nó na minha cabeça! Sabe que tem um certo sentido? Parece que tudo se encaixa perfeitamente. Mas algo me preocupa.

— E o que é?

— Sua mãe. Temo que ela fique zangada comigo. Será que vai acreditar na amnésia? Não pode julgar-me um aproveitador e até mover um processo na Justiça?

Leonor começou a rir alto.

— Pai, você é muito fantasioso. Que mente criativa! Por que não pensa no lado bom, positivo das coisas? Por que teima em enxergar o lado desagradável? Você é um homem tão valente, inteligente. Não me faça rir com essas inseguranças.

— Temo perdê-la.

— Esquece que já tenho vinte e seis anos? Sou adulta. Ninguém poderá mover um processo contra você sem meu consentimento.

— Esqueci. Agora você sabe seu nome, idade, tudo. Não sei se vou acostumar-me com Leonor.

— Fique sossegado. Assim que tiver uma filha, não tenha dúvidas de que ela se chamará Carla.

— Uma neta! Quem diria, um homem como eu, que nunca quis saber de envolvimento, ser presenteado com uma filha e com a possibilidade de ter uma neta. E tudo isso sem passar pelos dissabores do matrimônio.

— Por que nunca se deu o direito de investir numa relação? Ainda acho que a qualquer momento você vai acabar se envolvendo com alguém.

— Por que diz isso? Clotilde previu algo?

— Nossa! Para quem não acreditava em nada, você está indo longe demais. É puro instinto feminino. Algo me diz que você vai enamorar-se.

— Não tenho mais idade para isso. Passei dos cinquenta. Vai ficar para a próxima.

Estavam conversando animadamente quando foram abordados por Castro.

— Queria esperá-los no escritório, mas estou muito excitado com os acontecimentos.

Nelson correu a perguntar:

— O que foi dessa vez?

— Bem, com relação à documentação de Carla, é tudo muito burocrático, mas em breve teremos sentença favorável. É uma questão de tempo. Logo você voltará a ser Leonor Baptista, mais viva do que nunca.

— E em relação àquela garota que foi enterrada no lugar de minha filha?

— Já foi autorizada a exumação do corpo. Os exames irão provar que se trata de Cleide, ou de qualquer outra pessoa, menos de Leonor. Se a moça não tinha parentes nem documentos, não importa. E tem mais: as suas digitais conferem com a identidade. Não há erro.

Leonor retrucou:

— Será que não podemos achar algum parente de Cleide?

Castro considerou:

— Não há meios legais para isso. Você mesma me disse que ela não tinha documentos, que perdera a família num deslizamento na Guanabara. Sem documentos, num país desse tamanho, vai ser impossível. Pelo menos a exumação vai servir para provar que você está viva. Quanto a sua amiga, será mais uma indigente, como muitos nesse Brasil.

— Espero que ela esteja vivendo muito bem no astral. Desde que me recordei de tudo, tenho orado muito para o espírito dessa menina — levantando-se da cadeira, continuou: — Bem, tenho hora no cabeleireiro. Quero ficar com a aparência bem próxima à que tinha quando "morri".

— Não fale assim — replicou Nelson.

— Brincadeira, papai. Eu preciso ficar parecida ao que era antes, minha mãe precisa saber que sou eu mesma. Depois volto a ficar loira novamente.

— Não se atrase — rebateu Castro. — Sabe que hoje à noite vocês se comprometeram a ir comigo ao centro. Trata-se de uma sessão especial.

— Quanto a mim, pode ficar tranquilo — disse Leonor.

— Quanto a mim... também — concluiu Nelson, com gesto nervoso.

— Ora, Nelson, depois de tudo o que aconteceu ainda continua resistente?

— Não é isso. Não me sinto preparado.

— Conversa fiada — respondeu Leonor. — Ele está com medo. Mas passa. Agora preciso ir. Pode nos apanhar no hotel às sete horas, doutor Castro?

— Sim. Mas só os levarei se parar de me chamar de "doutor".

— Está certo, Castro. Até logo.

Beijou o pai e o advogado e partiu sorridente rumo ao salão de beleza.

— Pelo brilho de seus olhos, Castro, percebi que veio até aqui com outras intenções.

— Queria falar com você sem a menina por perto.

— O que foi, então? Não foi a exumação que o trouxe até aqui, não é?

— Também. Rapaz, você não vai acreditar. Lembra-se do caso do general?

— Aquele que deixou a fortuna para o neto?

— O próprio. Consegui localizar o rapaz. Está casado e pediu asilo político no Chile. As coisas não andam bem por lá. Ele e a esposa tencionam voltar, mas estão sem condições, vivem bem apertados.

— E como vai trazê-los para cá?

— Esqueceu que ele é neto de general? Pois é, mesmo morto, o general Ubirajara Couto tem força entre os militares. Através de documentos comprovando o parentesco entre eles, consegui que o neto retorne ao país sem problemas.

— E ele sabe disso?

— Não. Escrevi-lhe uma carta contando sobre alguns parentes da falecida mãe que precisam muito de sua ajuda. Fiz um grande dramalhão. Com a situação ruim do país, mais a vida difícil que compartilha com a esposa, acho que ele volta. Mesmo que seja para pisar no Brasil e querer voltar, não importa. Aliás, duvido que ele queira voltar depois de saber toda sua história.

Nelson terminou de sorver o último gole de café. Dando de ombros, perguntou:

—O que tenho a ver com tudo isso?

— Cláudio dos Santos, e que agora vai somar Couto ao sobrenome, é casado com Lívia Baptista Teixeira, ninguém menos do que filha de Odete Baptista e neta de Carmem Baptista, entendeu?

Nelson arregalou os olhos.

— A sobrinha de Carla, quer dizer, Leonor?! Não posso acreditar!

— Pode sim. É a mais pura verdade. Veja que mundo pequeno. E como todos esses casos vieram parar na minha mão. O mesmo advogado, cuidando das mesmas famílias, sem saber. Sinto uma felicidade enorme por estar ajudando todos vocês, em perceber que todos estão se saindo muito bem.

— É incrível! Vai contar a minha filha?

— Não vejo necessidade, por ora. Não sei se Cláudio vai responder à carta, se vai voltar logo.

— Começo a achar que o invisível, se existe, está fazendo muito por todos nós. Mas por que iriam querer ajudar simples mortais, como eu, por exemplo?

— Não sei. Pode ser que sua atitude de ter acolhido Leonor tenha contado pontos a seu favor. Você a acolheu sem obrigação, mas com amor. E também, vai saber o que fez com ela em outra vida?

— Deixe de besteiras. Nunca faria nada a minha filha. Isso é insano.

— Vamos ver. Quem sabe logo mais à noite tenhamos alguma novidade. Agora preciso ir. Não se esqueça, sete em ponto.

Castro despediu-se do médico e voltou a seus afazeres, radiante. Nelson pagou a conta, saiu do restaurante e resolveu caminhar um pouco pela cidade. Tomou um táxi e pediu ao motorista que o deixasse no parque do Ibirapuera. Precisava refletir e pensar sobre as mudanças bruscas que aconteciam em sua vida.

Logo mais à noite, no trajeto ao centro espírita, Nelson resmungava.

— Eu falei que o loiro ficava bem melhor. Não gostei de você morena.

— Quem tem de gostar ou não sou eu, pai.

— Para mim, você fica linda de qualquer jeito — rebateu Castro.

— Obrigada. Sei que o castanho me deixa mais madura, mas é por pouco tempo. Depois que reencontrar minha mãe, volto a ser loira.

— Espero que seja logo mesmo.

— Por que anda nervoso? É o centro? Se não quiser ir, podemos dar meia-volta e deixá-lo no hotel.

Nelson iria retrucar, mas Castro, bem-humorado, respondeu:

— Estamos longe do hotel e não podemos chegar atrasados. Se você quiser, Nelson, posso deixá-lo próximo ao Estádio do Pacaembu.

— Não! Disse que ia e vou. Só estou um pouco irritadiço.

— Chegamos.

Carla admirou-se.

— Nunca podia imaginar um centro numa rua elegante, com casas tão bonitas.

Castro explicou:

— Não se trata de um centro espírita convencional. Um amigo meu herdou esse casarão. Começamos com o grupo de estudos, depois naturalmente foi crescendo e partimos para o atendimento. Mas atendemos poucas pessoas, não temos estrutura suficiente para um grande contingente. Há muitos centros grandes e bons aqui em São Paulo. Nossa preocupação está em desenvolver o nosso potencial nos estudos e passá-los para as pessoas. Como damos mais ênfase às palestras e à responsabilidade que cada um tem por aquilo que atrai na vida, não somos bem vistos. Há muita gente que prefere olhar-se como vítima. Vem até aqui, faz semanas de tratamento espiritual, mas não muda o jeito de ser. Os espíritos fazem a sua parte, limpando a aura do indivíduo. Mas a pessoa que recebe o tratamento não faz a sua parte, não procura melhorar a cabeça.

— Entendo o que você diz. Dona Clotilde me fala a mesma coisa. Muitos vão aos centros em desespero e depois de meses voltam-se contra os trabalhadores da casa, responsabilizando-os pelo insucesso do tratamento. Não enxergam que eles mesmos, que receberam tratamento, não procuraram olhar para dentro de si e mudar os padrões e crenças que o impediam de progredir na vida.

— Temos a eternidade pela frente. Uma hora todos aprendem a lição e passam de ano — concluiu Castro. — Agora vamos. Está quase na hora.

— Mas não há gente na porta.

— Eu avisei que se tratava de uma reunião especial. É uma reunião de comunicação, portanto fechada ao público. Vocês vão amar, garanto.

Desceram em silêncio do carro e caminharam para o interior do casarão. Carla aspirou gostosamente o aroma de jasmim que a brisa leve soprava delicadamente sobre a noite. Adentraram o local e um simpático senhor cumprimentou Castro com intimidade e cordialmente os demais, introduzindo-os logo em seguida à sala de estudos.

Na sala, uma grande mesa oval ocupada por algumas pessoas. Somente três cadeiras estavam vazias. O simpático senhor os conduziu até as cadeiras e sentou-se com pequeno grupo de pessoas mais atrás.

SÓ DEUS SABE

Nelson foi fazendo tudo mecanicamente. Sentia-se incomodado. Uma senhora de meia-idade, sentada ao redor da mesa, fez ligeiro sinal e as luzes foram apagadas, ficando somente uma pequena lâmpada azul a iluminar suavemente o local. Logo depois, fez ligeira prece. Alguns médiuns começaram a bocejar. Um rapaz, que estava próximo a Nelson, após suspirar profundamente, tomou a palavra:

— Boa noite. É com prazer que estamos reunidos, trazendo em nosso seio três amigos ligados por laços feitos nos anais do tempo. Venho aqui hoje contar pequena história, permitida pelo plano maior, para esclarecimento a alguns amigos presentes.

O médium incorporado pigarreou e continuou:

— Há muitos anos, num Brasil que hoje é retratado somente nos livros de História, havia um rico cafeicultor, que naquela vida chamava-se Aldair. Um homem bom, porém muito rude em seus sentimentos perante a esposa e suas duas filhas. Após ser ludibriado pelo melhor amigo, um advogado falido que tomara-lhe quase todos os bens através de falsas procurações, Aldair não encontrou saída senão casar sua filha mais velha com um rico fidalgo da corte. Carla estava prestes a se casar com Pedro, a quem devotava todo o seu amor. Sabendo que sua filha nunca aceitaria sacrificar seu amor para salvar o nome da família, que estava indo para a lama devido aos abusos do advogado, Aldair tramou um plano sórdido. Conseguiu a colaboração irrestrita de Cleide, a jovem ama de Carla, a quem devotava total confiança. Cleide era capaz de fazer qualquer coisa para comprar sua liberdade, e não titubeou em participar ativamente de toda essa sujeira, começando por colocar alta dose de sonífero no licor servido a Pedro, logo após um jantar na casa de Carla.

O médium fez ligeira pausa. Nelson foi afetado por pesado torpor em sua cabeça, sentindo-se como parte daquela trama. Os olhos de Castro estavam marejados. Leonor, embora ouvisse o nome de Carla e sentisse ali uma grande identificação com a personagem, continuava impassível. O relato continuou:

MARCELO CEZAR pelo espírito MARCO AURÉLIO

— Após sedar Pedro, Cleide e Aldair o colocaram no quarto de hóspedes e despiram-lhe as vestes. Desacordado, Pedro nada sentiu, ficando nu sobre a cama. Cleide logo tirou suas vestes e deitou-se ao lado de Pedro, em posição comprometedora, para deleite de Aldair. Algumas horas depois, fingindo estar indisposto, Aldair passou pelo corredor e abriu a porta do quarto de hóspedes. Com um sinal de Cleide, passou a bradar pela casa. Logo, Carla despertou e, ao chegar à porta, precisou apoiar-se nos braços do pai. A custo tentava acreditar no que seus olhos viam. Sua ama, amiga de tantas confidências, deitada com seu noivo. O pai novamente fingiu indignação, abraçou-a e chacoalhou e estapeou violentamente Pedro, que, assustado por se ver naquela situação inusitada, não teve palavras para explicar-se de imediato.

Mais uma pausa. Após breve suspiro, o médium continuou:

— Carla, ferida em seu orgulho, não teve outra alternativa. Desiludida, humilhada e ferida em seus sentimentos, casou-se com Hugo, o fidalgo. Aldair recuperou os bens. Cleide sumiu no dia imediato ao ocorrido, não sem antes receber das mãos do fidalgo uma quantia considerável de dinheiro para a época, permitindo-lhe comprar sua liberdade e viver muito bem pelo resto de seus dias.

Alguns médiuns que estavam sentados atrás de Leonor, Nelson e Castro, levantaram-se de suas cadeiras e passaram a aplicar-lhes passes. O relato continuou:

— Anos depois, Hilda, irmã mais nova de Carla, que tudo vira naquela fatídica noite, não aguentando o sofrimento da irmã com um casamento medíocre, tomou coragem e contou-lhe toda a verdade. Carla, em seu desespero, saiu à procura de Pedro, mas em vão. Ele havia partido para a Europa, triste e desiludido por ela ter acreditado na trama urdida pelo pai. O jovem acreditava que o amor de Carla por ele fosse maior do que aquilo que seus olhos presenciaram. Carla, a essa altura da história, não podia desfazer o casamento, estava com filhos, e os valores sociais naquele tempo eram muito rígidos. Seu marido, desiludido também com a maneira fria como ela o tratava, voltou a viver uma paixão doentia com sua amante, a impetuosa Raquel.

Os médiuns continuavam com suas mãos sobre o coronário de Leonor, Nelson e Castro. Após longo suspiro, o dirigente da casa, incorporado, continuou:

— Mais alguns anos e Hugo partiu com Raquel, deixando a esposa sozinha e desamparada. No dia em que ele partiu, Carla foi ter com seu pai e jurou jamais perdoá-lo. Culpou-o pela infelicidade de sua vida. Ele a separara de seu grande amor e agora ela estava só, sem amor e sem um vintém. As únicas que ficaram a seu lado foram Hilda, sua irmã, e Neide, sua mãe. Com a ajuda das duas, Carla teve condições de criar os filhos e viver com dignidade. Aldair arrependeu-se da atitude insana, mas já era tarde. Carla não lhe deu o perdão, mesmo quando ele estava prestes a desencarnar, sozinho e falido. E assim Aldair partiu para o mundo espiritual cheio de remorso e clamando pelo perdão da filha amada.

O médium suspirou novamente e concluiu:

— Por hoje é só. Logo teremos outro contato. Antes, gostaria de esclarecer que o advogado que ludibriou Aldair hoje está aqui como Castro; Aldair agora chama-se Nelson e Carla chama-se Leonor, daí o fato de Nelson "batizá-la" com esse nome, ao encontrá-la na vida atual. Pedro voltou como Ricardo; Hugo voltou como Rogério; Raquel foi Ester, mãe de ambos; Hilda e Neide são respectivamente Odete e Carmem; e Cleide recebeu o mesmo nome nesta vida. Para finalizar, gostaria de agradecer aos participantes e de me identificar: meu nome é Ubirajara do Couto Neto, e quero agradecer a Castro pela ajuda dada a todos, principalmente por poder fazer o que quisesse de minha fortuna. Foi um teste, e você foi aprovado. Não ousou alterar meu testamento e deixou tudo para Cláudio.

Mesmo recebendo os passes, Castro não aguentou. Se havia ludibriado no passado, jamais teria essa postura agora. Nunca passara pela cabeça usurpar Cláudio, alterando o testamento do general. Caiu num pranto emocionado. As lágrimas corriam livremente por entre as faces. Intimamente, agradeceu ao general e a Deus por não ter falhado dessa vez.

O espírito do general continuou:

— Cleide encontra-se muito bem, trabalhando num posto de socorro aqui próximo. Agora que o véu do passado foi parcialmente descortinado, vocês podem refletir, analisar e amadurecer suas ideias. Tenham uma boa noite.

Os médiuns terminaram os passes e voltaram a seus lugares. Após silêncio que durou por alguns minutos, a senhora na ponta da mesa encerrou a sessão proferindo uma sentida prece. Finalizou:

— Hoje tivemos uma noite especial. Esperávamos ter algum esclarecimento sobre estudo e acabamos por ter uma lição de vida.

Ela pegou um jarro com água que estava a seu lado, despejou seu conteúdo em três pequenos copos e solicitou a um companheiro próximo que o desse a Nelson, Castro e Leonor.

Os três estavam cabisbaixos, com lágrimas nos olhos. Castro e Leonor já entendiam muito da vida espiritual e a história narrada foi de grande valia para entenderem como o resultado de nossas escolhas pode perdurar por vidas e vidas.

Para Nelson, tudo era confuso. Ele sentia, em seu íntimo, que falavam dele, com outro nome. Enquanto o médium falava, ele via alguns flashes, e agora se dava conta do sonho que o impressionara em demasia tempos atrás. Agora começava a entender os fatos. Mas estava muito emocionado para tecer qualquer comentário.

Após beber a água, Nelson sentiu-se melhor. Aliviado, olhou timidamente para os presentes, que discursavam em tom de voz baixo e pausado sobre os imperativos da vida, sobre as leis de Deus. Passou os olhos pela mesa e qual não foi sua surpresa ao deparar-se com a senhora sentada à ponta.

Ela percebeu seu olhar admirado, levantou-se e foi até ele.

— Eu disse que um dia você viria até aqui.

Nelson não podia acreditar. Era a mesma mulher que encontrara na igreja, há muito tempo. Lembrou-se no mesmo instante de seu nome:

— Dona Guiomar! Desculpe-me, mas sinto-me envergonhado. Nem sei onde coloquei aquele cartão. Vim aqui por causa de Castro.

— Não se envergonhe. Eu lhe disse que no momento certo você viria. Já reencontrou a sua filha e também percebe que não vai mais perdê-la, pois isso é reflexo de um passado distante. Precisa agora é de uma limpeza nessas ideias cristalizadas. Carla ou Leonor, tanto faz, agora está presente em sua vida. Você pode continuar a culpar-se, continuar com medo de perdê-la ou pode simplesmente amá-la. É uma questão de escolha — e abaixando e beijando-o na testa, tornou: — Agora você é livre para amá-la, colocando o sentimento acima do dinheiro ou de outros interesses.

Nelson não tinha palavras. Levantou-se e abraçou Guiomar com força e carinho. Deixou que as lágrimas de gratidão corressem livremente pelas faces, sentindo no mesmo instante o peito livre das culpas e dos remorsos do passado.

CAPÍTULO 25

Por intermédio de detetives competentes que deviam certos favores a Castro, não foi difícil localizar o endereço de Carmem.

O domingo de Dia das Mães foi a escolha ideal para a realização desse reencontro. Castro ligara para Carmem na noite anterior, passando-se por um balconista de floricultura que queria confirmar o endereço e saber se haveria alguém em casa no domingo, pois tinha em mãos uma encomenda de Ricardo Ramalho para ela. Com resposta afirmativa de Carmem, traçaram rapidamente o plano.

Leonor e Nelson não foram vencidos pelo sono, passando, cada qual em seu quarto, pelas expectativas em relação à manhã que se aproximava.

Após divertida viagem, graças ao humor de Santiago, chegaram ao endereço.

Leonor estremeceu. Sentiu o coração bater forte. Salvo algumas novas plantas no jardim, a casa era a mesma de seis anos antes. Tudo parecia estar igual. Sentiu uma saudade imensa do lugar onde passara toda sua vida até a data do acidente. Com olhos úmidos e voz embargada, virou-se para Nelson:

— Pai, estou muito nervosa. Não sei qual será a reação de todos.

Nelson procurou acalmá-la:

— Calma, filha. Há quanto tempo vem esperando por esse momento? A Justiça já deu sentença favorável à anulação da certidão de óbito. Quanto aos papéis, você já pode considerar-se Leonor Baptista novamente. Até eu já me acostumei com esse nome.

— Você se impressionou com o nome da vida passada, isso sim. Medroso! Antes adorava chamá-la de Carla, mas, depois que descobriu o seu passado tenebroso, morre de medo — considerou Santiago, rindo alto.

— Não sei por que o trouxe até aqui — objetou Nelson, com o cenho fechado.

— Pai, que cara fechada é essa? Não vê que estamos todos tensos e Santiago só está brincando?

— Tudo bem, mas precisava vir a trupe toda?

— Precisava, sim, porque eu queria que Santiago e dona Clotilde estivessem partilhando comigo desse momento. Vocês fazem parte de minha vida, são a minha nova família. Mamãe precisa saber com quem convivi durante esses anos todos. Só me entristece o fato de Vilma não estar presente.

— Oras — obtemperou Nelson —, também não era tempo para formar caravana, certo? No tempo devido todos terão condições de conhecer Vilma.

Clotilde procurou aquietá-los.

— Estão parecendo crianças. Estamos diante de um momento importante tanto na vida de Leonor como nas nossas. Antes de nos prender em pequenas coisas, não é melhor fazer uma prece?

Todos concordaram plenamente. Dentro do Dodge Dart Sedan preto de Nelson, os quatro deram-se as mãos, fecharam os olhos e proferiram uma prece, solicitando aos amigos espirituais que lhes dessem o amparo necessário para que tudo corresse da melhor maneira possível.

Se os presentes fossem dotados com a capacidade de enxergar além, notariam que, no término da prece, luzes coloridas que transpassavam o capô do carro caíam sobre suas cabeças, trazendo-lhes paz e equilíbrio emocional. Teriam condições também de ver Rogério e Ester atravessando a porta e adentrando a casa de Carmem.

— Prontos? — perguntou Nelson.

Santiago, Leonor e Clotilde penderam a cabeça em sinal afirmativo.

— Está certo. Eu e dona Clotilde entramos primeiro.

Saíram do carro e Santiago passou para o banco da frente. Mesmo sendo brincalhão, sabia que o momento não era fácil para Leonor. Para distraí-la, ligou o rádio e começou a cantarolar uma canção que estava fazendo muito sucesso na época. Isso acabou por aquietar um pouco o coração descompassado de Leonor. Ela se esticou no espaçoso banco de trás do carro e procurou ocultar por instantes a emoção, fazendo coro com Santiago.

Nelson tocou a campainha e logo um rapaz aparentando dezesseis anos os atendeu.

— Pois não?

Clotilde, com um arranjo de flores na mão, tomou a palavra.

— Viemos fazer uma entrega para dona Carmem. Ela está?

O jovem, meio ressabiado, inquiriu:

— Quem são?

— É por parte de Ricardo Ramalho. Ele mandou que entregássemos esse buquê para ela.

— Aguardem um instante.

O rapaz voltou e encostou a porta. Em seguida, uma mulher muito bem-vestida, perto de completar cinquenta anos, mas aparentando muito menos do que isso, pela expressão jovial que seus grandes olhos verdes expressavam, delicadamente perguntou:

— Pois não?

SÓ DEUS SABE

Nelson sentiu forte emoção. A docilidade com que a mulher falou aquelas duas palavras mexeu fundo em seus sentimentos. Clotilde notou o brilho emotivo que passou pelos olhos do médico e disfarçadamente falou, no tom amável que era-lhe peculiar:

— Viemos entregar-lhe uma encomenda de um amigo famoso, Ricardo Ramalho.

Carmem notou como ambos estavam elegantemente trajados e pôde ver, atrás de suas costas, o grande e luxuoso carro preto estacionado. Leonor estava quase deitada no banco de trás, e ela pôde vislumbrar parcialmente o semblante alegre de Santiago. Tomada pela surpresa do momento, parada no degrau, solicitou:

— Por favor, abram o portão e entrem.

Nelson mecanicamente abriu o portão. Com a mão fez deferência para que Clotilde passasse à sua frente. Conforme subiam os poucos lances de escada para a entrada principal do sobrado, Nelson começou a suar frio. O coração parecia querer saltar do peito. Estava fascinado com a presença daquela mulher à sua frente. Fingindo naturalidade, passou as mãos pela calça para limpar o suor e em seguida cumprimentou Carmem.

— Boa tarde. Meu nome é Nelson Alencar. Sou médico e resido em Guaratinguetá. Esta aqui é Clotilde, uma amiga. Viemos trazer esse pequeno arranjo de flores. A senhora tem um tempo para nós?

Carmem cumprimentou-os aturdida. Estava confusa com a presença daquele homem. Ao mesmo tempo que seu coração também batia descompassado, o aperto no peito que carregava desde a morte da filha esvaiu-se, trazendo-lhe paz e alegria. Confusa, porém mantendo a linha, tornou:

— Entrem, por favor. Hoje é dia das mães, estou aqui com minha filha, meu genro e meu neto. Acabamos de almoçar há algum tempo...

Clotilde determinou:

317

— Nem se preocupe com uma coisa dessas. Nós já almoçamos. Viemos trazer o arranjo e conversar um pouco, se não for inconveniente.

— De jeito algum! Se são amigos de Ricardo Ramalho, são amigos meus também. Entrem.

Entraram e fecharam a porta. Leonor tentava a custo conter a emoção. Fechara os olhos quando tocaram a campainha. Estava por demais ansiosa com tudo isso.

Dentro da casa, Carmem foi apresentando:

— Essa aqui é minha filha Odete; este é meu genro Tadeu; este aqui é meu neto Lucas; e esta é uma grande amiga, Marta.

Cumprimentaram-se. Nelson e Clotilde foram solicitados a acomodarem-se em sofá próximo onde todos estavam reunidos, apreciando o delicioso café feito por Marta.

— Vocês aceitam um café?

Ambos concordaram. Nelson sentia uma sensação esquisita. Olhava, disfarçadamente com o canto dos olhos, para Odete. Tinha uma sensação de conhecê-la de algum lugar. Mas a emoção que sentiu quando seus olhos pousaram no semblante de Carmem era indescritível. Sentiu ímpetos de agarrá-la, abraçá-la, como se estivesse longe de alguém que muito amara.

Enquanto Clotilde conversava amiúde com os presentes, em seu íntimo Nelson começava a questionar esse sentimento estranho:

"O que está dando em mim? Eu não sei quem é essa mulher e, no entanto, estou sentindo um desejo incontrolável de tocá-la! Eu, que sempre fui arredio a qualquer tipo de envolvimento. Meu Deus, serene meu coração. Ajude-me a não fazer uma besteira."

Os pensamentos que desfilavam pela mente de Carmem não eram muito diferentes dos de Nelson. Ambos estavam imersos em seus pensamentos quando Odete os chamou pela segunda vez:

— Ei, o que está havendo?

Nesse instante, ambos estancaram o fluxo das ideias e voltaram para a realidade.

SÓ DEUS SABE

Nelson pigarreou e, meio sem jeito, pediu o café.

Marta considerou:

— Infelizmente terá de esperar um pouco. Ainda bem que acabaram de chegar. O café estava muito bom e não há mais uma gota sequer na térmica — e virando-se para Carmem: — Você está sem pó. Vou até em casa buscar o meu.

Carmem bateu levemente com a palma da mão na testa:

— Esqueci-me das compras! Fiquei de ir ao supermercado ontem e acabei por passar o dia todo na praia. Você não se incomoda de ir até sua casa pegar um pouco de pó?

Nelson interveio:

— Não precisa incomodar-se. Estamos só de passagem.

— De forma alguma — rebateu Marta. — Eu moro do outro lado da rua, somos vizinhas. Volto num instante. Lucas, você me acompanha?

— Claro. É um prazer andar a seu lado.

Marta suspirou:

— Ah, se você fosse uns quinze anos mais velho, eu não pouparia esforços para conquistá-lo. Tão garoto e tão galante. Só podia ser filho de Tadeu.

Riram bem-humorados e saíram. Clotilde, mais à vontade, tornou:

— Sabemos que vocês têm um grupo de estudos num respeitado centro espírita aqui na cidade. Nós fazemos pequenas reuniões em casa, lá em Guaratinguetá, e também temos participado, eventualmente, de algumas sessões em São Paulo com o pai de Ricardo.

Odete exultou:

— Que maravilha! Então vocês também se interessam pelo estudo das leis universais?

— Sem dúvida — interveio Nelson. — Eu sempre fui arredio com relação a esse tipo de assunto, mais por causa da ignorância e do preconceito. Sempre julguei o conhecimento da vida espiritual como sendo assunto de gente que não tem o que fazer na vida.

MARCELO CEZAR PELO ESPÍRITO MARCO AURÉLIO

— E para variar — completou Carmem —, você deve ter passado por algum momento difícil para despertar para essa verdade, não é mesmo?

— Como sabe? — inquiriu Nelson, preocupado.

— Porque são raros os casos de pessoas que se interessam por esse tipo de assunto por livre e espontânea vontade. A maioria das pessoas vai mesmo pela dor, pelo sofrimento. É uma maneira sábia que a vida encontrou para nos despertar para a existência do mundo astral e sua ligação ao nosso mundo, mesmo sendo invisível para muitos olhos.

— Pelo jeito você entende bem do assunto — afirmou Clotilde. — Pela cor de sua aura sei que você conhece muito sobre esse assunto.

— Já me disseram isso. Infelizmente não tenho sensibilidade para ver. O meu tato é mais aguçado. Eu sinto a presença de espíritos e de energias em geral — considerou Carmem.

— Todos nós — anuiu Tadeu — somos partidários dessa linha de pensamento. Eu nunca fui ligado a esses assuntos também, mas, depois que eu e minha esposa passamos por uma séria crise em nosso casamento, despertamos para a verdade das leis da vida espiritual.

Nelson sorriu:

— E deve ter feito muito bem. Você me parece um sujeito muito simpático e tem uma linda mulher a seu lado.

Odete corou e todos riram. Ela mudara muito desde o atropelamento. Passara a acompanhar a amiga Ema às palestras do centro espírita do Pacaembu em São Paulo e percebera que tudo o que acontecia em sua vida era resultado de seus mimos. Com o tempo, resgatara a mulher que andava escondida pela máscara pesada e enfadonha da esposa padrão. Odete era então uma nova mulher. Talvez até Leonor não a reconhecesse mais. Os cabelos, antes sempre em desalinho, agora estavam cortados à moda da época. Mudando seus padrões de pensamento e, consequentemente, seus hábitos no dia a dia, perdera peso, e as curvas de seu corpo, mesmo sob um displicente vestido tomara que caia, pareciam perfeitas. Sua pele ganhara viço, e o sol a bronzeara na medida certa, realçando seus lindos olhos castanhos.

"Deve ser hereditário" pensou Nelson. "A mãe é um desbunde, essa filha é um monumento, e a minha, quer dizer, Leonor, também é estonteantemente bela. Que família de sorte!"

Como a ler parte de seus pensamentos, Tadeu replicou:

— Tive muita sorte. Deus foi muito generoso comigo. Odete sempre foi a mulher dos meus sonhos.

— Vocês formam um lindo casal. Você também é muito belo — interveio Clotilde. — Confesso que não imaginaria que esse rapaz fosse filho de vocês. Ou se casaram muito cedo, ou escondem a idade!

Odete completou:

— Casei-me cedo, aos dezoito anos, mas Lucas é o mais novo. Tenho uma filha dois anos mais velha, que está muito bem casada, por sinal.

Nelson sabia de toda a história, mas precisava fazer-se de desentendido:

— Puxa, olhando vocês aí sentados, nunca imaginaria que têm uma filha casada. O que fazem para manter essa jovialidade que extravasa pelos poros?

Tadeu e Odete beijaram-se delicadamente nos lábios. Ela respondeu sorridente:

— Amor. Não há outra receita. Eu e Tadeu nos amamos. Sem cobrança, sem apego, sem posse. Foi muito duro desprender-me de tudo isso. O amor brota de meu peito. Damo-nos muito bem e temos respeito e admiração mútuos. Somos felizes.

Clotilde sentiu que naquela casa havia muita paz e harmonia. Não havia energias paradas ou escuras em qualquer ponto que sua mediunidade pudesse perceber. Sentiu-se feliz por estar no aconchego daquele lar. Chegada a uma prosa, como toda pessoa saudável do interior, ela continuou com a conversa:

— Pelo que sei, vocês moravam em São Paulo.

— Sim — aquiesceu Tadeu —, mas Odete passou a amar o mar, e infelizmente São Paulo não podia oferecer-lhe esse atrativo. Pedi transferência e estou lecionando em Niterói. Vendemos nossa casa na Aclimação e em breve estaremos morando numa aqui em Ipanema.

— E daqui a pouco tempo — interveio Nelson —, com a ponte Rio-Niterói concluída, ficará mais fácil ir de casa até o trabalho, ou de um estado até o outro.

— É verdade. Em relação aos estados, já é de conhecimento público que o Rio e a Guanabara daqui a pouco tempo vão se fundir em um único estado. Mas acho romântico pegar a balsa para ir trabalhar todos os dias. Não sei se vou me acostumar com a nova ponte.

Conversaram descontraidamente por mais alguns minutos, e então Nelson procurou explicar o real motivo de estarem na casa de Carmem.

Ainda sentindo o coração batendo acelerado, mas um pouco mais à vontade, dirigiu a palavra a Carmem.

— Por ser amigo de André, pai de Ricardo, sei do que ocorreu com vocês há alguns anos.

O sorriso antes estampado em todos os rostos deu lugar rapidamente a ligeiro descontentamento. Muitos anos haviam se passado, Carmem e Odete já haviam superado a dor da perda, mas o fato de serem privadas da convivência com Leonor ainda as entristecia muito. Contudo, Odete procurou esboçar um sorriso:

— O tempo passou, mas a dor, mesmo em menor intensidade, permanece em nossos corações. Aprendemos muito sobre a vida espiritual, sobre a reencarnação, mas é o velho ditado: quando acontece uma situação dessas com os outros, conseguimos aceitar e compreender prontamente. Quando se passa dentro de nossa casa, aceitar é muito difícil.

— Mas não é impossível — tornou Carmem. — O que me perturba é o fato de já ter tido contato com o namorado de minha filha, Rogério, mas não com Leonor. Ela nunca se pronunciou.

Com ar desolado, prosseguiu:

— Nossos amigos espirituais sempre nos dizem que precisamos ter calma, que é apenas uma questão de tempo para ter contato com ela. E eu continuo aguardando, às vezes ansiosa, às vezes resignada.

Clotilde replicou:

— Rogério é um espírito que muito nos ajudou com seus ensinamentos.

Odete admirou-se:

— Vocês têm contato com Rogério?!

— Sim.

— Como pode ser possível? — indagou Odete. E virando-se para Carmem: — Isso é prova de que existe mesmo vida após a morte, mãe! Eles se comunicam com o espírito de Rogério lá em São Paulo e nós aqui com ele! — e voltando-se novamente para Clotilde e Nelson, perguntou: — Vocês têm certeza disso?

— Absoluta. Há outro espírito que muito nos ajudou, mas teve de parar para continuar em sua escalada evolutiva.

— E vocês sabem o nome dele? — perguntou Carmem aflita.

Naturalmente, Clotilde respondeu:

— Sim. Trata-se de Otávio — e olhando para os rostos emocionados de Carmem, Odete e Tadeu, completou: — Daí que isso é uma prova irrefutável de que a vida está sempre trabalhando para nos ajudar, principalmente espíritos afins, como nós.

Carmem, olhos úmidos de emoção, carinhosamente pegou nas mãos de Clotilde.

— Não sei qual é a ligação de vocês com esses espíritos, mas eles nos são muito queridos. Só pode haver o dedo de Deus nessa visita de vocês hoje. Vocês não podem imaginar como estou feliz por conhecê-los e por saber que trabalhamos com a mesma equipe espiritual.

— O que me deixa um pouco confusa — disse Odete — é o fato de que nunca nos vimos nesta vida. Não sei se temos ligação de passado, mas desde que os vi, quando entraram, sinto certa familiaridade.

— Eu também percebi isso desde o momento que entrei — concordou Nelson.

Carmem suspirou:

— Ah, na verdade, o que mais queria era um contato com minha filha. Mesmo enxergando a vida por outros ângulos, vocês não sabem o quanto eu rezei a Deus para que Leonor aparecesse por aquela porta.

Clotilde e Nelson entreolharam-se e abaixaram os olhos, com os lábios esboçando terno sorriso.

Marta e Lucas haviam saído para buscar o pó de café. Desceram os degraus entre a varanda e o jardim. Lucas encantou-se com o Dodge Dart:

— Nossa, que carrão! — e procurando curiosamente identificar as pessoas dentro do carro indagou: — Por que será que o moço e aquela moça no banco de trás não entraram?

Atravessaram a rua e Marta respondeu:

— Não sei. Devem ser filhos do casal.

— Ah, Marta, filhos? Aquela senhora lá dentro tem idade para ser mãe do... do...

— Nelson.

— Isso mesmo. Não devem ser filhos. O homem no carro parece ser maduro. Quanto à moça no banco de trás, só deu para vê-la de relance. Parece que eu já a vi antes.

Santiago distraía-se cantando, mas seus olhos acompanharam Marta quando atravessava a rua, pelo retrovisor do carro. Surpreendeu-se.

— Uau! Você viu o que saiu da casa de sua mãe?

Leonor continuava cantarolando em voz baixa e com olhos fechados.

— Abra esses olhos, Leonor Carla. Saiu uma mulher lindíssima da casa de sua mãe.

Leonor ajeitou-se no banco rindo alto.

— Pare de me chamar assim! Só Leonor está bom — e virando-se para trás, perguntou: — Aonde ela foi?

— Não sei. Deve ser ela e o filho, talvez. Entraram naquela casa — Santiago fez um gesto largo com o indicador.

— Aquela é a casa de Marta! — Leonor colocou as mãos na cabeça. — Só pode ser ela!

— Você a conhece?

— Se for ela, sim.

— Ela é casada, solteira, desquitada...

— Ora, Santiago, tanto tempo se passou. Sei lá se ela se casou ou não. Quando eu "morri", ela estava solteirinha. Nunca se interessou por homem algum.

— Será que ela é...

— Não sei, mas tudo indica que não. Marta é muito liberada. Uma mulher forte, decidida, que sabe exatamente o que quer, que fala o que quer. Não se deixa manipular pelos galanteios imbecis dos homens. Tem o homem que quiser, na hora que quiser.

— Poderosa, hein? Nossa, só de falar dela assim, eu fico todo excitado. Adoraria domar essa mulher.

Leonor falou em tom desafiador:

— Duvido que Marta caia no seu charme.

Ele mordeu os lábios e balançou a cabeça. A ideia começava a deixá-lo animado. Deu um toque no ombro de Leonor:

— Veja. Estão saindo. Será que é a tal da Marta mesmo?

Leonor olhou pela traseira do carro. Seu coração disparou e ela sentiu que ele estava prestes a sair pela boca.

— É Marta! É ela mesma. E aquele deve ser... Oh, Santiago, aquele só pode ser meu sobrinho Lucas.

Antes que Santiago dissesse algo, ela abriu a porta do carro e deu um pulo. Emocionada, gritou:

— Marta!

Ela e Lucas haviam acabado de sair de casa. Marta ouviu seu nome e acompanhou com os olhos para a direção de onde a chamavam. Assustada e emocionada, deixou cair o pote de café no chão.

Lucas perguntou assustado:

— O que foi?

Marta nada respondeu. Abriu o portão e saiu correndo em direção a Leonor. Parou rente à moça.

— É uma visão, uma brincadeira? Não pode ser...

Antes que ela terminasse, Leonor abraçou-a forte. Entre lágrimas, afirmou:

— Sou eu mesma. É uma longa história, de mais ou menos seis anos. Meu Deus, quanta saudade, Marta!

— Como pode ser possível? Nós enterramos você há seis anos!

Ela apalpava Leonor como a verificar se aquele corpo à sua frente era real.

— Sei que sua cabeça está cheia de dúvidas. Vou explicar tudo. São seis anos de ausência. Temos muito que conversar. Mas tenha certeza de uma coisa: agora estarei mais viva do que nunca ao lado de vocês.

Abraçaram-se e choraram copiosamente. Lucas não entendeu o que ocorria. Santiago também emocionou-se e não conseguiu impedir que uma lágrima furtiva caísse pelo canto dos olhos.

Ele trancou o carro, cumprimentou Marta e Lucas e os quatro subiram os degraus até a porta da casa de Carmem.

Ela havia acabado de dizer o quanto rezara para que um dia sua filha entrasse por aquela porta. Após Nelson e Clotilde trocarem os olhares cúmplices, a porta se abriu.

Leonor ficou estática na porta, sem mover um músculo sequer. Carmem, Odete e Tadeu abriram e fecharam a boca num sincronismo assustador. Trocaram olhares indagadores e devolveram o mesmo olhar para Nelson e Clotilde. Eles fizeram sinal afirmativo com a cabeça.

A cena que ocorreu daí em diante foi de extrema emoção. Impossível detalhar em palavras os sentimentos que se apossaram daqueles espíritos separados por longos anos, de uma maneira tão dorida. O choro, os abraços, as perguntas, a forte emoção. Nem mesmo Nelson escapara do pranto. Era um momento mágico, em que a vida, através de seus mecanismos divinos, unia novamente aqueles espíritos iluminados, mostrando que nada acontece por acaso e que, no fim, só Deus sabe o melhor a fazer.

No canto da sala, Ester e Rogério não continham a emoção. Seus espíritos sacolejavam por soluços entrecortados. Abraçaram-se, sentindo-se vitoriosos pela tarefa bem-sucedida.

Para acalmar os corações saudosos, deram um passe energizante em cada um na sala. Partiram felizes, deixando agora aquela família em sua intimidade.

Enquanto Leonor, mais serena pelo passe recebido, contava sua emocionante história, pétalas de rosas caíam sobre a sala. Todos os presentes sentiram levemente o aroma das flores. Clotilde fechou os olhos e, comovida, fez sentida prece, agradecendo a Deus por aquele momento tão sublime para todos.

CAPÍTULO 26

Os meses que se seguiram foram de alegria, muita alegria. Leonor mudara-se para a casa de sua mãe, com o consentimento de Nelson. Ele ficara tão encantado com sua família que não fizera qualquer objeção à decisão da filha. Amava Leonor acima de tudo, tinha-a como sua verdadeira filha, mas, diante de tantas experiências ao longo dos últimos anos, sentia que não era mais o mesmo.

Nelson havia amadurecido muito. Após o reencontro entre Leonor e sua mãe, passara a reunir-se semanalmente com Santiago e Clotilde para, juntos, destrincharem os mistérios do mundo espiritual e, através de estudo e paciência, assimilar novos conceitos de vida. A realidade astral tornara-se parte natural de sua vida. O velho incômodo que carregava no peito devido ao apego por sua filha havia diminuído em demasia. Abrindo a mente para novas ideias e valores, entrou no estágio em que começava a questionar até que ponto os valores e as crenças que possuía eram benéficos ou não para a evolução de seu espírito.

Houve outro motivo, além das experiências vividas, que contribuíra, e muito, para a transformação de Nelson. Desde o dia em que seus olhos pousaram nos de Carmem, sentira que algo muito esquisito estava se processando em seu corpo, sua mente e, acima de tudo, em seu coração. Cético e desiludido em relação aos envolvimentos amorosos, até aquele dia não havia se dado permissão para ir além nos relacionamentos. Quando o envolvimento tornava-se sério, ele logo pretextava alguma coisa e afastava-se da pessoa.

Nos últimos tempos, essa "sensação" tornara-se mais forte. Durante a semana ele até que conseguia dissimular, colocando toda a sua atenção no trabalho, dedicando-se aos pacientes do hospital. Mas toda sexta-feira, impreterivelmente, apanhava Santiago e juntos iam ter com Leonor e Carmem, em Ipanema. A simpatia e afinidade entre eles, inclusive com Odete, Tadeu, Lucas e Marta, era visível. Todos sentiam-se membros da mesma família.

Num desses finas de semana, após um delicioso almoço feito por Odete, estavam prazerosamente conversando na sala de estar.

Leonor ainda custava a crer que sua irmã tivesse mudado tanto, e para melhor.

— É impressionante como você melhorou. Você remoçou, está alegre, como há anos não via.

— De fato — tornou Odete. — Mas tive muita ajuda do plano superior. Devido aos meus padrões de pensamento presos na autodesvalorização, acabei por arrumar uma companhia astral de baixa vibração. Depois de fazer o tratamento adequado no centro que frequentamos até hoje, pude desvencilhar-me dessa entidade.

Carmem orgulhava-se muito da filha. Com brilho nos olhos, comentou:

— O tratamento espiritual ajuda muito, mas não soluciona os casos de obsessão. Nós temos que ter a consciência de que somos responsáveis por atrair essas companhias, e afastá-las requer um trabalho interior que demanda tempo e muita paciência para conosco.

— É impressionante — considerou Tadeu — como somos cruéis conosco. É muito fácil perdoar os outros, mas muito difícil perdoar nossos próprios deslizes. Odete resgatou o seu valor, tomou posse de si, passou a ter plena consciência da importância de suas escolhas. Aprendi muito a seu lado e hoje sou o homem mais feliz do mundo.

Ao dizer isso, virou-se para a esposa e beijou-a amorosamente nos lábios, recebendo em seguida aplausos efusivos dos presentes.

Diante da descontração, não perceberam o olhar perscrutador de Nelson sobre Carmem. Ela também o olhou com os cantos dos olhos, procurou disfarçar, mas não conseguiu. De uma certa maneira, também havia se sentido atraída por Nelson desde aquele domingo.

Como ela sustentasse o olhar, Nelson sentiu-se encorajado. Entre a algazarra generalizada, chamou-a para conversar na varanda.

Os presentes notaram algo diferente no ar. Entreolharam-se com um sorriso nos lábios que denotava certa malícia, mas, por respeito, nada disseram. Continuaram conversando como se nada tivesse acontecido.

Santiago por sua vez levantou-se.

— A conversa está muito animada, mas preciso fazer uma visitinha.

Odete, bem-humorada, inquiriu:

— Por acaso, essa visita que você vai fazer é do outro lado da rua?

O riso foi geral. Santiago não perdeu a pose:

— Vou, sim. Eu e Marta temos nos entendido muito bem. Tanto que ela está estudando a possibilidade de passar uns tempos em Guaratinguetá.

A surpresa foi geral.

— Então vocês estão mesmo bastante adiantados — replicou Tadeu.

SÓ DEUS SABE

— Claro que estamos. Não é à toa que tenho vindo às sex-tas-feiras para cá.

Leonor, brincalhona, fez beicinho. Fazendo voz manhosa, indagou:

— Pensei que sentisse saudades de mim.

— Ora, minha pequena. Claro que também venho por sua causa, mas pela primeira vez na vida sinto-me verdadeira-mente apaixonado. Também sou correspondido, e isso me basta. Agora chega de delongas. Até mais.

— Vou com você — tornou Lucas.

— De jeito nenhum! — objetou Santiago.

— Só vou acompanhá-lo até o portão. Vou para a praia. Tem uma garota me esperando no píer.

— Então o amor está pairando por esses lados! — tornou bem-humorado Santiago. — Nelson foi ter com Carmem lá na varanda; Tadeu e Odete fazem o casal modelo; eu e Marta, quem diria, estamos nos acertando; agora o pequeno Lucas já anda se envolvendo; Lívia e Cláudio estão retornando ao Brasil e pelo jeito continuam apaixonados; ora, só falta...

Somente nesse momento Santiago deu-se conta da saia justa em que se metera. Esquecera-se de que Leonor, em-bora feliz com o retorno aos seus familiares, sentia-se pro-fundamente aborrecida com a atitude de Ricardo. Desde o dia em que recobrara a memória, nunca mais se falaram. Ele não a procurou, e ela também não deu o braço a torcer. Estava cansada da imaturidade emocional do rapaz. André e Sílvia tentaram, em vão, uma reaproximação. Haviam-na visitado algumas vezes, e nesses encontros tentavam fazer com que ela fosse atrás do rapaz, chamando-o para uma conversa defi-nitiva. Mas Leonor, com veemência, os repreendia e negava-se.

Santiago, percebendo que falara demais, e notando a tristeza nos olhos de Leonor, correu até a poltrona onde ela estava. Abaixou-se, levantou delicadamente seu queixo e, olhando fixamente em seus olhos, considerou:

— Sei que não tem sido fácil. Sempre fui brincalhão, nunca levei nada a sério. Esse é o meu jeito natural de ser. Não mudei depois que passei a me interessar por Marta, e ela também não mudou. Queremos juntos somar, jamais tentar mudar um ao outro. Você é forte, amadureceu com a lição que a vida lhe deu. Poderia não fazer a lição de casa, ou seja, a sua parte, e estar até hoje vivendo conosco, com a memória bloqueada. Leonor, só Deus sabe o quanto você cresceu. Sei que você já sabe, mas preciso repetir.

Leonor, olhos úmidos, após suspiro dolorido, perguntou:

— O quê?

Pegando delicadamente em suas mãos, Santiago concluiu:

— Você é livre para fazer suas escolhas. Sei o quanto ama Ricardo, mas talvez ele não esteja maduro o suficiente para você. Se o ama de verdade, liberte-o. Deixe-o seguir sua vida. O amor verdadeiro é o que liberta, que solta o ser amado. Quem ama não prende nunca. Liberte Ricardo de seu coração sofrido. Quando tomar essa atitude, você correrá dois riscos, mais nada.

— E quais são esses riscos?

— Ao aceitar a realidade e perceber que tudo não passou de ilusão criada pela sua mente, você terá condições de libertá-lo. Perceba que quem tem de mudar é você, e não ele. Você, aí no fundo, quer que ele seja como você sonhou, como se ele pudesse representar vários papéis para que você pudesse escolher o melhor "Ricardo". Veja que a profissão dele é a de representar. Ele não é o que passa para o público. Não exija dele aquilo que ele não pode lhe dar. Quando você mudar sua maneira de pensar em relação a Ricardo, libertando-se de suas ilusões, ele também mudará. Daí, então, ele poderá tomar dois caminhos: ou perceber o quanto é imbecil de deixar uma garota como você para trás, ou continuar em sua eterna busca até perceber que tudo está dentro dele mesmo, e não fora.

Leonor, mordendo delicadamente os lábios, tornou a perguntar a Santiago:

— E qual caminho você acha que ele pode tomar caso eu tome uma atitude?

— Só Deus sabe.

SÓ DEUS SABE

Santiago encerrou a conversa, beijou-a na testa e levantou-se. Despediu-se de Tadeu e Odete, e saiu com Lucas.

Leonor ficou pensativa por alguns instantes. Em seguida levantou-se. Limpou os olhos com as palmas das mãos, e com voz firme, disse à irmã e ao cunhado:

— É isso mesmo. Só Deus sabe o caminho que Ricardo vai tomar. Eu fiz a minha parte. Sempre expressei o meu amor por ele. Se ele se culpa por me amar, devido ao meu envolvimento anterior com Rogério, é problema dele, e não meu. Eu estou resolvida. Não vou ficar amuada por causa disso. Eu sou dona de mim, não preciso do apoio nem do amor de ninguém. Tenho a mim. Vou seguir o meu caminho. Não deixarei de ser feliz por causa disso. Aceito a ilusão que criei ao longo do tempo, achando que ele poderia mudar, mas a desilusão está sendo amiga preciosa.

Tadeu e Odete emocionaram-se com a firmeza de Leonor. Levantaram-se e abraçaram-na com amor.

— Você está certa, Leonor — tornou Tadeu. — Siga o seu caminho e seja feliz.

Odete, após beijar a irmã, ponderou:

— Agora que tudo está resolvido, por que não faz uma viagem? Nelson prometeu-lhe uma viagem a Londres, não foi? Então, aproveite essa oportunidade. Você já possui documentos e passaporte. Vá conhecer a capital cultural da década, reciclar-se. Aproveite e desligue-se um pouco de tudo isso que vem acontecendo nesses últimos tempos.

— Considerei fortemente essa possibilidade enquanto falava com vocês. Estou decidida, vou para a Inglaterra. Passarei uns tempos lá. Um pouco longe daqui e estarei em melhores condições de reavaliar tudo isso. Mas antes quero aguardar a chegada de Lívia e Cláudio.

— Bem, Lívia deve retornar dentro de quinze dias, conforme a carta que recebemos. Prepare-se, então, para viajar no mês que vem — declarou Tadeu.

— Um mês é mais do que suficiente. Vocês estão realmente cobertos de razão.

Tadeu, procurando distrair Leonor, começou a contar-lhe fatos sobre a Inglaterra. Embora fosse professor de História do Brasil, na faculdade havia estudado História Universal e falava sobre os britânicos com maestria e desenvoltura, conquistando inclusive a atenção de sua esposa.

Na varanda, Nelson e Carmem falavam sobre passagens de suas vidas. Nenhum dos dois escondia a emoção que sentiam naquele momento.

Ela ameaçou acender um cigarro e ele gentilmente puxou o isqueiro do bolso. Ao virar-se para acendê-lo, suas mãos se tocaram e ambos sentiram um choque. Tomada pela emoção, Carmem tirou o cigarro da boca e ficou olhando para Nelson. Não tinham palavras para expressar o que estavam sentindo. Nelson largou o isqueiro, pegou nas mãos de Carmem e disse com a voz carregada de sentimento:

— Desculpe, mas não consigo mais me controlar. Você não me sai do pensamento desde o dia em que a vi aqui nesta varanda. Nunca senti isso por mulher alguma antes. Sei que somos maduros, não somos mais crianças...

Carmem cortou-o delicadamente:

— Parece-me que o que sentimos é semelhante. Além do mais, temos outro ponto em comum.

— E qual é?

— Nossa filha.

Nelson pigarreou. Abriu e fechou a boca, mas não disse palavra. Carmem continuou:

— É isso mesmo. Leonor nunca teve um pai, mas sempre sonhou com um. Às vezes acho que a vida fez tudo isso para satisfazer-lhe esse tão profundo desejo. Eu sou a mãe, e você a acolheu e a amou como a uma filha por esses seis longos anos. Você é o verdadeiro pai. Não sei o que será de nossas vidas daqui para a frente, mas lhe serei eternamente grata por ter cuidado de nossa filha.

Nelson, deixando uma lágrima de emoção escorrer pelo seu semblante iluminado, declarou:

— Eu sei o que será de nossas vidas daqui para a frente.

SÓ DEUS SABE

Antes que Carmem pudesse responder, ele a beijou vigorosamente nos lábios. Ela se deixou levar pela emoção e se entregou de corpo e alma àquele beijo. Beijaram-se repetidas vezes. Emocionado, ele perguntou:

— Quer viver comigo?

— Quero. Aceito.

Nelson sorriu e abraçou-a com amor. Continuaram a conversar, entre juras de amor e planos para o futuro.

Logo apareceram Santiago e Marta, de mãos dadas.

Santiago, com seu humor peculiar, afirmou:

— Íamos dar as boas-novas, mas parece que vocês passaram na frente.

— Mais ou menos — considerou Carmem. — Sabemos da relação de vocês. Quais são as boas-novas?

— Eu e Marta resolvemos morar juntos. Temos muitas afinidades, gostamos muito um do outro e não vamos perder essa chance que a vida nos deu.

— Então vou perder minha amiga? — perguntou Carmem.

— Claro que não! — respondeu Nelson. — Você também vai morar comigo. Estaremos os quatro juntos.

Marta admirou-se:

— Então, Carmem, declarou-se para Nelson? Aleluia, até que enfim!

Riram animados. Carmem tornou:

— Não tinha pensado na possibilidade de ir embora. Nunca saí de Ipanema. Temo não adaptar-me.

— Bobagem! — replicou Santiago. — A piscina na casa de Nelson é do tamanho da praia de Ipanema.

— Exagerado! — objetou Nelson.

— Não é, mas quase! — respondeu o amigo rindo em tom de brincadeira.

— O que vou fazer com esta casa? Não me agradaria ter que vendê-la.

— Ora — retrucou Marta —, alugue. Ou melhor, deixe para Leonor.

— Não sei. Desde que ela voltou, tem mostrado imenso desejo de voltar a Guaratinguetá. Parece que lá é seu verdadeiro mundo. Tem a vocês. E, além do mais, sente muita saudade de dona Clotilde e de Vilma.

— Ela lhe disse isso? — inquiriu Nelson.

— Não. Mas percebo pelo seu olhar. Ela está bem aqui porquanto está com a família, matando as saudades. Tenho certeza de que, se ela pudesse, voltaria.

— Então está resolvido — completou Nelson. — Ela vai conosco. E a casa você pode deixar para a sua neta.

— A julgar pela herança que Cláudio vai receber, poderá comprar dezenas de casas como a minha.

— Eles precisarão se estabelecer ao chegar. É necessário dar entrada no inventário. O dinheiro não virá da noite para o dia. Pode levar um tempo considerável, mesmo com a ajuda brilhante e correta de Castro.

— Você está certo. Deixarei a casa para eles. Quando decidirem por outra moradia, veremos o que fazer. Talvez depois a deixe para Odete.

Leonor apareceu na varanda.

— Decidi viajar.

Nelson levantou-se da cadeira. Admirado, perguntou:

— Então resolveu ir para Londres?

— Sim. Está decidido. Preciso me refazer. Vou aceitar a sua oferta. Irei no fim do mês.

— Eu e sua mãe temos algo a lhe comunicar.

Leonor, percebendo o brilho emotivo que passava pelos olhos de ambos, começou a gritar de felicidade.

— Não me digam que...

— Isso mesmo — respondeu Carmem. — Nós nos gostamos e resolvemos viver juntos.

— Então vou ter meus pais juntos? Isso é mesmo incrível!

Correu até Carmem e Nelson, e abraçou-os com carinho, parabenizando-os pela decisão.

Santiago procurou imprimir tom sério na voz:

— Desculpe, Leonor, mas não poderei mais ser seu. Desista de mim, me esqueça.

Ela não aguentou a brincadeira:

— Ah, entendi. E ainda por cima estão de mãos dadas na minha frente!

Virou-se e abraçou Santiago e Marta.

— Vocês nasceram um para o outro. Tenho certeza.

Entraram animados e participaram os enlaces a Odete e Tadeu, que também exultaram de felicidade.

Dentro daquele clima de cumplicidade, amor e alegria, continuaram conversando sobre os planos futuros dos novos casais por um bom tempo.

Na semana seguinte, Lívia e Cláudio voltaram ao Brasil, depois de dois anos. Com o assassinato de Salvador Allende e o poder nas mãos do general Pinochet, após sangrento golpe de estado, o Chile entrava no rol dos países latino-americanos dominados pela ditadura.

A carta de grande dose emocional de Castro não convencera o casal a voltar. Contudo, com as mudanças políticas no país, optaram em voltar definitivamente para o Brasil.

Foram recepcionados no aeroporto por todos os familiares de Lívia, já que Cláudio não tinha contato com os parentes de sua mãe. Abraçaram-se entre lágrimas e saudades. Era difícil para Lívia concatenar as ideias. Não sabia se chorava por ver a mãe e a avó, ou se chorava ainda mais por ver sua tia viva. Todos estavam radiantes e felizes.

Odete e Tadeu surpreenderam-se com o ar maduro da filha, embora ainda com dezenove anos. Emocionaram-se ao ver Cláudio trazendo nos braços o bebê de poucos meses. Odete e Carmem ficaram extasiadas quando souberam o nome da criança. Em homenagem ao avô que nunca conhecera, Lívia batizou o menino de Otávio.

Todos falavam ao mesmo tempo, querendo em minutos relatar os acontecimentos dos últimos anos. Por fim, Marta concluiu:

— E fique sossegada, Lívia. Sua avó cumpriu a promessa. Agora que seus pais parecem dois namorados, ela não para de escutar os meus discos de rock.

— Também não é bem assim — ponderou Carmem. — Estou apenas acompanhando a evolução no campo da música, mantendo-me atualizada.

— Ah, minha avó! Eu cheguei a ficar tão descrente com a melhora de minha mãe que achei tolice fazer aquela aposta no hospital. Faz tanto tempo...

Enquanto Carmem, Odete, Marta e Lívia entretinham-se entre beijos e conversas entrecortadas pelos dengos com o pequeno Otávio, Nelson, Santiago, Castro, Tadeu e Lucas davam as boas-novas a Cláudio. Ele os interpelou:

— Não sei o que o futuro nos reserva aqui. Pelo menos tomamos uma decisão sensata. Ficar perto da família foi nossa melhor alternativa. Agora temos um filho, não podemos deliberadamente pousar de galho em galho. Não tenho esse tipo de postura. Preciso fazer qualquer trabalho logo.

Tadeu passou as mãos pela cintura do genro e disse, entre feliz e comovido:

— Você não precisará se preocupar por ora. Este aqui — indicando com a outra mão — é o doutor Castro, quem lhe enviou a carta que não os convenceu.

Cláudio abaixou a cabeça. Envergonhado, cumprimentou Castro:

— Ah, sim. Prazer.

O advogado cumprimentou-o cordialmente. Havia algo que queria perguntar, e não se conteve:

— Desculpe se pergunto, mas qual é o motivo de nunca saber sobre o seu pai?

Cláudio corou. Era uma história que havia enterrado há anos, desde a morte de sua mãe. Naquele momento, aquela pergunta pegou-o de surpresa.

— O que isso interessa ao senhor?

— Muita coisa.

— Por que agora?

— Desculpe-me, talvez não seja o momento. Podemos retomar essa conversa em outra hora.

Cláudio percebeu sua deselegância. Olhando para o advogado, que mais parecia interessado em ajudar do que bisbilhotar, considerou:

— Bem, minha mãe sempre ocultou-me o nome de meu pai ou de sua família. Disse-me sempre a verdade, que se envolvera com um homem casado, e por essa razão não poderíamos incomodá-lo. Com isso, como você queria que eu tivesse interesse em conhecê-lo? Só se fosse para dar-lhe uma sova! Imagine, um aproveitador que a deixou ao relento. Por que iria preocupar-me em procurá-lo?

— Fui amigo de seu pai, na época da faculdade.

Cláudio olhou-o com desconfiança. Castro continuou:

— Nunca passou por sua cabeça como sua mãe conseguiu dar-lhe o sustento? Acha que costurar para fora deu a ela tanto dinheiro assim?

Cláudio irritou-se:

— Quem é você para falar-me uma coisa dessas? Se quer saber, ela sempre trabalhou muito, e honestamente, e tinha uma clientela rica e fiel.

Castro retrucou:

— E como chegou ao Brasil? Teve algum problema na alfândega para desembarcar? Viu o seu nome na lista dos exilados? Por acaso sabe o porquê de nunca ter sido pego ou torturado? Acha que teve muita sorte? Ou que os militares achavam você peixe pequeno?

Cláudio não soube o que responder. Olhava para Tadeu como a pedir ajuda. O que aquele homem queria com ele? Por que tantas perguntas? Justamente agora, que tentava esquecer o passado e viver uma nova vida.

Castro, observando o semblante alterado do rapaz, disse com voz que tornou amável:

— Desculpe-me. Sou advogado e senti-me num tribunal. Não quero causar-lhe desconforto algum. Muito pelo contrário. Seu pai morreu há muitos anos.

Um brilho rápido passou pelos olhos de Cláudio. Embora relutasse, no seu íntimo sonhava com uma remota mas real possibilidade de encontrar o pai. Procurou conter a frustração. Tadeu interveio:

— Bem, seu pai era filho de militar, de alta patente. Na verdade, quem sempre evitava suas prisões era seu avô, um general do exército.

— Isso é loucura! O sangue que corre nas minhas veias não pode ser de militar. É um castigo!

Castro aproximou-se e deu um tapinha nas costas do rapaz:

— Cláudio, deixe o orgulho de lado. De que adianta isso agora? Eu tenho uma longa história para lhe contar. Talvez no final você possa reavaliar seus conceitos. Nunca é tarde para mudar.

— E, além do mais — replicou Lucas —, você agora é um homem muito rico.

— Não estou entendendo.

Castro salientou:

— Você odeia tanto os militares que acabou por receber uma fortuna de um deles. Olhe a ironia do destino.

Cláudio continuava mudo. Castro abriu a pasta que carregava debaixo do braço. Retirou alguns documentos e passou ao rapaz.

— Na verdade seu pai nunca se casou. Essa foi uma história contada pela sua mãe. Morreu solteiro. O seu avô ficou viúvo e antes de morrer me procurou. Aqui está o montante apurado. É todo seu — concluiu.

Cláudio baixou os olhos no papel. Ao final da leitura, levantou o rosto com uma palidez sem igual:

— Não pode ser...

Por sorte Tadeu ainda estava abraçado a ele, caso contrário Cláudio iria ao chão. Sentindo as pernas bambas, precisou do apoio de Tadeu, Castro e Lucas para sentar-se numa cadeira próxima. Nelson correu para pegar um copo de água e Santiago mediu o pulso do jovem atordoado.

Cláudio colocou a cabeça no peito de Tadeu e chorou copiosamente. A seu modo, agradeceu ao universo pela graça recebida.

CAPÍTULO 27

Após o término dos trabalhos no centro naquela noite, o dirigente da casa pediu a algumas pessoas que permanecessem para uma sessão especial.

Sentados em volta de uma grande mesa retangular, estavam Carmem e Nelson, Odete e Tadeu, Lívia e Cláudio, Marta e Santiago, Leonor e Lucas. André, Sílvia e Clotilde estavam em cadeiras próximas, colocadas de maneira a dar sustentação energética à sessão.

Após ligeira prece, o dirigente apagou a luz, deixando apenas tênue luz azulada a iluminar o ambiente. Seu corpo estremeceu levemente e ele começou a falar, com a modulação de voz alterada:

— Boa noite, queridos amigos. É com prazer que encontro todos aqui reunidos para esta sessão. Como percebem, não importa se estamos num centro espírita em São Paulo, ou aqui na Guanabara. Os espíritos trabalham em conjunto em diversos lugares ao mesmo tempo, pelo amor que temos em poder ajudar, esclarecer e orientar. Alguns dos presentes participaram de reunião semelhante tempos atrás em São Paulo. Esclarecemos alguns pontos, mas temos aqui do nosso lado uma amiga que necessita dar comunicação. O espírito aqui presente recebeu tratamento, diminuindo bastante o seu desequilíbrio emocional. Para ajudá-la no equilíbrio, já que todos estamos aprendendo e evoluindo, daremos passagem.

O corpo do dirigente estremeceu violentamente e uma voz rancorosa saiu pela sua boca:

— A única coisa que quero é livrar-me dessas escoriações! Por mais que eu tenha melhorado, não tolero a sua presença. Ela mudou de nome, mas não vai se safar. Ela é a culpada por eu estar neste estado.

Leonor sentiu um aperto no peito. Clotilde levantou-se da cadeira, aproximou-se dela e pousou a mão em sua cabeça. Logo ela voltou ao normal. O dirigente, incorporado, continuou:

— Você o tirou de mim.

Clotilde aproximou-se do médium.

— Ninguém o tirou de você. Ela não é a culpada. Você criou essa situação dentro de suas ilusões. Poderia seguir uma carreira brilhante, ter um companheiro que amasse de verdade. Mas você preferiu jogar tudo para o alto em busca de um amor fictício, tanto que acabou indo para os ares. Morreu numa explosão.

— Não aceito!

— Por que não? Agora está colhendo o resultado de escolhas malfeitas. Mas sempre há uma nova chance. Se você se propuser a arrancar o orgulho ferido de seu coração, verá que novas oportunidades estão reservadas para você. Olhe como seu estado já está melhorando. Olhe para o seu corpo.

— O que é isso?! Como vocês conseguem fazer isso? Minhas feridas estão cicatrizadas...

O espírito caiu em pranto convulsivo. Clotilde afirmou:

— A vibração aqui no ambiente ajuda na cura. Se entrar nessa vibração, verá que logo seu espírito estará livre das escoriações. Há alguns amigos aqui que gostariam muito de ajudá-la. Eles vibram muito amor e querem levá-la para sua recuperação total. Você melhorou muito de lá para cá.

— Não me lembro de alguém que me ame. Pratiquei muitas maldades. Não sou digna de perdão.

— Então olhe para o lado.

O corpo do médium curvou-se e ele gritou, emocionado:

— Sampaio! Não! Ele veio para se vingar!

Clotilde continuou firme:

— Acha mesmo? Ele está com cara de quem quer feri-la?

Após um longo silêncio e choro, o médium continuou:

— Sei, mas a culpa é muito grande. Eu não me perdoo por tê-lo matado. Estou arrependida.

Clotilde ponderou:

— Precisa primeiro perdoar a si mesma. Esse é o primeiro ponto. A sua consciência é que traz todo o sofrimento que vem sentindo. Sampaio está aqui para ajudá-la, e não puni-la.

O espírito estava no limite emocional. Um fio de voz saiu da boca do médium:

— Você sempre me amou. Perdoe-me, eu não quero mais brigar, sinto-me cansada. Leve-me com você, leve-me...

O corpo do dirigente estremeceu mais uma vez. Fundo suspiro brotou de seu peito. Em seguida, voltou a falar com a modulação de antes:

— Precisávamos da vibração de vocês para que Fernanda fosse conduzida a um lugar de refazimento junto a Sampaio. Para alguns que ainda a julgam, esqueçam. Cada um é responsável por aquilo que atrai. Sampaio está ligado a Fernanda por muito tempo, através de laços de paixões doentias e vingança. Ele está aqui presente hoje e manda um abraço emocionado a Ricardo, que infelizmente não quis participar. Diz estar tudo bem. Ele sabe que através da maneira violenta de decidir por suas escolhas, teve um desencarne que ia de acordo com seu jeito de ser.

"Ainda precisamos aprender muito sobre a espiritualidade. Sampaio não morreu porque matou Fernanda em outra vida. Nada disso. Não podemos generalizar. Cada caso é único e merece atenção para chegarmos à verdade da situação. Daí digo o quanto é importante reavaliarem seus valores, crenças, padrões de pensamentos. Tudo isso reflete em como vivem e morrem na Terra. É imperioso aprofundarem o conhecimento no mundo das energias. Estudar e mudar, esse é o lema.

"Devemos aprender que cada um de nós é único, com qualidades que muitas vezes só são reconhecidas através da dor. Ninguém é vítima do destino. Deem mais atenção aos pensamentos. Muitos trazem padrões negativos cristalizados ao longo de inúmeras vidas. Sei que os sentidos são diminuídos na Terra, mas tudo é necessário para o aprimoramento de nosso espírito. Antes de partir, gostaria de deixar um abraço a meu neto, a quem infelizmente, através de minhas escolhas também erradas, privei de nossa companhia. Obrigado."

O dirigente suspirou profundamente. Fez uma prece de encerramento e distribuiu em seguida água fluidificada para os presentes. Todos estavam emocionados. Deixaram que as lágrimas rolassem impiedosas por suas faces. Cláudio agora entendia a emoção durante toda a sessão. Intimamente agradeceu ao avô pelo que fizera e pediu perdão, do fundo do coração. O espírito do general Ubirajara aproximou-se e abraçou o neto com amor. Beijou-o na testa e partiu com outros amigos que conduziam o espírito cansado e adormecido de Fernanda.

— Atenção, passageiros da Varig, voo 820 com destino a Londres, embarquem no portão três.

Ao ouvir a voz nos alto-falantes, Leonor apressou-se em abraçar seus parentes. Estava feliz por viajar, mas triste por não ter mais contato com Ricardo. Libertara-o de seu coração com sinceridade, mas era um treino muito duro não deixar de sentir-se triste.

SÓ DEUS SABE

Ela percebeu que sua família escondia algo. Parecia que tinham um segredo, ela não sabia ao certo. Sentia-se um tanto incomodada com o brilho no olhar dos seus.

"Deve ser excesso de alegria", pensou.

De camisa estampada à moda da época, calça boca de sino e sapatos plataforma, levando numa mão um casaco e noutra uma frasqueira imitando pele de cobra, Leonor foi até o portão de número três, passou pela Polícia Federal e dirigiu-se até a sala de embarque.

Meia hora depois estava sentada confortavelmente no seu assento de primeira classe. Olhava através da janela, vendo o movimento dos carregadores que transportavam as malas para o avião, quando ouviu uma voz soar próximo ao seu ouvido:

— Deseja alguma coisa?

Sem desviar os olhos da janela, tendo a certeza de que se tratava de um comissário de bordo, Leonor disse:

— Não, obrigada.

A voz tornou-se mais macia:

— Nem casar-se comigo?

Leonor voltou os olhos para o homem em pé à sua frente. Abriu e fechou os olhos, ao mesmo tempo que seu coração batia em descompasso.

Ricardo abaixou-se e sentou-se a seu lado. Antes de qualquer movimento por parte de Leonor, ele a tomou nos braços e beijou-a com ardor, sendo correspondido de imediato.

— Não poderia deixá-la! Fui estúpido e inseguro. Amo-a e quero estar a seu lado.

Leonor procurou recompor-se do susto.

— O que faz aqui? Como soube de minha viagem?

— Depois da sessão especial da qual todos vocês participaram, menos eu, lá no Rio, papai contou-me tudo. Foi então que percebi o quanto estava tomando atitudes contrárias à felicidade de minha alma. Por preconceito e padrões negativos resolvi afastar-me de você. Mas o que posso fazer se meu coração clama por seu amor?

Foi a vez de Leonor jogar-se em seus braços e beijá-lo com ardor. De repente, ela parou e perguntou, aflita:

— O avião está decolando? Você precisa sair!

— E daí? O meu assento é este aqui mesmo, do seu lado. Carmem ajudou-me dando o nome da companhia, número do voo etc. Se você vai a Londres, eu também vou. Não a deixarei por nada deste mundo.

— Então é por isso que todos estavam com os olhos brilhando demais para o meu gosto! Eles sabiam de tudo?

— Sabiam. Pedi que guardassem segredo.

— Ah, sei. Não acha que correu um grande risco? E se eu o recusasse?

— Jamais faria isso. Sei que o seu amor por mim é verdadeiro.

Antes que Leonor falasse alguma coisa, Ricardo tirou do bolso uma linda caixinha em veludo azul-marinho.

— Abra — ordenou ele.

— Isso é divino! É uma proposta? — indagou Leonor.

Ele tirou um anel da caixinha, colocou-o delicadamente no dedo anular dela; tirou o outro, colocou-o nas mãos de Leonor e fez com que ela repetisse o seu gesto.

Com voz que a emoção tornava rouca, declarou:

— Não se trata de uma proposta, mas da celebração do nosso amor.

Deixaram as palavras de lado e entregaram-se aos beijos novamente.

Ao lado deles, Rogério e Ester sorriam. Aproximaram-se do casal e deram um beijo na testa de cada um.

— Agora vamos, meu amor. Está tudo claro e resolvido. Não temos mais permissão para continuar. Fizemos a nossa parte.

— Isso, Ester, fizemos a nossa parte. Vamos tratar de nós.

Rogério pegou-a delicada e amorosamente pela mão e alçaram voo. Sentiam-se leves e felizes. Olharam ao redor e perceberam-se cercados de estrelas, em cujo brilho revelavam-se os olhos de Deus a contemplar, embevecido, toda a Sua criação.

O TEMPO CUIDA DE TUDO

TRILOGIA **O PODER DO TEMPO** - LIVRO 1

MARCELO CEZAR
ROMANCE PELO ESPÍRITO
MARCO AURÉLIO

Romance | 15,5x22,5 cm | 320 páginas

LÚMEN
EDITORIAL

Estelinha sofre de insônia desde cedo devido a pesadelos, e vez ou outra desperta sentindo como se tivesse sido tocada por alguém. Diante de situações que a perturbam, ela vive sem ver sentido na vida. Depois de um período de sofrimento, Estelinha muda seu jeito de encarar a vida e entende que o perdão é o caminho para a paz de espírito. Este romance mostra que um dos objetivos da reencarnação é rever crenças e atitudes que impedem-nos o crescimento espiritual. E para que tenhamos consciência disso, precisamos contar com o tempo, pois o tempo cuida de tudo...

Entre em contato com nossos consultores e confira as condições
Catanduva-SP 17 3531.4444 | boanova@boanova.net | www.boanova.net

MARCELO CEZAR

ROMANCE PELO ESPÍRITO MARCO AURÉLIO

Romance | 16x23 cm | 400 páginas

A vida apresenta desafios para que todos possamos evoluir, isto é, sair do lugar, do comodismo, seguir em frente e conquistar o que é nosso por direito. Mas, às vezes, nem tudo ocorre como idealizamos e certas coisas acontecem porque têm que acontecer. Tudo tem um porquê revela que, embora nada aconteça por acaso, fomos criados para o sucesso. Se sofremos, é porque nos desviamos do rumo adequado e nos perdemos nas ilusões. E se para muitos a dor é maldição, para Deus o sofrimento é o remédio, porque só por meio de uma vivência marcada e profunda somos estimulados a mudar e retornar para coisas importantes às quais nossa alma almeja, como a felicidade, que apenas é possível quando valorizamos as coisas simples da vida.

Entre em contato com nossos consultores e confira as condições
Catanduva-SP 17 3531.4444 | boanova@boanova.net | www.boanova.net

O AMOR É PARA OS FORTES

MARCELO CEZAR
ROMANCE PELO ESPÍRITO MARCO AURÉLIO

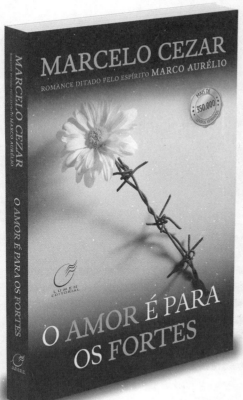

Romance | 16x23 cm | 352 páginas

Muitos de nós, perdidos nas ilusões afetivas e sedentos de intimidade, buscamos a relação amorosa perfeita. Este romance nos ensina a não ter a ideia da relação perfeita, mas da relação possível. É na relação possível que a alma vive as experiências mais sublimes, decifra os mistérios do coração e entende que o amor é destinado tão somente aos fortes de espírito.

Entre em contato com nossos consultores e confira as condições
Catanduva-SP 17 3531.4444 | boanova@boanova.net | www.boanova.net

O PRÓXIMO PASSO
MARCELO CEZAR
ROMANCE PELO ESPÍRITO **MARCO AURÉLIO**

Romance | 16x23 cm | 352 páginas

O que faz uma filha rejeitar a mãe? E o que faz uma mãe rejeitar o próprio filho? Os motivos podem ser vários e as respostas, muitas vezes, encontram-se em vidas passadas. A rejeição é algo difícil de aceitar, principalmente quando ocorre entre pais e filhos. No entanto, para aprender a lidar com esse sentimento, é preciso entender que a vida dá a cada um o resultado de suas escolhas, mesmo que elas tenham sido feitas em outras existências. Por meio dos conflitos, medos e desejos de personagens complexos, nem bons nem maus, porém, extremamente humanos, O próximo passo mostra que aceitar e saber lidar com a rejeição de maneira menos sofrida é o caminho para o amadurecimento do espírito. Este livro emocionante nos leva a entender que a rejeição nem sempre é sinônimo de falta de amor e que a vida dá escolhas a todos. A qualquer momento, é possível recomeçar

Entre em contato com nossos consultores e confira as condições
Catanduva-SP 17 3531.4444 | boanova@boanova.net | www.boanova.net

MARCELO CEZAR
ROMANCE PELO ESPÍRITO MARCO AURÉLIO

Romance | 16x23 cm | 400 páginas

Às vezes nos julgamos traídos pela vida e achamos que a felicidade depende da sorte. Julgando-nos pessoas de azar, optamos pelo vício da reclamação ao esforço da mudança de nossas crenças e atitudes. Acreditamos na ilusão do mal e preferimos nos entregar à vontade do destino, como se o destino fosse uma criação de nossa mente para burlar nossas responsabilidades perante o mundo. No entanto, quando tudo parece se precipitar pelas veredas sombrias do desengano, o amor e a amizade renascem no coração para mostrar que a centelha que nos dá vida permanece acesa dentro de nós. Embora adormecida, ela jamais se perde, e despertá-la é tarefa que todos podemos empreender com alegria, porque tudo o que vibra no bem é naturalmente alegre. É isso que vamos aprender no decorrer desta história sensível e fascinante: a felicidade é um estado da alma, conquistada dia após dia. Sorte é um acontecimento positivo gerado pela mente sadia. E amor é construção do espírito, que jamais se perde de sua essência quando viceja como um sopro de ternura no coração.

Entre em contato com nossos consultores e confira as condições
Catanduva-SP 17 3531.4444 | boanova@boanova.net | www.boanova.net

LÚMEN EDITORIAL

Av. Porto Ferreira, 1031 | Parque Iracema
CEP 15809-020 | Catanduva-SP

www.**lumeneditorial**.com.br
www.**boanova**.net

atendimento@lumeneditorial.com.br
boanova@boanova.net

 17 3531.4444
 17 99777.7413
 @boanovaed
 boanovaed
 boanovaeditora

Acesse nossa loja

Fale pelo whatsapp